Prinz meines Herzens

Julia London

Prinz meines Herzens

Deutsch von Margarethe van Pée

Weltbild

Originaltitel: *The Perils of Pursuing a Prince*
Originalverlag: Pocket Books/Simon & Schuster, Inc., New York

Weltbild Taschenbuch

Die Autorin

Julia London ist die Autorin mehrerer Romane, die in den Vereinigten Staaten die Bestsellerlisten stürmten. Sie lebt in Austin, Texas, reist aber häufig nach Großbritannien, um sich Anregungen für ihre Bücher zu holen. Als Weltbild Taschenbuch erschien von ihr zuletzt der erste Roman der Fairchild-Saga, *Herr meines Herzens.*

Für Klo, Nagno und Sanman.
Bessere Geschwister als euch kann ich mir nicht vorstellen.

Wrth gicio a brathu, mae cariad yn magu.
Walisisches Sprichwort
(Beim Treten und Beißen entwickelt sich die Liebe.)

1

Llanmair
Wales, 1820

Als drei Männer – Räuber vermutlich – die Kutsche anhielten, in der Greer Fairchild und Mr Percy reisten, fiel Greer aus einem unerklärlichen Grund als Erstes ein, dass der Tod von Mrs Smithington, deren Reisebegleiterin sie war, nicht nur tragisch, sondern höchst ungelegen war.

Sie befanden sich schon ganz in der Nähe von Llanmair, nachdem sie fast den gesamten Nachmittag über auf holperigen Straßen durchgeschüttelt worden waren. Trotz des düsteren Tags konnte Greer noch die Umrisse des alten, grauen Schlosses erkennen, das auf einem Felsvorsprung inmitten von Wäldern und Bergen thronte.

Es war ein imposantes Gebäude, vier Stockwerke hoch, mit vier Türmen in jeder Ecke. Sie waren schon so nahe am Schloss! Und jetzt das!

»Bleibt hier!«, sagte Mr Percy grimmig, als die Kutsche auf Aufforderung von den drei Reitern ächzend zum Stehen kam. »Ich werde mit ihnen sprechen.« Er stieg aus, schloss die Tür fest hinter sich und trat auf die drei Männer zu, die jetzt zwischen Greer und dem Schlossherrn standen, in dessen Besitz sich Greers Erbe befand.

»Ich halte es nicht aus«, murmelte sie unterdrückt. Nicht nach allem, was sie im letzten Jahr ertragen hatte. Nicht nach dem Tod ihrer Tante und den endlosen Stunden, die sie mit Mrs Smithington in öffentlichen Kutschen mit Leuten verbracht hatte, die sich nichts dabei dachten, wenn sie ihre Hühner und Hunde mitnahmen. Nicht, nachdem sie Tag für Tag durchgerüttelt worden war, einsame Moore oder stockdunkle Wälder durchquert hatte. Und jetzt stand sie kurz vor dem Ziel und wurde aufgehalten.

Es war wirklich *äußerst* ärgerlich.

Greer spähte aus dem Fenster. Mr Percy stand breitbeinig und mit verschränkten Armen vor den drei Reitern. Stöhnend legte sie den Kopf zurück. Vermutlich sollte sie Angst vor den Männern haben, aber sie empfand nur Erschöpfung und den Schmutz der anstrengenden Reise. Ganz zu schweigen von dem Ekel, den sie verspürte, weil sie seit drei Tagen das gleiche Kleid trug, denn es war verdammt kalt in Wales, und das armselige Kleid war das wärmste Kleidungsstück, das sie besaß.

»*Absolut* ungelegen«, sagte sie laut.

Wirklich, wenn die arme Mrs Smithington nicht gestorben wäre, hätte Greer diese Reise nach Wales wahrscheinlich im Sommer unternommen, wenn es warm gewesen wäre und die Sonne geschienen hätte. Nicht jetzt, im Spätherbst, wo es so grässlich kalt und feucht war. Und sie hätte Llanmair, wo der König der Diebe – als solchen sah sie ihn mittlerweile – vermutlich lebte, in der Hälfte der Zeit erreicht, weil die Straßen noch nicht so schlammig und voller Schlaglöcher gewesen wären.

Aber die arme Mrs Smithington hatte sich genau an dem Tag, als Greer am verfallenen und lange gesuchten Anwesen ihres Onkels ankam, zu einem Mittagsschlaf hingelegt. Die alte Frau hatte sich einfach niedergelegt und war nicht mehr aufgewacht. Es war eine schreckliche Art zu sterben – allein, ohne Verwandte, abgesehen von einem entfernten Neffen, ihrem Erben, in London. Und obwohl Mrs Smithington einem manchmal auf die Nerven gehen konnte, hatte Greer eine Art unduldsamer Zuneigung zu ihr gefasst und hätte ihr so einen einsamen Tod sicher nicht gewünscht.

Und als Mrs Smithington tot war, wünschte sich Greer, nie nach Wales gekommen zu sein. Wenn nicht der gute Mr Percy gewesen wäre, wäre sie bestimmt zusammen mit Mrs Smithingtons Nachlass nach London zurückgekehrt. Aber Mr Percy hatte sie ermutigt, die Reise fortzusetzen.

Ihre Reise hatte vor einem Jahr begonnen, als Greers gesetzlicher Vormund, Tante Cassandra, Lady Downey, plötzlich und unerwartet gestorben war. Tante Cassandras zweiter Ehemann, Lord Downey, hatte nicht das Verlangen, Greer oder ihre Cousinen Ava und Phoebe zu unterstützen, und er erklärte freiheraus, er würde sie an jeden verheiraten, der um ihre Hand anhalten würde, ungeachtet der sozialen Stellung, des Vermögens oder ihrer Wünsche in dieser Hinsicht.

Das war schon unerträglich genug, aber da Greer nur das Mündel von Lady Downey gewesen war, war sie in der denkbar schlechtesten Lage. Sie hatte weder Familie noch Vermögen, um einen geeigneten Verehrer anzulocken, und aus ihrer Vergangenheit besaß sie nur einen alten Brief und ein paar wenige Habseligkeiten, die ihrer Mutter gehört hatten, und verblasste, schwache Erinnerungen an ihre verstorbene Mutter, einen alten Onkel und einen fernen Vater. Geschwister hatte sie ebenfalls keine.

Um ihren Cousinen und sich das Schicksal zu ersparen, zu dem Lord Downey sie verdammen wollte, hatte Greer sich auf diese verflixte Reise begeben, da sie wusste, dass ihr Vater vor ein paar Jahren verstorben war, ohne einen Erben zu zeugen. Nun wollte sie nach seiner Hinterlassenschaft forschen und dazu ihren Onkel ausfindig machen. Zwar wusste sie nicht, ob ihr Vater überhaupt Vermögen besessen hatte, aber *irgendetwas* musste doch von seinem Leben übrig geblieben sein, und das hätte dann doch bestimmt der Bruder ihres Vaters geerbt.

Es war zwar nur eine zerbrechliche Hoffnung, aber immerhin eine Hoffnung.

Leider konnte sie sich die Reise nach Wales nur als Begleiterin der uralten, ständig jammernden Mrs Smithington leisten, die »die wilden Gegenden von England« sehen wollte.

Nach monatelanger Reise als Gesellschafterin von Mrs Smithington hatte Greer schließlich Bredwardine erreicht, einen englischen Ort an der Grenze von Wales, wo sie das Anwesen ihres Onkels in einem schockierend verfallenen Zustand vorgefunden hatte. Die vage Erinnerung an ein prächtiges Gebäude mit weiten Rasenflächen und Springbrunnen hatte sich als Fantasie herausgestellt. Man konnte das Haus kaum als Villa, geschweige denn als Schloss bezeichnen, und es gab überhaupt keine Rasenflächen darum herum, nur einen kleinen Garten, in dem ein altes Schwein ziellos umherwanderte.

Die einzigen Bewohner des Hauses waren ein betagter Verwalter mit seiner Frau. Die meisten Räume standen leer – es gab keine Möbel, man konnte sich nirgendwo hinsetzen oder hinlegen, außer in zwei Zimmern im obersten Stockwerk, in denen es, aus was für Gründen auch immer, sogar noch zwei alte, klumpige Federbetten gab. Und an jenem Nachmittag, als Greer verzweifelt überlegt hatte, was sie denn nun tun sollte, hatte Mrs Smithington angefangen zu jammern, sie fühle sich nicht wohl.

Damals hatte Greer sich noch nichts dabei gedacht. Mrs Smithington hatte ständig gejammert, seit sie London verlassen hatten, über das Wetter (zu regnerisch), den Zustand der Straßen (zu viele Schlaglöcher) und die Tatsache, dass es außer Landschaft nicht viel zu sehen gab.

Zuerst hatte Greer das dauernde Nörgeln noch amüsant gefunden, aber bald schon war sie es leid geworden, zumal sie diejenige war, die in den engen, öffentlichen Kutschen Hutschachteln und kleine Kisten auf dem Schoß halten musste.

Aber dann war in Ledbury Mr Percy zugestiegen, hatte Mrs Smithington Komplimente über ihr jugendliches Lächeln gemacht und so getan, als könnte er gar nicht glauben, wie alt sie schon war. Dem lieben Mr Percy, groß und gut aussehend, mit braunen Locken und glänzenden braunen Augen, hätte Mrs Smithington alles geglaubt, so bezaubert war sie von ihm.

Als sie in Herefordshire ankamen, hatte Mrs Smithington Mr Percy überredet, sie nach Wales zu begleiten. »Niemand wird sich an zwei armen, unverheirateten Frauen vergreifen, wenn sie in Begleitung eines Gentleman reisen«, hatte sie erklärt.

Greer hingegen dachte, dass selbst die niederträchtigsten Schurken durch Mrs Smithingtons ständiges Jammern abgeschreckt würden, aber dass Mr Percy Mrs Smithington so viel Aufmerksamkeit schenkte, war doch eine willkommene Erleichterung für sie gewesen.

Er war nicht nur überaus charmant, sondern auch ein sehr angenehmer Begleiter, weil er sich bemühte, all ihre Bedürfnisse zu erfüllen.

Ihr widmete Mr Percy besonders viel Aufmerksamkeit, und bei dieser Gelegenheit erfuhr Greer auch, was mit ihrem Onkel passiert war. Gelegentlich, wenn Mrs Smithington sich früh zurückzog, saßen Greer und Mr Percy noch ein Weilchen am Kamin des Gasthofes, in dem sie übernachteten. Unweigerlich machte er ihr dabei Komplimente – ihre Augen seien so blau wie das tiefe Meer, ihre Haare so schwarz wie Tinte. Greer fand seine Komplimente ganz reizend, aber da sie schon zwei Saisons in London verbracht hatte, ließ sie sich von solchen Sätzen nicht einwickeln.

Schließlich waren sie einander so nahegekommen, dass er ihr erklärte, wie ein Gentleman seines Standes dazu kam, in einer öffentlichen Kutsche zu fahren. Er war auf dem Weg nach Wales, um sich mit einem skrupellosen Verwandten auseinanderzusetzen, der ihm sein rechtmäßiges Erbe gestohlen und ihn aus dem Familienbesitz geworfen hatte, nur weil sein Vater Engländer war. Es war eine schlimme Geschichte, und obwohl Mr Percy sich sehr tapfer hielt, fand Greer seinen Verwandten kriminell.

Anschließend fühlte auch sie sich bemüßigt zu gestehen, dass sie nach ihrem Onkel suchte, dem letzten bekannten männlichen Verwandten aufseiten ihres Vaters, der auf Bredwardine gelebt hatte. Aber als sie Mr Percy gegenüber den Namen ihres Onkels erwähnte, schaute Mr Percy sie seltsam an. »Randolph Vaughan?«, wiederholte er ungläubig. Er beugte sich vor, ergriff Greers Hand, blickte sie voller Mitgefühl an und sagte: »Miss Fairchild, es ist meine traurige Pflicht, Euch mitzuteilen, dass Mr Randolph Vaughan … *verstorben* ist.«

Greer keuchte. »*Verstorben?*«

»Er wurde von einem Pferd getreten, das er gerade kastrieren wollte. Der arme Mann rang tagelang mit dem Tod, unterlag jedoch.«

»Oh«, hatte Greer geantwortet. »Ach, du liebe Güte.«

»Ah, aber Ihr müsst Euch nicht sorgen.« Mr Percy hatte ihre Hand gedrückt. »Ich weiß, dass Ihr noch mehr Verwandtschaft in Wales habt.«

»Noch mehr?«, hatte sie verwirrt gefragt. »Aber ich habe geglaubt, dass mein Onkel Vaughan der letzte war.«

»Von *Eurer* Familie vielleicht. Aber seine Frau stammte aus einer recht großen Familie.«

Greer hatte der Kopf geschwirrt. »Wenn ich mir erlauben darf, Sir … woher wisst ihr so viel über die Familie Vaughan?«

»Oh, das ist nicht weiter schwer«, hatte er mit seinem charmanten Lächeln gesagt. »Wales ist wie eine Kleinstadt – Waliser kennen einander.«

Waliser.

Greer blickte aus dem Fenster der Kutsche und sah plötzlich, wie sich einer der Männer vom Pferd schwang und eine Waffe zog. Sie keuchte, als Mr Percy den Hut abnahm, sich mit der Hand durch das dichte, braune Haar fuhr und dann den Hut wieder aufsetzte. Die Pistole schien ihn nicht sonderlich zu erschrecken.

Aber Mr Percy war sowieso nicht leicht zu erschüttern. Als Greer Mrs Smithington kalt und steif in Bredwardine im Bett vorgefunden hatte, hatte sie sich der Verzweiflung hingegeben. Sie hatte nur sehr wenig Geld, war meilenweit von der Zivilisation entfernt und ihrem Erbe nicht nähergekommen, seit sie London verlassen hatte. Aber sofort war Mr Percy an ihrer Seite, beruhigte und unterstützte sie und kümmerte sich um alles.

Und als Mrs Smithington auf dem Kirchhof beerdigt war und ihre Habseligkeiten nach London zurückgeschickt worden waren, hatte Mr Percy gefragt: »Ihr wollt doch weiterreisen, nicht wahr?«

»Weiterreisen?«, hatte Greer geschrien. »Wohin soll ich denn fahren? Meine Begleiterin ist tot, mein Onkel ist tot, und sein Anwesen verfällt. Ich kann nur nach London zurückkehren, aber selbst dafür fehlt mir das Geld.«

»Ich werde Euch natürlich überallhin begleiten«, hatte Mr Percy sofort erwidert. »Ich stehe zu Euren Diensten, Miss Fairchild.«

»Das kann ich doch nicht von Euch verlangen.« Und sie konnte auch keineswegs den Skandal riskieren, mit einem Mann zu reisen, der nicht mit ihr verwandt war. Phoebe und Ava würde der Schlag treffen, wenn sie wüssten, dass Mrs Smithington gestorben war und sie mit einem Mann durch die Weltgeschichte reiste, den sie kaum kannte.

Mr Percy war jedoch sehr überzeugend gewesen. »Aber ich tue es gerne, ich versichere es Euch. Ich habe keine festen Termine. Des Weiteren kenne ich einen Anwalt, der Euch den Weg zu der Person weisen kann, die die Geschäfte Eures Onkels übernommen hat.« Als Greer ihn neugierig anblickte, sagte er: »Euer Onkel ist zwar gestorben, aber Ihr habt vielleicht trotzdem das Recht auf ein Erbe.«

Und als Greer immer noch Einwände hatte, hatte er mit großer Autorität gesagt: »Nun, Miss Fairchild! Ihr habt den weiten Weg zurückgelegt und könnt jetzt nicht aufgeben, ohne wenigstens mit dem Gentleman gesprochen zu haben. Wenn er Euch nichts Neues sagen kann, werde ich Euch helfen, die erste Kutsche nach London zu besteigen. Aber es kann nichts schaden, wenigstens zu fragen, oder?«

Dem konnte sie nicht widersprechen.

Der Anwalt, Mr Davies, war ein älterer Herr, dessen Kanzlei sich in einem uralten Gebäude mit durchhängenden Holzdielen befand. Mr Percy staubte mit seinem Taschentuch galant einen Stuhl für sie ab, und nachdem Greer Platz genommen hatte, erklärte sie dem Mann ihr Anliegen. Sie vermutete, die einzige Erbin ihres Vaters zu sein, aber da sie von frühester Kindheit an nicht mehr bei ihm gelebt hatte, war sie sich nicht sicher.

Mr Davies hörte ihr schweigend zu. Dann setzte er seine Brille auf, fuhr sich mit beiden Händen durch die grauen Haare und begann, aus einem Stapel von Papieren etwas herauszusuchen. Schließlich stieß er auf eine große Ledermappe, aus der er Unterlagen zog, die er leise murmelnd eingehend betrachtete. Greer saß ungeduldig dabei, während Mr Percy aufmerksam hinter ihr stand.

Nach einer Weile setzte Mr Davies die Brille ab und blickte Greer an. »In der Tat, Ihr seid die einzige lebende Erbin Eures Vaters«, sagte er.

Greer gab einen Laut der Überraschung und der Freude von sich.

»Da jedoch leider keine Vorkehrungen getroffen wurden, um Euch ausfindig zu machen, ging der Besitz Eures Vaters, Mr Yorath Vaughan, an seinen Bruder über, Mr Randolph Vaughan, der Euer verstorbener Onkel ist. Auch Mr Randolph Vaughan hatte keine lebenden Erben, und so ging *sein* gesamter Besitz – zu dem natürlich auch der Teil Eures Vaters gehört – an den Gatten der verstorbenen Schwester seiner verstorbenen Frau über, an seine Lordschaft Rhodrick Glendower.«

Greer blinzelte und versuchte zu folgen. Mr Davies schob die Brille wieder auf die Nase und faltete die Hände auf der Schreibtischplatte. »Er ist in England, und auch in Bredwardine, als der Earl of Radnor bekannt. Aber nur drei Meilen von hier, in Wales, kennt man ihn unter einem anderen Namen.«

Der Druck von Mr Percys Hand auf Greers Schulter verstärkte sich. »Verzeiht, aber Ihr meint ja wohl nicht …«

»Doch, in der Tat, Mr Percy!«, erwiderte der Anwalt, der recht zufrieden mit sich wirkte. »Miss Fairchilds Erbe – wenn es tatsächlich existiert – befindet sich im Besitz des Prinzen von Powys!«

»*Wer?*«, fragte Greer.

»Der *Prinz von Powys*«, artikulierte Mr Davies überdeutlich. »In den Augen der Engländer mag dies ein ererbter Titel sein, aber in Wales, Madam, kennt man ihn nur als ›Der Prinz‹. Er ist ein Mann, mit dem nicht zu spaßen ist.«

Und wenn er der König von England wäre – er hatte ihr Erbe. »Wie kann ich ihn finden?«

Mr Davies schlug den Lederordner so heftig zu, dass eine Staubwolke aufstieg. »Natürlich auf Llanmair, wo alle Prinzen von Powys vor ihm residiert haben und wo sie auch noch residieren werden, wenn er schon lange tot ist.«

»Und wo genau liegt Llanmair?«, wollte Greer wissen.

Der Anwalt schmunzelte leise und wies auf das kleine, schmutzige Fenster. »Im Westen. Am Fuß der kambrischen Berge, in einem wildreichen Wald.«

Greer blinzelte den alten Mann an. Er hielt ihrem Blick stand, ohne seiner poetischen, aber unpraktischen Richtungsangabe eine genauere Erklärung hinzuzufügen. Greer erhob sich, kramte in ihrem Retikül nach einer Krone und reichte sie Mr Davies. »Danke, Sir. Sie haben mir sehr geholfen.«

Mr Davies streckte seine knochige Hand aus und griff nach der Münze. »Viel Glück, Miss Fairchild«, krächzte er. Greer lief ein Schauer über den Rücken.

Natürlich überredete Mr Percy sie, in einer Privatkutsche weiterzureisen. Greer zögerte zunächst, in Anbetracht ihrer schwindenden Mittel, aber Mr Percy hielt es für absolut notwendig, da sie ja schließlich so weit nach Wales hinein reisen wollten. »Wie Ihr gehofft habt, Miss Fairchild, ist noch etwas übrig vom Besitz Eures Vaters! Natürlich müsst Ihr dorthin fahren. Aber es ist eine anstrengende Reise, und in einer Mietkutsche seid Ihr doch weniger Spekulationen über Eure Person ausgesetzt.«

Das war eine sehr höfliche Erinnerung daran, dass sie einen

Skandal vermeiden musste. Und doch rang sie mit sich – sie hatte gerade noch genug Geld, um entweder zurück nach London zu fahren oder, mit ein wenig Glück, ihr Erbe zu beanspruchen. Aber letztlich hatte Mr Percy wohl recht. Sie hatte schon so einen weiten Weg zurückgelegt, dass sie ihre Reise ebenso gut fortsetzen konnte. Also machte sich Greer wider besseres Wissen mit Mr Percy in Richtung Llanmair auf.

In einer Privatkutsche.

Die *sie* gemietet hatte.

Erst als sie fernab jeder Zivilisation dahinrumpelten, hatte Mr Percy ihr gestanden, dass der Prinz von Powys niemand anderer als sein verfluchter Onkel war, der Mann, der ihn ruiniert hatte.

»Das kann ja wohl nicht wahr sein!«, hatte Greer schockiert ausgerufen.

»Das sollte Euch eigentlich nicht überraschen«, war Mr Percys Antwort gewesen. »Der Mann hat beträchtlichen Einfluss in dieser Gegend. Wie sonst hätte er …« Er brach ab und presste, mit einem Seitenblick auf Greer, die Kiefer zusammen.

»Wie sonst hätte er *was?*«

»Das kann ich nicht sagen, Miss Fairchild. Ihr seid zu … zu rein, um von der *gemeinen* Natur dieses Mannes zu erfahren.«

Greer hatte bloß geschnaubt. Über so etwas brauchte sie sich keine Gedanken zu machen, schließlich reiste sie mit einem Mann, der nicht ihr Gatte oder sonst wie mit ihr verwandt war, nach Wales. »Ich habe meine Entscheidung getroffen, Sir. Ihr müsst mir sagen, was Ihr von diesem Mann wisst, denn er hat nicht nur Euer Erbe, sondern auch *meins.*«

»Ja, natürlich, Ihr müsst auf dem bestehen, was rechtmäßig Euch gehört«, pflichtete er ihr sofort bei. »Ihr seid wirklich sehr mutig, Miss Fairchild.«

Besonders mutig kam sie sich gar nicht vor, eher verzweifelt. »Dann erzählt mir jetzt bitte, was ich wissen muss.«

Seufzend blickte er auf seine Hände. »Der Schuft hat mir nicht nur meine Ländereien genommen, sondern auch die

Tochter eines Rechtsanwalts in Rhayader kompromittiert und sich hartnäckig geweigert, sich ehrenhaft zu verhalten.«

Greer blinzelte. Mr Percy beugte sich vor, legte ihr die Hand auf das Knie und fuhr leise fort: »Aber das war noch nicht einmal das Schlimmste. Bald nach seiner Weigerung war die junge Frau verschwunden. In der gesamten Grafschaft wurde nach ihr gesucht … aber sie war nirgends zu finden.«

»Ach, du lieber Himmel!«, rief Greer aus. Was konnte einer Frau in einem so fernen Land wie Wales wohl alles zustoßen?

»Aber dann, wie durch ein Wunder, fand *er* sie schließlich, mitten in einem riesigen, undurchdringlichen Wald.« Er lehnte sich wieder zurück und nahm die Hand von ihrem Knie. »Sie war natürlich tot. Gebrochener Hals.«

»O Gott, *nein!*«

»Er allein führte die Behörden zu ihrer Leiche, *meilenweit* von Llanmair entfernt.«

»Wie tragisch!«

Mr Percy kniff die Augen zusammen und beugte sich erneut vor. »Ich glaube, Ihr erfasst nicht ganz, was ich sagen will, Miss Fairchild. Llanmair ist von zehntausend Hektar Wald umgeben, der zum Teil recht unzugänglich ist. Und doch ist es ihm gelungen, sie in einer sehr abgelegenen Schlucht zu entdecken.«

Greer riss die Augen auf. »Ihr meint … *Mord?*«, flüsterte sie.

Mr Percy zuckte mit den Schultern und lehnte sich wieder zurück. »Es gibt viele, die daran glauben. Dieser Mann ist niederträchtig.«

Und jetzt, einige Tage später, lief Greer ein Schauer über den Rücken, als sie aus dem Fenster der Kutsche auf das hoch aufragende Schloss und die drei Männer blickte. Sie verspürte plötzlich das Bedürfnis, Mr Percy nahe zu sein, und stieg aus. In diesem Moment kam ein weiterer Reiter auf sie zu galoppiert. Auch Mr Percy hatte ihn gesehen, denn er drehte sich sofort um und sagte zu ihr: »Bleibt in der Kutsche, Miss Fairchild.«

Aber Greer rührte sich nicht. Wie gebannt starrte sie dem Reiter entgegen.

Er ritt in einem solchen Tempo, dass sich sein Umhang bauschte wie die Schwingen eines riesigen Vogels. Er war tief über den Hals seines großen, schwarzen Pferdes gebeugt, dessen Hufe über die Erde donnerten. Fast schien es, als sähe der Mann sie nicht und wollte sie über den Haufen reiten. Greer schrie auf und schoss hinter Mr Percy, als der Reiter schließlich so abrupt anhielt, dass sein Pferd sich aufbäumte.

Er hielt seinen tänzelnden Rappen im Zaum und blickte sie finster an. Als Greer hinter Mr Percy hervortrat, richtete er seine eisigen grünen Augen auf sie.

Ein Frösteln überlief sie.

Der Reiter war etwa zehn Jahre älter als sie. Über eine Seite seines Gesichts zog sich eine Narbe vom Augenwinkel bis zur Wangenmitte, die in seinem Bartschatten verschwand. Er hatte ein energisches Kinn, und unter seinem Hut sah sie schwarze Haare, die an den Schläfen bereits grau wurden. Man konnte ihn nicht als gut aussehend bezeichnen, ja noch nicht einmal freundlich – er wirkte ziemlich grimmig.

Und wütend.

Mr Percy trat sofort vor Greer und sagte etwas auf Walisisch. Daraufhin trieb der Mann sein Pferd ein paar Schritte vorwärts und betrachtete Greer aus seinen erschreckend kalten, grünen Augen.

In diesem Moment traf ein dicker Regentropfen Greers Haube und erschreckte sie. Ein weiterer folgte, und dann noch mehr, und impulsiv sagte sie zu dem Mann: »Bitte, wir möchten weiterfahren. Wir müssen …«

Mr Percy packte sie am Unterarm, sagte etwas auf Walisisch, und wieder sah der Mann Greer an.

»Verzeihung«, flüsterte sie Mr Percy zu. »Ich glaube, wir sollten erklären, wer wir sind.«

»Was glaubt Ihr, was ich in der letzten Viertelstunde getan habe?«, gab er leise zurück. »Wenn Ihr erlaubt …«

»Aber es fängt zu regnen an«, unterbrach Greer ihn verzweifelt. Wieder wandte sie sich an den Mann auf dem Pferd. »Ich möchte Euch nicht drängen, Sir, aber ich fürchte, wir geraten in den Regen.«

Der Mann schwieg. Greer trat einen Schritt vor. »Wir haben eine wichtige Angelegenheit mit dem Earl of Radnor … dem, äh … dem *Prinzen* … zu besprechen, würdet Ihr also bitte so freundlich sein, uns passieren zu lassen?«

Ihre Bitte traf auf kaltes Schweigen. Greer warf Mr Percy einen besorgten Blick zu. »Glaubt Ihr, er versteht mich überhaupt?«, flüsterte sie.

»Oh … ich bin mir ziemlich sicher, dass er Euch versteht«, erwiderte Mr Percy.

Der Mann gab jedoch nichts zu erkennen, und Greers anfängliche Furcht verwandelte sich in Zorn über seine Grobheit. Sie reckte das Kinn und blickte ihn böse an.

In diesem Augenblick sagte er etwas auf Walisisch zu den drei Männern. Dann lenkte er sein Pferd herum und ritt davon.

»Was hat er gesagt?«, fragte Greer überrascht.

Mr Percy bedeutete ihr seufzend, in die Kutsche zu steigen. »Er hat uns Erlaubnis gegeben zu passieren«, murmelte er, ergriff sie am Arm und half ihr in die Kutsche. »Weiterfahren«, rief er dem Kutscher zu, bevor er ebenfalls einstieg.

Greer wischte die Regentropfen von ihrem Umhang und sagte: »Seine Lordschaft mag ein Mörder sein, aber ich werde mich auf jeden Fall bei ihm darüber beschweren, wie unerträglich grob sein Mann war.«

Mr Percy seufzte gereizt. »Miss Fairchild, dieser unerträglich grobe Mann *war* der Prinz von Powys.«

Ach, du liebe Güte.

2

Die drei Reiter eskortierten die Kutsche auf der kurzen Strecke in einen Schlosshof, der so groß war, dass mit Leichtigkeit mehr als ein Dutzend Kutschen hineingepasst hätten.

Llanmair war riesig, eher ein Palast als ein Schloss. Um eine große Rasenfläche standen uralte Bäume. Es war ein unerwarteter Anblick, weil Greer nach der langen Fahrt durch wilde Wälder eher mit Bauern, Schweinen und Hühnern gerechnet hätte, nicht mit einer so gepflegten Anlage.

Als sie aus der Kutsche stieg und nach oben blickte, bemerkte sie auf Vorsprüngen und in Nischen überall an der Mauer Vogelnester, in denen große Vögel saßen. Manche waren schwarz, manche rot, einige schliefen, und andere beobachteten das Treiben im Hof.

Unwillkürlich musste Greer an eine Zeile aus *Macbeth* denken: »*Selbst der Rabe, der Duncans schicksalsvollen Eingang krächzt unter mein Dach, ist heiser …*«

Ein Schauer lief ihr über den Rücken. An den Eingangstüren zum Schloss erschienen zwei Lakaien in schwarzer Livree und kamen zur Kutsche geeilt. Hinter ihnen kam ein Mann in der schwarzgrauen Uniform eines Butlers auf sie zu. Als er sie erreicht hatte, verneigte er sich und sagte: »*Bonjour.*«

»*Bonjour*«, erwiderte Greer höflich, aber Mr Percy antwortete auf Walisisch.

Der Butler sagte etwas in freundlichem Tonfall, und Percy bot Greer seinen Arm. »Wir werden hineingeführt.«

Leise Furcht stieg in ihr auf – es gefiel ihr nicht, dass sie die Sprache nicht verstand und das Haus eines Mörders betrat –, aber Percy drückte ihr beruhigend die Hand, und wieder einmal fügte sie sich.

Im Schloss kam es ihr beinahe vor wie in einem anderen Jahrhundert. Es wirkte mittelalterlich – das Innere war dunkel und eng, die Steinmauern feucht. Durch einen schmalen Gang kamen sie in eine große Halle, mit so vielen Waffen und Rüstungen an den Wänden, dass man ein ganzes Regiment damit hätte ausstatten können. Es gab auch Fahnen und Standarten mit walisischen Worten und dem Symbol eines fliegenden roten Drachens, an das sich Greer vage aus ihrer Kindheit erinnerte. An einer Wand hing ein riesiger Spiegel, der das wenige Licht reflektieren sollte.

Der Butler ging durch einen dunklen Korridor, durch einen der Türme und einen weiteren Korridor, in dem düstere Gemälde und weitere Waffen hingen.

Am Ende dieses Ganges öffnete er eine Flügeltür aus Eiche und sagte etwas auf Walisisch.

Sie traten ein.

Der Raum wäre prächtig gewesen, wenn die richtigen Möbel darin gestanden hätten. Er war in einem warmen Gelb gestrichen, die Vorhänge waren aus geblümtem Chintz, und das Deckengemälde stellte jemanden dar, der zu den Engeln emporgetragen wurde. Am hinteren Ende des Raums stand eine kleine Polstergruppe um einen geschnitzten Marmorkamin, der mindestens zwei Meter hoch war. Mehr Möbel gab es nicht. Keine Stühle, keine Konsole, keine Kommoden und keine großen Kunstwerke.

Greer legte den Kopf in den Nacken, um das Deckengemälde zu betrachten, während Percy kurz mit dem Butler sprach. Als der Mann den Raum verlassen hatte, wandte er sich zu ihr und blickte ebenfalls nach oben. »Der Künstler ist Sir Thomas Lawrence«, sagte er und trat an ein Fenster. »Er hat einige der Porträts hier im Schloss gemalt.«

Sir Thomas Lawrence!

Er war ein berühmter englischer Maler, und Greer, die Kunstwerke liebte, ging zweimal im Kreis darunter her, um sich kein Detail in der Ausführung entgehen zu lassen. Es war großartig, weitaus beeindruckender als alles, was sie bisher in London gesehen hatte.

Dann trat sie zu Mr Percy und blickte hinunter in den Garten, der ihr einen Schrei des Entzückens entlockte. Obwohl es schon langsam dunkel wurde, konnte sie sehen, wie weit er sich erstreckte – Reihen um Reihen sorgfältig gestutzter und gepflegter Sträucher, Rosen, Bäume und Springbrunnen zogen sich über einen sanften Abhang zum Waldrand hinunter. Die Anlage stand in starkem Kontrast zu dem kalten Eingangsbereich von Llanmair. »Ich habe selten etwas so Schönes gesehen«, sagte Greer andächtig.

»Der Prinz ist für seine Gartenanlagen berühmt«, erwiderte Percy. »Bemerkenswert, nicht wahr, wenn man seine Natur bedenkt.«

Es war in der Tat schwer zu verstehen, wie ein Dieb und Mörder ein solcher Gartenliebhaber sein konnte. Sie hatte eigentlich eher erwartet, dass er in seiner freien Zeit kleine Tiere quälte oder Kinder erschreckte.

Percy musste ihr Misstrauen gespürt haben, denn er blickte sie lächelnd an und sagte: »Ihr braucht keine Angst zu haben, Miss Fairchild. Bei meiner Ehre, ich werde Euch beschützen – er kann Euch nichts tun, das versichere ich Euch.«

»Danke«, erwiderte sie und verdrängte die Frage, wie Percy ein Ungeheuer wie den Prinzen eigentlich aufhalten wollte. »Aber je eher wir verlangen, dass er uns zurückgibt, was rechtmäßig uns gehört, umso rascher können wir diesen Ort wieder verlassen«, fügte sie hinzu.

»Ja«, sagte er gedankenverloren. Er blickte aus dem Fenster und wandte sich plötzlich wieder ihr zu. »Darf ich?«, fragte er und ergriff ihre Hand. Zärtlich blickte er sie an. »Wenn ich so kühn sein darf, Miss Fairchild. Ich habe über unsere recht einzigartige Situation nachgedacht, und Ihr sollt wissen, dass ich …«

Die Tür wurde plötzlich mit solcher Wucht aufgestoßen, dass Percy zusammenzuckte, Greers Hand losließ und einen

Schritt zurückwich, als das Untier in Begleitung von zwei riesigen Wolfshunden den Raum betrat. Er trug immer noch seinen Reitumhang. Sein Gesicht war finster, und seine dunklen Haare fielen ihm auf die Schultern. Er humpelte unmerklich. In der Mitte des Raumes blieb er stehen und musterte sie kühl mit wachen, grünen Augen, die er leicht zusammenkniff, als er etwas auf Walisisch sagte. Die beiden Hunde gehorchten sofort und setzten sich.

Seine Augen brachten Greer heute schon zum zweiten Mal zum Erschauern.

Allerdings würdigte er Greer gar keines Blickes, sondern redete Percy mit tiefer, leiser Stimme auf Walisisch an. Greer hatte den Eindruck, er bräuchte seine Stimme gar nicht zu erheben – der Angesprochene zitterte schon vor Angst, wenn er ihn nur ruhig anredete.

Mr Percy jedenfalls errötete leicht. »Ich darf Euch Miss Greer Fairchild vorstellen«, sagte er.

Unwillkürlich versank Greer in einen Knicks.

Der eisige Blick des Mannes glitt über ihre Gestalt.

Er faszinierte sie und weckte ihre Neugier. Ein wenig wurden ihr die Knie weich bei dem Gedanken, ihn nach ihrem Erbe fragen zu müssen, da er eine solche Macht ausstrahlte, dass niemand ihn infrage zu stellen wagte.

Aber fragen musste sie.

So kurz vor dem Ziel konnte sie nicht auf einmal feige werden.

Am liebsten wollte sie die hässliche Angelegenheit so schnell wie möglich hinter sich bringen, damit sie diesen Ort so schnell wie möglich wieder verlassen konnte. »Euer Hoheit«, sagte sie und nahm all ihren Mut zusammen.

Er zog eine Augenbraue hoch. »Ich bin Earl, Miss Fairchild, kein König.«

Greer wusste nicht, was sie mehr erschreckte – sein perfektes Englisch oder sein Blick, der sie förmlich zu durchbohren schien. »M-mylord«, stammelte sie, »vergebt bitte, wenn wir hier so eindringen … aber es war notwendig, dass wir hierher gekommen sind.«

Er nickte knapp und wandte sich ab, um leicht humpelnd an die Konsole zu treten. Er schenkte sich einen Whiskey aus einer der Kristallkaraffen ein und warf Percy einen Blick zu. »Whiskey?«

»Ja, bitte«, erwiderte Percy. Radnor – Powys –, wie auch immer sein Name sein mochte, wies vage auf die Konsole und bedeutete Percy, sich selbst zu bedienen.

Was für schlechte Manieren! Warum demütigte er Percy so?

Er wandte seine Aufmerksamkeit wieder Greer zu und musterte sie, während er den Whiskey hinunterkippte. »Ihr seid aus Wales«, sagte er und stellte das Glas beiseite.

War das nun eine Frage oder eine Feststellung? »Ja.« Sie verschränkte die Hände hinter dem Rücken. »Meine Eltern stammten aus Wales, lebten aber in dem englischen Ort Bredwardine. Vaughan war ihr Name.«

»Und wie seid Ihr dann zu dem englischen Namen Fairchild gekommen?«

Sie musste daran denken, was Percy von diesem Mann zu erleiden hatte, nur weil er ein halber Engländer war. »Meine Mutter starb, als ich noch sehr klein war, Mylord. Mein Vater, Yorath Vaughan, wollte seine Tochter nicht allein aufziehen, deshalb gestattete er der Halbschwester meiner Mutter, Lady Bingley, mich aufzunehmen. Sie lebte in England, und als mein Vater starb, gab Lord Bingley mir seinen Namen, Fairchild.«

Der Prinz nickte nachdenklich. Unverblümt musterte er ihre Figur, und sein Blick ruhte auf ihrem Dekolleté. »Und welche Angelegenheit wollt Ihr mit mir besprechen?«, erkundigte er sich mit kalter Stimme.

Greer hätte nicht sagen können, was mit ihr in diesem Moment geschah. Vielleicht war sie einfach erschöpft von der langen Reise, oder vielleicht war es auch die Tatsache, dass er mit ihr sprach, als hätte sie kein Recht, ihn aufzusuchen, auf jeden Fall stieg leise Empörung in ihr auf. »Das kann ich Euch sagen«, erwiderte sie mit ruhiger Stimme. »Ihr habt, was rechtmäßig mir gehört.«

Er schien beinahe zu lächeln, aber Percy sagte rasch etwas auf Walisisch. Der Unmensch beachtete ihn jedoch gar nicht, sondern richtete seinen Blick weiterhin auf Greer. Sein finsterer, stoischer Gesichtsausdruck machte sie wütender als alle seine Verbrechen zusammen.

Als Percy geendet hatte, kniff der Prinz die Augen zusammen und fragte Greer: »Was könnte ich denn haben, was Euch gehört?«

Wieder sagte Percy etwas auf Walisisch, aber der Prinz unterbrach ihn mit einer Handbewegung und wartete darauf, dass Greer antwortete.

»Ihr habt …«

»Miss Fairchild!«

Percys laute Stimme erschreckte sie. Erneut redete er in der fremden Sprache auf den Prinzen ein, und was er sagte, schien den Mann aufzubringen. Voller Verachtung antwortete er grollend. Percys Tonfall stand seinem in nichts nach, und er wurde immer lauter, während die Stimme des Unmenschen immer kälter wurde.

Aber dann sagte Percy etwas, das anscheinend einen Nerv traf, denn der Prinz warf ihr einen bösen Blick zu.

Unwillkürlich wich Greer einen Schritt zurück.

»Es ist bereits zu spät, als dass Ihr sicher nach Rhayader zurückkehren könnt. Wir werden Euch hier unterbringen.«

»*Hier?*«, echote Greer und warf Percy einen besorgten Blick zu. »Wir können doch bestimmt noch nach Rhayader zurückkehren – es ist noch nicht dunkel, und der Regen …«

»Es geht nicht«, unterbrach sie der Prinz. »Und was Eure … *Angelegenheit* … angeht, so werde ich mich morgen darum kümmern.« Er schnippte mit den Fingern, und sofort waren die beiden Hunde an seiner Seite. Sie trotteten hinter ihm her aus der Tür, noch bevor Greer überhaupt ein Wort herausbringen konnte.

Als sich die Tür hinter ihm geschlossen hatte, wirbelte sie zu Percy herum. »Was … was ist *geschehen?*«

»Ich habe ihm erklärt, dass wir wegen unseres Erbes gekommen sind«, sagte er und trat auf sie zu. »Natürlich will er es Euch nicht kampflos überlassen.«

Greer stöhnte. Sie war mittlerweile zu wütend und erschöpft. Sie hatte ihn selbst fragen wollen, hatte mit ihren eigenen Worten diesem bösen Mann darlegen wollen, was sie von ihm wollte, und jetzt hatte sie noch nicht einmal verstanden, dass ihr Fall überhaupt dargelegt worden war. »Mr Percy, ich muss wirklich darauf *bestehen* …«

»Miss Fairchild … *Greer*«, unterbrach er sie. »Ihr kennt ihn nicht so gut wie ich. Er ist entsetzlich skrupellos – er hat keine Gnade mit einer hilflosen jungen Frau.«

Als sie ihm einen skeptischen Blick zuwarf, ergriff er ihre Hände. »Ich möchte Euch so gerne helfen, Euch *beschützen*. Miss Fairchild – *Greer* –, was ich Euch zu sagen habe, mag unziemlich erscheinen, aber … aber ich habe schon einige Zeit darüber nachgedacht.«

Die Intensität seines Blickes und sein feierlicher Tonfall ließen in ihr einen Verdacht keimen. Er wollte doch nicht etwa …? *Jetzt?* »Mr Percy!«, rief sie und versuchte, ihm ihre Hände zu entziehen. »Ich bitte Euch, bitte *nicht* …«

»Ihr wisst sicher, dass ich Euch hoch schätze«, fuhr er ungerührt fort. »Ich hätte es zwar vorgezogen, richtig um Euch zu werben, aber da das Schicksal uns zusammengebracht hat, kann ich es nicht mehr länger aufschieben, Euch meine Gefühle zu erklären. Und es ist wichtig, dass ich es jetzt ausspreche, denn gemeinsam werden wir erfolgreicher sein als getrennt.«

Dieses plötzliche Geständnis musste sie erst einmal verdauen. Natürlich waren ihr seine Aufmerksamkeiten aufgefallen, aber ein so tiefes Gefühl hatte sie nicht erwartet. Sie fand ihn zwar charmant und mochte ihn ganz gern – schließlich war er ihr während der Reise eine große Hilfe gewesen –, aber sie hatte nie auch nur im Entferntesten daran gedacht, dass er ihr Ehemann werden könnte.

Und wirklich, es war doch ein schrecklicher Augenblick, um ihr einen Antrag zu machen. Sie konnte ja kaum an etwas anderes denken als an diesen verflixten Prinzen! Es war eine absurde Situation – sie stand mitten in einem mittelalterlichen Schloss in Wales, als Gast eines Mörders und eines Diebes und hatte gerade einen Heiratsantrag bekommen, den sie weder wollte noch vorausgesehen hatte. »Mr Percy, ich kann auf keinen Fall …«

»Ihr braucht jetzt nichts zu sagen«, unterbrach er sie und küsste ihr die Hand. »Aber gebt mir die Ehre, meinen Antrag wenigstens zu bedenken. Ihr könnt Euch meiner Wertschätzung gewiss sein. Ihr habt mich gefangen genommen und bezaubert, Greer, und ich bete dafür, dass Ihr meine Gefühle erwidert und einwilligt, meine Frau zu werden.«

»Mr Percy, bitte!«, rief sie und entzog ihm ihre Hand. »Das ist ein äußerst schlecht gewählter Zeitpunkt.«

»Ich weiß, aber wenn Ihr seine Natur bedenkt, so ist dies vielleicht die allerbeste Zeit. Überlegt doch nur, was dies bedeutet, Greer! Gemeinsam werden wir mit unserem Erbe ein angenehmes Leben führen können. Wir könnten uns in einem Herrenhaus auf dem Land niederlassen und unsere Kinder großziehen …«

»Was maßt Ihr Euch an, Sir!«

Er lächelte süß und fuhr mit dem Knöchel über ihre Schläfe. »Ich bitte Euch doch nur, darüber nachzudenken.«

O Gott! Wenn doch nur Ava und Phoebe hier wären! Wenigstens eine der beiden hätte sie sicher vor Percy gewarnt, aber Greer hatte es nicht kommen sehen. Sie hatte einzig und allein ihr Ziel vor Augen gehabt, und nicht einmal im Traum daran gedacht …

»Ich habe Euch offensichtlich erschreckt«, sagte Percy. »Aber es kann Euch doch nicht so sehr überrascht haben. Ihr *wusstet* doch sicher …«

Hinter ihnen öffnete sich die Tür, und Greer fuhr schuldbewusst herum.

Der Butler trat ein und sagte etwas zu Percy. Dieser Percy seufzte und blickte Greer an. »Er hat ein Zimmer für Euch vorbereitet«, sagte er ärgerlich. Dann jedoch lächelte er. »Ihr müsst mir versprechen, über das, was ich Euch gesagt habe, nachzudenken.«

»Ja, das tue ich«, erwiderte sie und eilte erleichtert aus dem Zimmer, dem Butler hinterher, der bis jetzt noch kein einziges Wort Englisch gesprochen hatte.

3

Der Butler führte Greer durch einen dunklen Gang in ein kleines, karges Zimmer mit einem Bett, einem Teppich und einem Tisch. Aus dem Fenster blickte man auf die Schafpferche. Der Butler – klein, dunkelhaarig und stoisch – sagte ihr auf Französisch, das Essen würde ihr auf dem Zimmer serviert.

»*Merci*«, erwiderte sie, und da ihr Französisch nicht besonders gut war, fragte sie nach jemandem, der Englisch sprach. »*Y a-t-il quelqu'un qui parle anglais ici?*«

»Ich spreche Englisch«, erwiderte der Butler ernst.

Das wurde ja immer seltsamer! »Danke«, sagte sie und blickte ihn neugierig an. »Kann ich Feuer im Kamin haben?«

»Ich schicke Euch einen Lakaien vorbei.« Er verbeugte sich und ging.

Seufzend warf Greer ihre Haube auf das Bett und trat ans Fenster. Sie starrte auf die schlammigen Pferche und die Schafe, die trotz der Kälte und der Nässe zufrieden an ihrem Futter kauten. Wenn sie doch auch nur so sorglos sein könnte! Aber im Moment kamen ihr ihre Probleme unüberwindlich vor. Und sie hatte sich selbst in diese missliche Lage gebracht.

Es klopfte an der Tür, und der angekündigte Lakai trat ein, um Feuer im Kamin zu machen. »Entschuldigung, könnt Ihr mir sagen, ob Mr Percy in der Nähe ist?«

Der Lakai warf ihr einen seltsamen Blick zu. »*Saesneg* nicht gut«, sagte er.

»Oh.« Greer lächelte schwach und drehte sich wieder zum Fenster.

Es wurde langsam dunkel, und der Wind frischte auf und heulte ums Schloss. Es klang, als ob jemand in der Ferne schrie, stellte Greer nervös fest. Fast erwartete sie, dass die Hexen aus *Macbeth* hinter dem Vorhang vorspringen würden.

Wann treffen wir drei uns das nächste Mal
Bei Regen, Donner, Wetterstrahl?
Wenn der Wirrwarr ist zerronnen,
Schlacht verloren und gewonnen.

Seufzend wandte sie sich ab vom Fenster und trat an den Kamin.

Sie dachte an Ava und Phoebe, an ihr Haus in London, an die Soireen und Bälle, an denen sie teilgenommen hatten, an das sorglose Leben, das sie geführt hatten. Sie vermisste die beiden schrecklich, vermisste ihre Gespräche und Ratschläge. Sie dachte an ihre Tante Cassandra, die immer fröhlich gewesen war und ihnen großartige Dinge versprochen hatte.

Sie dachte an Bingley Hall, wo sie als Kinder gelebt hatten, an die Bälle, die ihre Tante und ihr Onkel gegeben hatten. An diesen Abenden war Tante Cassandra immer im Abendkleid zu ihnen gekommen, um ihnen gute Nacht zu sagen. In Greers Augen hatte sie immer ausgesehen wie eine Königin.

An einem dieser Abende hatte Phoebe gebettelt: »Ich möchte auch mitmachen, Mama!«

»Heute Abend nicht, Liebling, aber eines Tages wirst du auf allen Bällen tanzen«, hatte Tante Cassandra sie beruhigt. Sie hatte die Kinder an den Händen genommen und mit ihnen im Kreis getanzt. »Eines Tages werdet ihr nach Herzenslust tanzen.«

»Wo?«, hatte Phoebe misstrauisch gefragt.

»Wo? In Avas Haus natürlich!«, hatte Tante Cassandra geantwortet. »Ava wird ein sehr schönes Haus besitzen, und sie wird Bälle, Soireen und elegante Dinners geben, um die sie jeder in London beneiden wird.«

»Wen werde ich heiraten, Mama?«, hatte Ava, die ein Jahr älter als Greer war, gefragt.

»Einen Lord. Einen sehr gut aussehenden und reichen Lord, Liebling, und er wird dich anbeten.«

»Und ich?« Phoebe, die jüngste von ihnen, hatte die Stirn gerunzelt.

»Du bist mein ganz besonderes Kind, Phoebe«, hatte Tante Cassandra lächelnd gesagt, während sie langsam im Kreis herumgingen. »Wenn du erwachsen bist, wirst du so schön sein, dass jeder Mann in Großbritannien dich zur Frau begehrt. Aber du wirst deine Zuneigung nur einem schenken, denn du wirst ein bedeutendes Geheimnis haben. Und nur ein ganz besonderer Mann kann dein Geheimnis erkennen.«

»Was für ein Geheimnis ist das?«, hatte Phoebe aufgeregt gefragt.

»Woher soll ich das wissen, mein Liebling?«, hatte Tante Cassandra fröhlich geantwortet. »Es ist ja *dein* Geheimnis. Aber es wird ein ganz besonderes Geheimnis sein, und du wirst es mit dem Mann teilen, den du liebst.«

»Was ist mit Greer?«, hatte Ava gefragt.

»Greer!« Tante Cassandra hatte gelacht und zärtlich Greers Hand gedrückt. »Das ist ganz leicht. Greer ist klug und witzig und wird bei allen bedeutenden sozialen Anlässen sehr gefragt sein. Alle Gentlemen werden hinter ihr her sein, aber sie wird es vorziehen, mit ihnen Katz und Maus zu spielen.«

»Werde ich denn nicht heiraten?«, hatte Greer gefragt.

»Doch, natürlich, Liebling! Aber nicht einfach irgendeinen Mann – er wird mindestens so klug sein wie du und sofort erkennen, was für ein Juwel du bist.«

Die drei Mädchen hatten sich angeschaut und versucht, sich vorzustellen, wie das Leben sein würde, wenn sie erwachsen waren.

»Ich will nicht heiraten«, hatte Phoebe schließlich gesagt. »Ich will bei Ava und Greer bleiben.«

Tante Cassandra hatte gelacht und Phoebe einen Kuss auf den blonden Scheitel gedrückt. »Es wird Männer in eurem Leben geben, meine Schätzchen, aber ihr werdet immer zusammen sein und euch gegenseitig beschützen. Ihr werdet euren Kummer und eure Hoffnungen miteinander teilen, und eure

Kinder werden gemeinsam aufwachsen. Ihr werdet eure Männer und eure Kinder lieben, aber vergesst niemals, dass niemand euch näher stehen wird als eure Schwestern.«

»Greer ist nicht unsere Schwester, Mama!«, hatte Phoebe erklärt. »Sie ist unsere Cousine.«

»Danke, Liebling, ich weiß, dass sie dem Namen nach eure Cousine ist. Aber sie ist eure Schwester im Herzen.«

Sie hatte ihnen allen einen Gutenachtkuss gegeben und sie dann in der Obhut ihres Kindermädchens zurückgelassen.

Greer vergaß jenen Abend nie.

In vieler Hinsicht hatte Tante Cassandra recht behalten – sie wurde zu allen gesellschaftlichen Anlässen eingeladen und war eine gefragte Partnerin bei Spielen, Tanzveranstaltungen und Essenseinladungen. Die Gentlemen schienen sie zu mögen, aber sie war bisher dem Einen, der ihr Interesse für länger weckte, noch nicht begegnet. Es machte sie traurig, denn sie wollte Kinder und in der Nähe von Ava und Phoebe in London leben. Und sie wollte einen Mann heiraten, der klug und freundlich war und sich vor allem nicht von ihrem vielseitigen Wissen abschrecken ließ.

Tante Cassandra fehlte ihr sehr, vor allem jetzt. Ihre Tante würde wissen, was sie tun sollte – wegen des Erbes, wegen Percy und wegen dieses schrecklichen Schlosses.

Und natürlich dachte Greer auch an ihre Mutter, eine Frau, die in der Erinnerung immer so aussah wie auf dem winzigen Porträt, das Greer bei sich trug. Von ihrem Vater hatte sie kein Bild, und sie konnte sich nicht mehr erinnern, wie er ausgesehen hatte. Eigentlich konnte sie sich überhaupt nicht mehr an ihn erinnern. Aber an ihre Mutter – Tante Cassandras Halbschwester – erinnerte sie sich lebhaft.

Jetzt jedoch dachte sie trübsinnig, dass sie einem Geist nachjagte. Ein paar Erinnerungen, ein winziges Porträt und nur der immer wiederkehrende Traum, den sie in den letzten Jahren von ihrer Mutter gehabt hatte. Im Traum stand ihre Mutter im Sonnenlicht in der Tür eines weißen Herrenhauses und winkte

Greer hinein. Und Greer lief auf sie zu, um sie zu erreichen, bevor sie im Haus verschwand. Aber es gelang ihr nie.

Und dieser Traum hatte sie ganz bestimmt nicht hierher gebracht, in dieses ferne, düstere Schloss, das mit dem Wales ihrer Erinnerung gar nichts zu tun hatte.

Und dabei hatte sie doch immer mit beiden Beinen fest auf der Erde gestanden. Sie war eine hervorragende Schülerin gewesen und konnte nie genug Mathematik, Wissenschaft und Literatur lernen. Sie war doch eigentlich nicht der Typ für flüchtige Launen und Moden. Warum riskierte sie nun ihr Leben und ihre Tugend für so eine abenteuerliche Jagd?

Trotz des Feuers im Kamin wurde es im Zimmer immer kälter. Zum Glück erschien ein weiterer Lakai mit Greers Reisetruhe. Sie zündete eine Kerze an und öffnete die Truhe, um ein geeignetes Gewand für die Nacht und einen Kaschmirschal gegen die Kälte herauszuholen. Für die Abendtoilette begnügte sie sich mit dem eiskalten Wasser im Becken. Kurz darauf kam ein Lakai mit ihrem Abendessen. Sie hob die Silberkuppel ab. Darunter verbarg sich ein Fischeintopf. Sie setzte die Silberkuppel wieder darauf; sie hatte keinen Appetit.

Als der Lakai weg war, versuchte sie Hände und Gedanken damit zu beschäftigen, dass sie sich die Haare bürstete. Der Wind war noch stärker geworden, und der Regen peitschte gegen die Fensterscheibe, als würde jemand Kieselsteine dagegen werfen. Die Geräusche waren so nervenaufreibend, dass Greer sich schließlich die Haare zusammenband und im Zimmer auf und ab ging.

Die Kerze flackerte, und Greer musste plötzlich an einen Roman denken, den Phoebe ihnen einmal vorgelesen hatte. Die Geschichte eines Mädchens, das mit einem Gespenst in einem Schloss eingeschlossen war, hatte die drei jungen Frauen nächtelang bewogen, in einem Bett zu schlafen.

Erneut rüttelte der Wind am Fenster, und Greer fuhr vor Angst fast aus der Haut. Sie blickte auf die kleine Uhr, die sie an der Brust trug. Es war viertel vor zehn. Bestimmt würde sie in den Gängen des Schlosses um diese Uhrzeit keinen mehr stören – sie wollte sich nur schnell auf die Suche nach Mr Percy machen, damit er ihr Gesellschaft leisten konnte, bis der Sturm vorüber war.

Vorsichtig öffnete sie die Tür und spähte hinaus. Am Ende des Korridors flackerte ein Licht, und wo Licht war, war vielleicht auch ein anderes menschliches Wesen.

Sie ergriff ihren Kerzenleuchter und trat in den Gang, um den Weg einzuschlagen, den der Butler sie hierhergeführt hatte. Am Ende des Korridors konnte sie sich jedoch nicht mehr erinnern, ob sie von links oder rechts gekommen waren.

Sie entschied sich für rechts.

Das Herz klopfte ihr bis zum Hals, als sie durch einen Gang huschte, in dem Bienenwachskerzen in Wandhalterungen flackerten. Nur wenige Leute konnten sich diese Extravaganz leisten, aber Greer war froh darüber. Sie blies ihre Kerzen aus, stellte ihren Leuchter beiseite und ging leise den Korridor entlang, wobei sie sich die Gemälde ansah.

Sie fand es interessant, dass der Prinz zwar eine beeindruckende Kunstsammlung in seinem Schloss zu haben schien, anderweitig jedoch kaum eingerichtet war.

Am Ende des Ganges hing das Gemälde einer Frau, die unter einem Baum saß. Greer erkannte sofort, dass es sich um ein Werk von Thomas Gainsborough handelte, und blieb stehen, um es zu bewundern. Die Frau trug ein weißes Reifrockkleid mit blauer Schärpe. Auf ihrem Kopf saß ein breitkrempiger Sommerhut, und juwelenbestickte Pantöffelchen blitzten unter dem Saum ihres Kleides hervor. Zu ihren Füßen lag ein kleiner Hund.

Greer trat näher, um das Bild eingehender zu betrachten, als hinter ihr die Dielen knarrten.

Mit einem erschreckten Aufschrei drehte sie sich um, woraufhin die beiden Hunde hinter ihr in heftiges Gebell ausbrachen.

Direkt hinter ihnen tauchte ein Mann im Türrahmen auf,

und Greer blieb das Herz stehen. Er sagte in scharfem Tonfall etwas zu den Hunden, die sich sofort hinlegten.

Erschreckt keuchte Greer auf und drückte die Hand an den Hals. Der Prinz hatte seinen Umhang abgelegt, auch Jacke, Weste und Halstuch. Er trug nichts weiter als eine Hose und ein offenes Hemd, unter dem sie einen Blick auf die dunklen Haare erhaschte, die sich auf seiner muskulösen Brust kräuselten. Mit bloßen Füßen lehnte er am Türrahmen, eine Flasche in einer Hand. Er wirkte nicht besonders zivilisiert und blickte sie finster an.

»Verzeihung«, sagte Greer und wandte sich zum Gehen.

»*I ble rydych chi'n mynd?*«, sagte er mit scharfer Stimme.

Greer unterdrückte ein Schaudern und warf ihm einen misstrauischen Blick zu.

Wieder sagte er etwas zu den beiden Hunden, die auf sein Kommando hin im Zimmer verschwanden. Der Prinz bewegte sich jedoch immer noch nicht. Er musterte sie eingehend, ihr Nachtgewand, den Schal, der ihr von einer Schulter gerutscht war, ihre Pantoffeln und ihre Haare. Dann senkte er die Flasche und blickte ihr in die Augen. »Ich weiß, wer Ihr seid«, sagte er. »Was macht Ihr hier?«

»Ich habe …« Im letzten Moment besann sie sich noch, bevor sie ihm erzählte, dass sie unruhig und ängstlich gewesen war und das kleine Zimmer verlassen musste, bevor sie wahnsinnig wurde. »Ich habe mich verirrt«, log sie.

»Verirrt«, wiederholte er. »Ihr habt Euch noch nie *verirrt*.«

Seine Antwort verwirrte sie. »Ich, äh …« Sie blickte den Korridor entlang. »Ich wollte Wasser«, sagte sie, um zu erklären, wie sie hierherkam. »Ich habe nach dem Butler gesucht, aber ich bin wohl falsch abgebogen.«

Ohne den Blick von ihrem Busen zu wenden, stieß sich der Prinz vom Türrahmen ab. Er war nicht mehr so ganz sicher auf den Beinen. »Habt Ihr nicht daran gedacht, Eure *Magie* einzusetzen«, fragte er und wackelte mit den Fingern. »Oder zumindest die Klingelschnur?«

Die Klingelschnur. Sie hatte noch nicht einmal nachgesehen, ob es in ihrem Zimmer eine gab. Sie antwortete nicht und beobachtete, wie er schwankend auf sie zukam. Anscheinend hatte der Mann zu tief ins Glas geschaut, und Gott allein wusste, zu was er unter dem Einfluss von Alkohol fähig war. Panik stieg in ihr auf, und hektisch überlegte sie, wie sie ihm am besten entkommen konnte.

Aber er war sicher schneller als sie. Greer schluckte ihre Angst hinunter, wich jedoch instinktiv einen Schritt zurück und prallte gegen die Wandtäfelung.

Er blieb dicht vor ihr stehen und starrte sie an. Sein Blick fiel auf ihre Lippen. »*Beth ydy'ch enw chi?*«

Greer blinzelte und hielt den Atem an.

Er hob den Blick. »Seid Ihr nicht aus Wales?«

Sie wagte es nicht zu antworten.

Der Prinz ließ den Blick wieder auf ihren Busen sinken, und tief in Greer breitete sich Hitze aus.

Er neigte leicht den Kopf und seufzte. »Wie heißt Ihr?«, fragte er. »Euer Vorname«, fügte er hinzu und blickte ihr wieder in die Augen. Verblüfft stellte sie fest, wie grün seine Augen waren – grün wie der Frühling. Aber diese Augen musterten sie auch, und ihr Herz hämmerte vor Angst. Was hatte er mit ihr vor?

»Greer«, antwortete sie mit schwacher Stimme.

»*Greer*«, wiederholte er leise. Er hob die Hand, als wollte er ihre Haare streicheln, und Greer schloss die Augen und wandte den Kopf.

Aber der Prinz berührte nicht ihre Haare – er berührte *sie*. Er besaß die Unverfrorenheit, sie zu berühren, und seine Finger glitten über die Haut ihres Busens. Greer riss die Augen auf. »*Mylord!*«, keuchte sie.

Er ignorierte sie. Er nahm das Amulett, das sie um den Hals trug, in die Hand und studierte es aufmerksam. Tante Cassandra hatte es ihr vor Jahren geschenkt, ein Kreuz, umgeben von drei Kreisen. Greer versuchte, noch weiter zurückzuweichen, indem sie sich fester an die Wand drückte, aber er schüttelte warnend den Kopf. Seine Finger wirkten dunkel vor der glatten blassen Haut ihres Busens.

Ihr Atem kam stoßweise, und ihre Panik stand kurz davor, in Hysterie umzuschlagen. Sie überlegte, ob sie ihn schlagen, zurückdrängen oder um Hilfe schreien sollte – aber sie stand da wie erstarrt und brachte keinen Ton hervor.

»Es ist walisisch«, sagte er. »Ein Amulett.« Er ließ es wieder sinken, wobei seine Finger heiß ihren Hals streiften. Greer legte die Hand über die Kette. »Das glaube ich nicht«, sagte sie heiser. »Ich bin sicher, dass es in London gekauft wurde.«

»Es ist walisisch«, wiederholte er. »Ich *kenne* Euch. Ihr verfolgt mich«, hauchte er. Seine Augen leuchteten. Sie konnte seinen Blick nicht ertragen und wandte wieder den Kopf ab, aber er legte ihr die Hand unter das Kinn und zwang sie, ihn anzusehen.

Sie standen ganz dicht voreinander. »Ich weiß, was Ihr wollt«, murmelte er. »Aber Ihr werdet keinen Erfolg haben.« Und dann küsste er sie, zu ihrem Entsetzen. Seine Lippen waren warm und feucht und glitten verführerisch über ihre. Seine große Hand lag in ihrem Nacken, und sie hatte das Gefühl, er könne sie mit einem Griff erwürgen, wenn er wollte. Dann glitt seine Hand zu ihrer Schulter und von da aus über die Rundung ihres Ausschnitts. Die leichte Berührung ließ sie vor Erregung erschauern.

Der Kuss war sanft und fordernd zugleich, und er war außergewöhnlich erotisch. Ihr Körper reagierte darauf, wurde heiß unter seiner Berührung und bebte vor Lust.

Gerade als sie dachte, sie müsse in Ohnmacht fallen, trat er plötzlich zurück und löste sich von ihr. Sein Mund verzog sich zu einem gefährlichen Lächeln, er hob seine Flasche und trank noch einen Schluck. Mit dem Flaschenhals zeigte er auf sie. »Ihr werdet nicht gewinnen«, sagte er. Noch einmal glitt sein Blick über sie. Er trank noch einen weiteren Schluck aus der Flasche, dann wandte er sich schwankend um und humpelte in das Zimmer, aus dem er gekommen war.

Als sich die Tür hinter ihm geschlossen hatte, holte Greer tief Luft und sank völlig erschöpft an der Wand zusammen. Es dauerte eine Weile, bis sie wieder stehen konnte. Dann raffte sie ihren Schal und lief denselben Weg zurück, den sie gekommen war. Im Vorbeigehen ergriff sie ihren Kandelaber, zündete jedoch nur eine Kerze an, damit sie so schnell wie möglich in ihr Zimmer kam, wo sie vor dem wahnsinnigen Prinzen geschützt war.

In seinem Studierzimmer nahm der Prinz einen weiteren Schluck aus der Flasche. Er trank sie aus und setzte sich wieder auf seine Chaiselongue. Müßig kraulte er einem der Hunde den Kopf, dann legte er die Hand auf sein Knie. Vergeblich versuchte er, den Schmerz wegzureiben, gab jedoch rasch auf und sank zurück gegen die Lehne. Müde legte er einen Arm über die Augen und wartete darauf, dass der Schlaf ihn von seiner Qual erlöste.

4

Greer machte kaum ein Auge zu. Bei jedem Geräusch wachte sie auf und fürchtete, der Prinz käme ins Zimmer. Und sie fürchtete auch ihre Reaktion auf ihn. Sie hatte solche Angst gehabt und war zugleich so erregt gewesen – und das verstörte sie mehr als alles andere.

Und so fuhr sie auch am nächsten Morgen erschreckt aus dem Schlaf auf, als jemand sie in die Zehen zwickte. Ein Mädchen stand am Fußende ihres Bettes.

»Wer … wer bist du?«, fragte sie.

Das Mädchen, ein schmächtiges, kleines Ding, blickte sie aus großen, dunklen Augen an. »Ich bin Lucy, Ma'am. Aber meistens werde ich Lulu gerufen. Ich bin Eure Zofe.«

Das einfache Englisch des Mädchens überraschte Greer. Sie setzte sich auf und zog die Beine an. Misstrauisch musterte sie das Mädchen. »Woher kommst du? Du klingst nicht walisisch.«

»Oh nein, Ma'am, ich komme aus Shrewsbury.«

Shrewsbury lag wenigstens auf der richtigen Seite der Grenze, und Greers Misstrauen ließ ein wenig nach. Sie schwang die Beine aus dem Bett. »Und wie bist du nach Llanmair gekommen?«, fragte sie. »In einer Mietkutsche?«

»Oh nein, Miss. Mein Vater hat mich hierher gebracht, damit ich hier arbeiten kann.«

Sie wies auf die Waschschüssel. »Ich habe Euch frisches Wasser gebracht. Seine Lordschaft bittet Euch zum Frühstück in den großen Speisesaal, und wenn Ihr fertig seid, sollt Ihr in sein Studierzimmer kommen.«

Greer errötete leicht bei der Erwähnung des Prinzen; sie wich dem Blick der Kleinen aus und trat an die Waschschüssel, wo sie sich eiskaltes Wasser ins Gesicht spritzte, um wach zu werden. Als sie sich umdrehte, hatte Lulu die Vorhänge zurückgezogen, und Sonnenlicht flutete ins Zimmer.

»Es hat aufgehört zu regnen«, murmelte Greer, mehr zu sich selbst als zu Lulu.

»Ja«, erwiderte Lulu mit einer Fröhlichkeit, die in dem trostlosen kleinen Zimmer unangebracht schien. »Es ist ein schöner Tag. Soll ich Euch beim Anziehen helfen?«, fragte sie und ergriff ein weiches, bernsteinfarbenes Morgengewand, das Phoebe für Greer aus einem alten Kleid von Tante Cassandra genäht hatte.

»Danke ... aber ich brauche ein Reisekleid«, antwortete Greer. »Ich verlasse Llanmair heute.«

Lulu nickte und trat wieder an die Truhe. Sie holte ein Kleid in Rosé heraus, das eigentlich viel zu leicht für dieses raue Land war, aber etwas anderes hatte Greer nicht. Vorsichtig legte Lulu das Kleid über die Armlehne eines Stuhls und bewunderte es.

Greer setzte sich an den kleinen Tisch und begann, sich die Haare zu bürsten. Sie beobachtete Lulu, die umherging und aufräumte. Wie konnte so ein zierliches Mädchen in Llanmair leben? Schließlich konnte Greer ihre Neugier nicht mehr zügeln und ließ die Bürste sinken. »Du hast gesagt, dein Vater hat dich hierher gebracht?«

»Ja, Ma'am. Ende November werden es zwei Jahre.«

Wie konnte ein Vater nur so etwas tun? Vielleicht wusste er ja nichts vom Ruf des Prinzen? Das arme Ding – Lulu hatte sich bestimmt sehr gefürchtet, allein im Haus eines Mannes, dessen Charakter so schwarz war wie die Nacht. »Du bist ein tapferes Mädchen, Lulu. Du hattest sicher Angst.«

Lulu lachte überrascht. »*Angst?* Ach du lieber Himmel, nein, Ma'am. Wenn man für seinen Lebensunterhalt arbeiten muss, gibt es keinen besseren Ort als Llanmair. Ich hatte sehr viel Glück, dass ich hier arbeiten konnte.«

Die Aussichten auf einen Broterwerb mussten in diesem Teil der Welt tatsächlich mager sein, wenn sich ein Mädchen schon glücklich schätzte, bei diesem Teufel arbeiten zu können. Aber

Greer sagte nichts mehr und beendete ihre Toilette. Lulu half ihr beim Ankleiden, aber sie hatte Probleme damit, Greers Haare aufzustecken, und so flocht sie sie zu einem Zopf, den sie mit einem Band umwickelte. »Es ist sicher nicht so elegant wie die Frisuren in London, Ma'am, aber für Wales ist es ganz nett.«

Greer lächelte und enthielt sich einer Antwort. Sie fragte sich – wie schon häufig in der letzten Zeit –, ob sie tatsächlich Waliserin war. Alles kam ihr so fremd vor. Gewiss, sie war ja auch erst acht gewesen, als sie vor vierzehn Jahren gegangen war, aber sie hatte geglaubt, ihr würde wenigstens *irgendetwas* vertraut vorkommen.

Lulu führte sie zum Speisezimmer, und Greer freute sich, als sie Percy erblickte. Er erhob sich, als sie eintrat, und streckte ihr die Hand entgegen. »Wie habt Ihr geschlafen?«, fragte er. »Oh, meine Liebe, nicht gut, Eurem Aussehen nach zu urteilen. Ihr seht müde aus.«

»Ist es so schlimm?«, fragte Greer erschreckt. »Ich habe in der Tat nicht gut geschlafen.« *Weil der Prinz sie so intim geküsst hatte.* »Der Sturm und all die Geräusche …«

»Gespenster«, sagte Percy ernst.

»*Was?*«

Lachend küsste er ihr die Hand. »Ich bitte um Entschuldigung. Ich habe Euch nur geneckt. Mir ist der Sturm kaum aufgefallen – ich habe geschlafen wie ein Säugling«, fügte er augenzwinkernd hinzu. »Hier – setzt Euch«, fügte er streng hinzu. »Ich hole Euch Frühstück.«

Greer setzte sich. Da sie den Fischeintopf gestern Abend nicht angerührt hatte, hatte sie großen Hunger. Percy servierte ihr Porridge, Eier, Toast und Kaffee. Während Greer frühstückte, setzte er sich ihr gegenüber. »Nach dem Frühstück sollen wir zum Prinzen kommen.«

Er blickte sich um, als müsste er sich vergewissern, dass ihnen auch ganz bestimmt niemand zuhörte, und fügte dann leise hinzu: »Ich muss Euch warnen. Dieser Mann weiß, wie er bekommt, was er will, und zwar mit allen Mitteln. Ich gehe davon aus, dass er versuchen wird, Euch gegen mich aufzubringen, indem er mich schrecklicher Dinge beschuldigt. Aber es sind alles Lügen, Greer. Er wird versuchen, uns auseinanderzubringen, um unsere Ansprüche abzuschmettern.«

»Ich kann mir nicht vorstellen, wie er *Euch* beschuldigen könnte, nach allem, was er getan hat.«

»Das ist wirklich einfach – er hat es ja auch schon bei anderen gemacht«, fuhr Percy leise fort. »Er schreckt vor nichts zurück, um Euch zu verweigern, was Euch rechtmäßig zusteht. Er wird versuchen, Euch einzuschüchtern.«

Greer blickte auf ihren Teller und dachte an gestern Nacht, an die Hand des Prinzen auf ihrer Haut, seinen heißen, intensiven Blick, und sie konnte sich kaum vorstellen, wie er sie noch mehr einschüchtern konnte. Aber Percy zu beschuldigen war lächerlich! Wie konnte er annehmen, dass sie ihm glaubte? Schließlich war sie doch den ganzen Weg mit ihm gereist und kannte seinen guten Charakter.

»Ihr braucht Euch keine Sorgen zu machen, Mr Percy«, sagte sie mit fester Stimme. »Er kann mir nicht einreden, dass ihr anders seid, als ich Euch kennengelernt habe – als guten, anständigen und ehrenwerten Mann.«

Mr Percy lächelte warm. »Meine liebe Greer, wie sehr ich Eure gute Meinung von mir schätze. Darf ich fragen … habt Ihr meinen Antrag bedacht?«

Greer verlor auf der Stelle den Appetit. »Natürlich schulde ich Euch noch eine Antwort«, erwiderte sie und suchte fieberhaft nach einer höflichen Ablehnung. »Aber … aber ich muss gestehen, es ist so viel passiert, dass ich …«

»Ja, selbstverständlich«, erwiderte er gleich. »Es ist falsch von mir, Euch zu bedrängen, bevor Ihr nicht Eure Angelegenheiten hier abgeschlossen habt.« Er ergriff ihre Hand. »Und doch möchte ich Euch sagen, wie glühend ich mir ersehne, dass Ihr mit Ja antwortet.« Er zog ihre Hand an die Lippen und drückte einen leidenschaftlichen Kuss darauf.

Er war äußerst charmant, aber sie konnte doch jetzt, im Angesicht des Teufels, nicht an seinen Antrag denken.

Zum Glück betrat der Butler den Raum und unterband jedes weitere Gespräch. Er sagte etwas auf Walisisch, und Percys Lächeln erlosch, und er sagte zu Greer: »Er erwartet uns. Sollen wir die hässliche Angelegenheit hinter uns bringen?«

Greer betastete das Kreuz, das um ihren Hals hing, und nickte. »Ich bin bereit.«

Rhodrick Glendower, Earl of Radnor, ging es trotz leichter Kopfschmerzen vom Whiskey an diesem Morgen sehr viel besser. Mit dem Regen waren auch die Schmerzen in seinem Knie – die mit der Narbe im Gesicht von einem Sturz vom Pferd herrührten, und an die er sich gewöhnt hatte wie an seine alten Hunde – vergangen.

Der Schmerz war ein dumpfer, ständiger Begleiter, vor allem in den nassen Monaten, denn er weigerte sich, ihn mit Laudanum zu betäuben, wie sein Arzt ihm riet. Das Mittel machte ihn benommen, und er war tagelang nicht richtig wach. Whiskey war zwar vielleicht keine bessere Wahl, aber die Wirkung war wenigstens am nächsten Morgen verflogen.

Heute Morgen jedoch fühlte er sich so ausgeruht wie seit Tagen schon nicht mehr, und er war voller Tatendrang. Leider stand ihm vorher noch die widerwärtige Aufgabe bevor, ein Gespräch mit Owen Percy führen zu müssen.

Als es an der Tür klopfte, wandte er sich vom Fenster ab. Er verschränkte die Hände hinter dem Rücken und drehte unbewusst den Kopf so, dass man die Narbe nicht sah. Die zwei ungebetenen Gäste wurden von seinem Butler Ifan hereingeführt.

Percy trat als Erster ein. Er stolzierte ins Zimmer wie ein Pfau. Rhodrick war beeindruckt von seinem Aufzug – so elegante Kleidung besaß er nicht. Er hatte sich erst kürzlich zwei neue Anzüge von einem Schneider in Aberystwyth anfertigen lassen.

Percys maßgeschneiderte Jacke war aus feinem Tuch, sein

Hemd und seine gestreifte Weste aus Seide. Offensichtlich hatte Percy in den Jahren seiner Verbannung eine Wohltäterin gefunden, zweifellos eine ältere, reiche Frau, die sich mit ein paar Schmeicheleien die Geldbörse von dem Schurken entlocken ließ.

Hinter Percy kam die Frau, und ihre Erscheinung brachte Rhodrick ein bisschen aus dem Gleichgewicht. Er wusste eigentlich nicht warum, weil sie zwar hübsch war, aber keine atemberaubende Schönheit. In dem Kleid, das sie trug – rot oder orange, aber das konnte er nicht genau erkennen – hatten ihre blauen Augen die Farbe des Morgenhimmels vor Sonnenaufgang. Blau war eine der wenigen Farben, die er sehen konnte, und das Blau ihrer Augen war so intensiv, dass es aus dem blassen Tönen, die er wahrnahm, wie ein Schock herausdrang.

Ihre glänzenden, dicken, tintenschwarzen Haare – *walisische* Haare – hingen zu einem Zopf geflochten über ihren Rücken. Ihre Lippen waren voll und dunkelrot, und die Erinnerung an diese Lippen elektrisierte ihn.

Ja, sie war reizend.

Wahrscheinlich lag es daran, sagte er sich, dass er schon viel zu lange auf die Gesellschaft von Frauen verzichtete, wenn man einmal von wenigen guten Freundinnen absah, die er mehr als Schwestern betrachtete. Er hatte schon viel zu lange vergessen, wie zart eine Frau sein konnte, und wie der Körper eines Mannes darauf reagierte.

Ihre Eleganz hätte Maler inspirieren können, und unter anderen Umständen hätte er bestimmt ein wenig unbehaglich auf sie reagiert, da er sich in Gesellschaft schöner Frauen nie ganz wohlfühlte. Verlegen wandte er sein Gesicht noch ein wenig mehr ab, um seine Narbe zu verstecken.

Zum Glück war sie bald wieder weg – ihre Anwesenheit war ihm unerträglich.

»Guten Morgen, Mylord«, sagte Percy und verbeugte sich tief. Die Frau knickste, ließ ihn aber dabei nicht aus den Augen und beobachtete ihn misstrauisch, als erwartete sie etwas Grässliches, wie zum Beispiel, dass er sie wieder küsste.

»Percy«, wandte er sich an den Sohn seines Cousins, und kniff angewidert die Augen zusammen. »Was in Gottes Namen hat dich zu mir geführt?«

»Euer Lordschaft«, erwiderte Percy unaufrichtig förmlich, »ich glaube, Ihr wisst sehr wohl, warum ich gekommen bin.«

Oh ja, er wusste es. Der Schurke wollte Geld. »Vielleicht sagst du es mir, damit es klar ausgesprochen ist.«

Percy warf einen kurzen Blick auf die Frau, wandte sich dann wieder Rhodrick zu und sagte auf Walisisch: »Ich will Miss Fairchild helfen, das Erbe, das Ihr ihr gestohlen habt, wiederzubekommen, und ich will Euch mitteilen, dass mir auch mein Erbe bald zusteht.«

Rhodrick zog amüsiert eine Augenbraue hoch, weil Percy in die Sprache verfallen war, die die Frau offenbar nicht verstand. Beinahe hätte er gelacht – der Schuft kam in betrügerischer Absicht, das war ihm klar. »Was ist das, Percy?«, antwortete er auf Walisisch. »Weiß deine Partnerin nicht, dass du sie ebenso abzocken willst wie mich?«

»Ihr könnt mich nicht einschüchtern«, erwiderte Percy unbekümmert. »Eure falschen Anschuldigungen bedeuten mir nichts. Miss Fairchild wird bald mehr als meine Partnerin sein. Sie ist meine Verlobte.«

Als sie ihren Namen hörte, blickte Miss Fairchild Percy fragend an und runzelte leicht die Stirn.

»Aha.« Rhodrick nickte. »das erklärt natürlich alles. Dein Erbe fällt entweder im Alter von dreißig Jahren oder zum Zeitpunkt deiner Heirat an dich zurück. Und da du noch nicht einmal achtundzwanzig bist, hast du dir jemanden gesucht, mit dem du den Gewinn teilen kannst, nicht wahr?«

Percy lächelte nur.

Wieder blickte Rhodrick zu der Frau. »Dann sag mir doch bitte, wie ich in den Besitz *ihres* Vermögens gelangt bin.«

»Sie ist die Tochter von Yorath Vaughan, dem Bruder von

Randolph Vaughan, einem Mann, der Euch gewiss gut bekannt ist.«

Rhodrick kannte Randolph Vaughan tatsächlich, allerdings nicht gut. Früher einmal, vor sehr langer Zeit, als Rhodrick verheiratet gewesen war, hatte seine junge Frau Eira eine Schwester namens Mary gehabt, die mit Randolph Vaughan verheiratet gewesen war. Nachdem jedoch beide Frauen im Kindbett gestorben waren, hatte Rhodrick den Kontakt zu den Vaughans verloren.

Er teilte dies jedoch Percy nicht mit, sondern schwieg und wartete darauf, dass der andere Mann weiterredete. Jemand, der Schweigen nicht ertrug, füllte dieses Schweigen oftmals mit mehr Information, als ihm guttat.

Percy enttäuschte ihn in dieser Hinsicht nicht. »Yorath Vaughan starb ohne männlichen Erben, und sein Bruder Randolph erbte seinen gesamten Besitz«, fuhr er auf Walisisch fort. »Und dieser wiederum fiel an Euch, als auch Randolph Vaughan ohne lebenden Erben starb.«

Auch das stimmte. »Und?«, sagte er zu Percy.

»Yorath Vaughan starb ohne *männlichen* Erben. Aber er ließ eine Tochter zurück, die jetzt vor Euch steht.«

Rhodrick warf der Frau einen Blick zu. Sie blickte ihn an, sah dann zu Percy und wieder zu ihm.

Ihm war jetzt alles klar – die beiden Schwindler hatten einen Plan ausgeheckt, damit Percy durch eine Heirat an sein Erbe kam. Und sie hatten sich eine Geschichte ausgedacht, in der Hoffnung, dadurch noch zu einem weiteren Vermögen zu kommen. Anscheinend hatte Percy also seine Wohltäterin verloren. »Wie praktisch für dich, dass du eine Erbin zum Heiraten gefunden hast.«

Percy verzog spöttisch das Gesicht. »Ihr habt, was rechtmäßig ihr gehört, genauso wie Ihr das habt, was rechtmäßig mir gehört. Das Gesetz wird Euch zwingen, beides zurückzugeben, wenn wir erst einmal verheiratet sind.«

Rhodrick blickte Miss Fairchild an und fragte sich, wie eine so junge, hübsche Frau so verzweifelt sein konnte, dass sie Percy bei diesem schändlichen Akt beistand.

Sein Blick fiel auf das Amulett um ihren Hals, und er dachte daran, wie warm und seidig ihre Haut gestern Nacht gewesen war.

Ah ja, diese Indiskretion. Er konnte sich nur damit rechtfertigen, dass er zu viel Whiskey getrunken hatte, und dann hatte dieses Amulett seine Aufmerksamkeit erregt. In seiner Trunkenheit hatte er geglaubt, sie wäre *sie,* eben wegen dieses Amuletts. Das war für ihn nur ein weiterer Beweis dafür, dass er vielleicht wahnsinnig war.

Ihm wurde heiß in ihrer Nähe, und er wandte sich ab und sagte auf Walisisch zu Percy: »Wenn ich etwas habe, was rechtmäßig ihr gehört, braucht sie keine Gesetze, um es zurückzubekommen. Ich werde es ihr mit Freuden geben. Was dein Erbe angeht«, fügte er hinzu, »so erhältst du es an deinem dreißigsten Geburtstag oder wenn du heiratest. Nicht einen Moment früher.«

Percys Lächeln erlosch. »Dann beendet wenigstens Miss Fairchilds Leiden und gebt ihr ihr Erbe zurück.«

Rhodrick schmunzelte. »Bevor diese Verschwörung ihren Lauf nimmt, solltest du deine … *Verlobte* … fragen, warum sie gestern Nacht durch das Schloss gewandert ist.«

Percys Lider flatterten leicht, und er warf Miss Fairchild einen Blick zu.

»Frag sie«, forderte Rhodrick ihn noch einmal auf.

Percy räusperte sich und sagte auf Englisch: »Seine Lordschaft hat gerade geäußert, dass Ihr letzte Nacht durch das Schloss gelaufen seid.«

Miss Fairchild errötete. »Ja. Ich hatte mich verlaufen.« Sie warf Rhodrick einen nervösen Blick zu, und ihre Röte wurde noch tiefer. »Ich hatte Durst«, fügte sie hinzu. »Ich war auf der Suche nach dem Butler, damit er mir Wasser aufs Zimmer bringt.«

»Wie schade, dass deine Verlobte deine Bedürfnisse nicht befriedigen konnte«, murmelte Rhodrick und setzte sich an seinen Schreibtisch.

»Wie bitte?«, rief Greer schockiert aus.

Na, das war doch mal eine interessante Wendung. »Verlobte«, wiederholte Rhodrick, bevor Percy etwas sagen konnte. »Es macht Euch doch nichts aus, dass Percy mir die freudige Neuigkeit mitgeteilt hat?«

Anscheinend machte es Miss Fairchild aber doch etwas aus, und Rhodrick war froh, nicht der Empfänger des wütenden Blicks zu sein, den sie Percy zuwarf. Fast hätte er gelacht, wenn er sich vorstellte, wie sie gemeinsam einen teuflischen Plan ausgeheckt hatten, während es Percy nur darum ging, so viel Geld wie möglich für sich herauszuschlagen. Und das hatte er ganz offensichtlich vor, denn wenn er sie heiratete, gehörte ihr Erbe dem Gesetz nach ebenfalls ihm.

»Verzeihung, Mylord, aber er ist nicht mein Verlobter«, sagte Miss Fairchild rasch.

Gedankenlos, dachte er. Sie redete, ohne nachzudenken. Er zuckte mit den Schultern. »Wenn Ihr schon Eure Reise nicht als verlobtes, oder besser noch, *verheiratetes* Paar begonnen habt, dann solltet Ihr sie wenigstens so beenden – es sei denn, Euer Ruf kümmert ihn nicht.«

Miss Fairchild wurde knallrot – er hatte den Eindruck, dass sie ihm am liebsten gegen das Schienbein getreten hätte, wenn sie nur nahe genug gestanden hätte. So aber presste sie die Lippen zusammen und blickte einen Moment lang zu Boden. »Mr Percy hat mir einen Antrag gemacht, aber ich habe ihm bis jetzt noch keine Antwort gegeben«, erwiderte sie leise. »Für mein Betragen bin ich allein verantwortlich.«

»Ich wollte nichts anderes andeuten.«

Sie kniff leicht die Augen zusammen, aber bevor sie etwas sagen konnte, fiel Percy auf Walisisch ein: »Lasst sie in Ruhe. Unsere besondere Situation geht Euch nichts an. Gebt uns nur so schnell wie möglich unser Erbe zurück, damit wir Llanmair verlassen können und nie mehr wiederkehren müssen!«

»Ich wünschte, ich könnte dich beim Wort nehmen«, knurrte Rhodrick auf Walisisch. »Aber in meinen Ohren klingt das wie eine leere Versprechung. Ehrlich gesagt, hätte ich dich wohl besser aufhängen lassen, als ich die Gelegenheit dazu hatte.«

Percy wurde blass. »Gebt uns, was uns zusteht, und wir gehen«, erwiderte er gepresst.

»Was *uns* zusteht? Ts, ts, Owen. Du rechnest schon mit ihrem Geld und hattest sie noch nicht einmal im Bett?«

Percy wurde rot vor Wut, aber Rhodrick wandte sich wieder an Miss Fairchild und sagte auf Englisch: »Was vom Vermögen der Vaughans geblieben ist, besitze ich zur Gänze, Miss Fairchild. Der Besitz Eures Onkels und Eures Vaters beträgt zusammengenommen etwa viertausend Pfund. Wenn Ihr mir beweisen könnt, dass Ihr seid, wer ihr behauptet zu sein, dann werde ich es Euch aushändigen.«

Sie keuchte und warf Percy einen überraschten Blick zu.

»Bevor Euch jedoch die Höhe dieser Summe den Verstand benebelt, muss Euch klar sein, dass ich einen *Beweis* dafür brauche, dass Ihr auch seid, wer Ihr behauptet zu sein. Und zwar muss jemand anderer als dieser … *Mann* für Euch bürgen.«

»Ich habe einen Brief«, sagte sie sofort und öffnete den kleinen, perlenbestickten Beutel, der an ihrem Handgelenk hing. Sie entfaltete das vergilbte Pergament und legte es auf seinen Schreibtisch.

Rhodrick ergriff das Blatt und schaute auf das Datum. Der Brief war vor über zwanzig Jahren geschrieben worden. Rasch überflog er ihn. Er war an Mrs Randolph Vaughan gerichtet, geschrieben von Mrs Yorath Vaughan, die sich ausführlich über ihre süße kleine Tochter Greer ausließ.

Als er fertig war, schob er Greer den Brief wieder hin. »Recht ergreifend, aber kaum der Beweis, den ich benötige.«

Miss Fairchild schaute ihn verwirrt an; stirnrunzelnd ergriff sie den Brief. »Aber … aber meine Mutter hat ihn geschrieben.«

»Ihr hättet auf vielerlei Arten zu diesem Brief kommen können. Oder Ihr hättet ihn auch selbst schreiben können. Ich brauche einen eindeutigeren Beweis als das – ein Brief, der an mich adressiert ist, sollte genügen.«

Immer noch stirnrunzelnd faltete Greer den Brief wieder zusammen und steckte ihn in ihr Retikül. Aus ihren blauen Augen blickte sie ihn hasserfüllt an. »Ich hätte es sehr gerne, wenn meine Mutter Euch direkt einen Brief schreiben könnte, aber da sie seit vierzehn Jahren tot ist, kann ich sie wohl kaum darum bitten.«

Ihre Angst vor ihm hatte sich anscheinend in heiße Wut verwandelt. »Nein, das könnt Ihr vermutlich nicht«, erwiderte er kühl, »aber es gibt doch sicher jemanden auf dieser Welt, der bezeugen kann, wer Ihr seid.«

»Lord Middleton«, murmelte Percy hinter ihr.

Middleton? Faszinierend. Rhodrick wusste, dass Middleton ein mächtiger Mann war, Erbe eines bedeutenden Herzogtums. Sie konnte doch wohl kaum so dumm sein, sich auf *diese* Verbindung zu berufen. Was war sie doch für ein gedankenloses Mädchen! »Steht Ihr in irgendeiner Beziehung zu Lord Middleton?«

»Er hat kürzlich meine Cousine, Lady Ava Fairchild, geheiratet. Ava ist die Tochter von Lady Bingley, meiner verstorbenen Tante.«

»Ja, dann könnt Ihr sicher Lord Middleton dazu bewegen, für Eure Identität zu bürgen. Oder vielleicht könnt Ihr über ihn auch eine Geburtsurkunde beschaffen. Und dann gebe ich Euch sofort die viertausend Pfund.«

»Aber … aber das könnte *Wochen* dauern«, setzte sie an. Percy legte ihr die Hand auf den Arm.

»Wir geben Euch den Beweis, den Ihr braucht, Mylord.«

»Aber«, begann Greer erneut. Percy brachte sie mit einem Blick zum Schweigen.

»Können wir uns einen Augenblick lang besprechen?«, fragte er höflich.

Rhodrick war mittlerweile des Spiels und des Gesprächs überdrüssig geworden. Abrupt erhob er sich. »Solange Ihr wollt«, sagte er barsch und trat zur Tür. Er öffnete sie und drehte sich noch einmal zu Percy um. »Aber nicht mehr in meinem Haus.«

Percy kniff die Augen zusammen. »Bezweifelt nicht, dass wir so schnell wie möglich Euer Haus verlassen werden, Mylord. Aber zuerst möchte ich ein paar Worte mit Miss Fairchild unter vier Augen wechseln.«

»Wie du wünschst«, versetzte Rhodrick und hielt ihnen die Tür auf.

Percy stieß Miss Fairchild beinahe vor sich her. Als sie an ihm vorbeigingen, blickte Miss Fairchild Rhodrick an, und er sah die Erinnerung an seinen Kuss in ihren Augen. Aber rasch wandte sie den Blick wieder ab – angewidert wahrscheinlich – und verließ das Zimmer. Er schloss die Tür hinter ihnen, aber als er wieder an seinen Schreibtisch treten wollte, sah er etwas Weißes auf dem Teppich. Er ging hin.

Es war ein Taschentuch. Es musste ihr aus dem Retikül gefallen sein, als sie ihren albernen Brief herausgeholt hatte. Es sah aus wie feines irisches Leinen mit Spitze, bestickt mit grünen Ranken, die sich um den Buchstaben V schlangen, der zu beiden Seiten von einem kleineren A und B eingerahmt war.

Lange starrte Rhodrick auf das Taschentuch, dann hob er es langsam an die Nase und sog den Duft ein. Es roch nach Flieder und … und nach *Frau*. Süß und sanft nach Frau.

Es war ein Duft, den er schon seit vielen Jahren nicht gerochen hatte. Er steckte das Taschentuch in seine Tasche, dann setzte er sich an seinen Schreibtisch und nahm seine Arbeit wieder auf.

5

Owen geleitete Greer zu einem kleinen Warteraum neben dem Haupteingang. Er schloss die Tür und lehnte sich dagegen, um seinen rasenden Herzschlag zu beruhigen. Finster blickte er Greer an. »Warum seid Ihr in Gottes Namen denn letzte Nacht hier herumgelaufen?«, wollte er wissen.

»Wie bitte?«, erwiderte sie aufgebracht.

»Habt Ihr etwa versucht, ihn ohne mich zu sehen?«, fragte er unverblümt.

Sie schnaubte beleidigt. »Nein, das habe ich nicht getan«, rief sie hitzig aus. »Ich habe Euch doch gesagt, ich habe mich verlaufen.« Ihr Blick wurde hart, und sie verschränkte die Arme. »Was unterstellt Ihr mir eigentlich, Sir?«

Owen riss sich zusammen. »Überhaupt nichts«, erwiderte er rasch. »Aber ich verstehe nicht …«

»Es gibt nichts zu verstehen«, sagte sie scharf. »Und darf ich erfahren, warum Ihr behauptet habt, wir seien verlobt?«

»Liegt das nicht auf der Hand? Ich habe nur versucht, Euren Ruf zu schützen.«

Das schien sie zu erschrecken.

»Ihr dürft nicht vergessen, Greer, ich *kenne* ihn. Der Mann hat vor nichts und niemandem Respekt, vor allem nicht vor den Frauen. Das zumindest müsst Ihr mir doch glauben, nach allem, was Ihr hier gesehen habt.«

Der leichte Schauer, der sie durchfuhr, sagte ihm, dass er recht hatte, und rasch trat er zu ihr und legte ihr die Hände auf die Schultern. »Liebste, wenn Ihr die viertausend Pfund, die Euch rechtmäßig gehören, sehen wollt, muss es zumindest so aussehen, als ob Ihr mit mir verlobt wärt. So viel Geld wird er nie nur einer Frau geben.«

»Aber er sagte doch …« – »Ich weiß, was er gesagt hat«, unterbrach er sie. »Aber es ist nun mal so – der Prinz ist kein Mann von Ehre. Er wird sagen, was Ihr hören wollt, ohne die Absicht, sein Wort zu halten.«

Sie blickte ihn bestürzt an; tausend Gedanken stürmten auf sie ein. Aber dann schüttelte sie entschlossen den Kopf. »Das mag ja stimmen, Mr Percy, aber ich sage nicht die Unwahrheit, nur weil sie jemand gerne hören möchte. Ich kann nicht lügen und sagen, dass wir verlobt sind, wenn wir es nicht sind.«

Du lieber Himmel, das Mädchen konnte es einem aber auch schwer machen. »Greer, Liebling«, begann er lächelnd. »Ich kann mir kaum vorstellen, wie qualvoll all das für Euch war. Ich habe das doch nur gesagt, um Euch zu *schützen*.«

Sie blickte ihn skeptisch an. Owen legte ihr eine Hand an die Wange und lächelte sie liebevoll an. Sie erwiderte sein Lächeln.

»Und ich muss gestehen«, fuhr er fort, »dass mich vielleicht die leise Hoffnung getrieben hat, dass Ihr einwilligt, mich zu heiraten.«

Sie versuchte, den Kopf abzuwenden, aber er trat näher und blickte ihr tief in die Augen. »Wollt Ihr mir sagen, dass Ihr ein klein wenig darüber nachgedacht habt?«

»Ja, das habe ich«, erwiderte sie leise.

Er spürte, wie ihre Entschlossenheit nachließ. »Stellt Euch ein Herrenhaus vor«, flüsterte er und küsste sie auf die Nase. »Und Kinder«, fügte er hinzu und küsste sie auf die glatte Wange. »Einen kräftigen Jungen, damit mein Name weiter besteht«, er küsste sie auf die andere Wange. »Und ein Mädchen mit der Schönheit seiner Mutter.«

Dann küsste er ihre Lippen, vorsichtig, zärtlich und überhaupt nicht fordernd. Greer wehrte sich nicht. Sie hob den Kopf und ließ sich küssen. Allerdings konnte sie es nicht besonders gut – er würde es ihr nur zu gerne beibringen.

Er hob den Kopf und lächelte sie an. »Verzeiht mir«, stieß er hervor, »aber ich kann Euch nicht widerstehen.«

Sie erwiderte sein Lächeln und trat einen Schritt zurück.

»In Zukunft«, sagte Percy liebevoll, »lasst ihr mich mit dem Prinzen verhandeln, während Ihr Euch unser gemeinsames Leben im Herrenhaus vorstellt.«

Sie nickte unsicher, runzelte dann jedoch die Stirn. »Aber … aber ich kann es mir nicht leisten, mir solange ein Zimmer zu mieten, bis Ava meinen Brief erhalten hat und Nachricht schickt.«

Er streichelte mit dem Daumen über ihre Unterlippe. »Macht Euch keine Sorgen. Ich werde mit ihm sprechen. Seid unbesorgt. Ich tue das einzig und allein für Euch.«

»Mr Percy, Ihr braucht nicht …«

»Ich würde alles für Euch tun«, sagte er, nahm sie erneut in die Arme und zog sie an sich. Und dieses Mal küsste er sie glühender.

Es schien zu funktionieren. Sie schien den blöden Prinzen wenigstens für einen Moment lang zu vergessen.

Greer vergaß allerdings den Prinzen nicht besonders lange – wie konnte sie auch, da sie ja in diesem kleinen Warteraum saß, bis Percy von seiner privaten Unterredung mit ihm zurückkam. Unruhig ging sie hin und her und blickte aus dem Fenster auf den Park des Schlosses und den blauen Himmel.

Als Percy endlich zurückkam, sah sie an seinem grimmigen Gesichtsausdruck, dass das Gespräch nicht besonders gut verlaufen war. »Er lässt sich nicht rühren«, sagte er nur und setzte sich neben sie auf das Sofa.

Sie unterdrückte die Panik, die in ihr aufstieg. »Was sollen wir jetzt tun?«

Percy zuckte mit den Schultern. »Wir dürfen noch eine weitere Nacht bleiben. Morgen früh werde ich dem Prinzen dann mitteilen, dass ich keine andere Alternative sehe, als die Behörden einzuschalten. Wir sollten wohl nach Rhayader fahren und mit einem Anwalt sprechen.«

Du lieber Himmel! Sie hätte sich nie von Percy überreden lassen dürfen, hierher zu kommen. »Aber … aber ich habe kein

Geld für einen Anwalt«, rief sie ihm ins Gedächtnis. Percy hatte ja immer darauf bestanden, dass sie in Gasthäusern übernachteten und mehr als einmal am Tag aßen, deshalb besaß sie nur noch vier Pfund. Ohne Hilfe war sie hier rettungslos verloren.

»Und was ist mit der Kutsche?«, fuhr sie fort. »Der Kutscher erwartet ja auch, für sein Warten bezahlt zu werden ...«

»Oh«, erwiderte Percy beiläufig, »ich habe mir die Freiheit genommen, ihn wegzuschicken.«

Greer sank das Herz bis in die Zehenspitzen. Wie sollte sie diesen Ort jetzt jemals verlassen? »Ihr ... ihr habt ihn weggeschickt?«

»Wir mieten eine andere Kutsche in Rhayader«, sagte er lächelnd.

Aber Greer erwiderte sein Lächeln nicht. Sie hatte schlimme Vorahnungen. Schweigend ließ sie Percy darüber schwadronieren, dass sie sich in Rhayader an die Behörden wenden würden, dass sie sich dort ein Zimmer nehmen würden, ja vielleicht sogar ein kleines Haus, wobei er wohl vergaß, dass sie noch nicht einmal verlobt, geschweige denn verheiratet waren.

Sie ließ ihn reden, hörte aber kaum zu – sie überlegte, wie sie am besten selbst mit dem Prinzen reden konnte. Es war doch dumm von ihr gewesen, Percy ihren Fall auf Walisisch verhandeln zu lassen, wo sie noch nicht einmal die Sprache kannte. Vielleicht hatte er ja etwas falsch dargestellt, oder der Prinz hatte ihn nicht richtig verstanden. Nein, sie musste unbedingt selbst mit ihm sprechen, denn sie konnte unmöglich auf unbestimmte Zeit in Wales bleiben. Nicht so. Nicht mit Percy. Nicht mit weniger als vier Pfund – in einer Lage, die sie einem so düsteren Mann auslieferte.

Am Abend wurde Percy und Greer das Essen in einem kleinen Speisezimmer serviert, das so weit wie möglich von den Haupträumen des Schlosses entfernt zu sein schien. Da im Kamin ein Feuer prasselte und Wandbehänge an den Mauern hingen, war es warm und gemütlich, was jedoch zu Percys schlechter Laune noch beizutragen schien.

»Er hat uns beiseite geschoben wie Dienstboten«, schimpfte er. »Er behandelt uns nicht besser als Tiere.« Als ein Küchenmädchen erschien und beiden äußerst formlos einen gefüllten Teller vor die Nase stellte, rümpfte er angewidert die Nase.

»*Porreecreme-Suppe*«, spuckte er. »Er diniert wie ein König und serviert uns *Suppe,* als ob wir Bauern wären!«

Greer hingegen fühlte sich überhaupt nicht beleidigt. Als sie das traditionelle walisische Eintopfgericht roch, überwältigte sie eine Flut von Erinnerungen. Ihr fiel ein, wie sie auf einem hohen Hocker an einem langen Holztisch in einer großen Küche gesessen hatte. Und sie erinnerte sich an ihre Großmutter, eine reizende alte Frau mit dicken grauen Haaren, die sie zu einem Knoten geschlungen hatte, und einem Busen, so weich und warm wie eine Katze. Sie hatte ihr Brot in Greers Suppe getunkt.

Percy beschwerte sich weiter darüber, wie verächtlich sie behandelt würden, aber Greer hörte ihm gar nicht zu, sondern genoss den köstlichsten Eintopf, den sie je in ihrem Leben gegessen hatte.

Nach dem Essen wurden sie in die Bibliothek geführt. Greer begann sofort die Regale zu durchforsten, während Percy ermattet auf dem Sofa lag.

Sie war äußerst beeindruckt von der Vielfalt der Themen, die sich von Geschichte über landwirtschaftliche Techniken bis hin zu Werken der Weltliteratur erstreckten. Natürlich gab es auch eine ganze Reihe von walisischen Titeln.

»Er ist anscheinend sehr gebildet«, bemerkte sie.

»Den Eindruck möchte er gerne erwecken«, murrte Percy und legte erschöpft den Arm über die Augen.

Greer ergriff ein Buch von Theophilus Evans, *A Collection of Welsh Travels and Memoirs of Wales,* setzte sich ebenfalls und begann zu lesen. Nach einer halben Stunde merkte sie auf einmal, dass Percys Atemzüge tief und gleichmäßig geworden waren. Sie blickte von ihrer Lektüre auf und stellte fest, dass er eingeschlafen war.

Das war die Gelegenheit, um ohne Percy mit dem Prinzen zu sprechen. Vorsichtig legte sie das Buch beiseite, erhob sich und verließ leise das Zimmer.

Greer holte tief Luft und ging entschlossen den beleuchteten Korridor entlang.

Dieses Mal ignorierte sie die Porträts. Sie konzentrierte sich auf die Aufgabe, die vor ihr lag, und bei jedem Schritt bemühte sie sich, den Mut aufzubringen, um ihm gegenüberzutreten. Als sie vor der Tür zu seinem Studierzimmer stand, schlug ihr das Herz bis zum Hals, und ihre Hände zitterten.

Sie holte ein paarmal tief Luft und klopfte schließlich an die Tür. Sofort ertönte von drinnen wütendes Bellen, und sie wich erschreckt einen Schritt zurück. Als er ein scharfes Kommando von sich gab, verstummten die Hunde. Kurz darauf wurde die Tür aufgerissen.

Seine Gestalt füllte die gesamte Tür aus. Aber im Gegensatz zu gestern Abend, als er kaum bekleidet gewesen war, trug er heute einen Frack mit Weste und seidenem Halstuch. Seine Haare waren zurückgekämmt und im Nacken zusammengebunden, und sein Gesicht schien frisch rasiert zu sein. Ihr fiel auf, dass er sofort den Kopf so drehte, dass sie seine Narbe nicht sah.

Anscheinend ging der Prinz der Finsternis heute Abend aus, und das erschütterte Greer noch mehr.

Wohin ging er? Was für Menschen pflegten Umgang mit ihm? Männer? Frauen?

»Ja?«, fragte er barsch und blickte sie finster an.

»Ich, äh …« *Jetzt rede schon!* »Wenn es nicht ungelegen ist, Mylord, würde ich gerne kurz mit Euch sprechen.«

»Es ist ungelegen.«

»Es nimmt nur einen kurzen Augenblick Eurer Zeit in Anspruch«, versicherte sie ihm rasch.

Er seufzte – oder grollte, da war sie sich nicht ganz sicher –, zog seine Taschenuhr hervor und blickte darauf.

Dann kniff er die grünen Augen zusammen.

»Aber nur einen *Moment.*« Damit drehte er sich um und verschwand wieder in seinem Studierzimmer.

Zögernd folgte Greer ihm über die Schwelle. Sofort kamen die beiden riesigen Wolfshunde auf sie zu und schnüffelten an ihr, bis sie sich schließlich zufrieden wieder am Kamin niederlegten.

Greer blieb mitten im Zimmer stehen. Zuvor war ihr gar nicht aufgefallen, wie schlicht dieser Raum eingerichtet war. Es gab einen großen Schreibtisch mit Schnitzereien, und vor dem Kamin stand ein einzelner Ledersessel. Anscheinend war der Mann so einsam, dass er keinen zweiten Sessel brauchte. Es saß ja niemand hier mit ihm, nur seine Hunde.

Der Prinz stand ihr gegenüber, das Gewicht auf einer Hüfte, und blickte sie ungeduldig an. Seine Hunde, stellte sie fest, lagen völlig entspannt vor dem Kamin.

»Nun, also?«, sagte er.

»Mylord … ich werde Eure Zeit nicht verschwenden …«

»Das tut Ihr bereits.«

Sein Mangel an Höflichkeit irritierte sie, und sie verlor den Faden.

»Was wolltet Ihr sagen?«, fragte er und bedeutete ihr ungeduldig, sie solle fortfahren.

Er war wirklich der unhöflichste Mann, dem sie je begegnet war. »Ich sagte gerade«, fuhr sie fort, »dass ich Euer Bedürfnis nach Überprüfung meiner Person verstehen kann … aber ich kann mich nicht endlos in Wales aufhalten. Ich werde nicht nur in London gebraucht, sondern ich habe auch keine Unterkunft.«

»Das, Miss Fairchild, hättet Ihr Euch überlegen sollen, bevor Ihr meine Gastfreundlichkeit missbraucht habt.«

Ooh, wie sie ihn verachtete.

Er war ja so *abscheulich*.

»Ihr habt zweifellos recht«, stieß sie mit zusammengebissenen Zähnen hervor. »Ich bitte um Entschuldigung, dass ich Euch missbraucht habe. Aber ich kam in dem Glauben hierher, ein ehrenwerter Mann würde mir das, was mir rechtmäßig zusteht, so schnell wie möglich zurückgeben.«

»Eine ehrenwerte Frau hätte einen Beweis dafür mitgebracht, dass sie auch ist, wer sie vorgibt zu sein, damit der Mann genau das tun kann. Ich weiß nur, dass Ihr eine Betrügerin seid. Zumindest seid Ihr in Begleitung eines Betrügers, Miss Fairchild, und es heißt ja, der Apfel fällt nicht weit vom Stamm …«

Die letzten Überreste ihrer Furcht gingen in ihrer Wut unter. Sie atmete tief durch. »Ich bin keine Betrügerin, Sir, und auch Mr. Percy …«

Er schnaubte verächtlich. »Was wisst ihr denn von Mr Percy?«, fuhr er sie an. »Ihr stellt mich vor ein Dilemma, Miss Fairchild. Ich kann nicht unterscheiden, ob Ihr mit ihm unter einer Decke steckt, oder ob Ihr nur die naivste junge Frau seid, die mir jemals begegnet ist.«

»Ich habe keine Ahnung, was Ihr meint.«

»Das scheint mir auf naiv hinzudeuten.«

»Ich weiß nichts von Eurer Einstellung zu Mr Percy, Mylord, aber was ich von ihm kenne, ist gut. Er war äußerst freundlich zu mir und meiner verstorbenen Reisebegleitung, Mrs Smithington.«

»Ach, übrigens«, warf der Prinz ein und blickte sie neugierig an, »war Eure Reisebegleiterin eine ältere, wohlhabende Frau?«

»Was?«, fragte sie überrascht.

»Eure Gefährtin. War sie alt? Reich? Alleine auf der Welt?«

»Ja«, erwiderte Greer unsicher.

Der Prinz verzog höhnisch das Gesicht. »Euer Mr Percy mag reiche, alte Frauen. Sie sind leichte Beute für ihn. Und Ihr wohl auch, wie ich vermute.«

Empört erwiderte sie: »Wie könnt Ihr nur so niederträchtig sein?«

»Haltet Ihr mich für dumm, Miss Fairchild?«

»Ich glaube, Ihr seid grausam«, sagte sie. »Ihr habt das Erbe eines braven Mannes gestohlen, und das nur, weil er ein halber Engländer ist, und Ihr …«

»Erlaubt mir, Euch ein bisschen über Euren ach so braven Mr Percy zu erzählen«, unterbrach er sie. »Ich kehre schon seit Jahren seine Scherben zusammen.«

Greer verdrehte die Augen und verschränkte die Arme vor der Brust. »Genau davor hat mich Mr Percy gewarnt – er sagte, Ihr würdet versuchen, ihn schlecht zu machen.«

»Ach ja?« Der Prinz zog eine Augenbraue hoch und zupfte an einer Manschette seines Hemdes. »Und hat er Euch auch gesagt, dass er einen Bastard gezeugt und seine Geliebte dem öffentlichen Skandal ausgeliefert hat? Oder dass er solche Spielschulden gemacht hat, dass beinahe das gesamte Vermögen draufgegangen wäre, dass sein Vater – mein Cousin – ihm hinterlassen hatte? Damit er es nicht völlig dem Erdboden gleichmachte, musste es ihm weggenommen werden, und es steht ihm erst nach seinem dreißigsten Geburtstag wieder zu. Oder hat er Euch vielleicht zufällig erzählt, dass der gehörnte Ehemann einer anderen, *verheirateten* Geliebten, ihn beinahe umgebracht hat, und dass es mich fünfhundert Pfund gekostet hat, seinen nichtswürdigen Hals zu retten?«

»Ich glaube Euch nicht.«

»Jetzt macht er sich an ältere Frauen heran, die auf seine falschen Schmeicheleien hereinfallen. Aber was Ihr für eine Rolle spielt, verstehe ich nicht, Miss Fairchild. Also muss ich annehmen, dass Ihr mit ihm gemeinsame Sache macht, um mir das kleine Vermögen zu entlocken, das niemandem hinterlassen wurde.«

»Wie könnt Ihr mich so beleidigen, Sir!«, entgegnete Greer hitzig. »Ich bin keine Diebin!«

Sie spürte seinen abschätzigen Blick bis in die Zehenspitzen. Und dann trat er plötzlich so abrupt auf sie zu, dass sie aufschrie und unwillkürlich zurückwich. »Was soll ich denn glauben, Miss Fairchild, mit Eurem albernen Brief und Eurer Behauptung?«, fragte er. »Wie kann ich denn davon ausgehen, dass Ihr aus Wales stammt? Ihr sprecht ja nicht einmal Walisisch!« – »Ich bin in England aufgewachsen.«

»Und wenn Ihr in China aufgewachsen wärt. Ihr seid das Kind walisischer Eltern, die nur drei Meilen von Wales entfernt lebten.«

Sie musterte ihn finster. »Ihr glaubt mir offensichtlich nicht, und dagegen kann ich nichts tun, solange ich nicht den Beweis beibringen kann, den ihr verlangt. Aber ich kann es mir nicht leisten, solange in Wales zu bleiben! Ich hatte gehofft, wir könnten irgendeinen Kompromiss finden.«

»Nein«, erwiderte er und schüttelte den Kopf. »Nein. Es gibt keinen Kompromiss, Miss Fairchild. Ich muss darauf bestehen, dass Ihr den Brief an Eure angebliche *Verwandtschaft* schreibt.«

Oh, du lieber Himmel, wie sie ihn verachtete! »Na gut«, fuhr sie ihn an. »Na gut. Dann seid bitte so freundlich und gebt mir Feder und Papier.«

Er runzelte die Stirn. »*Jetzt gleich?*«

»Jetzt gleich!«

Er musterte sie einen Augenblick lang, dann trat er an seinen Schreibtisch. Dort öffnete er eine Schublade und holte einen Bogen Pergament hervor, den er so fest auf die Schreibunterlage klatschte, dass die Hunde die Köpfe hoben. Er wies auf Stuhl und Tintenfass, trat zurück und verneigte sich.

Dieses Mal zögerte Greer nicht – wütend rauschte sie an ihm vorbei und nahm Platz an seinem Schreibtisch. Sie tauchte die Feder in das Tintenfass.

»Bei allem, was heilig ist, Ihr seid ein *ungehobelter* Mann! Ich bin noch nie in meinem Leben so niederträchtig und unhöflich behandelt worden!«

»Erspart mir Euer Getue, Miss Fairchild. Ihr lauft mir ja jetzt schon zum dritten Mal hinterher!«

»*Ah!*«, schrie sie und funkelte ihn entrüstet an. »Ich bin Euch *nicht* hinterhergelaufen! Ich hatte mich verirrt! Und *Ihr*, ein Mann, dem Whiskey anscheinend nicht fremd ist, habt meine Lage ausgenutzt!«

»Ach ja?«, sagte er und beugte sich über sie. Sein Arm streifte sie, als er das Tintenfass rettete, das sie beinahe umgestoßen hätte. »Soweit ich mich erinnere, schien es Euch aber nichts auszumachen. Und jetzt schreibt bitte Euren Brief, Miss Fairchild. Ihr haltet mich von meiner Verabredung ab.«

»Euer Benehmen ist unerträglich.«

»Ihr habt es nicht besser verdient.«

Wütend tauchte sie die Feder in die Tinte, biss die Zähne zusammen und begann mit ihrem Brief.

Liebe Ava, liebe Phoebe,
ich hoffe, es geht Euch gut.

Sie schwieg und blickte zum Prinzen hoch. Er starrte sie an, seine Augen so hart wie Jade, die Kiefer zusammengepresst. Zum ersten Mal schien ihm seine Narbe gleichgültig zu sein.

Erneut tauchte Greer die Feder ein.

Ich habe leider schlechte Nachrichten! Ich habe den Mann gefunden, der mein Erbe hat, aber er ist zufällig der hassenswerteste *und* unangenehmste *Mann, dem zu begegnen ich je das Pech hatte! Ich hatte mir Besseres in Wales erhofft, aber er ist* völlig *unangenehm in Erscheinung und Benehmen, und ich freue mich schon auf den Tag, an dem ich nichts mehr mit ihm zu tun habe. Leider weigert er sich, mein Erbe herzugeben, wenn ich nicht beweise, dass ich tatsächlich die bin, die ich vorgebe zu sein. Der Brief meiner Mutter hat ihn nicht zufriedengestellt, und dieses* Ungeheuer *von einem Mann, dieser* Unmensch, *verlangt einen Brief, in dem Lord Middleton meine Identität bezeugt.*

Liebe Ava, ich weiß, es ist viel verlangt von deinem Ehemann, zumal er mir ja auch nur einmal begegnet ist, aber könntest du ihn bitte bewegen zu schreiben, damit ich so schnell wie möglich wieder nach Hause zurückkehren kann? Ich weiß nicht, was aus mir werden soll, wenn du nicht mit einer gewissen Eile handelst. Bitte richte deinen Brief an den Ehrenwerten Earl of Radnor, Prince of Powys, auf Llanmair. Und macht euch bitte keine allzu großen Sorgen um mich, denn Mr Percy beschützt mich tapfer gegen dieses Ungeheuer.

Mit vielen Grüßen
Eure G.

Sie blickte zum Prinzen auf, der ungeduldig wartete. Mit Löschpapier saugte sie die überschüssige Tinte auf, faltete vorsichtig den Pergamentbogen und schrieb die Namen ihrer Cousinen und die Adresse von Downey House in London darauf. Phoebe würde auf jeden Fall dort sein, wohingegen Ava sich vielleicht gerade auf dem Land aufhielt.

Sie ergriff den Brief, wedelte einmal hin und her, damit die Tinte trocknete und versiegelte ihn dann mit ein wenig Wachs. Als sie fertig war, stand sie auf und reichte ihm den Brief.

Er nahm ihn und warf ihn auf ein Holztablett.

»Darf ich zumindest erfahren, wann er auf die Post geht?«, fragte sie spitz.

»Übermorgen.« Ungeduldig bedeutete er ihr, sie sollte gehen.

»Du liebe Güte«, murmelte sie.

»Verzweifelt nicht, Miss Fairchild. Ihr mögt mich für unzivilisiert halten, aber ich werde Euch nicht im Wald aussetzen. Ihr und Percy könnt hier auf Llanmair bleiben. Ich möchte sowieso nicht, dass er durch Wales zieht.«

Das erleichterte sie nicht im Mindesten. Sie warf den Kopf zurück und marschierte zur Tür.

»Wann werdet Ihr heiraten?«, fragte er.

Sie blieb stehen und funkelte ihn böse an. »Ich bin nicht mit ihm verlobt.«

Er schnaubte. »Ich hoffe um Euretwillen, dass Ihr mich nicht anlügt, Miss Fairchild. Denn wenn Ihr wirklich Greer Vaughan seid, fällt Euer Erbe im Moment der Eheschließung dem Gesetz nach an ihn. Denkt an meine Worte – der Schurke wird Euch völlig mittellos zurücklassen.«

»Und wieder einmal hat er recht behalten«, sagte sie kalt. »Er erklärte mir, Ihr würdet schlimme Dinge über ihn sagen, um all das Unaussprechliche zu verschleiern, das einzig und allein *Ihr* getan habt.«

Einen Moment lang sah der Prinz so aus, als wollte er vor Wut explodieren.

Aber er biss die Zähne zusammen, wodurch er nur noch gemeiner aussah.

Dann wies er zur Tür.

»Wenn Ihr dann fertig seid, Miss Fairchild.«

»O ja, das bin ich«, erwiderte sie und verließ das Zimmer.

6

Margaret Awbrey, Rhodricks älteste und beste Freundin, blickte ihren Dinner-Gast an. Dann warf sie ihrem Mann einen stummen, flehenden Blick zu. Thomas zuckte mit den Schultern.

Rhodrick war heute Abend keine besonders gute Gesellschaft. Er hatte wenig zu sagen. Daran war Margaret zwar schon gewöhnt, aber im Allgemeinen konnte man sich darauf verlassen, dass er an der Konversation teilnahm.

Heute Abend jedoch hielt er den Blick starr auf seinen Teller gerichtet und umklammerte den Stiel seines Weinglases so fest, dass Margaret schon fürchtete, er könnte zerbrechen. Irgendetwas bekümmerte ihn zutiefst.

»Ich ertrage es keinen Augenblick mehr«, sagte Margaret schließlich, als *bara brith,* der traditionelle Waliser Fruchtkuchen, auf Porzellantellern mit Goldrand serviert wurde. »Gesteh endlich, was deine Gedanken so beschäftigt, Rhodi. Du scheinst dich an einem völlig anderen Ort aufzuhalten.«

»Ich bitte um Verzeihung«, sagte er. »Ich hätte gar nicht erst kommen sollen, ich bin heute Abend keine gute Gesellschaft.«

»Unsinn«, versicherte Margaret ihm lächelnd, »du bist immer ein wunderbarer Gast. Aber sag mir bitte, was dich so beschäftigt?«

Er blickte sie an. »Owen Percy ist nach Llanmair zurückgekehrt, um Anspruch auf sein Erbe zu erheben.«

Erschreckt keuchte Margaret auf.

»Oh, zum Teufel«, rief Thomas aus und zog die buschigen Augenbrauen hoch. »Ich dachte, wir hätten ihn für lange Zeit zum letzten Mal gesehen.«

»Das scheint Wunschdenken gewesen zu sein«, erwiderte

Rhodrick. »Gestern stand er auf einmal vor meiner Tür. Anscheinend hat er im Moment keine Gönnerin und braucht dringend Geld.«

»Ach, du lieber Himmel«, sagte Thomas. Er ließ sich von Rhodi alles über Owens Ankunft erzählen, aber Margaret hörte dem Gespräch kaum zu.

Ihr tat das Herz weh um ihren alten Freund – über die Jahre hatte er genug erlitten. Als Kind war er ständig gehänselt worden, weil er groß und ungelenk war und nicht annähernd so hübsch wie seine Schwester oder seine Eltern. Sein Vater, selbst ein großer, kräftiger Mann, nannte seinen Sohn bei jeder Gelegenheit lachend Goliath, und bald schon riefen ihn alle Kinder in der Gemeinde ebenfalls bei diesem Namen. Rhodi wuchs zu einem grüblerischen, düsteren jungen Mann mit schrecklichen Wutausbrüchen heran. Immer kämpfte er und schlug um sich.

Margaret hatte ihn nie als hässlich empfunden, aber bei einem schrecklichen Sturz vom Pferd kurz vor seinem neunzehnten Geburtstag hatte er sich das Bein gebrochen und Gesichtsverletzungen davongetragen. Die Narben, die er zurückbehielt, verliehen ihm ein finsteres Aussehen und machten alles nur noch schlimmer.

Dieser Meinung waren anscheinend viele, denn als er das heiratsfähige Alter erreichte, wollte ihn keine haben. Trotz seines Vermögens fürchteten die jungen Debütantinnen sein Aussehen und seine düstere Miene.

Und dann hatte sein Vater Eira gefunden, deren Vater einer Verbindung mit Rhodi zustimmte, bevor das arme Mädchen Gelegenheit hatte, ihn kennenzulernen, geschweige denn einen Blick auf ihn zu werfen. Aber Eira schien Rhodis Aussehen nichts auszumachen. Vielleicht fand sie ihn ja, genau wie Margaret, eher charmant als hässlich. Auf jeden Fall gelang es ihr, ihn zu zähmen, und in den wenigen Jahren ihrer Ehe wurde Rhodi zu einem der liebenswürdigsten, nettesten und aufmerksamsten Männer, die Margaret je gekannt hatte.

Er hatte Eira über alles geliebt, und ihr Tod hatte ihn völlig vernichtet. Er hatte sich von der Gesellschaft zurückgezogen und sich in Llanmair vergraben. Und dann war Owen Percy aufgetaucht und hatte bei jedem Schritt neue Tragödien aufgebracht.

Margaret hatte verzweifelt versucht, wieder Licht in Rhodis Welt zu bringen. Sie hatte ihm einige Frauen vorgestellt, aber er wollte nichts davon wissen. Am liebsten wollte er in Ruhe gelassen werden. Einsam ritt er auf seinem riesigen schwarzen Pferd durch die Wälder.

Und jetzt war er schon *wieder* gezwungen, sich mit Owen Percy auseinanderzusetzen.

»Oh, das tut mir leid zu hören«, sagte Margaret voller Mitgefühl, als er seinen Bericht beendet hatte. »Können wir irgendetwas tun, um dir zu helfen?«

Er schüttelte den Kopf. »Ich werde ihn wohl bald wieder los sein.«

Hoffentlich war das so, dachte Margaret. Aber Owen Percy schien trotzdem schwer auf seinen Gedanken zu lasten – er war nicht in der Stimmung, sich zu unterhalten, und sagte den Rest des Abends nur wenig. Margaret erzählte von ihrer jüngsten Reise in das Seebad Aberystwyth, die bei strahlendem Sonnenschein begonnen, aber in Sturm und Regen geendet hatte, wie es in Wales so oft vorkommt.

Aber sie merkte natürlich, dass Rhodrick gar nicht bei der Sache war, und machte sich Sorgen um ihn. Sie wusste nur zu gut, wie schnell sich die Dunkelheit auf ihn herabsenken konnte.

Rhodrick verließ die Awbreys schon früh und war am nächsten Morgen bereits bei Tagesanbruch unterwegs, um einen Streit zwischen zweien seiner Pächter zu schlichten. Es dauerte länger, als er angenommen hatte – die beiden Männer waren durch Heirat miteinander verwandt, und ihre Streitigkeiten schienen mehr mit der Frau des einen Mannes als mit dem Weideland zu tun zu haben.

Er gab vor, aufmerksam zuzuhören, nickte sogar an den richtigen Stellen, aber in Wahrheit dachte er nur an Miss Fairchilds blaue Augen, an ihre eleganten, langen Finger und ihren schlanken Hals.

Und das war noch nicht alles. Er hatte schreckliche, dekadente Gedanken an Miss Fairchild; er stellte sie sich nackt vor, ihren geschmeidigen Körper über seinen Schreibtisch gebeugt, voller Ekstase, während er sie nahm.

Sie war es, die ihn beschäftigte. Als er am Bach anhielt, damit sein Pferd saufen konnte, zog er das Taschentuch aus der Tasche und drückte es einen Moment lang an die Nase. Dann steckte er es wieder ein und schloss die Augen, erfüllt von dem Duft nach Frau.

Diese Gedanken verstörten ihn – schließlich war er doch ein erwachsener Mann, kein Junge –, aber er konnte anscheinend nichts dagegen tun. Sie hatte ein Feuer in ihm entfacht.

Zuerst hatte er geglaubt, es wäre Wut, Zorn, aber langsam wurde ihm klar, dass es tiefer ging. Der Kuss hatte etwas in ihm geweckt, das seit Jahren geschlafen hatte, sein männliches Verlangen.

Dass sich ihre Furcht vor ihm in Trotz und Verachtung verwandelt hatte, trug zu seinem Begehren nur bei – sie sah ihn nicht mit Mitleid oder Abscheu an, und das hatte seine Neugier geweckt.

Es war schon Nachmittag, als Rhodrick ins Schloss zurückkehrte. Sein Gärtner kam und bat ihn, sich eine bröckelnde Stelle an einer der Mauern anzuschauen.

In den letzten zwanzig Jahren hatte Rhodrick zahlreiche Terrassen in seinem weitläufigen Garten mit eigenen Händen angelegt. Er war stolz auf seine Gärten, die in ganz Wales berühmt waren. Ihre volle Schönheit konnte er zwar nicht sehen, da er so viele Farben nicht erkennen konnte, aber er wusste doch, dass sie eindrucksvoll waren.

Er und der oberste Gärtner beschlossen, dass sie die Mauer abstützen mussten, und wie so oft legte Rhodrick, ohne weiter nachzudenken, Jacke und Weste ab, krempelte die Ärmel hoch, nahm einem der Arbeiter die Schaufel ab und begann, den Graben für die Stützpfosten auszuheben.

Er stand knietief im Schlamm, als er sich aufrichtete und sich mit der Hand den Schweiß abwischte. Dabei fiel sein Blick zufällig auf Owen Percy und Miss Fairchild, die über ihm an der Terrassenmauer lehnten und sich vorgebeugt hatten, um die Arbeiten zu beobachten.

Percy verzog spöttisch das Gesicht – aber nicht das brachte Rhodrick aus der Fassung, sondern die überraschte Miene von Miss Fairchild. Sie blickte ihn so verwundert an, als könnte sie es nicht glauben, dass ein Gentleman so harte körperliche Arbeit leistete.

Rhodrick kam sich plötzlich schrecklich stumpfsinnig vor. Er reichte einem Jungen die Schaufel, stieg aus dem Loch, das sie gegraben hatten, und ließ die Ärmel herunter. Als er erneut zur Terrasse hinaufblickte, sah er, dass Percy Miss Fairchild etwas ins Ohr flüsterte.

Sie ließ jedoch Rhodrick nicht aus den Augen, bis Percy schließlich die Hand an ihren Ellbogen legte und sie wegführte. Selbst dann blickte sie noch wiederholt über die Schulter, als könnte sie nicht fassen, was sie sah.

Rhodrick ergriff seine Jacke und seine Weste und überließ seinen Leuten die restlichen Arbeiten. Um seinen unwillkommenen Gästen aus dem Weg zu gehen, betrat er das Schloss durch einen Nebeneingang, der ihn schließlich vor einen großen Spiegel in vergoldetem Rahmen in der Eingangshalle brachte.

Sein Spiegelbild hatte ihn eigentlich nie interessiert, aber jetzt blieb er unwillkürlich stehen. Sein Anblick war ihm widerlich – kein Wunder, dass Miss Fairchild ihn angesehen hatte, als ob er ein wildes Tier wäre. Er war mit Schlamm bedeckt, und seine Haare, die er am Morgen ordentlich gekämmt hatte, waren völlig zerzaust. Aus seinem offenen Hemdkragen kräuselten sich verschwitzte Haare.

Wahrscheinlich hatte er auf Miss Fairchild nicht besser gewirkt als ein gewöhnlicher Arbeiter.

Am meisten erboste ihn jedoch, dass es ihn störte, wie sie über ihn dachte.

Ärgerlich zerrte er an der Klingelschnur.

Als Ifan erschien, wies er ihn an, ihm unverzüglich ein heißes Bad einzulassen.

Dann ging er die Treppe hinauf, wobei er zwei Stufen auf einmal nahm, ohne auf die Schmerzen in seinem Knie zu achten.

7

Nachdem sie durch die Gärten spaziert waren – die im Gegensatz zu der Kälte des Schlosses wunderschön und lieblich waren –, begaben sich Percy und Greer wieder in den Salon, auf den sie während ihres kurzen Aufenthalts hier praktisch beschränkt waren.

»Ihr seht ja, wie er ist«, sagte Percy zu Greer, die sich auf ein Sofa gesetzt hatte. »Gemein.« Erneut verzog er höhnisch das Gesicht. »Gräbt um wie ein gemeiner Arbeiter.«

Greer wusste nicht, ob der Prinz nun besonders gemein war, aber sie wusste, dass sie noch nie einen so … *potenten* Gentleman gesehen hatte. Es überraschte sie, dass sich ein Adliger so anstrengte, und es hatte sie aufgewühlt. Sie konnte den Anblick der Muskeln an seinen Armen und seinem breiten Rücken, die sich unter dem verschwitzten Hemd deutlich abzeichneten, nicht vergessen. Mühelos hatte er die Erde weggeschaufelt, mit so raschen, gelassenen Bewegungen wie Männer, die damit aufgewachsen waren.

Oh ja, in gewisser Weise hatte sein Anblick sie erregt und ihr ein seltsam wildes, weibliches Gefühl gegeben.

»Er hat die Grenzen der Schicklichkeit nie eingehalten«, fuhr Percy fort und trat ans Fenster. Seine Haare waren akkurat gekämmt, und als er sich jetzt am Fensterrahmen abstützte, achtete er sorgfältig darauf, dass seine Jacke keine Falten warf.

Greer ging durch den Kopf, dass Percy vielleicht noch nie in seinem Leben anständig gearbeitet hatte, aber sie tadelte sich sofort für diesen Gedanken. Percy war ihr *Beschützer*. Der Prinz war ihr Feind.

Als sie nicht antwortete, warf er ihr einen Blick über die Schulter zu. »Ihr seht recht müde aus, Liebling. Diese Angelegenheit muss das reinste Martyrium für Euch sein. Wir sollten uns doch überlegen, ob wir nicht in Rhayader die Dienste eines Anwalts in Anspruch nehmen sollten. Sonst leidet am Ende noch Eure Gesundheit.«

Das war einfach lächerlich. Warum tat er ständig so, als ob sie dahinwelkte wie einc Blume? »Mir geht es gut«, versicherte sie ihm. »Und ich habe Euch doch schon gesagt, dass ich mir die Dienste eines Anwalts nicht leisten kann.« Das hatte sie ihm sogar schon mehr als einmal gesagt, aber er ging einfach darüber hinweg. Natürlich konnte sie verstehen, dass auch Percy dieses grässliche Schloss mit den seltsamen Geräuschen und dem muffigen Geruch, der in den Wänden zu sitzen schien, so schnell wie möglich verlassen wollte, aber er musste doch auch begreifen, dass sie mit weniger als fünf Pfund in der Tasche weder einen Anwalt engagieren noch Räume in der nächstgelegenen Stadt anmieten konnte.

»Dann werde ich eben noch einmal mit ihm sprechen«, erklärte Percy. Er trat zu Greer und setzte sich neben sie, wobei er den Arm vertraulich auf die Rückenlehne hinter sie legte. »Ich bewundere Eure Tapferkeit«, sagte er schmeichelnd und beugte sich vor. Seine Arme umschlossen sie warm, seine Lippen waren weich, und Greer ließ es zu, dass er sie küsste. In seinen Armen fühlte sie sich getröstet, und sie brauchte dieses Gefühl jetzt.

In der Nacht regnete es, und in Greers Zimmer wurde es noch ungemütlicher, sofern das überhaupt möglich war. Irgendwann in der Nacht ging dann schließlich auch noch das Feuer im Kamin aus. Greer zog sich die Bettdecke über den Kopf und versuchte zu schlafen, aber sie zitterte viel zu sehr, um sich zu entspannen.

Elend trieb sie zwischen Schlaf und Wachen dahin, und sie hatte das Gefühl, gar nicht geschlafen zu haben, als ein Geräusch sie weckte. Greer dachte, Lulu käme, um sie zu wecken, aber als sie die Decke vom Gesicht zog, sah sie erschreckt, dass ihre Mutter in der Tür stand. Ihr langes, schwarzes Haar hatte sie zu einem Knoten geschlungen, und sie trug ein altmodisches rotes Gewand. Sie lächelte, und ihr Lächeln war so warm und einladend, wie Greer es in der Erinnerung sah, fast als ob sie nie gegangen wäre.

Ein Geräusch am Fenster erschreckte sie, und Greer fuhr herum. Es war der Wind, stellte sie fest, aber als sie sich wieder zur Tür wandte, war ihre Mutter verschwunden. Auch die Tür war weg, und in der Öffnung sah sie das weiße Herrenhaus zwischen den Bäumen. Am Eingang stand der Prinz, das Gesicht halb im Schatten. Seine Augen waren so hart und kalt, dass sie unwillkürlich erzitterte.

Erschreckt fuhr sie aus dem Schlaf auf. Sie zitterte vor Kälte, nicht vor Angst. Niemand war im Zimmer – weder ihre Mutter noch der Prinz –, und der Morgen dämmerte bereits. Blasses Licht drang durch die Fenster.

Aber der Traum war so real gewesen, als bräuchte sie bloß die Hand auszustrecken, um ihn zu berühren. »Du liebe Güte«, murmelte Greer. Sie schlang sich eine Decke um die Schultern und huschte zum Kamin, um das Feuer wieder in Gang zu bringen.

Allerdings war ihr kein Erfolg beschieden, und sie versuchte es immer noch, als es eine Viertelstunde später an der Tür klopfte und eine grauhaarige Frau das Zimmer betrat. Sie warf einen Blick auf Greer, dann auf den Kamin und sagte: »Ach, du liebe Güte, ihr müsst ja völlig durchgefroren sein.« Lächelnd kam sie Greer zu Hilfe.

»Danke«, sagte Greer und warf der Frau einen neugierigen Blick zu.

»Ich bin Mrs Bowen, die Haushälterin«, erklärte die Frau. »Lulu arbeitet heute früh in einem anderen Teil des Schlosses, deshalb bin ich zu Euch gekommen.«

»Ah«, sagte Greer, dankbar dafür, dass die Frau Englisch sprach, wenn auch mit starkem Akzent. Sie sah zu, wie Mrs Bowen mit einem kleinen Blasebalg die Flammen entfachte. Als das Feuer schließlich wieder brannte, stand sie auf, klopfte sich den Staub von den Händen und lächelte Greer an. »Hoffentlich hattet Ihr es nicht zu ungemütlich … oder seid von Geistern heimgesucht worden.«

Greer erstarrte. »*Geister?*«, fragte sie.

»Ach, das ist ein alter walisischer Aberglaube«, erwiderte Mrs Bowen und trat ans Bett, um die Kissen aufzuschütteln. »Es heißt, die Geister lassen das Feuer ausgehen, damit man sie nicht sehen kann und sie sich frei zwischen uns bewegen können. Deshalb sollte man auch nie schlecht von den Toten sprechen.«

»Aber das habe ich gar nicht getan«, sagte Greer unbehaglich.

»Oh, nein, natürlich nicht, Miss!« Mrs Bowen lächelte sie an. »Ich meinte nur ganz *allgemein*. Es ist ja auch nur ein altes Volksmärchen, mehr nicht.«

Ja, vielleicht nur ein altes Volksmärchen, aber Greer beeilte sich doch mit dem Anziehen.

Sie traf Percy im Frühstückszimmer, und selbst er erklärte, schlecht geschlafen zu haben. Wieder einmal bedrängte er Greer, in Rhayader Hilfe zu holen. Aber Greer blieb hart. Von den dreißig Pfund, die sie aus London mitgenommen hatte, waren gerade noch vier übrig. Damit würde sie noch nicht einmal die Kutsche nach London zurück bezahlen können. Sie wollte auch nicht hierbleiben, aber im Moment schien es ihr das kleinere von zwei Übeln zu sein – ungeachtet der Geister, Träume und Geräusche.

Für den Rest des Vormittags machten sie und Percy einen Spaziergang – er hielt die ganze Zeit über ihre Hand, die er anscheinend nicht loslassen konnte, und anschließend zogen sie sich in den Salon zurück, um das Ende des Tages abzuwarten.

Greer stand am Fenster, blickte in den Garten und überlegte, wie lange es wohl dauern mochte, bis ihr Brief in London ankam. Wahrscheinlich würde es wegen des regnerischen Wetters und des Zustands der Landstraßen mindestens drei Wochen dauern. Wenn Phoebe und Ava den Brief erst einmal erhalten hatten, dann würde bestimmt eine Woche vergehen, bis sie ihr das benötigte Schreiben schicken konnten. Und die Antwort konnte unter Umständen auch wieder drei Wochen in Anspruch nehmen. Falls Ava überhaupt in London war. Schließlich konnte es auch sein, dass sie sich mit dem Marquis auf dem Land aufhielt.

Insgesamt also sieben Wochen, wenn sie Glück hatte.

Sieben Wochen und nur ganz wenig Geld. Dafür konnte sie sicher ein kleines Zimmer finden, und wenn sie selbst kochte, käme sie auch sieben Wochen mit dem Geld hin. Aber Mr Percy konnte sie davon nicht auch noch unterstützen.

Plötzlich fand sie es seltsam, dass sie sich in ihrer schwierigen Lage auch noch Gedanken darum machte, ob sie Mr Percy unterstützen konnte. Er hatte sie ja nicht darum gebeten, aber sie hatte das seltsame Gefühl, dass er es irgendwie von ihr erwartete, so als ob sie eine stillschweigende Übereinkunft hätten.

Aber das hatten sie doch gar nicht. Hatte sie ihm Anlass gegeben zu glauben, sie würden zusammenbleiben, wenn sie ihr Erbe hätte? Darüber dachte sie gerade nach, als Mr Percy sie erschreckte, indem er sie von hinten an den Schultern packte.

»*Ah!*«, schrie Greer auf. Schmunzelnd schlang er die Arme um sie, legte sein Kinn auf ihre Schulter und zog sie fest an sich. »Und was seht Ihr so Faszinierendes, wenn Ihr aus dem Fenster schaut, Miss Fairchild?«

Greer blickte auf die Männer, die auch heute wieder an der Terrassenmauer arbeiteten, und dachte an den Prinzen, wie er glänzend vor Schweiß mit ihnen gearbeitet hatte. »Den Garten«, antwortete sie.

Er lachte ihr leise ins Ohr. Sein Atem war warm, und ein leiser Schauer rann ihr über den Rücken. »Und was noch?«, fragte er.

»Was denn noch?«

»Dort ist der Horizont – seht Ihr?«, fragte er. »Und hinten am Horizont liegt Rhayader. Wenn ich ein Spieler wäre, würde ich wetten, dass Ihr es höchstens noch einen Tag in diesem trübseligen Haus aushaltet, und dann werdet Ihr mir zustimmen, dass wir ins Dorf müssen, bevor wir den Verstand verlieren.«

Sie war sich nicht sicher, ob das nicht schon längst passiert war. »Und wenn ich ja sagen würde … wie sollten wir denn Ihrer Meinung nach für unseren Lebensunterhalt bezahlen, Sir?«

Sie spürte, wie er in ihrem Rücken mit den Schultern zuckte. »Besitzt Ihr denn gar nichts mehr von Wert, Liebling? Ein Schmuckstück, das Ihr vielleicht verkaufen könnt?«

»Und Ihr?«

Zuerst sagte Mr Percy nichts, dann jedoch packte er sie fest an den Schultern und zwang sie zu sich herum. Seine braunen Augen glänzten, was sie an den Prinzen erinnerte, weil beide Männer dunkle Wimpern und einen durchdringenden Blick hatten.

Percy lächelte sie liebevoll an. »Greer, Liebste! Wenn wir diese verflixte Angelegenheit mit dem Prinzen geregelt haben, werde ich Euer Schmuckstück durch tausend andere ersetzen. Ihr müsst Vertrauen haben – das Gesetz ist auf unserer Seite.« Er ging in die Knie, sodass er ihr in die Augen schauen konnte. »Ihr vertraut mir doch, oder?«

»Natürlich.«

»Und Euch ist doch auch klar, dass er Eure Ansprüche nicht ablehnen könnte, wenn Ihr meinen Antrag annehmen würdet, oder?«

»Das könnte er nicht?«, fragte sie. Warum sollte denn die Verlobung die Einstellung des Prinzen zum Erbe ändern?

»Nein, das könnte er nicht.«

»Aber ich … ich …«

»Und ich kann es nicht ertragen, wenn Ihr mich abweist«, fuhr er fort. Er küsste sie auf die Stirn und richtete sich wieder auf. »Ich kann nicht ertragen, auch nur einen Tag von Euch getrennt zu sein, geschweige denn, mein ganzes Leben lang«, fügte er hinzu und küsste sie auf den Mund.

Greer ging durch den Kopf, dass sie ihm vielleicht einmal sagen sollte, dass sie noch gar nichts entschieden hatte, aber die Berührung von Percys Lippen brachte sie zum Schweigen. Einen Mann zu fühlen, war so … tröstlich. Und offen gestanden gab er ihr auch ein sicheres Gefühl. Sie fühlte sich bei ihm viel sicherer als zitternd unter der Decke in diesem schrecklichen Zimmer.

Als Percys Hand sich kühn um ihre Brust schloss, keuchte sie überrascht auf.

Sie hätte nicht sagen können, wie sie schließlich auf dem Diwan landeten, ihre Arme um seinen Hals, seine Hand auf ihrer Brust und sein Mund auf ihrem Nacken. Es war kein völlig neues Gefühl für sie – schließlich hatte sie als Debütantin bereits an zwei Londoner Saisons teilgenommen –, aber zu so schamlosen Berührungen war es eher selten gekommen.

Sie schwankte noch zwischen dem Bewusstsein, dass sie sich völlig unschicklich verhielt, und dem Verlangen, die physische Lust, die sie empfand, fortzusetzen, als Percy auf einmal den Kopf hob und jemanden angrinste, der neben dem Diwan stand.

Greer folgte verträumt seinem Blick und musste zu ihrer Bestürzung feststellen, dass der Prinz im Zimmer stand, die Arme über der Brust verschränkt, und sie wutentbrannt ansah.

Einen schrecklichen Augenblick lang konnte sie weder sprechen noch atmen. Aber dann stieg heiße Scham in ihr auf, und mit hochrotem Gesicht stieß sie Percy von sich weg, der sich impertinent grinsend Zeit ließ, um aufzustehen.

»Geht *weg!*«, schrie sie und sprang selbst auf. Mit dem Rücken zum Prinzen schüttelte sie hastig ihre Röcke aus und richtete ihr Mieder. Noch nie in ihrem ganzen Leben hatte sie sich so schändlich gefühlt wie in diesem Augenblick – sie war nicht besser als eine gewöhnliche Dirne, die sich auf dem Diwan lüstern wälzte. Sie war vor Scham bis ins Innerste erstarrt.

Als der Prinz näher trat, machte Greer den Fehler, ihm verstohlen einen Blick zuzuwerfen. Sein angewiderter Ausdruck ließ sie noch tiefer in den Boden versinken.

Er blickte Percy an. »Ihr beide *widert* mich an«, sagte er schneidend. »Wenn ich nicht zufällig vorbeigekommen wäre, hättet ihr mein Haus mit eurer Unzucht beschmutzt!«

Greer ging vor Scham fast in die Knie.

Aber Percy schnaubte nur verächtlich. »Macht Euch nicht lächerlich!« Aus irgendeinem Grund wirkte er beinahe *erfreut* darüber, dass sie in so einer kompromittierenden Situation erwischt worden waren.

Das verwirrte Greer, aber vor allem hatte sie bei dem verächtlichen Blick, mit dem der Prinz sie bedachte, das Gefühl, sich auf der Stelle übergeben zu müssen. Sie wandte sich ab und taumelte zum Fenster, wo sie verzweifelt versuchte, ihre Fassung wiederzugewinnen.

»Die Lächerlichkeit in diesem Raum ist ganz auf deiner Seite«, bemerkte der Prinz schneidend. »Du glaubst anscheinend, Miss Fairchild bleibt nichts anderes mehr übrig, als dich zu heiraten, wenn du sie öffentlich verführst. Und das ist ja wohl für dich der bequemste Weg zu ihrem wie zu deinem Geld.«

Empört drehte Greer sich um. »Das ist doch absurd.«

»Hört nicht auf ihn«, warf Percy ein. »Wenn ein wahrer Gentleman auf zwei Liebende trifft, dann schaut er weg. Aber ein von Narben entstellter, einsamer Mann wird natürlich immer mit Eifersucht reagieren.«

Die Augen des Prinzen funkelten vor mörderischer Wut. Sein großer Körper spannte sich an, als könne er sich nur mit Mühe davon abhalten, sich auf Percy zu stürzen, und Greer erwartete, dass er jeden Moment zuschlug. Aber stattdessen richtete er seine Wut auf sie. Er musterte sie so unverblümt, dass sie sich schrecklich schämte; sie drückte die Hände an die Wangen und sagte mit bebender Stimme: »Ich bitte um Verzeihung, Mylord.«

»Ihr schuldet ihm keine Entschuldigung«, fuhr Percy sie an.

Aber das tat sie doch, sie beide mussten sich bei ihm entschuldigen, und es erschreckte sie, dass Percy ihr Verhalten untadelig fand.

»Nein!«, sagte Percy trotzig. »Er ist nicht unser Gewissen, und er kann ganz bestimmt kein Urteil über uns fällen.«

»*Mr Percy!*«, rief Greer verlegen aus.

Der Prinz sagte etwas auf Walisisch, worauf Percy heftig mit einem Schwall von Worten antwortete.

Anscheinend waren sie das reinste Vitriol, denn der Prinz wirkte auf einmal äußerst gefährlich. *Tödlich*. Wahrscheinlich hätte er Percy mit einem einzigen Zupacken seiner großen Hände den Hals brechen können. Aber er überraschte sie – mit einem verächtlichen Blick auf sie beide drehte er sich auf dem Absatz um und verließ das Zimmer.

Als sich die Tür hinter ihm schloss, stieß Percy wütend eine Öllampe um. Sie fiel krachend zu Boden. »Ein *Kretin!*«

»Mr Percy!«, schrie Greer. »Er hat uns in einer höchst verfänglichen Situation überrascht! Wie könnt Ihr so darüber hinweggehen?«

»Ach, um Gottes willen, jetzt regt Euch doch nicht so auf!«, fuhr er sie an.

Seine Äußerung erboste sie. »Habt Ihr den Verstand verloren? Mein Ruf ist gerade unwiederbringlich ruiniert, und Ihr sagt mir nur, ich solle mich nicht so aufregen?«

»Das ist jetzt wohl kaum der richtige Zeitpunkt für Theatralik, Greer!«

»*Theatralik?*« Kannte sie den Mann überhaupt, der da so wütend vor ihr stand? »Erschreckt Euch das denn gar nicht, Mr Percy?«

»Erschreckt?«, schnaubte er. »Mir ist doch egal, was Radnor denkt, denn ich weiß …«

Er kam nicht mehr dazu, den Satz auszusprechen, denn plötzlich flog die Tür erneut auf, und der Prinz kam herein, gefolgt von drei Lakaien. Zwei kamen direkt auf sie zu, und Mr Percy schob Greer rasch hinter sich.

»Würdet Ihr einen unbewaffneten Mann töten?«, kreischte er.

»Ach, um Himmels willen!«, spuckte der Prinz. »*Schafft ihn mir aus den Augen!*«, donnerte er dann.

»Wenn Ihr das wie zivilisierte Menschen …«, setzte Percy an, aber die Lakaien hatten ihn schon gepackt. Heftig strampelnd setzte er sich zur Wehr, aber die beiden Männer waren stärker als er.

Der Prinz stand ungerührt dabei und beobachtete die Szene aus zusammengekniffenen Augen. Als seine Leute Percy die Hände auf dem Rücken gefesselt hatten, nickte er, und sie schleppten Percy aus dem Zimmer.

»Mr Percy!«, schrie Greer entsetzt. »*Owen!*«

Ihr Beschützer hörte sie jedoch nicht, da er gerade seinen Gastgeber und die drei Männer, die ihn abführten, verfluchte. Als sich Percys Schreie entfernten, wandte der Prinz langsam den Kopf und blickte Greer so kalt an, dass sie in Panik geriet. Sie wich zurück an die Wand und blickte sich hektisch nach einer Fluchtmöglichkeit um.

»Tut nicht so ängstlich, Miss Fairchild. Unter meinem Dach wird Euch nichts geschehen – ich bin nicht wie Euer *Liebhaber.*«

Er sprach das Wort so aus, dass sie sich schmutzig fühlte. »Er ist nicht …«, begann sie, besann sich dann jedoch eines Besseren. »Was habt Ihr mit mir vor?«

»Ich weiß nicht«, knurrte er, und sein Blick glitt hungrig über sie. »Was machen Männer denn normalerweise mit Huren?«

Greer keuchte auf und blickte zur Tür. Der Prinz schüttelte den Kopf. »Ihr könnt nicht entkommen. Ich werde nicht zulassen, dass Percy Euch ruiniert und sich mit Eurem Erbe davonmacht, ganz gleich, wie sehr es Euch gefallen hat, Euch ruinieren zu lassen.«

»Ihr seid ein böser, niederträchtiger Mann!«, giftete sie.

»Wie leichtfertig Ihr doch mit solchen Wörtern um Euch

werft, in Anbetracht Eures eigenen Betragens, Miss Fairchild.« Er trat auf sie zu.

Greer wich zurück.

Er blieb stehen, seufzte und murmelte etwas auf Walisisch, dann fuhr er sich mit der Hand durch die Haare.

»Kommt Ihr jetzt aus freien Stücken mit mir, oder muss ich Euch zwingen?«

Zwingen? Das Entsetzen schnürte ihr die Kehle zu. »Wozu zwingen?«, krächzte sie.

»Ich beabsichtige, Euch eine Weile getrennt von Mr Percy unterzubringen, damit Ihr Euch nicht tiefer ins Verderben stürzt. Kommt Ihr jetzt freiwillig mit?«

»Nein, *freiwillig* gehe ich nicht mit Euch.«

Er lächelte gefährlich. »Ehrlich gesagt, finde ich nicht, dass eine Frau von so niedriger Moral die Wahl hat«, sagte er und griff nach ihr.

Greer schrie auf und wandte sich zur Tür, aber er hatte sie schon gepackt. Sie strampelte verzweifelt, aber seine Arme hatten sich wie Eisenbänder um sie geschlossen. Ihre Brüste wurden an seinem breiten Brustkorb zerquetscht, und er drückte ihren Körper fest an seinen.

Er lächelte gemein und blickte auf ihre Lippen. »Wessen Kuss zieht Ihr vor, Miss Fairchild? Oder macht Ihr da keinen Unterschied?«

Sie schrie auf und wandte den Kopf ab.

Er hielt jedoch ihren Kopf fest und zwang sie, ihn anzusehen. »Ich hätte gedacht, dass Ihr wählerischer seid, wenn es darum geht, bei wem Ihr liegt. Aber vermutlich ist ein Pfund so gut wie das andere …«

Greer schrie vor Wut und Angst auf und trat ihm hart vors Schienbein. Falls er es gespürt hatte, so ließ er sich nichts anmerken. Er betrachtete sie ungerührt, während Greer atemlos strampelte und zappelte.

Schließlich verließ sie die Kraft, und Tränen traten ihr in die Augen.

»Hört auf damit«, brummte er. »Ihr braucht keine Krokodilstränen zu vergießen.«

»Bitte, tötet mich nicht«, sagte sie kläglich.

Er schnaubte. »*Töten* ist nicht gerade das, was einem bei Euch als Erstes in den Sinn kommt, Miss Fairchild«, knurrte er.

Sie dachte, er würde sie küssen, dachte, er würde sich auf der Stelle an ihr vergehen, aber plötzlich hob er sie hoch und nahm sie auf die Arme. Greer kreischte und versuchte, sich zu befreien, aber gegen seinen festen Griff war sie machtlos.

Er trug sie aus dem Zimmer den Gang entlang zu einer Treppe, die ihr vorher noch nicht aufgefallen war. Dort stellte er sie auf die Füße, hielt sie aber weiter fest, sodass sie nicht davonlaufen konnte, als er sie die Stufen hinauf zwang.

»Ich bin nicht so, wie Ihr denkt!«, protestierte sie. Angstvoll überlegte sie, was er ihr wohl antun könnte. »Was Ihr vorhabt, ist kriminell! Seid versichert, dass ich es vor das höchste Gericht bringen werde!«

Der Prinz schnaubte nur und schubste sie weiter die Treppe hinauf. Seine Wut und seine Kraft trieben sie an.

»Ihr seid verabscheuungswürdig!«, tobte sie. »Ihr schweigt nur, weil Ihr *wisst,* wie abscheulich Euer Verhalten ist!« Sie glaubte wirklich daran – alles, was Percy ihr jemals über den Prinzen von Powys erzählt hatte, kam ihr in den Sinn. Er war ein Mörder, ein Dieb, und sie fürchtete um ihre Tugend *und* ihr Leben. Wieder begann sie, nach ihm zu treten und zu schlagen, aber er packte sie nur um die Taille und schleifte sie die letzten Stufen hinauf, als wäre sie ein kleines Kind.

Hoch oben an der Treppe war eine einzelne Tür. Wieder hielt er die zappelnde und strampelnde Greer mit einer Hand fest, während er die Tür öffnete.

Er schob sie hinein, und während sie ins Zimmer taumelte und sich an einem Stuhl festhalten musste, um nicht das Gleichgewicht zu verlieren, blieb er ruhig auf der Schwelle stehen.

Greer keuchte. Tränen liefen ihr über die Wangen. Während

sie nach Luft rang, versuchte sie, ihre Umgebung wahrzunehmen. Sie befanden sich oben in einem der Türme, einem runden Raum mit drei Fenstern. Im Zimmer befanden sich ein Bett, ein Stuhl und ein Schreibpult. Hinter einem Wandschirm verbargen sich offenbar die Toilette und ein Waschbecken.

Offensichtlich befand sie sich in einem Schlafzimmer. Voller Entsetzen blickte sie den Prinzen an.

»Ihr habt hier eine Zeit lang alles, was Ihr braucht«, sagte er. Sein Blick glitt langsam über ihren Körper, und sie fühlte sich entblößt. »Es wird Euch nichts geschehen, Miss Fairchild. Was immer Ihr auch von mir denken mögt, Eure Befürchtungen sind unnötig – ich verkehre nicht mit Huren.«

Ihr wurde übel bei dem Wort, aber noch übler wurde ihr bei dem Gedanken, der ihr plötzlich durch den Kopf schoss. *Er wollte sie hier einsperren.* Sie würde in Vergessenheit geraten und schließlich verschwinden, wie eine Prinzessin im Märchen. Erneut stieg Panik in ihr auf, und sie stürzte verzweifelt zur Tür, um an ihm vorbei nach draußen zu gelangen, aber er packte sie bloß am Arm und hielt sie mit Leichtigkeit fest.

»*Lasst mich los!*«, schrie sie, und in ihrer Wut schlug sie um sich, trat ihn und biss ihn in die Hand, als er versuchte, sie festzuhalten.

»*Schluss jetzt!*«, brüllte er und drückte sie gegen die Wand. »*Beruhigt Euch!*«, befahl er.

Erschöpft wimmernd gab Greer nach. Sie blickte ihn an – die Narben, sein Bartschatten, das harte, kalte Glitzern in seinen Augen. Es war nutzlos. Sie hatte nicht die Macht, ihn aufzuhalten. Er würde mit ihr machen, was ihm beliebte. Erneut rannen ihr heiße Tränen übers Gesicht.

Stirnrunzelnd ließ er sie los. Greer schloss für einen kurzen Moment die Augen, und als sie sie wieder öffnete, hatte er sich bereits zum Gehen gewandt. Er warf ihr noch einen Blick über die Schulter zu, dann schloss er die Tür hinter sich und war weg.

Greer wurde wieder von Panik überwältigt. Mit einem Schrei

stürzte sie zur Tür und hämmerte mit den Fäusten dagegen, als sie hörte, wie von draußen abgeschlossen wurde. »Mr Percy!«, schrie sie. »*Mr Percy!*«

Sie hörte nur Schritte, die sich entfernten.

Erneut hämmerte sie an der Tür und rüttelte am Türknopf. Aber die Tür blieb verschlossen.

Voller Panik blickte sie sich um. Es gab für sie keine Möglichkeit zu entkommen. Das Zimmer war hoch oben im Turm, und sie konnte nicht daraus entfliehen.

Es war hoffnungslos. Sie war eingesperrt und würde hier sterben. Greer sank an der Wand herunter, und das Schluchzen erschütterte ihren gesamten Körper. Verzweifelt nach Luft ringend ließ sie ihren Tränen freien Lauf.

8

Als keine Tränen mehr kamen – Greer hatte sich förmlich trocken geweint –, holte sie tief Luft und stand langsam auf. Sie schleppte sich zum Bett, legte sich auf den Rücken und führte ein strenges Selbstgespräch.

Wenn sie sich wie eine Irre aufführte, würde das an ihrer Lage nichts ändern. Sie musste einen klaren Kopf bewahren und nachdenken. Also zwang sie sich aufzustehen, trat hinter den Wandschirm und wusch sich das Gesicht. Anschließend richtete sie ihr Kleid und versuchte, ihre Haare, die sich gelöst hatten, wieder hochzustecken. Aber es gelang ihr nicht, deshalb kämmte sie sie nur mit den Fingern durch und ließ sie offen über ihren Rücken herabhängen.

Sie ging im Zimmer auf und ab, um über ihre Lage nachzudenken und sie aus jedem nur erdenklichen Blickwinkel zu beleuchten.

O Gott, wie sie sich nach Phoebe und Ava sehnte! Sie brauchte jemanden, mit dem sie reden konnte, jemand, der ihr sagen konnte, ob sie den Prinzen richtig oder falsch einschätzte. Aber sie kam zu keiner anderen Schlussfolgerung als der, diesem Ort so schnell wie möglich entfliehen zu müssen.

Plötzlich ertönten vor ihrer Tür Schritte.

Erschrocken blickte sie sich nach etwas um, mit dem sie sich bewaffnen konnte.

Gott sei Dank befand sich ein eiserner Schürhaken im Zimmer. Sie ergriff ihn mit beiden Händen und hob ihn hoch, bereit, jederzeit damit zuzuschlagen.

»*Greer!*«

Es war Percy. *Percy!* Seine Stimme kam so unerwartet, dass ihr vor Erleichterung die Knie weich wurden. Sie ließ den

Schürhaken fallen und rannte an die Tür. Sofort versuchte sie wieder, sie zu öffnen.

Aber sie war immer noch verschlossen. »Owen, ich bin hier!«, schrie sie und hämmerte an die Tür. »Ich bin hier, ich bin *hier!* Macht die Tür auf, bitte, macht die Tür auf!«

»Greer, hört gut zu!«, sagte Percy.

»*Öffnet die Tür!«*, schrie sie.

»Ich hole Hilfe«, fuhr er fort. »Ich reite nach London zu Euren Cousinen und bitte sie, alle verfügbaren Kräfte hierher zu schicken.«

»Ich komme mit!«, schrie Greer und schlug mit den Fäusten an die Tür. »Bitte, macht auf!«

Er schwieg, und Greers Herz sank. Sie spürte, dass sie getäuscht worden war.

»Ich kann nicht«, erwiderte er leise.

»*Percy!* Öffnet die Tür!«

»Ich werde so schnell wie möglich zurückkehren, Ihr müsst mir vertrauen. Seid stark, Liebling! Der Prinz wird Euch nichts zuleide tun, er hat mir sein Wort gegeben. Aber Ihr müsst stark sein.«

»*Nein!*«, schrie sie und bearbeitete erneut die Tür mit den Fäusten. »*Wagt* es bloß nicht, mich hier zu lassen!«

»Ich werde so schnell wie möglich zurückkehren, ich schwöre es Euch!«

»*Percy! Verlasst mich nicht!*«, kreischte sie.

Aber es war zu spät – sie hörte, wie er die Treppe hinunterlief, und mit ihm ging ihre Hoffnung.

»Percy!«, schrie sie noch einmal, aber sie wusste schon, dass er nicht mehr zurückkam. Jetzt nicht, nie mehr. Nach einer Weile war es wieder still, und Greer warf sich aufs Bett und gab sich ihrer Verzweiflung hin.

Ifan berichtete Rhodrick, Miss Fairchild habe sich geweigert, etwas zu essen, und sie habe sich auch heftig gewehrt, als Griffith, der Lakai, der ihr das Essen gebracht hatte, ihr den

Schürhaken entwunden hatte, mit dem sie auf ihn losgegangen war.

Jetzt hatte sie sicher schrecklichen Hunger, dachte Rhodrick, und trug das Tablett am nächsten Morgen selbst hinauf. Er klopfte an die Tür, hörte aber nichts.

Er nahm das Tablett in eine Hand und fischte mit der anderen den Schlüssel aus der Tasche, um aufzuschließen. Er wappnete sich dagegen, angegriffen zu werden, wenn er das Zimmer betrat.

Aber Miss Fairchild überraschte ihn. Sie saß mit untergeschlagenen Beinen auf dem Bett und beobachtete ihn misstrauisch mit den stürmischsten blauen Augen, die er je gesehen hatte.

»*Bore da*. Guten Morgen«, sagte er ruhig.

Sie antwortete nicht.

Er stellte das Tablett auf das Schreibpult. »Ihr seid sicher hungrig.«

Sie warf ihm einen so hasserfüllten Blick zu, dass es ihn ein bisschen aus dem Gleichgewicht brachte. Dann stand sie auf, trat an das Schreibpult und wischte das Tablett mit einer einzigen Handbewegung herunter. Mit einem eisigen Blick auf ihn ging sie so dicht an ihm vorbei, dass ihr Rock und ihr Arm seinen Körper streiften.

Rhodrick blickte auf das zerbrochene Porzellan und das Frühstück, das auf dem Boden lag. »Das war nicht sehr klug«, meinte er.

»Es interessiert mich nicht, was Ihr davon haltet«, erwiderte sie und setzte sich wieder aufs Bett.

»Ihr solltet besser bei Kräften bleiben.«

»Warum? Es sieht so aus, als ob ich hier eingesperrt bleiben soll, bis Percy zurückkehrt, und wenn das der Fall ist, wäre ich lieber tot.« Sie sank zurück auf das Bett und blickte an die Decke.

»Percy wird nicht zurückkehren«, sagte er. »Er hat sich einverstanden erklärt, für einhundert Pfund mein Haus zu verlassen. Er hatte die Möglichkeit, Euch mitzunehmen, aber er war der Ansicht, dass einhundert Pfund für zwei Personen nicht ausreichen.«

Sie kniff drohend die Augen zusammen. »Ihr seid ein Lügner«, sagte sie mit rauer Stimme. »Mr Percy holt Hilfe.«

Die Frau war wirklich ungewöhnlich eigensinnig. Wie konnte sie nur annehmen, dass Owen tatsächlich Hilfe holte? War sie wirklich so naiv? »Er ist weg, Miss Fairchild«, sagte Rhodrick ungeduldig. »Aber nicht, um Hilfe zu holen. Er wird nicht zurückkommen, denn er hat erst einmal erreicht, was er wollte – hundert Pfund und seine Freiheit.«

Miss Fairchild setzte sich auf. »Angenommen, das stimmt. Was habt Ihr dann mit mir vor?«, wollte sie wissen. »Wollt Ihr mich an diesem gottverlassenen Ort festhalten, bis die Welt mich vergessen hat? Oder beabsichtigt Ihr, Eure niedrigen Gelüste an mir zu befriedigen?«

Er empfand leises Schuldbewusstsein bei der Frage; er hatte in der Tat daran gedacht, sie in sein Bett zu holen. Hinzu kam, dass er sie heute Morgen äußerst anziehend fand, mit ihren klaren, blauen Augen und den offenen, zerzausten Haaren. Ihr Kleid war zerknittert, und wenn er nicht gewusst hätte, dass sie die ganze Zeit hier in dem Zimmer eingesperrt gewesen wäre, hätte er gedacht, dass sie gerade aus dem Bett ihres Liebhabers gekommen war. Der gestrige Anblick war ihm die ganze Nacht über nicht aus dem Kopf gegangen.

Er hatte an nichts anderes denken können als an ihren Körper, an Percys Hand auf ihrer Brust. *Und er hatte sich gewünscht, sich tief in ihr zu vergraben.*

»Ihr seid eine junge Frau, Miss Fairchild«, sagte er ruhig. »Ihr kennt weder die Stärke des männlichen Verlangens noch die wahren Absichten eines Mannes. Mit der Zeit werdet Ihr jedoch erkennen, dass ich Euch die Wahrheit sage: Mr Percy stand kurz davor, Euch Eure Tugend und Euer Vermögen zu nehmen, und Ihr standet ebenso kurz davor, ihm beides zu geben.«

Sie errötete, hob jedoch trotzig ihr Kinn. »Und wenn, Mylord? Was geht es Euch an?«

»Nichts. Ihr könnt mit Eurem Leben und mit Eurem Körper machen, was Ihr wollt. Wenn der Beweis Eurer Identität erbracht ist, könnt Ihr Euch sogar an solche Männer wie Owen Percy wegwerfen – das kann ich nicht verhindern. Aber ohne den Beweis Eurer Identität werde ich Euch keine viertausend Pfund aushändigen, die dann am Ende bei *ihm* landen.«

»Ihr seid ein Ungeheuer«, zischte sie wütend. »Der hassenswerteste Mensch, dem ich je begegnet bin.«

Innerlich zuckte er zusammen, aber nach außen blieb er ungerührt.

»Es wird *Wochen* dauern, bis der Beweis aus London eintrifft, vor allem jetzt, da der Winter bevorsteht. Und solange wollt Ihr mich vermutlich hier als Gefangene halten?«

»Ich ziehe es vor, Euch als Gast wider Willen zu bezeichnen, so wie ich ein Gastgeber wider Willen bin. Ihr könnt bleiben … oder gehen. Es steht Euch frei.«

Sie schnaubte verächtlich.

»Frei bin ich wohl kaum«, erwiderte sie ungläubig. »Ich kann ja noch nicht einmal das Zimmer verlassen, wenn ich möchte.«

Er wies auf die Tür und trat einen Schritt beiseite. »Ihr seid frei.«

»*Ha!*«, sagte sie. »Und wenn ich jetzt das Schloss verlassen und nach Rhayader gehen würde? Was würdet Ihr dann tun, Mylord?«

»Es ist ziemlich weit. Und außerdem ziehen Wolken auf. Aber Ihr könnt es gerne versuchen.«

Sie blickte misstrauisch zur Tür, dann sah sie ihn wieder an. Langsam stand sie auf und kam auf ihn zu, als ob sie ihn testen wollte. Als sie an ihm vorbei war, begann sie zu laufen.

Rhodrick blieb stehen und lauschte dem Geräusch ihrer Schritte, die sich entfernten. Sie rannte die Treppe hinunter, als sei der Teufel hinter ihr her.

Er steckte die Hände in die Taschen, fasste nach dem Taschentuch, das sie in seinem Studierzimmer fallen gelassen hatte, und wartete, bis er sie nicht mehr hörte. Dann stieg er ebenfalls wieder hinunter. Bei jedem Schritt schmerzte sein Bein.

Er sagte Mrs Bowen Bescheid, dass das Zimmer gereinigt werden musste, dann ging er in sein Studierzimmer, um zu arbeiten, während Miss Fairchild durch die Hügel lief, um nach ihrem Liebhaber Ausschau zu halten. Jedenfalls dachte Rhodrick das.

Sollte sie es doch tun! Wenn Hunger oder Kälte sie plagten, würde sie schon wiederkommen.

Als er jedoch eine Stunde später aufblickte, stellte er fest, dass die Gipfel der Hügel in bedrohlichen dunklen Wolken lagen.

Die Stürme, die von Westen kamen, waren oft recht gefährlich.

Zwar würde er sie am liebsten sich selbst überlassen, aber er brachte es nicht fertig.

Unwillkürlich stöhnte er auf, und seine Hunde, die spürten, dass etwas Aufregendes passierte, wedelten erwartungsvoll mit den Schwänzen.

»Das verdammte Mädchen!«, murmelte er ärgerlich, als er aufstand. »Hinaus mit euch!«, sagte er, und Cain und Abel sprangen sofort auf.

In der Halle wartete bereits Ifan, um ihm Handschuhe und Hut zu reichen.

»Habt Ihr gesehen, welche Richtung sie eingeschlagen hat?«, fragte er den Butler auf Walisisch.

»Zur Hauptstraße, Mylord«, antwortete Ifan und verbeugte sich so tief, dass Rhodrick in der Glatze seines Butlers beinahe sein Spiegelbild sehen konnte.

»Hatte sie etwas an? Einen Umhang? Eine Haube?«

»Einen roten Umhang, Mylord. Und sie hatte eine kleine, perlenbestickte Tasche dabei.«

Er nickte, ergriff Hut und Handschuhe und trat nach draußen.

Die Hunde sprangen freudig um ihn herum und schnüffelten eifrig auf dem Hof.

Die dunkle, fast schwarze Wolkenwand bewegte sich stetig vorwärts, wie eine große, feindliche Armee, vor der es kein Entrinnen gab.

Hastig lief Rhodrick zu den Stallungen, ließ in größtmöglicher Eile sein Pferd satteln und ein anderes Pferd mit einem Damensattel ausstatten. Und dann ritt er durch das Schlosstor, das zweite Pferd am Führzügel, während die beiden Hunde nebenherliefen.

9

Greer rannte, bis ihre Lungen brannten, dann verlangsamte sie ihre Schritte und marschierte die Straße entlang. Jedesmal, wenn sie auf einen Stein trat, zuckte sie zusammen. Wenn sie auch nur einen Moment nachgedacht hätte, hätte sie die festeren Schuhe angezogen. Aber sie hatte nur ihren Umhang übergeworfen und das Retikül mitgenommen.

Nach einer Weile setzte sie sich auf einen Stein am Straßenrand, um zu Atem zu kommen.

Sie blickte sich um. Sie war schon so weit gelaufen, dass sie mitten im Wald war. Zu beiden Seiten der Straße ragten hohe Fichten auf.

Auch vor ihr erstreckte sich der Wald, so weit sie sehen konnte, und erschreckt stellte sie fest, dass dunkle, fast schwarze Regenwolken auf sie zukamen.

Wahrscheinlich musste sie noch stundenlang laufen, bevor sie eine menschliche Ansiedlung erreichte. Das heißt, wenn sie nicht vorher von Räubern überfallen oder von einem wilden Tier zerrissen wurde.

Erneut traten ihr die Tränen in die Augen, und sie öffnete ihr Retikül, um das Taschentuch ihrer Mutter herauszuholen, das sie immer bei sich trug. Aber anscheinend hatte sie es im Schloss verloren.

Was für eine *Närrin* sie doch gewesen war! Sie hatte Mr Percy vertraut und hatte geglaubt, er würde sie wirklich schätzen. Und jetzt hatte er sie für hundert Pfund verlassen? *Der verfluchte Bastard! Schuft!* Mit seiner charmanten Art hatte er sie nur in Schwierigkeiten gebracht.

Ein Reiter näherte sich, und erschreckt sprang sie auf, um sich im dichten Wald zu verbergen. Eine Hand drückte sie auf ihr heftig klopfendes Herz, und die andere presste sie auf ihren Mund, damit niemand ihr Keuchen hörte.

Der Reiter – oder waren es mehrere? – ritt vorbei. Rasch versuchte sie, einen Blick auf ihn zu erhaschen, als er auch schon wendete und erneut auf sie zukam. Greer erstarrte; das Herz schlug ihr bis zum Hals. Sie wagte nicht, sich zu bewegen, und erst als die Hunde vor ihr standen, schrie sie überrascht auf. *Er war gekommen, um sie zurückzuholen.* Der verdammte Halunke hatte gelogen – sie war nicht frei! Er spielte nur mit ihr!

Da die Hunde sie kannten, schlugen sie nicht an, sondern liefen weiter. Sie hörte ein Pferd wiehern, und das Geräusch der Hufe kam direkt auf sie zu. Sie presste sich eng an einen Baum, schloss die Augen und betete.

Mit einem Mal wurde ihre Angst so überwältigend, dass sie losrennen musste. Immer tiefer lief sie in den Wald hinein, ohne auf Büsche und Gestrüpp zu achten.

Sie hörte, wie er ihren Namen brüllte, stolperte nach links, einen Abhang hinunter, während er wie ein wilder Eber durch das Unterholz brach, um sie einzuholen.

Sie schrie auf, als er sie erreicht hatte, und sie beide von der Wucht des Aufpralls umfielen und auf dem weichen Blätterboden landeten.

Greer strampelte und trat um sich, aber er hielt sie fest. Wütend blitzte er sie an. Sie keuchten beide, und er zuckte zusammen, als sie erneut schrie.

»Du lieber Himmel, hier kann Euch sowieso niemand hören, also spart Euch Euren Atem!«

»Ihr seid ein Lügner!«, schrie sie. »Ihr habt gesagt, ich wäre frei!«

»Das *seid* Ihr auch, dummes Mädchen.«

»Warum folgt Ihr mir dann?«, fragte sie und versuchte, sich aus seinem Griff zu winden.

»Das habe ich mich auch schon gefragt, ohne darauf eine zufriedenstellende Antwort zu finden«, erwiderte er. »Unerklärlicherweise verspüre ich das Bedürfnis, Euch zu beschützen.« Er warf einen finsteren Blick auf ihre Brüste, die fast aus dem Ausschnitt ihres Kleides herausquollen.

Greer stieg die Röte ins Gesicht, und sie bäumte sich auf, um ihn abzuschütteln.

»Es mag ja sein, dass Ihr fliehen wollt, weil ihr so dumm seid zu glauben, dass Ihr bei mir in Gefahr seid, aber es steht ein Sturm bevor, und ihr könnt es unmöglich bis Rhayader zu Fuß schaffen.«

Und als ob der Himmel seine Worte unterstreichen wollte, fielen die ersten Tropfen. Greer ignorierte sie und wand sich unter ihm hervor. »Wenn ich nicht durch den Wald laufen müsste, um Eurem *Schutz* zu entkommen, könnte ich sehr wohl zu Fuß nach Rhayader gehen.«

»Und wenn Ihr nicht so eigensinnig wärt, hätten wir jetzt beide ein festes Dach über dem Kopf. Und zu Eurer Information: Bis jetzt habt Ihr erst etwa drei Meilen zurückgelegt. Nach Rhayader ist es noch einmal doppelt so weit.«

Greer hörte auf, sich zu wehren, und starrte ihn entgeistert an. »So weit?«, schrie sie.« Die Regentropfen wurden immer dicker. »Wo sind wir hier? Mitten in der Wildnis?«

»Ich habe weder Zeit noch Geduld für Euer albernes Benehmen.« Er stand auf und zog sie hoch.

»Wenn Ihr darauf besteht, durch den Wald zu rennen und Euch hinter Bäumen zu verstecken, dann werde ich Euch nicht daran hindern. Die Strecke nach Rhayader ist übrigens leichter zu bewältigen, wenn Ihr morgen eine meiner Kutschen nehmt«, erklärte er und packte sie am Handgelenk. »Aber im Moment kommt Ihr mit mir zurück nach Llanmair.« Er zerrte sie hinter sich her.

Er benahm sich so, als hätte sie seinen gesamten Tagesablauf durcheinandergebracht, weil sie weggelaufen war. Aber Mörder und lasterhafte Menschen, die zudem noch unverheiratete Frauen einsperrten, waren wahrscheinlich meistens ungeduldig.

Aber wieder nach Llanmair zurückzukehren konnte sie nicht

ertragen. »Warum kann ich die Kutsche denn nicht jetzt gleich bekommen?«, fragte Greer.

»Weil es einen Sturm gibt.«

»Einen Sturm! Das ist doch nur ein Vorwand!«, erwiderte sie. »Ihr habt doch nur Angst, dass ich in Rhayader erzähle, wie schändlich ich hier behandelt worden bin, und dass man Euch dann gleich verhaftet.«

Der Prinz blieb stehen, und zum ersten Mal lächelte er. Es war zwar nur der Anflug eines Lächelns, aber es erhellte doch sein Gesicht. »Was glaubt Ihr, wem sich die guten Bürger von Rhayader verpflichtet fühlen, Miss Fairchild? Einer albernen jungen Frau aus London, die allem Anschein nach nicht mehr Verstand hat als ein Eichhörnchen? Oder mir?«

»Die guten Bürger von Rhayader werden nicht zulassen, dass jemand grundlos eingesperrt wird.«

»Nein, in der Tat nicht. Aber sie werden sich sicher fragen, ob das bei Euch auch tatsächlich der Fall war, oder ob Ihr nicht einfach ein wenig verrückt seid!«

Greer keuchte vor Empörung.

»Ich reite jetzt zum Schloss zurück«, erklärte er mit fester Stimme, »und Ihr ebenfalls. Am besten wappnet Ihr Euch für eine weitere Nacht auf Llanmair.«

Als ob sie eine weitere Nacht überstehen würde! Aber er hielt sie unerbittlich fest.

Es regnete immer heftiger und mittlerweile krachte auch der Donner in immer kürzeren Abständen.

»Wie könnt Ihr von mir erwarten, dass ich in einem Eurer schrecklichen Räume die Nacht verbringen kann?«, fragte sie störrisch. »Ich gehe nicht mehr in dieses Turmzimmer. Dort werde ich wahnsinnig.«

»Ihr könnt ja wieder das Zimmer benutzen, in dem Ihr die erste Nacht geschlafen habt.«

»Das ist ja noch schlimmer.«

Er warf ihr einen überraschten Blick zu. »Wie bitte?«

»Eure *Gästezimmer,* oder wie Ihr sie auch immer bezeichnen

mögt, sind schrecklich«, rief sie aus. »Sie sind kalt, und es gibt so viele unheimliche Geräusche, dass man die ganze Nacht wach bleibt. Außerdem kann man alle Zimmer von außen abschließen. Es ist wirklich ein ungemütliches Schloss.«

»Verzeiht mir, Miss Fairchild, wenn mein Haus ›ungemütlich‹ ist. Mir war nicht klar, dass Ihr mehr Luxus braucht, um Euren Gastgeber besser betrügen zu können. Ihr könnt gerne noch einen Raum haben!«

Wenn man sein Humpeln bedachte, so ging er erstaunlich schnell. Der Regen schlug kalt und hart gegen Greers Gesicht, und sie wünschte, sie hätte sich wenigstens eine Haube aufgesetzt. Warum hatte sie sich nicht etwas Dickeres angezogen, bevor sie nach draußen gerannt war?

»Könnt Ihr reiten?«, fragte er mürrisch, als sie wieder an der Straße waren.

»Ja, natürlich kann ich reiten«, giftete sie.

Er zerrte sie zu einem Pferd mit einem Damensattel und wollte sie hochheben, aber Greer riss sich los. »Ich kann schon alleine auf ein Pferd steigen! Ich brauche Eure Hilfe nicht!«

Selbstgefällig lächelnd trat das Ungeheuer einen Schritt zurück. Greer versuchte, den Fuß in den Steigbügel zu bekommen, aber er hing zu hoch, und so weit war ihr Rock nicht, dass sie das Bein hoch genug heben konnte, ohne ihrem Zuschauer allzu viel Einblick zu gewähren.

Ihr Versuch scheiterte, und sie trat zurück, um den Sattel zu betrachten. »Ach, um Gottes willen«, sagte der Prinz und hob sie ohne viel Umstände hinauf.

»Ich bitte Euch!«, rief Greer hitzig aus, als sie im Sattel saß. Er blickte sie an. Seine Berührung brannte noch auf ihren Hüften. »Tut das nicht noch einmal.«

»Darauf habt Ihr mein Wort«, erwiderte er und ließ die Hände sinken. Er stieg auf sein Pferd und drehte sich um, um ihre Zügel zu ergreifen. Aber sie hatte sie schon aufgenommen. »Tut mir wenigstens den Gefallen, mein Pferd selbst reiten zu dürfen, Mylord«, fuhr sie ihn an.

Sein Blick fiel kurz auf ihre Lippen, aber dann drehte er sich um und trieb sein Pferd an. Greers Pferd, das nicht zurückbleiben wollte, verfiel in Trab, noch bevor Greer alles unter Kontrolle hatte. Sie hielt die Zügel fest, schob sich die nassen Haare aus dem Gesicht und ritt dann mit steifem Rücken hinter ihm her, wobei sie so tat, als ob sie alles im Griff hätte.

Sie waren erst wenige Minuten unterwegs, als direkt über ihren Köpfen ein Donner krachte. Greer schrie vor Angst auf. Vor ihr bog der Prinz in den Wald ein, und ihre Stute folgte ihm natürlich. Das Tier reagierte überhaupt nicht auf die Kommandos, die sie gab – sie hätte genauso gut auf einem Maulesel sitzen können. Das dumme kleine Pferd verfiel sogar in Galopp, um aufzuholen. Greer konnte nichts dagegen machen, und sie blickte starr vor sich, als die kleine Stute schließlich neben dem großen schwarzen Jagdpferd des Prinzen her trottete.

Rhodrick hatte seinen Hut so tief in die Stirn gezogen, dass er darunter kaum zu erkennen war.

Er rief ihr zu: »Wenn ihr sie richtig an den Zügel nehmt, dann gehorcht sie Euch auch.«

»Ich *weiß*«, erwiderte Greer und hob trotzig das Kinn, als ob sie von Anfang an vorgehabt hätte, neben ihm zu reiten.

Kopfschüttelnd sagte er etwas auf Walisisch, das nicht sehr schmeichelhaft klang. Sie warf ihm einen bösen Blick zu: »Wie bitte? Ich spreche kein Walisisch …«

»Das solltet Ihr aber.«

»Aber ich *kann* es nicht. Hättet Ihr also mit mir geredet, hätte ich Euch nicht verstanden.«

»Ich habe aber nicht mit Euch geredet.«

»Mit wem dann? Mit Eurem Pferd?«

»Ja, mit meinen Pferd!«, gab er unfreundlich zurück. »Ich habe gerade zu meinem Pferd gesagt, Ihr seid so störrisch wie ein Maulesel.«

»Ooohh!«, schrie sie erbost auf. Sie richtete den Blick starr auf den Weg vor sich. »Am besten reden wir überhaupt nicht miteinander. *Nie mehr!*«

»Ja, das wäre mir auch sehr recht«, stimmte er ihr zu und trieb sein Pferd an. Erneut krachte ein Donner direkt über ihnen.

Der Pfad, den sie entlang ritten, war steil, mit einem Abhang an einer Seite. Von hier aus konnte Greer Llanmair sehen. Anscheinend war der Weg durch den Wald der direktere.

Er ritt in flottem Tempo voran, wobei er sich von Zeit zu Zeit umblickte, als wolle er sich vergewissern, dass sie noch da war. Als ob sie mit dieser eigensinnigen kleinen Stute eine andere Wahl hätte!

Greer wandte sich ab und blickte ins Tal, das unter ihnen lag. Nicht weit von Llanmair entfernt entdeckte sie ein großes, weißes Herrenhaus.

Sie hatte es kaum in Augenschein genommen, als kurz vor ihnen der Blitz einschlug. Die Stute bäumte sich auf, und Greer, die an dem nassen Lederknauf abrutschte, als sie sich festhalten wollte, fiel vom Pferd und schlug hart auf dem Rücken auf.

Einen Moment lang konnte sie sich nicht bewegen, und dann war auf einmal der Prinz da, nahm sie in die Arme und duckte sich mit ihr weg. Ein schreckliches Krachen ertönte, und dort, wo sie gerade eben noch gelegen hatte, lag jetzt ein umgestürzter Baum.

Keuchend klammerte sie sich an den Prinzen, und das Herz schlug ihr bis zum Hals, als ihr klar wurde, wie nahe sie dem Tod gewesen war. Alles war so schnell gegangen! Wie hatte er es gemerkt? Aber er hielt sie sicher im Arm, sodass der Wind, der heftiger geworden war, ihr nichts anhaben konnte.

»Seid Ihr verletzt?«, rief er über dem Tosen des Sturms.

»Nein … ich … vielleicht mein Knöchel«, erwiderte sie unsicher.

Sofort tastete er ihre Arme und Beine ab.

»Das Pferd!«, schrie Greer, als sie feststellte, dass sie die Stute nirgendwo mehr sehen konnte. »Es ist weg!«

»Es findet schon den Weg nach Hause«, erwiderte er und

trug sie zu seinem Pferd. Er nahm sie vor sich auf den Sattel, schlang ihr seinen Arm um die Taille, sodass sie sicher an seiner breiten Brust ruhte, und setzte ihr seinen Hut auf den Kopf. Das Ding war ihr viel zu groß und rutschte ihr über die Augen, aber sie war dankbar für den Schutz, den es bot.

Während er sein Pferd vorantrieb, wurde Greer auf einmal klar, dass der Unmensch ihr das Leben gerettet hatte. Er hätte sie dort liegen lassen können, und niemand hätte je etwas davon erfahren. Aber er hatte sie *gerettet.*

Sie schob den Hut aus dem Gesicht und blickte zu ihm auf. Fast erwartete sie, jemand anderen zu sehen, einen Engel vielleicht.

Aber es war kein Engel, der sie finster anblickte. »Was ist?«

»Ihr habt mir das Leben gerettet!«, sagte sie.

Sofort wandte er den Blick ab. »Ach was, ich habe mein Pferd gerettet«, sagte er. »Ihr wart nur zufällig im Weg.«

Bei allen Heiligen, er war zweifellos der unhöflichste Mann, der ihr jemals begegnet war! Sie konnte es kaum erwarten, Ava und Phoebe alles über ihn zu erzählen – vorausgesetzt, sie sah sie jemals wieder –, aber wenn, dann würde sie ihnen all die schrecklichen Dinge erzählen, die er über ihren Charakter gesagt hatte, sie würde von der mittelalterlichen Unterbringung in seinem kleinen Reich berichten und davon, dass er sie eingesperrt hatte. Und jetzt tat er so, als wäre sie schrecklich lästig, und dabei hatte er sie doch gegen ihren Willen dabehalten!

Am besten, dachte sie, würde sie ein Buch über ihre Abenteuer schreiben: *Meine Reise nach Wales,* von Greer Fairchild. *Von den Gefahren einer Erbschaft.*

Als sie durch die hinteren Tore von Llanmair ritten, hatte sie das gesamte erste Kapitel im Kopf fertig geschrieben.

Glücklicherweise machte der Prinz keine Anstalten, ihr vom Pferd zu helfen, sondern überließ diese Aufgabe einem Lakaien.

Sie gab ihm seinen Hut zurück, und während sie sich die nassen Haare aus der Stirn schob, sagte er mit dem Feingefühl und der Wärme eines Felsblocks: »Ihr werdet heute Abend mit mir essen.«

Sie funkelte ihn böse an.

»Nein, danke.«

Er nickte knapp und ging mit so schnellen Schritten ins Schloss, dass sich sein Umhang hinter ihm bauschte.

Hoffentlich war sie jetzt nicht so dumm gewesen, das angebotene Abendessen völlig abzulehnen, dachte Greer zitternd vor Kälte.

Sie kam um vor Hunger.

10

Rhodrick schritt durch die Halle und warf Handschuhe und Hut einem Lakaien hin, bevor er die Treppe hinaufeilte, immer zwei Stufen auf einmal nehmend. In seinem Studierzimmer schlug er die Tür hinter sich zu, trat an den Kamin und blickte finster in die Flammen.

Gedankenverloren ballte er die Faust und streckte seine langen, schlanken Finger wieder. Miss Greer Vaughan Fairchild, wenn das wirklich ihr Name war, war die eigensinnigste, *starrköpfigste* Frau, der er je begegnet war. Er war froh, wenn sie endlich weg war – sie hatte ihm genug Probleme gebracht.

Er dachte an diesen ärgerlichen Zwischenfall im Wald. Wenn sie nicht diese dunklen Schatten unter ihren blauen Augen gehabt und so erschöpft ausgesehen hätte, dann hätte er wahrscheinlich einen Wutanfall bekommen. Und es war natürlich auch nicht gerade hilfreich, dass sie so gut nach blühendem Flieder duftete. Und ihr Körper hatte sich so weich angefühlt, dass es ihn seine ganze Kraft gekostet hatte, nicht erregt zu werden.

Unerträglich.

Er zog ihr Taschentuch aus der Tasche und betrachtete die zarte Stickerei. Es war absurd und dumm, so auf ihr hübsches Aussehen und ihre weibliche Art hereinzufallen. Aber er konnte nicht aufhören, an sie zu denken … unwillkürlich stellte er sie sich unbekleidet vor oder in verschiedenen Phasen des Liebesspiels.

Eigentlich war er froh darüber, dass sie ihn hasste. Sollte sie doch auf ihrem Zimmer essen. Seinetwegen brauchte sie gar nicht mehr herunterzukommen.

Rhodrick stopfte das Taschentuch wieder in die Tasche, trat an seinen Schreibtisch und ließ sich schwer auf den Stuhl sinken. Er starrte aus dem Fenster und dachte daran, wie knapp sie einer schweren Verletzung, wenn nicht sogar dem Tod entkommen war, als der Blitz diesen Baum gespalten hatte. Nur durch Gottes Gnade war es ihm noch gelungen, vom Pferd zu springen und sie zur Seite zu reißen, sodass sie nicht vom Baumstamm erschlagen wurde.

Er dachte an ihre langen schwarzen Haare auf seiner Schulter, an den schmutzigen Saum ihres Umhangs – ihre ruinierten Schuhe und ihre durchnässten Kleidungsstücke, unter denen sich jede Rundung ihres Körpers abgezeichnet hatte.

Es dauerte eine Weile, ehe Rhodrick diese Gedanken abschütteln konnte, um sich seiner Korrespondenz zu widmen. Eines allerdings gewährte er Miss Fairchild: Er gab Ifan Anweisung, eine Suite im Westflügel des Schlosses vorzubereiten. Er hatte keine Ahnung, was die empfindsame Seele einer Frau alles in einem Zimmer brauchte – man sollte meinen, ein Bett, ein Waschbecken und ein Kamin wären ausreichend –, aber vermutlich kam die Suite, die einst seine verstorbene Frau bewohnt hatte, weiblichen Wünschen am ehesten entgegen.

Außerdem hatten die Räume den Vorteil, auf der anderen Seite des Schlosses zu liegen, weit weg von seinem Schlafzimmer und Studierzimmer.

An jenem Abend aß er alleine. Die beiden Lakaien, die ihn immer bedienten, standen stumm an der Anrichte, bewegten sich geräuschlos, um einen Gang abzuräumen und den nächsten zu servieren. Rhodrick speiste seit zehn Jahren so, und er hatte sich nie Gedanken über seine Einsamkeit gemacht. Heute Abend jedoch blickte er sich im Speisezimmer um und fragte sich, wie es einer Frau wohl gefallen würde. Ihm erschien es völlig in Ordnung, aber immerhin hatte Miss Fairchild sein Schloss »ungemütlich« gefunden.

Vielleicht war der Raum ein wenig nüchtern, da an den Wänden außer einem großen Gemälde mit einer Jagdszene nichts hing. Und die Farbe der Wände – er war sich nicht ganz sicher, aber er hielt sie für braun.

Er würde Meg Awbrey um Rat fragen. Sie würde aufrichtig sagen, was getan werden musste.

Während er da saß und über die Dekoration seines Speisezimmers nachdachte, geschah etwas Ungewöhnliches – er hörte leise Musik. Rhodrick hielt inne. Was war das? Es klang melancholisch und war meisterhaft gespielt. Haydn vielleicht? Nein, Händel, er hatte dieses Stück vor Jahren schon einmal in London gehört. Und jetzt brachte es Kultur in sein Heim, ein schöner, melodischer Klang, beruhigend und ruhig.

Er ergriff sein Brandyglas und stand auf. Ohne auf den Lakaien zu achten, der sofort herbeieilte, um ihm den Stuhl zurechtzurücken, ging er aus dem Zimmer.

Als er sich dem Musikzimmer näherte, sah er, dass die Tür nur angelehnt war. Langsam ging er darauf zu. Als er vor der Tür stehen blieb, hörte Miss Fairchild auf zu spielen, und Rhodrick erstarrte, weil er glaubte, sie hätte ihn gehört. Kurz darauf jedoch erklang eine weitere traurige Weise.

Durch den Türspalt konnte er ihren Rücken sehen. Sie hatte sich die Haare auf äußerst raffinierte Weise aufgesteckt. Das Kleid, das sie trug – grün oder grau –, saß so eng, dass er sehen konnte, wie sich ihre Schulterblätter bewegten, während sie spielte. Sie schwang vor mit dem Crescendo und sank zurück mit dem Diminuendo.

Rhodrick war zutiefst bewegt. Er hatte Musik schon immer geliebt, aber das hier ging weit darüber hinaus. Er schloss die Augen und ließ sich von den Klängen einhüllen. Die Musik füllte eine Leere in ihm, von der er gar nichts gewusst hatte.

Seit Jahren war sein Haus nicht mehr so von Leben erfüllt gewesen, und ihm war nicht klar gewesen, wie sehr es ihm gefehlt hatte.

Aber dann brach die Musik plötzlich ab.

Zögernd öffnete Rhodrick die Augen und zuckte zusammen.

Miss Fairchild hatte sich auf der Klavierbank umgedreht und starrte ihn mit großen Augen durch den Türspalt an, als sähe sie den Schatten des Teufels.

Er kam sich vor wie ein Narr – er wusste nicht, wie sie seine Anwesenheit gespürt hatte, aber es traf ihn völlig unvorbereitet, und er fühlte sich auf einmal äußerst verletzlich. Ohne dass es ihm richtig bewusst wurde, ging er eilig davon, wobei er versuchte, ein Humpeln zu verbergen, das in dem kalten Regen schlimmer geworden war.

Greer stützte sich am Pianoforte ab. Sie schloss die Augen und holte tief Luft. Erst als sie seine ungleichmäßigen Schritte im Korridor nicht mehr hörte, entspannte sie sich.

Tausend Gedanken gingen ihr durch den Kopf. *Hatte sie es sich eingebildet?* Hatte sie sich die Wärme eingebildet, die wie ein heißer Luftzug vom Ofen über sie gekommen war? Auf jeden Fall hatte *irgendetwas* sie bewogen, sich umzudrehen. Und dann hatte sie ihn gesehen.

Er hatte den Kopf zurückgelegt und die Augen geschlossen, völlig versunken in der Musik, die sie spielte. Es hatte sie erschreckt, wie viel Mitgefühl sie auf einmal für ihn empfunden hatte. Sie hatte ihn angestarrt und sich gefragt, wie lange er wohl schon da gestanden hatte.

Aber zu sehen, wie ihre Musik ihn bewegte, rührte auch etwas in ihr an und ließ leise Zweifel in ihr aufsteigen.

Was für ein Unsinn! Das war doch absurd – selbst Bestien ließen sich mit Musik beruhigen, und er bildete da sicherlich keine Ausnahme. Vielleicht … aber andererseits hatte diese Bestie ihr heute auch das Leben gerettet.

Solche Gedanken waren verstörend, und so war Greer erleichtert, als kurz darauf Mrs Bowen in der Tür stand. »Wir haben eine Suite für Euch vorbereitet, Miss Fairchild.«

»Danke«, sagte Greer und folgte Mrs Bowen.

Der Weg zu ihrer neuen Suite war ziemlich weit, und Greer kam es so vor, als würde sie in die äußerste Ecke des Schlosses verbannt, um jeden menschlichen Kontakt zu unterbinden.

Aber als Mrs Bowen die Tür öffnete, war sie angenehm überrascht. Die Möbel sahen zwar ein wenig altmodisch aus, aber es war alles von hervorragender Qualität. Alles in allem war es der gemütlichste Raum, den sie bisher im gesamten Schloss gesehen hatte.

Sie standen in einem Wohnzimmer, das zwei mit Chintz bezogene Sessel und ein dazu passendes Sofa enthielt, einen kleinen Ess- oder Schreibtisch und zwei gepolsterte Hocker.

Die Wände waren sonnengelb gestrichen, obwohl die Farbe langsam schon verblasste und Vierecke von hellerem Gelb dort zu sehen waren, wo einmal Bilder gehangen hatten. Greer folgte Mrs Bowen durch das Wohnzimmer in ein kleineres, aber ebenso hübsch eingerichtetes Ankleidezimmer, von dem aus man in das Schlafzimmer gelangte. Sie war lächerlich erfreut über die Unterbringung.

Das Schlafzimmer lag in einem der Türme, und die Teppiche in Hellgrün und Gold passten zum Betthimmel und den Decken. Im Kamin prasselte ein Feuer, und vor den zwei kleinen Fenstern hingen Vorhänge aus goldenem Samt, was die Illusion von Sonnenschein vermittelte.

»Eure Toilette findet Ihr im Ankleidezimmer«, sagte Mrs Bowen, »und dort ist auch das Bad. Läutet bitte, wenn Ihr ein heißes Bad nehmen möchtet.« Sie blickte sich um und fragte Greer dann: »Seid Ihr mit der Suite zufrieden?«

Greer lächelte zum ersten Mal seit Tagen. »Ja, sehr. Wem gehören die Räume, wenn ich fragen darf?«

»Es waren die Zimmer der verstorbenen Herrin.«

Greer nahm an, Mrs Bowen meinte die Mutter des Prinzen, bis diese hinzufügte: »Der verstorbenen Prinzessin.«

Nichts hätte Greer mehr überraschen können – sie war überhaupt nicht auf den Gedanken gekommen, dass der Prinz verheiratet gewesen sein könnte, und in der Tat konnte sie ihn sich als Ehemann auch nicht vorstellen. »Wie … wie lange ist es her, seit sie in diesen Räumen wohnte?«, fragte sie.

»Oh, schon viele Jahre«, antwortete Mrs Bowen beruhigend. »Niemand hat die Suite seitdem benutzt. Und die Räume wurden anschließend gründlich gereinigt. Mrs Jernigan – sie ist

Heilerin – hat einen Trank zubereitet, den wir um das Bett verteilt haben, um die Geister zu vertreiben.«

»*Geister?*«, fragte Greer.

»Eine Vorsichtsmaßnahme, die in Wales gerne ergriffen wird«, sagte Mrs Bowen mit mütterlichem Lächeln.

Sie sagte es sachlich, als ob die Geister völlig real wären und Greer genau wüsste, was hier passiert war. Das wusste sie aber nicht, und sie hatte Angst, sich auch nur vorzustellen, wie die Prinzessin gestorben sein könnte. *Vergiftet? Erhängt? Im Schlaf erstochen?*

Sie wollte gerade fragen, als ein heftiger Windstoß die Fensterläden klappern ließ, und ein eisiger Lufthauch durch das Zimmer fuhr. »Das Wetter ist umgeschlagen«, sagte Mrs Bowen und zog rasch die Vorhänge zu. Greer schlang sich die Arme um den Körper und blickte sich um. Sie sah auf einmal das Zimmer in einem ganz neuen Licht, als sie versuchte, sich die Frau vorzustellen, die einen so düsteren Mann geheiratet und dann hier ihre letzte Ruhe gefunden hatte.

Der ursprüngliche Charme der Suite verblasste, als neues Misstrauen in Greers Kopf keimte. Als sie sich schließlich niederlegte, fiel sie in einen unruhigen Schlaf und träumte davon, dass der Prinz sie töten wollte. Im Morgengrauen wachte sie schließlich völlig zerschlagen auf.

Ach, wenn doch nur Ava und Phoebe in der Nähe gewesen wären! Ihre Situation hier wurde viel komplexer, als sie es sich je vorgestellt hätte, und sie war sich nicht sicher, ob sie alleine damit fertig wurde. Gerade jetzt hätte sie den Rat und die Stärke der Cousinen dringend gebraucht.

Als Lulu kam, wurde es ihr ein bisschen leichter ums Herz. Das Mädchen strahlte eine so fröhliche Geschäftigkeit aus, dass die Umgebung nicht mehr so bedrückend wirkte.

Greer, die am Toilettentisch saß, rang sich ein Lächeln ab. »Es sieht so aus, als ob ich mich eine Zeit lang auf Llanmair aufhalten müsste. Aber ich habe gar nichts zu tun, Lulu.«

»Oh! Seine Lordschaft hat die beste Bibliothek in ganz

Wales. Er ist bekannt dafür, dass er Gesetz und Literatur unterstützt. Vielleicht findet Ihr dort etwas Geeignetes.«

Greer warf Lulu einen verblüfften Blick zu. »Der *Prinz?*«, fragte sie ungläubig. »Er unterstützt Gesetz und Literatur?«

»Oh ja, Miss. Er hat eine sehr schöne Literatursammlung. Und er ist auch Richter. Er wird sehr geschätzt, denn er gilt als äußerst gerecht.«

Richter? Gerecht? Was war das denn für ein Märchen? Na gut, sie würde Lulus Rat befolgen und sich einmal anschauen, was für eine Art von Literatur der Unmensch las. Sie würde auch akzeptieren, dass sie für eine Weile auf Llanmair bleiben müsste, aber sie wollte nicht nur auf diese Räume beschränkt bleiben, bis endlich Nachricht aus London kam. Sie würde nicht ihre Tage damit verbringen, bei jedem seltsamen Geräusch zusammenzuzucken – und es gab viele seltsame Geräusche.

Vielleicht würde sie sich ja wohler fühlen, dachte sie, wenn sie das Schloss erkundete. Und da er sie ja nicht im Kerker angekettet hatte, stand dem auch nichts im Weg.

Also verließ Greer ihre Suite, entschlossen, das Beste aus der elenden Situation zu machen.

Sie wanderte durch Flure, vorbei an Kunstwerken, vergoldeten Konsolen, über dicke Teppiche, die uralt, aber kostbar zu sein schienen. Sie hatte zwar keine Ahnung, wie sie dahin gekommen war, aber letztendlich stand sie in der Eingangshalle, wo gerade zwei Lakaien unter Ifans wachsamen Blicken den riesigen Kandelaber heruntergelassen hatten, um die Kerzen zu entzünden.

Greer blieb stehen und schaute ihnen zu. »Benötigt Ihr etwas, Miss?«, fragte Ifan.

»Nein, danke.« Sie lächelte. »Das sieht ja anstrengend aus«, sagte sie und nickte zu dem Kandelaber. »Er ist bestimmt sehr schwer.«

Die beiden Lakaien blickten Ifan an. »Nein«, erwiderte Ifan und verschränkte die Hände hinter dem Rücken. »Er wird mit einem Flaschenzug heruntergelassen. Es ist nicht schlimm.« Er verbeugte sich, als ob er erwartete, dass sie weiterging.

Aber Greer hatte die Einsamkeit satt. »Auf den Straßen in London haben wir Gaslaternen«, sagte sie.

Ifan nickte.

»Wart Ihr jemals in London?«, fragte sie.

Ifan blickte sie verblüfft an. »Ich?«, fragte er. »Ja, natürlich. In Begleitung seiner Lordschaft.«

»Ah, ja, natürlich.« Greer lächelte. »Und Eure Leute?« Sie wandte sich zu den Lakaien.

»Ich noch nicht, Miss«, antwortete einer, was ihm einen verweisenden Blick von Ifan einbrachte. »Aber Mr Salisbury, der war schon da.«

»Wer ist Mr Salisbury?«, fragte Greer.

»Er ist der Verwalter«, erwiderte Ifan. Seine Miene war ein wenig abweisend.

»Ich habe gehört, er hat ein ziemlich großes Haus in London«, warf einer der beiden Lakaien ein.

»Nicht in London«, fuhr Ifan ihn an. »In *Cornwall!* Er gehört nicht zu den Leuten, die man in *London* gerne sieht.«

»Äh … Verzeihung«, sagte Greer und ergriff die Flucht. Im Weggehen hörte sie noch, wie der Lakai sagte: »Ich bin mir ziemlich sicher, dass es London war, Sir.«

Greer wanderte weiter durch endlose Gänge, schaute in Zimmer, die leer standen oder nur selten benutzt wurden und betrachtete die Einrichtung. Als sie schließlich irgendwie wieder an ihren Räumen ankam – rechtzeitig zum Mittagessen, wie sie erfreut feststellte –, fühlte sie sich mit der Umgebung schon ein wenig vertrauter.

Am Nachmittag machte sie sich erneut auf den Weg. Sie stieß auf die riesengroße Küche und stellte sich Mrs Ruby, der Köchin, vor, die auch mit Köchin angeredet werden wollte. In der Küche roch es nach frisch gebackenem Brot und brennendem Torf, Düfte, die Greer in ihre Kindheit zurückversetzten. Sie sah ihre Mutter vor sich, die ihr half, einen Kuchen zu backen. Es war alles so warm vertraut und einladend, dass Greer gar nicht mehr gehen wollte. Sie blieb mitten in der Küche stehen, zupfte geistesabwesend an einem Korb mit Kräutern und erklärte der Köchin, wie sehr es ihr in London fehlte, ihre eigenen Kräuter ziehen zu können.

»Wir hatten nur einen kleinen Garten«, sagte sie und sog den Duft von Basilikum ein. »Dort war nicht annähernd so viel Platz wie hier.«

»Ah«, sagte die Köchin und stieß fast mit dem Küchenmädchen zusammen, als beide versuchten, um Greer herumzugehen.

»Oh, Verzeihung. Soll ich mich besser dorthin stellen?«, sagte Greer und zeigte zum Tisch. Sie wartete gar nicht erst auf eine Antwort, sondern ergriff den Korb und nahm ihn mit zu dem kleinen Tisch in der Ecke. Dort untersuchte sie weiter die Kräuter und versuchte, sie am Duft zu erkennen. Sie merkte gar nicht, dass sich zwischen der Köchin und dem Küchenmädchen ein Wortwechsel entsponnen hatte. Schließlich fragte die Köchin zögernd: »Verzeihung, Miss … aber habt Ihr vielleicht den Kräuterkorb?«

»Ja!«, erwiderte Greer fröhlich. »Möchtet Ihr ihn haben?«

Sie reichte ihnen den Korb. Dann setzte sie sich auf einen Hocker und begann den anderen Frauen von Ava und Phoebe zu erzählen.

»Sie sind meine Cousinen«, sagte sie, »aber eigentlich sind sie mehr wie Schwestern. Ava ist wunderschön und nett«, fuhr sie lächelnd fort. »Aber sie kann auch sehr eigensinnig sein. Stur sogar. Und Phoebe, ach du liebe Güte … sie ist äußerst kreativ und geschickt mit Nadel und Faden. Sie hat dieses Kleid bestickt«, erklärte sie, stand auf und drehte sich einmal um die eigene Achse, damit sie es sehen konnten. »Aber Phoebe neigt zu Träumereien«, fügte sie hinzu. Sie redete noch, als die Tür aufging und Mrs Bowen hereinkam.

Die Köchin, stellte Greer fest, wirkte sehr erleichtert, als sie auf Walisisch etwas zu der Haushälterin sagte. Mrs Bowen blickte Greer an. »Miss Fairchild, darf ich Euch bitten, mit mir zu kommen?«

»Ja, natürlich. Wohin gehen wir?«, fragte Greer.

»In den, äh … den Salon«, erwiderte Mrs Bowen. »Ich möchte gerne Eure Meinung wegen der Dekoration einholen.«

Es ging jedoch nur darum, welche Blumen in der Vase stehen sollten. Als Greer nach einigem Nachdenken sagte: »Iris«, dankte Mrs Bowen ihr überschwänglich und eilte hinaus. Es dauerte eine Weile, bis Greer merkte, dass sie soeben taktvoll aus der Küche entfernt worden war.

Von jetzt an bemühte sich Greer, sich auf ihren Wanderungen vom Personal fernzuhalten. Sie gelangte in einen weiteren sehr breiten Flur, mit einer hohen gewölbten Decke und einem Steinfußboden.

Rüstungen und Gemälde schmückten die Wände – es war unglaublich, wie viele Porträts sich in diesem Schloss befanden.

In der Mitte des Ganges stand eine Flügeltür aus Eiche offen, und als Greer näher kam, hörte sie Geräusche. Sie blieb stehen und lauschte. Wahrscheinlich handelte es sich um den Eingang zu einem großen Raum, einem Ballsaal vielleicht, weil die Stimmen weit weg klangen.

Greer blickte sich verstohlen um, um sicherzugehen, dass niemand sie beobachtete, und trat vorsichtig ein. Zunächst sah sie nur Skulpturen. Mehr als ein Dutzend. Anscheinend befand sie sich in einer Skulpturengalerie auf einem Balkon über einem großen Saal. Die Stimmen drangen von unten zu ihr herauf, aber sie kümmerte sich nicht darum – sie musste erst einmal die Skulpturen untersuchen.

Die Männer unten im Saal unterhielten sich auf Walisisch, und sie erkannte die tiefe, magnetische Stimme des Prinzen. Im Schein des Lichts, das durch die beiden Fenster oben an der Wand hereindrang, betrachtete sie die Skulpturen. Vorsichtig, um nicht gesehen zu werden, huschte sie hinter die lebensgroße Skulptur von Cupido.

Es war ein großartiges Werk, vermutlich aus italienischem

Marmor gefertigt. Sie ließ ihre Finger über die Hüfte des jungen Mannes gleiten, dann hinauf, zu den Locken auf seinem Kopf.

Jetzt klirrten jedoch unten Schwerter, und neugierig spähte sie hinter Cupido hervor, an seinem Pfeil entlang, der zufällig genau auf den Prinzen zielte.

Er trug ein weißes Hemd ohne Kragen, das er in seine hirschlederne Hose gesteckt hatte, und focht mit einem Mann, den sie noch nie gesehen hatte. An der Seite standen zwei Lakaien neben einem Tisch, auf dem mehrere Florette lagen.

Beim Anblick des Prinzen regte sich etwas Tiefes und Beunruhigendes in Greer. Sie konnte den Blick nicht von ihm wenden. Er bewegte sich stark und anmutig zugleich, und als er einen Schritt nach vorne machte, zeichneten sich die Muskeln an seiner Hüfte und seinen Oberschenkeln deutlich ab. Die dunklen Haare hatte er im Nacken mit einem schwarzen Band zusammengebunden, und er bewegte sich so geschmeidig, als wäre er viel jünger.

Der Mann, mit dem er focht, konnte bei dem Tempo, das der Prinz vorlegte, kaum mithalten. Fasziniert beugte Greer sich weiter vor, um besser sehen zu können.

Innerhalb weniger Minuten hatte der Prinz seinen Gegner mühelos gegen eine Säule gedrängt und ihm das Florett aus der Hand geschlagen. Schwer atmend hob der Mann die Hände und sagte etwas auf Walisisch, was den Prinzen zum Lachen brachte. Er senkte die Waffe und verschwand aus Greers Blickfeld. Sein Gegner bückte sich und hob sein Florett auf. Erneut sagte er etwas auf Walisisch und sprang dann plötzlich vor.

Die abrupte Bewegung erschreckte Greer, und sie schrie leise auf. Rasch huschte sie hinter eine andere Skulptur, die näher an der Brüstung stand, um besser sehen zu können.

Der Mann hatte den Prinzen zurückgedrängt und stieß heftig mit seiner Klinge auf ihn ein. Greer dachte schon, der Prinz wäre besiegt, aber er bewegte sich eher beiläufig, so als merkte er gar nicht, dass er im Begriff stand zu verlieren. Und plötzlich änderte sich der Verlauf, und der Prinz drängte vor, wobei er erneut in rasender Geschwindigkeit seine Klinge mit der seines Gegners kreuzte. Schließlich schlug er dem anderen Mann das Florett aus der Hand und setzte ihm die Spitze seiner Waffe an die Kehle.

Greer hielt den Atem an, weil sie erwartete, dass er zustechen würde. Aber plötzlich grinste der Prinz – ein sehr gewinnendes Lächeln, das sie nicht für möglich gehalten hätte, wenn sie es nicht mit eigenen Augen gesehen hätte – und senkte die Klinge.

Der andere Mann lachte erleichtert, als der Prinz sich bückte, um sein Florett aufzuheben. Er reichte es seinem Gegner, der sich verbeugte und lachend wegging, unter den Balkon, wo Greer ihn nicht mehr sehen konnte.

Mit einem Tuch, das in seinem Gürtel steckte, wischte der Prinz den Griff des Floretts ab. Die Lakaien kümmerten sich um die anderen Waffen, und als sie fertig waren, sagte der Prinz etwas zu ihnen. Daraufhin verließen sie den Saal in die gleiche Richtung wie der andere Mann.

Greer blieb hinter der Skulptur stehen und beobachtete den Prinzen. Kurz ging ihr durch den Kopf, dass es nicht recht war, einen Mann zu beobachten, der sich alleine glaubte. Aber er faszinierte sie, weil er furchtlos und verletzlich zugleich wirkte.

Mit dem Tuch, mit dem er das Florett gereinigt hatte, wischte er sich die Stirn ab, dann warf er es auf den Tisch und trat wieder in die Mitte des Ballsaals. Er blieb stehen und rieb sich mit der Handfläche über sein Knie, dann richtete er sich wieder auf, stemmte die Hände in die Seiten und blickte nach oben.

Genau zu Greer.

Sie hielt den Atem an. Konnte er sie überhaupt sehen?

»Spioniert Ihr, Miss Fairchild?«

Du lieber Himmel, wie hatte er sie bloß entdeckt? Auf der Galerie war kaum Licht, und sie hatte doch hinter der Skulptur gestanden. Aber es gab keine Entschuldigung dafür, dass sie in seine Privatsphäre eingedrungen war. Verlegen trat sie aus dem Schatten der Skulptur. »Ich *spioniere* nicht.«

Natürlich hatte sie genau das getan, aber das würde sie auf keinen Fall zugeben. »Ich habe Eure Skulpturen bewundert, und Ihr habt zufällig zur gleichen Zeit gefochten.«

»Was für ein Zufall«, knurrte er. »Und wie fandet Ihr das Fechten?«

Wie hatte sie es gefunden? Meisterhaft. Verblüffend. »Fair«, erwiderte sie spröde.

Er zog seine dunklen Brauen in die Höhe. »Ach ja? Das ist ja interessant. Ich gelte eigentlich als hervorragender Fechter.«

»Das überrascht mich nicht«, erwiderte sie spitz. »Schließlich seid Ihr der Prinz, und die Leute sagen Euch sicher, was Ihr zu hören wünscht.«

Er verzog die Mundwinkel zu einem trägen Lächeln. »Ich muss Euch berichtigen, Miss Fairchild. Ich bin nicht empfänglich für falsche Schmeicheleien. Ich dachte schon, Ihr hättet mich vielleicht beobachtet, um etwas über die Kunst der Verteidigung zu erfahren, da Ihr Euch ja ständig einbildet, in Gefahr zu schweben.«

Oh, wie schrecklich peinlich – er hatte die ganze Zeit über gewusst, dass sie hier oben war. »Ach nein!«, erwiderte sie munter. »So dumm bin ich nicht zu glauben, dass ich Euch jemals mit körperlicher Kraft überwinden könnte, Mylord. Ich werde mich kunstvoller zu verteidigen wissen.«

»Ah, darauf freue ich mich schon.«

Aus irgendeinem Grund fühlte sich Greer bei seiner Erwiderung fast nackt. So nackt, dass ihr keine passende Antwort einfiel.

Er blickte von unten zu ihr hinauf und betrachtete sie. Nach einer Weile rieb er sich den Nacken und sagte – zögernd, wie sie fand: »Miss Fairchild …«

Er brach ab und blickte erstaunlich verlegen zu ihr hinauf.

Was war los mit ihm? »Ja?«, fragte sie.

Er spreizte die Finger und sagte leise: »Ich muss Euch bitten, mein Personal nicht zu belästigen.«

»Wie bitte?«

»Es hat ein paar Klagen gegeben …« – »*Klagen?*«, rief sie aus. Was waren das nur für schreckliche Verräter in diesem Haus?

»Anscheinend seid Ihr ständig unterwegs …« Er blickte zu ihr hinauf und lächelte boshaft. »Wenn Ihr nicht gerade spioniert, meine ich. Bitte, achtet darauf, dass Ihr die Dienstboten nicht bei der Arbeit stört, ja?«

»Das kann ich Euch versichern.«

»Vielen Dank.« Und damit ging er.

Greer hörte, wie eine Tür auf und zu ging, dann war es still. »Bei allen Heiligen!«, rief sie aus. »Er ist ja wohl der seltsamste Mann, dem ich *je* begegnet bin«, murmelte sie und verließ die Skulpturengalerie.

11

Mit Jacke und Halstuch in der Hand marschierte Rhodrick durch den unteren Gang. Er wollte nur so schnell und so weit wie möglich weg von Greer Fairchild. Was hatte er nur getan, um den Zorn Gottes auf sich zu ziehen? Diese Frau tauchte unerwartet in seinem eigenen Haus an Orten auf, an denen sie nichts zu suchen hatte, und dann lächelte sie ihn auch noch strahlend an.

Er hatte sie auf dem Balkon erblickt, als er darauf gewartet hatte, dass sein Fechtpartner und Freund Hugh Pryce wieder zu Atem kam. Ihr Anblick hatte ihn so überrascht, dass es Hugh fast gelungen war, ihn zu besiegen.

Nicht die Tatsache, dass sie spionierte, brachte ihn so aus der Fassung, obwohl es ihm nicht gefiel. Es war einfach … *sie.*

Er war schließlich ein Mann, und er konnte nichts für seine Natur. Das Lächeln einer hübschen Frau gefiel ihm nun einmal.

Allerdings war er bei anderen hübschen Frauen nicht so um Worte verlegen wie bei ihr, und *das* ärgerte ihn ohne Ende.

Es war unerträglich, wie er sich verhielt, schließlich war er hier ein mächtiger Mann, verantwortlich für das Wohlergehen von Hunderten von Menschen. Er wurde als Schiedsrichter und Richter akzeptiert, und er war daran gewöhnt, die Streitigkeiten anderer vernünftig und gerecht zu schlichten.

Dass ihn kurz vor seinem neununddreißigsten Geburtstag eine junge Frau, die er zudem noch für eine gerissene Schwindlerin hielt, so aus dem Gleichgewicht bringen konnte, war einfach demütigend.

Mit jedem Schritt nahm seine schlechte Laune zu. Er ging die Treppe hinauf zur Haupthalle, vorbei an dem verdammten

Spiegel, den er hassen gelernt hatte. Und dann über eine weitere Treppe in den ersten Stock, zu seinem Studierzimmer, seiner Zuflucht, dem einzigen Ort, wo er vergessen konnte, dass sie überhaupt in seinem Haus war.

Jetzt allerdings traf er erneut auf sie.

Sie stand im Korridor, die Hände hinter dem Rücken verschränkt, und betrachtete ein Bild. Anscheinend war sie genauso überrascht wie er, und einen Moment lang machte sie den Eindruck, als wollte sie fliehen. Aber so sah sie ja eigentlich *immer* aus, wenn sie sein hässliches Gesicht erblickte.

Sie lief jedoch nicht weg. Dieses Mal drehte sie sich um und sah ihm entgegen.

Das Herz klopfte ihm bis zum Hals, und seine Gedanken überschlugen sich. Er stand so dicht vor ihr, dass er deutlich sah, wie der Samt ihres Kleides jede Rundung umschloss. Für eine Diebin war diese Frau sehr elegant angezogen.

»*Äh.*«

Er hob den Blick und sah das teuflische Funkeln in ihren Augen. Offensichtlich hatte sie gemerkt, dass er ihren Körper bewundert hatte. Plötzlich jedoch kniff sie die Augen zusammen und musterte ihn eingehend.

Unbewusst wich Rhodrick zurück. Was sah sie? Fand sie sein Gesicht abstoßend?

»Verzeiht, aber Ihr blutet.«

»Was?« Er fuhr mit der Hand an sein Gesicht – aber dann fiel es ihm wieder ein.

Er und Hugh trugen nur selten Masken, und Hugh hatte mit der Spitze seines Floretts seine Wange, ganz in der Nähe der Narbe, geritzt. Verlegen wischte er das getrocknete Blut weg. »Es ist nichts.«

Sie nickte. Ihr Blick brannte auf seiner Haut; er fühlte sich verlegen und unvorstellbar hässlich. Er machte einen Schritt, um an ihr vorbeizugehen, aber sie trat unwillkürlich in die gleiche Richtung, und so stießen sie fast zusammen.

Sie standen jetzt so dicht voreinander, dass er Fliederduft

roch. Er blickte hinunter auf die zwei cremeweißen Hügel, die aus ihrem Mieder herausdrängten.

Als er den Blick wieder hob, sah er direkt in ihre meerblauen Augen.

Keiner von beiden sagte etwas, aber Rhodrick verspürte ein verräterisches Ziehen in seinen Lenden.

Ihr ungeschicktes Manövrieren schien Miss Fairchild zu amüsieren. Sie lächelte, als sein Blick auf ihre sinnlichen Lippen fiel.

Das verräterische Ziehen verstärkte sich.

»Ich bitte um Verzeihung«, sagte sie schließlich und trat zur Seite.

Hastig ging Rhodrick weiter. Als er sein Studierzimmer betrat, stieg Erleichterung in ihm auf. Er warf Jacke und Halstuch auf einen Stuhl und tätschelte seine Hunde, die schwanzwedelnd auf ihn zukamen.

»Dieses Zimmer scheint Ihr allen anderen Räumen in Eurem großen Schloss vorzuziehen.«

Zu seinem Erstaunen und seiner Verärgerung musste er feststellen, dass Miss Fairchild ihm gefolgt war. Abrupt drehte er sich um und sah sie ungläubig an. Selbst die Hunde schienen sie mittlerweile als Familienmitglied anzusehen, weil sie nicht einmal gebellt hatten. Gedankenverloren streichelte sie die beiden.

»Das … das ist mir aufgefallen«, fügte sie zögernd hinzu.

Was tat sie hier, in seinem Heiligtum? *Was tat sie hier?* Sie hatte doch nur zu deutlich gemacht, dass sie ihn verabscheute – warum ließ sie ihn also nicht in Ruhe?

»Es ist nur so ein großes Schloss«, fuhr sie fort, als ob er danach gefragt hätte. »Und es hat so viele Zimmer.«

Er blinzelte. »Ja«, erwiderte er.

Gab es einen Grund, warum er dieses Zimmer nicht vorziehen sollte? Verstohlen blickte er sich um und versuchte, es mit ihren Augen zu sehen. Ein bisschen karg vielleicht, wenn man mal von den Büchern absah.

»Vermutlich hat es früher einmal einem walisischen König gehört.«

Wovon redete sie überhaupt? Er wandte sich wieder ihr zu. Sie war näher getreten, und wieder konnte er nicht umhin, den Sitz ihres Kleides zu bewundern.

»Das Schloss, meine ich«, erklärte sie.

Sein Hund Abel stupste sie an, und lächelnd kraulte sie ihn hinter den Ohren. *Blöder Hund. Wusste er nicht, wem er sein Futter verdankte?* »Müsst Ihr nicht irgendwohin?«, erkundigte sich Rhodrick.

»Nein«, erwiderte sie schnippisch. »Ich bin eine Gefangene, habt Ihr das vergessen?«

»Ihr seid keine Gefangene.«

Sie zog die schön geschwungenen Augenbrauen hoch. »Ach ja, Verzeihung, ich bin ein *Gast wider Willen.*« Sie holte tief Luft. »Ich wollte Euch danken, weil Ihr mir das Leben gerettet habt«, sagte sie. Dann wandte sie sich den Regalen zu, die drei der vier Wände bedeckten. »Ihr habt aber viele Bücher.«

»Ja«, sagte er, verwirrt, weil sie sich bedankt hatte. »Im Salon und in der Bibliothek stehen auch noch Bücher. Vielleicht würdet Ihr Euch da wohler fühlen.«

Sie betrachtete die Bücher beeindruckt und ignorierte seinen Vorschlag völlig. »Das sind wirklich viele Bücher. So viele besitzt wahrscheinlich noch nicht einmal der König von England. Es erstaunt mich, dass Ihr anscheinend so gerne lest.«

»Es erstaunt Euch?«, fragte er und betrachtete verstohlen die Rundung ihrer Hüfte.

»Normalerweise sind Tyrannen nicht so sehr darauf bedacht, etwas für den Geist zu tun. Darf ich mir ein oder zwei Bücher ausleihen?«, fragte sie. »Um mir die Zeit zu vertreiben«, fügte sie rasch hinzu. »Es ist wirklich sehr … sehr *still* hier.«

Öde, meinte sie vermutlich. Für eine junge Frau wie Greer Fairchild bot Llanmair nicht allzu viel. «Ein Buch? Ich bin ebenso erstaunt, dass *Ihr* gerne lest.«

»Warum?«

»Alberne junge Frauen, die sich mit Männern, die sie kaum kennen, nach Wales begeben, sind normalerweise nicht so daran interessiert, etwas für ihren Geist zu tun«, versetzte er. »Aber leiht Euch so viele Bücher, wie Ihr wollt. Nur ... tut es endlich. Bitte«, fügte er hinzu und wies zur Tür.

Spöttisch lächelnd blickte sie auf die Regale. »Ich kann wahrscheinlich nicht erwarten, dass Ihr meine Gründe, hierher zu kommen, versteht, Mylord. Sie sind viel zu rein, als dass ein Mann mit Eurem moralisch verkommenen Charakter sie verstehen könnte.«

Er schnaubte und setzte sich an seinen Schreibtisch, entschlossen, sich auf seine Arbeit zu konzentrieren. »Ihr redet sehr geläufig von Moral, Miss Fairchild. Man könnte denken, Ihr würdet sie tatsächlich besitzen.«

Greer murmelte leise etwas vor sich hin. »Darf ich hier anfangen?«, fragte sie kühl.

»Wo Ihr wollt.«

»Danke.« Sie schenkte ihm ein Lächeln, das ihn unwillkürlich erschauern ließ.

Rhodrick blickte auf die Unterlagen vor sich, konnte sich jedoch nicht konzentrieren. Er war sich bewusst, dass er nicht korrekt gekleidet war. Reumütig blickte er zu seiner Jacke und dem Halstuch, die er so nachlässig über den Stuhl geworfen hatte. Hinter dem Stuhl stand Greer Fairchild und reckte sich nach einem Buch auf dem obersten Regalbrett.

Unwillkürlich betrachtete er ihre schlanke Gestalt und ihre langen, anmutigen Arme. Die Haare hatte sie lockig aufgesteckt und mit Bändern am Hinterkopf zusammengefasst. Er konnte sie riechen, und ihm fiel ein, wie sich ihr Körper an seinem angefühlt hatte. Ihm wurde heiß bei dem Gedanken, sie in sein Bett zu holen.

Sie zog ein Buch heraus und schlug es auf. Dabei drehte sie sich leicht, sodass er ihr Gesicht jetzt im Profil sah. Sie hatte einen schlanken Hals, und in ihrer Wange erschien ein Grübchen, als sie über etwas leise lächelte. Ihre langen dunklen

Wimpern flatterten, und geistesabwesend spielte sie mit einer Hand an ihrem Ohrring.

Sie trug ihr walisisches Amulett um den Hals. Bei dem Anblick fiel ihm ein, wie warm und glatt ihre Haut gewesen war, und plötzlich überwältigte ihn das Verlangen, sie noch einmal zu berühren.

Das war absurd – Rhodrick wandte den Blick ab. Er war doch kein grüner Junge, der seine Gier nicht im Griff hatte. Er hatte einfach schon viel zu lange keine Frau mehr gehabt. Deshalb drang ihr Duft ihm unter die Haut und benebelte all seine Sinne.

Entschlossen widmete er sich seinen Papieren, aber kurz darauf gab Miss Fairchild einen leisen Ausruf des Entzückens von sich.

Er blickte auf.

»Oh, ich wollte schon immer nach Indien«, sagte sie. »Seid Ihr dort gewesen?«

Dieses Verlangen hatten sie gemeinsam, denn auch ihn faszinierte Indien.

»Das ist ein Buch über Indien«, fuhr sie fort. »Es steht eine Widmung auf Walisisch darin.«

»Seid Ihr sicher?«, knurrte er.

»Da Ihr die Sprache ja nicht beherrscht, könnte es doch ebenso gut Griechisch sein.«

Sie errötete leicht und zuckte mit den Schultern. »Es ist bestimmt Walisisch, schließlich gehört das Buch Euch.«

Er schnalzte mit der Zunge und erhob sich. Sie reichte ihm das Buch, als er auf sie zutrat. Dabei berührten sich ihre Finger, und die Berührung elektrisierte ihn.

Miss Fairchild schien die Hitze ebenfalls zu spüren, denn in ihren Augen glitzerte auf einmal ein leichtes Lächeln, das ihr Grübchen erneut zum Vorschein brachte.

Wieder verriet ihn sein Körper, und flammende Hitze stieg in ihm auf.

Ihr Lächeln wurde breiter, als ob sie spürte, was sie bei ihm auslöste. Er konnte seinen Blick nicht von ihr wenden. Bewegungslos stand er da und schaute ihr in die Augen.

Nur mit Mühe wandte er schließlich seine Aufmerksamkeit der Widmung zu, die sie ihm hinhielt. »Ihr könnt doch Walisisch nicht nur sprechen, sondern auch lesen, oder?«

Es dauerte einen Moment, bis er merkte, welches Buch sie herausgezogen hatte. Es traf ihn wie ein Schlag in die Magengrube. Er hatte es vor vielen Jahren geschenkt bekommen.

»Was steht dort?«, fragte Miss Fairchild.

Er klappte das Buch zu und reichte es ihr. »›*Rwy'n dy garu di,* Eira‹.«

Sie schlug das Buch erneut auf, betrachtete die Schrift und fuhr mit den Fingern darüber. »Was bedeutet das?«

»Es bedeutet ... ›Ich liebe dich, Eira‹.« Er wandte sich ab und trat wieder an seinen Schreibtisch.

»Oh«, sagte sie. »Wisst Ihr, wer Eira war?«

Rhodrick setzte sich und blickte aus dem Fenster. Es regnete immer noch. Dann wandte er seinen Blick wieder Miss Fairchild zu. »Sie war meine Frau.«

Miss Fairchild riss die Augen auf, erwiderte jedoch nichts. Das amüsierte Lächeln war auf einmal aus ihrem Gesicht verschwunden.

»Vielleicht nehmt Ihr das Buch am besten mit in Euer Zimmer«, schlug er vor.

Sie senkte den Blick, klappte das Buch zu und legte ihre Hand einen Moment lang auf den Umschlag, bevor sie es wieder ins Regal stellte. »Ich glaube, ich nehme mir lieber ein anderes Buch, wenn ich darf«, erwiderte sie. Sie griff nach dem Buch, das daneben stand. »Dieses hier heißt *A History of Wales and Her Peoples*.«

Rhodrick konnte sich nicht an dieses Buch erinnern, aber das war auch egal. Er blickte auf seinen Schreibtisch. Seine Gedanken überschlugen sich, und er suchte fieberhaft nach den richtigen Worten. Er wollte etwas sagen, das den Gedanken an Eira aus dem Zimmer vertrieb.

»Danke«, sagte Miss Fairchild schließlich. Ihre Stimme klang müde. »Guten Abend, Mylord.«

Er nickte hilflos, hörte das Rascheln ihrer Röcke, als sie durch die Tür ging, und dann entfernten sich ihre leichten Schritte auf dem Flur.

Als er sie nicht mehr hören konnte, murmelte er: »*Nos da.*« Gute Nacht.

Er lehnte sich auf seinem Stuhl zurück, schloss die Augen und dachte an seine Frau, an die er seit Jahren nicht mehr gedacht hatte.

12

In Greers Räumen stand das Abendessen unberührt auf dem Tisch, das Buch lag aufgeschlagen auf ihrem Schoß.

Sie sah zwar die Wörter, nahm sie aber nicht auf. Sie roch das köstliche Aroma des Rindfleischs auf ihrem Teller, rührte es aber nicht an. Sie wusste, dass der Regen gegen die Scheiben schlug, konnte aber nur seine Stimme hören, seine tiefe, ein wenig raue Stimme, als er sagte: »*Sie war meine Frau.*«

Der Mann war ihr ein Rätsel! Er redete kaum, schien sich über ihre Anwesenheit zu ärgern, und doch hatte sie hinter seiner Kälte auch schon menschliche Züge entdeckt. Und sie konnte nicht vergessen, wie furchtlos er sie gerettet hatte.

Jetzt war sie schon seit einer Woche auf Llanmair, und so langsam begann Greer zu begreifen, dass die Dinge vielleicht doch nicht so waren, wie sie schienen. Diese Entdeckung – und die Fragen, die sich daraus ergaben – faszinierten sie.

Entschlossen nahm sie *Die Geschichte von Wales* zur Hand und begann zu lesen.

Als Mrs Bowen kam, um am nächsten Morgen ihr Zimmer aufzuräumen, war Greer an dem Punkt in der walisischen Geschichte angelangt, wo Owain Glyndwr einen Aufstand gegen England angeführt hatte. Da sie sich auf die Lektüre konzentrieren musste, legte sie das Buch beiseite. Jetzt war sie erst einmal an Mrs Bowen interessiert … beziehungsweise an der Information, die die Haushälterin ihr geben konnte.

Sie ging in den Salon, wo Mrs Bowen gerade einen Strauß Treibhausblumen arrangierte. Sie waren wunderschön, und der Raum sah auf einmal nicht mehr so alt aus.

»Sie sind so schön«, sagte Greer und sog den Duft der Blumen ein.

Mrs Bowen lächelte. »Seine Lordschaft wird sich freuen, wenn er das hört.«

Greer blickte Mrs Bowen fragend an. »Hat … hat *er* sie geschickt«, fragte sie ein wenig atemlos.

»Oh nein, Miss, ich habe sie mitgebracht. Aber Seine Lordschaft ist sehr stolz auf sein Treibhaus und den Garten. Er ist in ganz Wales dafür berühmt.«

Greer fuhr mit der Fingerspitze über ein Porzellanfigürchen. »Ich wette, das Treibhaus hat Lady Radnor extra für die Blumen bauen lassen, meinen Sie nicht auch?«

»Oh nein, das Treibhaus gab es schon, bevor Lady Radnor die Herrin hier war.«

»Ah«, sagte Greer und tat so, als betrachtete sie das Porzellanfigürchen. »Wie, äh, wie ist Lady Radnor noch einmal gestorben?«

»Im Kindbett«, erwiderte Mrs Bowen und schüttelte ein Sofakissen auf. »Es war wirklich tragisch. Sie gebar ein Mädchen, aber sie hat so schrecklich geblutet, dass sie sich nicht mehr davon erholt hat. Zwei Tage nach der Entbindung ist sie gestorben. Und der Säugling weitere zwei Tage danach.«

»Oh, wie *entsetzlich*«, rief Greer aus. Eigentlich hatte sie sich etwas wesentlich Schlimmeres vorgestellt als Tod im Kindbett, z.B. Mord oder Selbstmord.

»Ja.« Mrs Bowen nickte. »Seine Lordschaft war niedergeschmettert.« Sie blickte zur Tür und fuhr dann leiser fort: »Er hat tagelang sein Studierzimmer nicht verlassen, nicht gegessen und nicht gesprochen. Manch einer hat um seine geistige Gesundheit gefürchtet.«

Greer lief es kalt über den Rücken. »Ist es schon lange her?«

»Fast dreizehn Jahre«, erwiderte Mrs Bowen und ergriff ein anderes Kissen. »Jetzt geht es ihm natürlich wieder gut. Es ist Vergangenheit, möge sie in Frieden ruhen.« Sie schüttelte das letzte Kissen aus und lächelte Greer an. »Kann ich sonst noch etwas für Euch tun, Miss?«

»Ja«, erwiderte Greer rasch. »Ich hätte gerne Papier und Tinte, damit ich schreiben kann.«

»Natürlich.«

»Meine Cousinen und ich schreiben viel«, fügte Greer lachend hinzu. »Wir sind zu dritt, und seit Ava verheiratet ist, hält sie sich häufig auf dem Land auf, und Phoebe – nun ja, Phoebe hat sich noch nicht entschieden, wo sie leben will ...«

»Ich kümmere mich sofort um Papier und Tinte.« Mrs Bowen war schon halb aus der Tür.

»Danke«, rief Greer.

Sie trat wieder ins Schlafzimmer und betrachtete das Bett, wobei sie sich vorstellte, wie eine junge Frau dort unter Schmerzen entband. Bei der Vorstellung erschauerte sie, und sie drehte den Sessel um, damit sie das Bett nicht mehr zu sehen brauchte.

Mit einem wehmütigen Blick aus dem Fenster – es regnete immer noch –, ergriff sie das Buch und vertiefte sich in die Lektüre über den Krieger Owain Glyndwr.

Sie las bis zum späten Vormittag, und dann taten ihr die Augen weh. Zum Glück wurde sie von Lulu erlöst, die gekommen war, um die schmutzige Wäsche zu holen. Greer sah ihr zu, wie sie die Kleider einsammelte, die Greer in der Woche getragen hatte. Fast ehrfürchtig faltete das Mädchen sie.

»Die meisten hat meine Cousine Phoebe genäht«, sagte Greer.

Verlegen legte Lulu die Kleider nieder. Es war ihr peinlich, dass Greer sie dabei erwischt hatte, wie sie sie bewunderte.

»Nein, nein.« Greer sprang auf. »Sie sind auch wundervoll. Phoebe ist unglaublich begabt.« Sie ergriff das Kleid, das sie am ersten Abend auf Llanmair getragen hatte und hielt es Lulu vor. »Es steht dir gut«, sagte sie und nickte nachdenklich. »Es ist dir nur ein wenig zu groß.«

Lulu errötete. »Danke, Ma'am.«

»Du musst es anprobieren«, befahl Greer.

»Oh nein, Ma'am, das kann ich nicht!«

»Aber natürlich kannst du!«, erwiderte Greer lächelnd. »Es wird uns ein bisschen ablenken.«

»Mrs Bowen wird mir den Kopf abreißen!«

»Aber Mrs Bowen ist nicht hier«, sagte Greer augenzwinkernd, und eine Viertelstunde später bewunderte sich Lulu in dem Kleid, während Greer in ihrer Schatulle ein Schmuckstück suchte, womit Lulus neue Erscheinung noch zusätzlich aufgebessert werden konnte.

Lulu war entzückt. So elegant hatte sie sich noch nie gefühlt! Aber schließlich musste sie die Kleider zögernd wegpacken und sich an die Arbeit machen. Greer blieb alleine zurück. Die walisische Geschichte war zwar faszinierend, aber sie brauchte dringend frische Luft. Also beschloss sie, noch einmal das Schloss zu erkunden.

Dieses Mal machte sie sich auf den Weg in den Westflügel, wo sie noch nicht gewesen war.

Anscheinend setzte kaum jemand einen Fuß in den westlichen Teil des Schlosses. Die Flure waren leer und kalt, und sie konnte sie nur unterscheiden, indem sie die Anzahl der Schlafzimmer und Wohnzimmer zählte, die sie vorfand.

Die wenigen Möbelstücke, die noch in den Zimmern standen, waren abgedeckt, und überall roch es feucht. Das überraschte Greer kaum – sie konnte sich nicht vorstellen, dass ein Mann wie der Prinz Freunde hatte, die übers Wochenende blieben. Vor allem nicht an einem so abgelegenen Ort wie Llanmair.

Im Hauptgeschoss sah sie Lulu und ein weiteres Zimmermädchen, die zwei Endtische polierten. Da sie nicht wagte, sich mit ihnen zu unterhalten, schlüpfte sie rasch in das nächstgelegene Zimmer.

Es war ein formeller Speiseraum. Er war eingerichtet mit einem langen Tisch, an den bestimmt vierzig Personen passten – zumindest zählte Greer ebenso viele Polsterstühle darum herum. Aus den Fenstern an einer Wand blickte man in den Garten, an der gegenüberliegenden Wand standen zwei enorme

Anrichten und eine massive Vitrine, die Porzellan enthielt. Zwei große goldene Kerzenleuchter hingen über dem Tisch, und der Kamin an der Stirnwand war so groß, dass ein Kind ohne Weiteres darin hätte spielen können.

Es war ein eindrucksvoller Raum, aber wie so viele andere im Schloss wirkte auch er so, als würde er nur selten benutzt. Greer zog die Tür wieder hinter sich zu und trat zu der gegenüberliegenden Tür. Müßig versuchte sie, sich den Prinzen am Kopfende einer so großen Tafel vorzustellen. Ob er wohl Konversation machen konnte, oder ob er bei all seinen Gästen so wortkarg war wie bei ihr?

Gedankenverloren öffnete sie die Tür. Erst als sie den Lakaien erblickte, wurde ihr klar, dass sie noch nicht einmal geklopft hatte. Rasch schloss sie die Tür wieder und wich zurück. Aber es war zu spät. Bevor sie entkommen konnte, hatte der Lakai die Tür weit aufgerissen, verbeugte sich tief und trat zur Seite, sodass ihr Blick auf den Prinzen fiel.

Der Raum war ein kleines, intimeres Speisezimmer, und er saß am Kopfende des Tisches und nahm sein einsames Mittagessen ein. Aus seinen intensiven Augen musterte er sie kühl. Die Haare fielen ihm bis auf die Schultern, und sein Aufzug war untadelig – er trug einen schwarzen Anzug, eine gestreifte Seidenweste und eine ordentlich gebundene Krawatte.

Greer merkte, dass sie ihn anstarrte, und rang sich ein Lächeln ab. »Guten Tag.«

Der Prinz ergriff ein Stück Fleisch von seinem Teller und saugte es von dem Knochen, ohne sie dabei aus den Augen zu lassen. Dann nahm er seine Leinenserviette und wischte sich den Mund ab. »Betritt man in den eleganten Häusern Londons die Zimmer, ohne anzuklopfen?«, fragte er, faltete seine Serviette und legte sie neben seinen Teller.

Greer wurde es heiß. »Ich muss Euch um Verzeihung bitten, Mylord, aber ich dachte, dieser Flügel des Schlosses sei ebenso leer wie das übrige Gebäude.«

»Habt Ihr nach etwas … oder vielleicht nach jemandem gesucht? Was soll ich denken, wenn Ihr ständig an Orten auftaucht, an die Ihr nicht eingeladen worden seid?«

Überrascht stellte Greer fest, dass der Anflug eines Lächelns über das Gesicht des Prinzen huschte. Aufgebracht erwiderte sie: »Ihr sollt denken, dass Euer Gast wider Willen sich langweilt. Ich wollte mich nur ein bisschen umschauen«, sagte sie und warf den beiden Lakaien, die ihm aufwarteten, einen verlegenen Blick zu. »Ihr habt vielleicht bemerkt, dass es immer noch regnet, und ich werde langsam unruhig.«

»Wir sind hier leider nicht in der High Society.«

Sie verschränkte die Arme und lehnte sich an den Türrahmen. »Nein, weiß Gott nicht«, sagte sie spöttisch.

Er lächelte ein wenig und trank einen Schluck aus seinem Weinkelch. »Habt Ihr etwas gegessen?«

Sie nickte.

»Kann ich sonst noch etwas für Euch tun?«

»Nein. Danke.« Sie wollte ihn eigentlich in Ruhe weiteressen lassen, konnte sich aber nicht recht zum Gehen entschließen. Sein Blick glitt über sie, und er betrachtete sie so aufmerksam, dass sie sich auf einmal so vorkam, als stünde sie im Hemd vor ihm. Oder vielleicht sogar mit noch weniger. »Nun …«, sagte sie und wandte sich zum Gehen. »Ich werde Euch jetzt …«

»Mrs Bowen hat mir berichtet, Ihr möchtet gerne schreiben«, sagte er.

»Ich … ja. Ja, wenn es nicht zu viel verlangt ist.«

Er trank noch einen Schluck Wein und stellte den Pokal dann ab. »Vielleicht möchtet Ihr gerne im Wintergarten schreiben.«

»Im Wintergarten?«, fragte sie stirnrunzelnd.

»Habt Ihr ihn bei Euren Erkundungsgängen in diesem leeren Haus nicht entdeckt?«, fragte er und erhob sich. Ein Lakai eilte herbei, um den Stuhl wegzuschieben, aber der Prinz achtete nicht darauf. Er trat auf Greer zu. »Und ich dachte, Ihr hättet jeden Stein umgedreht.«

»Das habe ich in der Tat«, erwiderte sie hochnäsig. »Ich habe mich bemüht, meine Erkundung des Schlosses so lange wie möglich auszudehnen, da ich ja nichts zu tun habe.«

Er lachte. *Lachte.* Und wieder sah sie dieses reizende, hübsche Lächeln.

Direkt vor ihr blieb er stehen. Er war gut einen Kopf größer als sie und viel breiter. Seine grünen Augen, umrahmt von dichten schwarzen Wimpern, glitzerten. Ein Schauer lief ihr über den Rücken und breitete sich bis in ihre Beine aus.

»Eigentlich eine gute Idee. Je länger Ihr hier im Schloss herumstöbert, desto weniger stört Ihr mich. Soll ich Euch das Gewächshaus zeigen?«, fragte er mit seiner tiefen Stimme.

Greer nickte und ließ sich von ihm dorthin führen.

Keiner von ihnen sagte etwas, als sie den langen, breiten Flur entlang gingen, doch Greer war sich seiner Anwesenheit sehr wohl bewusst. Er strahlte kraftvolle männliche Energie aus und ging so schnell, dass sie beinahe laufen musste, um mit ihm Schritt zu halten.

Sie bogen um eine Ecke, und dann um die nächste. Das Schweigen begann sie zu bedrücken. *Warum sagte er nichts?* Misstraute er ihr so sehr?

Am Ende des nächsten Korridors ergriff der Prinz Greer plötzlich am Ellbogen und dirigierte sie nach rechts, in einen schmalen Gang.

Dort war eine Tür, die er öffnete.

Greer keuchte vor Entzücken auf, als sie in den Wintergarten trat. Vergessen war das verlegene Schweigen zwischen ihnen. Der Wintergarten war an die Schlossmauer gebaut, sodass sie eine Steinwand im Rücken hatte. Aber die übrigen Wände bestanden aus Fenstern, und die Decke war eine Glaskuppel, über die im Moment die grauen Regenwolken zogen.

»Oh, mein Gott«, sagte sie. »Das ist *wunderschön.*« Sie trat an die Fenster, an denen der Regen herunterlief, und spähte hinaus. Dann drehte sie sich lächelnd zum Prinzen um, der sie mit undurchdringlicher Miene anschaute. »Es ist wirklich schön, Mylord.«

Er zog die dunklen Brauen hoch. »Nicht zu kalt? Oder zu ›ungemütlich‹?«

Verlegen lächelnd schüttelte Greer den Kopf. »Ganz im Gegenteil. Mit ein paar Möbelstücken – einem Schreibtisch, natürlich, und einem Sofa vielleicht, könnte dies der einladendste Raum im gesamten Schloss sein.«

»Dann lasse ich ihn für Euch fertig machen, damit Ihr hier nach Herzenslust schreiben könnt.«

»Das … das ist sehr freundlich von Euch«, erwiderte sie überrascht und trat an eine der Glaswände, um hinauszuschauen. Die Scheibe war zwar angelaufen, aber sie meinte, einen Brunnen zu sehen. Impulsiv öffnete sie das Fenster, aber ein kalter, feuchter Windstoß fuhr herein. Sofort wollte sie das Fenster wieder schließen – aber es gelang ihr nicht. Mit beiden Händen drückte sie fest dagegen, aber es bewegte sich nicht.

Oh, verflucht! Sie ließ die Hände sinken und sah ihn an. Sie kam sich völlig lächerlich vor. »Äh, anscheinend klemmt das Fenster.«

Er seufzte; Greer drehte sich um und versuchte es noch einmal. Aber dann spürte sie ihn im Rücken. Er griff um sie herum und drückte mit seiner großen Hand gegen die Kante des Fensters.

Er hätte ihr ebenso gut eine Fackel in den Rücken halten können. Sie spürte die Kraft und die Hitze, die von seinem Körper ausgingen, und sie hatte das Gefühl, als ob ein Funke in ihr entzündet worden wäre. Ein Schauer überlief sie, und sie schlang die Arme um sich.

Der Prinz schloss das Fenster und verriegelte es. Aber er nahm seine Hand nicht weg. Er ließ sie auf dem Riegel liegen, den Arm ausgestreckt über ihrem Kopf. Er stand so dicht hinter ihr, dass sie sich an ihn hätte lehnen können, wenn sie gewollt hätte.

Greer drehte sich halb um und blickte ihn an. Seine Augen waren weich wie Moos, und sein Blick glitt über ihren Busen. »Ich lasse ein Feuer im Kamin machen«, murmelte er.

Sie nickte. Das Herz schlug ihr bis zum Hals, und ihre Haut glühte. Sie musste an die erste Nacht auf Llanmair denken, als er ihr Amulett in die Hand genommen hatte und seine Finger über ihren Hals geglitten waren.

Jetzt jedoch war es anders. Er hatte sie zwar nicht berührt, aber sie spürte sein Verlangen irgendwie stärker. Vielleicht, weil er nicht betrunken war. Vielleicht, weil er dieses Mal ganz genau wusste, was er tat.

Sein Blick wanderte zu ihren Lippen, und Greer stockte der Atem. Sie konnte nicht zulassen, dass er sie so ansah – sie war sowieso schon zu weit gegangen.

»Übrigens«, sagte sie atemlos, »ich habe das Buch gelesen, das Ihr mir geliehen habt.«

Anscheinend hatte er ihr gar nicht zugehört. Sein Blick fiel wieder auf ihren Busen.

»Ich fand die Geschichte von Owain Glyndwr äußerst aufregend.«

Er schwieg und betrachtete hungrig ihren Körper.

»Ihr seid mit ihm verwandt, nicht wahr?«

»Ja«, murmelte er.

»Er war ein interessanter Mann. Die Geschichte seiner Rebellion erinnerte mich an ein Gedicht, das ich früher einmal kannte: ›*Gott schütze Wales, Jesus Christus halte uns in der Hand …*‹ Sie brach ab und runzelte leicht die Stirn. Wenn er so auf ihren Mund schaute, fielen ihr die Worte nicht mehr ein.

»›*Dass niemand weint in diesem Land*‹«, murmelte er.

»Ihr kennt es«, sagte Greer erstaunt.

Er schien noch näher zu rücken. Sie spürte sein Bein an ihrem Kleid. »Ich kenne es gut, wie jedes Kind in Wales. Ihr habt es im ersten Schuljahr gelernt.«

Greer holte zitternd Luft und hob das Kinn. Halb erwartete sie, geküsst zu werden, halb fürchtete sie sich davor.

Aber er küsste sie nicht. Er zog seine Hand zurück und fuhr leicht mit dem Handrücken über eine Locke an ihrer Schläfe. »Ich muss gestehen, Miss Fairchild, ich frage mich, ob Ihr tatsächlich alles vergessen habt, was Ihr jemals über Wales gelernt habt.« Seine Hand glitt über ihr Schlüsselbein. »Vielleicht habt Ihr Euch ja auch nur schlecht auf die Aufgabe vorbereitet, mir das Geld aus der Tasche zu ziehen. Und jetzt müsst Ihr auf Verführung zurückgreifen.«

Greer stockte der Atem.

Die plötzliche Veränderung in seinem Verhalten brachte sie völlig aus dem Gleichgewicht.

»Wie bitte?«

»Ich glaube, Ihr habt mich sehr wohl verstanden.«

»Wie könnt Ihr es wagen!«, schrie sie und wich vor ihm zurück. »Ich *verführe* Euch nicht! Wieso glaubt Ihr mir nicht? Ich habe Euch keinen Anlass gegeben, mir zu misstrauen. Ich bin nicht mit Mr Percy durchgebrannt, wie Ihr …«

»Nur, weil ich es verhindert habe.«

Greers Wangen wurden flammendrot bei der Erinnerung daran. »Ihr irrt Euch. Was auch immer Ihr glauben mögt, ich wäre nie mit Mr Percy durchgebrannt.«

»Das behauptet Ihr. Aber Ihr seid naiv, wenn Ihr denkt, ich wüsste nicht, was hinter Eurer plötzlichen Zärtlichkeit mir gegenüber steckt.«

»Das ist keine Zärtlichkeit«, protestierte sie.

»Lust?«, fragte er.

»Ihr seid niederträchtig«, sagte sie leise, und die zärtlichen Gefühle, die sie noch vor einem Moment empfunden hatte, lösten sich in Nichts auf. »Und Ihr behauptet auch noch, Ihr hättet Percy *geholfen.*«

Er runzelte die Stirn und trat an den Kamin. »Ich spreche die Wahrheit. Eines Tages werdet Ihr aus dieser albernen Schwärmerei für Mr Percy erwachen und feststellen, dass ich *Euch* geholfen habe.«

Wenn sie sich vorstellte, dass sie ihn noch vor wenigen Minuten beinahe begehrt hätte!

»Das Einzige, das ich mir vorzuwerfen habe«, erwiderte sie mit zitternder Stimme, »ist, zu glauben, dass Ihr keine Bestie seid.« Wütend auf sich selbst rauschte sie an ihm vorbei, aus dem Wintergarten hinaus.

Sie hatte den Verstand verloren! Dass sie hier in diesem gottverdammten Schloss eingesperrt war, hatte ihren gesunden Menschenverstand beeinträchtigt! Nun, es würde nicht wieder vorkommen. Oh nein! Wenn sie sich auf die Räume beschränken musste, in denen seine Frau gestorben war, dann war es eben so – sie würde sich nicht erneut in eine Situation bringen, in der sie auch nur im Entferntesten Zärtlichkeit für diese Bestie empfinden würde.

Sie bog um die Ecke und rannte wütend einen Korridor entlang, den sie noch nicht kannte. Er diente offensichtlich als Galerie für Porträts.

Ihre Schritte verlangsamten sich, als ihr das zwei Meter hohe Gemälde eines Mannes ins Auge fiel, der dem Prinzen ähnlich sah. Er trug ein altgriechisches Gewand und stand auf einem Triumphwagen. Er sah lächerlich aus. Greer blieb stehen und betrachtete das Bild. Dem Datum nach zu urteilen, das in die Messingplatte unten am Rahmen eingraviert war, handelte es sich um seinen Vater oder Großvater. Der Mann hatte, genau wie der Prinz oder Percy, leicht schräg stehende Augen, und wirkte ernst und gesammelt.

Greer verdrehte die Augen. Rechts davon hing das Gemälde eines jungen Mädchens, nach heutiger Mode gekleidet. Sie stand neben einem Baum, und zu ihren Füßen lag ein wuscheliger kleiner Hund.

Ihre Neugier siegte über ihre Wut, und Greer trat näher, um das Bild zu betrachten. Das Mädchen war eine schüchterne, rehäugige kleine Schönheit, vielleicht fünf Jahre alt. Wer war sie? Und warum hing ihr Porträt hier? Man sollte doch meinen, dass Mütter ihre Töchter von diesem Ort weit entfernt hielten.

Sie wandte sich wieder zum Gehen, blieb aber abrupt stehen, als ihr das Gemälde rechts von dem Mädchen auffiel.

Zunächst war sie sich nicht ganz sicher, was ihr ins Auge gefallen war, aber ihr stockte der Atem, als sie näher herantrat.

Das Bild stellte ein Picknick auf dem Land dar. Einige Leute waren versammelt – ein Mann mit einer Geige, Damen auf Decken, Kinder, die mit Welpen über den Rasen tollten. Im Vordergrund stand ein Mann, der dem Prinzen entfernt ähnlich sah, und daneben tuschelten zwei junge Mädchen unter einem Baum miteinander.

Am faszinierendsten war jedoch das Haus im Hintergrund. Es war ein prachtvolles weißes Herrenhaus, umgeben von weiten Rasenflächen und Weiden, auf denen Kühe grasten.

Es war das Haus aus ihren Träumen, genau das Haus, in dem ihre Mutter ihr erschienen war. Vage konnte sie sich an das Haus erinnern, aber sie wusste nicht genau, ob sie irgendwann in ihrem Leben schon einmal da gewesen war, oder ob es ihr nur so bekannt vorkam, weil sie so oft davon geträumt hatte.

Wieso hing ein Gemälde von *diesem* Haus in Llanmair?

Sie starrte auf das Bild und studierte jedes Detail, während sie das Amulett an ihrem Hals befingerte. Es sah so aus, als ob es in einem Tal läge … *in einem Tal!* Als der Blitz eingeschlagen hatte, hatte sie ein weißes Haus in einem Tal gesehen!

Sie fuhr herum, als sie ein Geräusch am anderen Ende der Galerie hörte. Der Prinz bog um die Ecke und blieb sofort stehen, als er sie sah.

Greer hatte das Gefühl, auf einmal keine Luft mehr zu bekommen, und konnte nur auf das Bild zeigen.

Stirnrunzelnd blickte er auf die Leinwand. »Ja, was ist damit, Miss Fairchild?«

»Dieses Haus …«

»Ist geschlossen«, antwortete er.

Seine Antwort verwirrte sie. »Was? Aber das kann nicht sein! Ich habe es doch gesehen, im Tal, kurz bevor der Blitz eingeschlagen hat!«, beharrte sie.

Sein Blick wurde hart. »Was Ihr gesehen habt, ist eine leere Hülle. Dieses Haus ist *geschlossen.*«

»Nein«, sagte sie und schüttelte eigensinnig den Kopf. »Ich muss es sehen. Meine …«

»Miss Fairchild, ich *verbiete* Euch, in die Nähe dieses Hauses zu gehen. Habt Ihr verstanden?«

»Aber ich …«

»Miss Fairchild!«, herrschte er sie an. »Ich weiß nicht, was Ihr vielleicht glaubt oder über dieses Haus gehört habt, aber es gehört mir, und ich verbiete Euch und jedem anderen in diesem Bezirk, dorthin zu gehen! Gibt es sonst noch etwas?«

Sie starrte ihn an. Dann kniff sie wütend die Augen zusammen. »Nein, Mylord. Ganz sicher gibt es sonst nichts mehr.« Sie drehte sich auf dem Absatz um und ging weg.

Als sie weg war, blickte Rhodrick auf das Gemälde und auf das Porträt des kleinen Mädchens daneben. Er konnte weder Greer Fairchild noch sonst jemandem erklären, dass die Frau, die ihn in seinen Träumen besuchte, die Frau, die er in seiner Trunkenheit für Greer gehalten hatte, ihm eine unaussprechliche Tragödie in diesem Haus gezeigt hatte. Solange er lebte, würde Kendrick geschlossen bleiben. Aber jetzt wollte er nicht weiter darüber nachdenken.

Er konnte sowieso an nichts anderes denken als daran, wie gefährlich nahe er davor gestanden hatte, sie zu küssen.

13

Als Ifan seinem Herrn eine dringende Nachricht des Verwalters überbrachte, war Rhodrick dankbar für die Ablenkung. Die Stützmauer, die sie repariert hatten, war erneut eingestürzt. Das war genau die richtige Aufgabe nach der Begegnung mit Greer Fairchild, die Art von Aufgabe, die sein Verlangen dämpfen würde, sie zu küssen. In der letzten Zeit war er gefährlich nahe daran gewesen, diesem Verlangen zu erliegen, aber wenn er das täte, dann würde er sich nur noch mehr zum Narren machen.

Greer Fairchild wollte nicht ihn. Sie wollte sein Geld.

Aber als er im Wintergarten so dicht hinter ihr gestanden hatte, mit dem grässlichen Bild ihrer leidenschaftlichen Umarmung mit Percy vor Augen, da hätte er seinen niederen männlichen Instinkten beinahe nachgegeben.

Ein wenig harte Arbeit würde diesen beklagenswerten Mangel an Kontrolle sicher beheben, und deshalb dauerte es auch nicht lange, bis er knietief im Schlamm steckte, völlig durchnässt vom Regen und mit schmerzenden Schultern vom Schwingen des Vorschlaghammers.

Es fühlte sich gut an, aber es war eine vergebliche Mühe. Die Mauer konnte die Erdmassen nicht halten, und es gelang ihm nur eine Übergangslösung. Aber für den Moment musste es reichen.

Als Rhodrick in seine Gemächer zurückkam und in das heiße Bad stieg, das Ifan für ihn vorbereitet hatte, hatte er das Gefühl, seine Emotionen und männlichen Instinkte wieder im Griff zu haben. Es war nur eine momentane Schwäche gewesen, weil er ihren Knöchel gesehen hatte, als sie sich reckte, um das Fenster zu öffnen. Vielleicht hatte es auch an der Form ihres Hinterteils gelegen, als sie sich vorgebeugt hatte, um aus dem Fenster zu schauen. Oder am wütenden Funkeln ihrer Augen in der Porträt-Galerie.

Es spielte keine Rolle – er fühlte sich auf jeden Fall soweit wiederhergestellt, dass er erklärte, wenn Miss Fairchild heute Abend etwas zu essen haben möchte, so müsste sie mit ihm dinieren, da er keinen Grund sähe, sein Personal mit doppeltem Aufwand zu belasten.

»Wie Ihr wünscht, Mylord«, sagte Ifan, aber Rhodrick merkte, dass sein langjähriger Butler das doppelte Servieren einer Mahlzeit nicht als Problem ansah.

Rhodrick jedoch fand es klug, Miss Fairchild im Auge zu behalten. Dabei gestand er noch nicht einmal sich selbst ein, dass er eigentlich ihre Gesellschaft genoss. Nein, sie war einfach zu eigensinnig und viel zu selbstsicher, und außerdem war sie auch noch betrügerisch. Er schützte nur seinen Besitz, nichts weiter.

Rhodrick kleidete sich mit Sorgfalt und legte einen Anzug mit Weste an, den sein Schneider in Aberystwyth gerade geliefert hatte. Der Schneider, der von der Farbenblindheit Seiner Lordschaft wusste, stellte die Anzüge und die Westen grundsätzlich so zusammen, dass sie zueinander passten. Rhodrick wusste, dass Hose und Jacke schwarz waren und nahm deshalb an, dass die gestreifte Weste grün war. Oder rot.

Auf jeden Fall war sie gut geschnitten.

Er kämmte sich die Haare zurück und betrachtete sinnend seine Frisur. Er war seit Jahren schon nicht mehr in London gewesen und hatte nicht die leiseste Ahnung, was zurzeit modern war. Also band er die Haare zu einem Pferdeschwanz zusammen, trat zurück und betrachtete sein Spiegelbild.

Er war groß, mindestens ein Meter sechsundachtzig. Da er sich auch bewegte, hatte er keinen Schmerbauch, wie viele Männer in seinem Alter. An seiner Figur war nichts auszusetzen, dachte er, aber sein Gesicht war seine Schwachstelle. Allerdings sah er auch nicht grauenhaft aus, schließlich war sein Gesicht nicht von Lepra zerfressen.

Aber ein attraktiver Mann war er nun wirklich nicht. Seine Schwester galt als sehr hübsch, ebenso wie seine Eltern gut aussahen. Er sah ihnen überhaupt nicht ähnlich. Seine Augen stünden zu dicht beieinander, hatte ihm einmal jemand gesagt, und seine Nase war schief, weil sie mehrfach gebrochen gewesen war. Die Narbe über seine rechte Wange lief am Augenwinkel vorbei und stammte von einem Sturz vom Pferd, bei dem er sich Arm und Bein sowie zum dritten Mal die Nase gebrochen hatte. Die Wunde im Gesicht war nicht richtig geheilt, und obwohl der Unfall schon Jahre her war, war sie immer noch auffällig und hässlich.

Rhodrick war wütend auf sich, weil es ihm überhaupt etwas ausmachte. Sie war eine Diebin. Hübsch zwar, aber trotzdem eine Diebin. Und doch musterte er sich kritisch im Spiegel, die Krähenfüße in den Augenwinkeln, den ständigen Bartschatten und die ersten grauen Haare, die sich zeigten.

Sein Vater pflegte immer zu sagen, mit seinem Gesicht könnte er die Gespenster aus dem Speicher vertreiben. Er neckte ihn immer, er sähe aus wie der biblische Goliath, der auf einem Gemälde im großen Salon dargestellt war. Als er und seine Schwester Nell im richtigen Alter waren, zog die Familie für die Saison nach London, um Nell in die Gesellschaft einzuführen. Rhodricks Eintritt verlief dabei eher nebenbei, und sein schlimmes Aussehen hatte ihn davon abgehalten, sich Debütantinnen zu nähern. Seine Mutter hatte versucht, ihn zu trösten, und mehr als einmal gesagt: »Es kommt schon noch eine, der das Aussehen gleichgültig ist, mein Liebling.«

Aber es war niemand gekommen, und Rhodrick hatte die Freuden des Fleisches in dunklen Räumen bei Huren kennengelernt.

Nachdem Nell verheiratet war, hatte seine Familie sich bemüht, eine passende Partie für ihn zu finden, aber keine der jungen Damen, die als passend erachtet wurden, hatte ihn gewollt. Da es damals ziemlich viele unverheiratete Erben gab, hatte sein Vater sich sehr anstrengen müssen, um eine Frau aufzutreiben, die ihn haben wollte. Schließlich wurde die Heirat mit Eira arrangiert, aber das arme Mädchen, das aus den Marken stammte und daher nichts von seinem unglückseligen Aussehen wusste, konnte nur einen einzigen Blick auf ihn werfen, bevor sie vor den Altar traten. Sein Vater hatte dafür gesorgt, dass sie es sich nicht noch einmal überlegen konnte.

Aber wenn Eira ihn abstoßend fand, so sagte sie es nie. Sie war eine pflichtbewusste Ehefrau und nahm ihn so, wie er war. Sie war gut zu ihm gewesen, und Rhodrick hatte sie geliebt. Er hoffte, ihr auch ein guter Ehemann gewesen zu sein – er hatte es bestimmt versucht, mit all seiner Kraft.

Seine Frau hatte eine Sanftheit in sein Leben gebracht, die er bis dahin nicht gekannt hatte. Die meiste Zeit hatte er sich auch wie Goliath aufgeführt, und vor allem in der Jugend hatte er ein aufbrausendes Temperament und setzte gern seine Körperkräfte ein. Eira hatte ihm geholfen, ruhiger und weicher zu werden, und bei ihr war er ein sanfter Mann gewesen.

Ja, er hatte Eira sehr geliebt, aber jetzt hatte er seit Jahren schon nicht mehr an sie gedacht. Er hatte sich gezwungen, nicht an sie zu denken, weil ihr Verlust zu schmerzlich für ihn war. Und der Säugling … guter Gott, an dieses winzige, kleine Ding, das so tapfer darum gekämpft hatte, ohne Mutter zu überleben, konnte er gar nicht denken, ohne dass es ihm die Kehle zuschnürte.

Gelegentlich erinnerte ihn etwas in diesem Haus an Eira, aber mit der Zeit waren seine Erinnerungen verblasst, und er hatte gelernt, sich mit seiner eigenen Gesellschaft zu begnügen. Es war zu schwierig für ihn, es noch einmal mit einer Frau zu versuchen. Seine Freundin Meg hatte es ja weiß Gott probiert, aber ihre Bekannten suchten attraktivere Männer mit mehr gesellschaftlichem Leben als seine Verpflichtungen in Llanmair es zuließen. Zwar würde er, wenn er allein blieb, keinen Erben hinterlassen, aber er tröstete sich damit, dass Nell zwei gesunde Söhne hatte, die eines Tages alles erben würden.

Aber dann war auf einmal Miss Greer Fairchild aufgetaucht,

hatte Unruhe in sein Leben gebracht und ein Verlangen geweckt, das er schon längst begraben glaubte.

Rhodrick bürstete sich einen Fussel von der Schulter, zupfte an seiner Krawatte und ging zum Speiseraum, zu der Frau, die in der letzten Woche seine Gedanken mehr in Anspruch genommen hatten als Eira in den letzten Jahren.

Sein Gast wider Willen betrat eine Stunde später das Speisezimmer. Rhodrick erhob sich sofort, sie blieb dramatisch an der Tür stehen, die langen, schlanken Finger auf dem Türgriff, das Gesicht gerötet vor Beunruhigung. Das Kleid, das sie trug – dunkel und glänzend – umschloss ihren Körper so eng, dass er einen Moment lang die irrationale Hoffnung hegte, ihre Brüste könnten komplett herausspringen. Es war wunderschön gefertigt, so exquisit wie sie. »Man hat mir zu verstehen gegeben, dass ich nur in Eurer Gegenwart essen darf«, sagte sie und trat ins Zimmer, wobei die Schleppe ihres Kleides hinter ihr her fegte.

Die einzige Farbe, die er klar erkennen konnte, waren ihre blauen Augen, und im Moment blitzten sie vor Zorn wie Edelsteine.

Rhodrick trat zu ihrem Platz rechts von ihm am Kopfende des Tisches und rückte ihr den Stuhl zurecht. »Das Abendessen wird im Speisezimmer im Westflügel serviert.«

Sie funkelte ihn böse an.

Er bedeutete ihr, sich zu setzen. »Seid Ihr hungrig?«

Miss Fairchild verschränkte die Arme vor der Brust und blickte ihn misstrauisch an. »Was habt Ihr vor, Sir?«

»Überhaupt nichts. Ein einziges Abendessen ist für mein Personal weniger mühsam.«

»Weniger mühsam.« Sie schnaubte verächtlich.

Er legte seine Hände auf die Rückenlehne ihres Stuhls. »Setzt Euch doch bitte, Miss Fairchild. Wenn Ihr hier sitzt, dann weiß ich wenigstens, dass Ihr Eure Nase nicht in Dinge steckt, die Euch nichts angehen.«

»Ich glaube Euch keine Sekunde lang«, erwiderte sie und nahm Platz. »Und ich vertraue Euch nicht im Geringsten.«

Rhodrick beugte sich über ihre Schulter. »Das Gefühl ist gegenseitig, deshalb möchte ich Euch ja auch gerne im Auge behalten.«

Sie wandte sich ab, sodass er nur noch ihre Kinnlinie und ein zartes Ohr sehen konnte. Aber er hätte schwören können, dass auf der Porzellanhaut das Grübchen zu sehen gewesen war.

Er setzte sich ebenfalls und legte eine Leinenserviette über seinen Schoß. Als er Ifan zunickte, traten zwei Lakaien vor, stellten Kristallkelche vor ihn und Miss Fairchild und schenkten Wein ein. »Ich schlage vor, wir beide schließen einen Waffenstillstand«, sagte er liebenswürdig.

Greer blickte ihn aufmerksam an. »Einen Waffenstillstand?«, fragte sie misstrauisch.

»Bis Euer Brief kommt, sind wir wohl oder übel in dieser Situation gefangen. Wenn Ihr Euch still verhaltet, gebe ich Euch zu essen.« Er lächelte.

Miss Fairchild erwiderte sein Lächeln süßlich. »Ich bin damit einverstanden, mich *still* zu verhalten, wenn Ihr einwilligt, nicht mehr so abscheulich zu sein.«

»Ach, bin ich abscheulich?«

»Ja, abscheulich und hochnäsig.«

Er überlegte. Wenn es tatsächlich so war, hatte er keine Ahnung, wie er es ändern sollte, aber auf jeden Fall nickte er. »Abgemacht.«

Sie lächelte so zufrieden, als hätte er ihr gerade eine Truhe voller neuer Schuhe geschenkt. «Nun«, sagte sie fröhlich, »da wir das hinter uns gebracht haben … speist Ihr immer alleine in so einem großen Raum?«

Wo sollte er denn sonst speisen? »Ja.«

»*Hmm*«, machte sie, als ob das etwas über ihn aussagen würde.

»Sagt, Miss Fairchild, habt Ihr die Erkundung meines Hauses abgeschlossen?«

»Oh, das kann ich nicht so genau sagen«, erwiderte sie fröhlich. »Es gibt hier so viele Ecken, Winkel und Korridore, dass ich es wirklich nicht weiß. Überall trifft man auf neue Überraschungen in diesem Schloss.« Sie warf ihm einen betonten Blick zu. »So wie zum Beispiel die Porträt-Galerie. Ich war recht beeindruckt von der Vielzahl der Porträts. Es macht den Eindruck, als hättet Ihr von jedem walisischen Mann und jeder Frau ein Gemälde.«

»Nicht von allen«, erwiderte er beiläufig. »Nur von den hübscheren.«

Unwillkürlich musste sie lächeln. »Wo findet man so viele Gemälde?«

»Ich weiß nicht, wo man sie *findet* – es sind Vorfahren, Familienmitglieder und andere ehrenwerte Personen.«

»Und ein paar sehr einsame Herrenhäuser«, sagte sie und hob ihr Weinglas. »Unter anderem ein prächtiges weißes Herrenhaus, das einem sofort ins Auge fällt.« Sie trank einen Schluck Wein, und ihre Augen weiteten sich vor Entzücken. »Oh – das ist ein ganz *ausgezeichneter* Wein, Sir.«

Da sie gerade Kendrick erwähnt hatte, beäugte er sie misstrauisch, aber sie schien tatsächlich den Wein zu meinen. »Danke«, sagte er. »Wir sind auch in Wales in der Lage, guten Wein zu beschaffen.«

»Ich hatte schon nicht mehr daran geglaubt, aber seit ich London verlassen habe, habe ich keinen köstlicheren Tropfen getrunken.«

»Da wir gerade von London sprechen«, sagte er. »Wann seid Ihr dort weggefahren?«

»Vor sieben langen Monaten. Ende März.«

»Sieben Monate sind eine lange Zeit für eine unverheiratete junge Frau, um von der Familie weg zu sein«, bemerkte er. »Warum erlaubt denn eine so vornehme Familie wie Ihre, dass Ihr Euch so lange entfernt? Man sollte doch meinen, Ihr solltet Euch eher zu Hause aufhalten, damit Ihr verheiratet werden könnt.«

Miss Fairchild warf ihm einen Blick von der Seite zu. »Sie sind auch sehr darauf bedacht, dass ich meinen Horizont erweitere, Mylord. Ich hatte allerdings tatsächlich niemals erwartet, so lange weg zu sein. Und ich gäbe alles darum, wenn ich *jetzt* zurückkehren könnte.«

»Ich möchte sagen, das würde uns beide glücklicher machen.«

Sie kniff die Augen zusammen. »Und ich möchte sagen, dass mir die wahre Bedeutung Eurer Worte nicht verborgen geblieben ist.«

»Ich habe meine Meinung ja auch deutlich genug geäußert. Sieben Monate sind für eine junge Frau eine lange Zeit, um von ihrem Heim … und ihrer angesehenen Familie weg zu sein.«

»Aha!«, sagte Greer triumphierend. »Eben habt Ihr noch *unverheiratete* Frau gesagt.«

Rhodrick stellte sein Weinglas ab und sah sie an. »Glaubt Ihr, ich wollte Euren Ruf in Zweifel ziehen?«

»Ach was«, schnaubte Greer. »Das habe ich schon selbst gemacht. Mein Ruf war an dem Tag ruiniert, als ich Bredwardine in Gesellschaft von Mr Percy verlassen habe.«

Dem konnte er nicht widersprechen.

Das Funkeln in ihren Augen wurde ein wenig schwächer. »Wisst Ihr, dass ich eigentlich nur einen Monat weg sein wollte? *Einen Monat,* habe ich gesagt. Einen Monat, um nach Wales zu gelangen und wieder zurückzufahren. Ha!« Sie schüttelte den Kopf. »Ich war noch eine größere Närrin, als Ihr glaubt.«

»Ich halte Euch nicht für eine Närrin«, sagte er ruhig, und das stimmte. Er konnte zwar für ihren moralischen Charakter nicht die Hand ins Feuer legen, aber alles in allem hielt er sie für recht klug – sie konnte sich gut ausdrücken, und man konnte sich mit ihr über mehr als das Wetter unterhalten. Wenn sie wüsste, wie aufrichtig fasziniert er von ihr war, wäre sie entsetzt gewesen.

Miss Fairchild lächelte gequält, wobei die Grübchen in ihren

Wangen wieder auftauchten. »Ja, aber das Leben hat so seine eigenen Pläne, oder? Seht mich an – ein halbes Jahr später sitze ich hier, ruiniert, verarmt und gestrandet.«

Ja, er sah sie an, jeden einzelnen Zentimeter. Er roch sie auch, erinnerte sich daran, wie sich ihre Haut angefühlt hatte oder diese kleine Haarlocke, die er gestreichelt hatte. Als jedoch der Lakai ein Lauch-und-Käse-Soufflé servierte, blickte er wieder weg.

»In London nähme ich jetzt an den Festlichkeiten der Kleinen Saison teil, würde auf Bälle und Soireen gehen. Andererseits, wenn mich die Ereignisse nicht hierher gebracht hätten, dann hätte ich nie die Gelegenheit gehabt, Eure vielen wundervollen Porträts zu bewundern, nicht wahr?«

Die Dame war anscheinend eine Kunstliebhaberin.

»Nein, vermutlich nicht«, sagte er und aß einen Bissen von dem Soufflé. Er blickte seinen Gast an – ihre Gabel schwebte über dem Soufflé, aber sie musterte ihn eingehend.

Rhodrick schluckte.

»Möchtet Ihr etwas zu Eurer Porträt-Galerie sagen?«, fragte sie ihn.

»Was denn?«

»Zum Beispiel, ›Hattet Ihr Gelegenheit, Miss Fairchild, alle Bilder zu sehen?‹ oder ›Habt Ihr zufällig das Gemälde von meinem Vater oder Großvater oder wer immer das ist gesehen und wart ganz geblendet von der griechischen Pracht?‹ Vielleicht wollt Ihr mich ja auch fragen, welche Bilder mir am besten gefallen haben oder welche ich kurios fand.«

»Welche denn?«, fragte er.

Sie öffnete den Mund, um zu sprechen, klappte ihn aber wieder zu. Dann senkte sie den Blick auf ihren Teller. »Alle eigentlich, aber besonders das weiße Haus. Ich würde es sehr gerne einmal besichtigen …«

»Miss Fairchild …«

»Aber ich bin sicher, ich bin schon dort gewesen«, sagte sie rasch, bevor er ihr wieder den Mund verbieten konnte.

Er blickte sie verwirrt an. »Warum solltet Ihr jemals auf Kendrick gewesen sein?«

»Heißt es Kendrick?«, fragte sie aufgeregt.

»Miss Fairchild, Eure Familie stammt aus Bredwardine, oder?«

»Ich habe Euch nicht angelogen, Mylord«, erwiderte sie. »und ich weiß auch nicht genau, wann ich auf Kendrick war, aber ich glaube, ich war mit meiner Mutter dort.«

»Das glaube ich nicht«, sagte er schroff. »Der einzige Pächter, der in den letzten zwanzig Jahren dort gelebt hat, war Percy.«

Das brachte sie zum Schweigen. Nachdenklich runzelte sie die Stirn. Nach einem Moment blickte sie ihn an. »Wenn ich es wenigstens einmal *sehen* könnte.«

»Miss Fairchild, bitte«, sagte er so höflich wie möglich, »ich habe Euch doch gesagt, Kendrick ist *geschlossen*. Es ist nicht sicher, und ich habe Euch ausdrücklich verboten, dorthin zu gehen.«

Sie runzelte die Stirn. »Sehr wohl«, sagte sie und stach gereizt auf ihr Soufflé ein. »Ich frage mich wirklich, was so schlimm daran ist. Es gibt hier kaum etwas, womit man sich die Zeit vertreiben kann«, fuhr sie verärgert fort. »Wirklich, Sir, Llanmair ist so *grässlich* unbewohnt.«

»Es ist nicht ›*grässlich unbewohnt*‹«, erwiderte er. »Nur weil Ihr bis jetzt niemanden aus der Gesellschaft kennengelernt habt, heißt das noch lange nicht, dass hier niemand wohnt.«

»Oh?«, sagte sie ein wenig munterer. »Und wo ist die gute Gesellschaft? Ich nehme an, in Rhayader, weil dort wirklich viele Menschen unterwegs waren. Dort meint Ihr, oder?«

Rhodrick wusste eigentlich nicht so genau, was er meinte, und ehrlich gesagt fielen ihm sowieso nur die Awbreys und Lord und Lady Pool ein. »Dort und auch woanders.«

Diese Antwort schien Miss Fairchild jedoch nicht zufriedenzustellen.

»Mögt Ihr Gesellschaft nicht, Mylord?«, fragte sie.

»Nicht besonders.«

»Ach nein? Ich liebe sie. Ich kann mir nichts Schöneres vorstellen, als ein exzellentes Mahl in netter Gesellschaft zu genießen. Und Ihr?«

Er betrachtete ihr schönes Gesicht. »Ja, mir fällt zumindest eine Sache ein, die ich schöner finde.«

Miss Fairchild zuckte mit den Schultern. Sie aß einen Bissen Soufflé, legte die Gabel beiseite und blickte zur Decke, während sie kaute.

»Was missfällt Euch denn jetzt schon wieder?«, fragte er.

Sie blickte ihn an. »Ich würde gerne wissen, ob Ihr immer so schweigsam seid, oder liegt es nur an mir, dass Ihr etwas gegen ein Gespräch habt?«

Er ließ die Gabel sinken. »Ich sollte Euch vermutlich fragen, ob Ihr immer so geschwätzig seid, oder ob es an mir liegt, dass Ihr das Schweigen nicht ertragt.«

»Ich bin nicht geschwätzig, ich bin nur höflich! In London bin ich recht bekannt wegen meiner Konversation, müsst Ihr wissen. Ich bin in allen Salons äußerst beliebt, weil man darauf zählen kann, dass ich mich *unterhalte*.«

»Das überrascht mich kaum«, erwiderte er trocken. »Man kann Euch schwerlich entkommen.«

»Vielleicht wäre es Euch ja lieber, in diesem Raum würde kaltes Schweigen herrschen.«

»Nein, Eure Konversation ist äußerst willkommen. Aber Ihr dürft über dem Reden auch das Essen nicht vergessen.«

Er wies auf ihren Teller.

»Bitte, esst doch, Miss Fairchild. Die Köchin hat sich solche Mühe gegeben.«

Greer ergriff ihre Gabel und aß zwei Bissen, dann ließ sie das Besteck wieder sinken und sah ihn an. »Seid Ihr eigentlich *jemals* in London, oder zieht Ihr es vor, hier zu bleiben und in einsamer Pracht zu essen, umgeben nur von Gemälden verfallener Herrenhäuser?«

Rhodrick warf Ifan einen Blick zu, und der Butler beeilte sich, seinen Teller abzuräumen. »Früher einmal war ich häufig in London«, sagte er und ergriff sein Weinglas. »Aber in den letzten Jahren nicht mehr.«

»Oh!«, sagte Greer überrascht. »Hat es Euch dort nicht gefallen?«

»Meine Arbeit hält mich hier fest. Ich bin Richter, und ich muss mich um meine Pächter kümmern. Ich habe keine Zeit, um in den Londoner Salons Konversation zu treiben.«

»Ja, das ist wohl wahr«, erwiderte sie und steckte sich einen weiteren Bissen Soufflé in den Mund.

Rhodrick musste unwillkürlich lächeln. »Vielleicht wollt Ihr mich ja mit Eurem Talent für Konversation bei einer Partie Schach nach dem Essen überraschen? Ihr spielt doch Schach, oder?«

Sie lachte, ein süßes, melodisches Lachen. »Aber natürlich«, erwiderte sie und lächelte Ifan zu, als er ihren Teller abräumte. »Und ich kann Euch voraussagen, dass es Euch noch leidtun wird, mich herausgefordert zu haben. Meine Cousinen haben sich immer wieder darüber geärgert, dass ich sie ständig geschlagen habe.«

Sie begann zu erzählen, wie ihre Cousinen ihr beim Schachspiel unterlegen waren. Rhodrick gab Ifan ein Zeichen, damit er den roten Salon für das Spiel vorbereitete.

Während er aß und Miss Fairchilds Erzählungen von ihren Cousinen zuhörte, stellte er fest, dass er sich seit Jahren schon auf nichts mehr so gefreut hatte wie auf ihr Schachspiel.

14

Vielleicht, dachte Greer, hätte sie nicht so viel Wein trinken sollen – er schwächte ihre Entschlossenheit, fest und gleichgültig zu bleiben, und er allein war schuld, dass sie überhaupt im roten Salon war. Der allerdings nicht rot war, wie der Prinz behauptet hatte, sondern die Farbe reifer Pfirsiche hatte.

Als Lulu ihr früher am Abend mitgeteilt hatte, wenn sie etwas zu essen wünschte, müsste sie mit dem Prinzen dinieren, war Greer entschlossen gewesen, lieber zu verhungern als auch nur einen Moment lang in seiner Gegenwart zu verbringen. Als jedoch ihr Hunger immer größer wurde, hielt sie es doch für besser, dem Feind gegenüberzutreten.

Und sie hatte nicht erwartet, dass der Abend so gemütlich enden würde – beim Schach am Kaminfeuer mit Wandbehängen an den Wänden, die die kalte Zugluft abhielten.

Greer stützte das Kinn auf die Faust und beobachtete müßig, wie der Prinz einen Zug machte. Als sie aufschaute, blickte er sie aus seinen dunklen Augen an, die sie an einen Wald im Regen erinnerten, und zog fragend eine Augenbraue hoch.

»Seid Ihr Euch Eures Spiels sicher, Mylord?«

Er lächelte leise. »Ich bin mir meines Spiels immer sicher.«

Sein Gesichtsausdruck deutete an, dass er vielleicht ein anderes Spiel meinte.

Während Greer auf das Brett schaute, fragte sie sich, wie er wohl im Bett sein mochte. War er so grob und sanft zugleich wie an dem Abend, als er sie im Flur geküsst hatte? Ein kleiner Schauer lief ihr über den Rücken. Solche Gedanken lenkten sie beim Schachspielen ab, und seufzend schüttelte sie den Kopf, um sie zu vertreiben, bewegte einen Bauern und lehnte sich zurück, um ihn verlieren zu sehen.

Er runzelte leicht die Stirn und trommelte mit den Fingern auf die Armlehne seines Sessels. Cain und Abel, seine treuen Hunde, lagen daneben auf dem Boden.

Greer fand, dass der Prinz heute Abend auf düstere Weise gut und männlich aussah. Seine dichten Haare waren zurückgekämmt und im Nacken zu einem Pferdeschwanz zusammengefasst. Seine Kleidung war von bester Qualität und umschloss seine muskulöse Figur perfekt. Er besaß von Natur aus, was die Männer in London nur mit Korsetts erreichten.

Sie betrachtete die Narbe auf seiner Wange und stellte sich die hässliche Auseinandersetzung vor, von der sie vermutlich stammte. Er hatte bestimmt zwei oder drei Schurken gleichzeitig abgewehrt.

Er studierte das Brett. Er hatte vorgehabt, ihr den Sieg zu schenken, aber sie hatte seine Absicht gespürt und ihre Züge so gesetzt, dass er an der Niederlage arbeiten musste. So hatte sie mehr Zeit, das Zimmer zu betrachten.

»Warum nennt Ihr den Raum den roten Salon?«, fragte sie nach einer Weile.

Er blickte auf. »Es ist doch ein Salon.«

Sie lächelte. »Das sehe ich auch, Mylord, aber er ist nicht *rot.*«

»Er hieß immer schon der rote Salon.«

»Vielleicht solltet Ihr ihm einen neuen Namen geben, weil er zu einer anderen Farbe verblasst ist.«

Rhodrick blickte sich stirnrunzelnd um. »Was ist es denn jetzt für eine Farbe?«

»Pfirsichfarben.«

»Pfirsichfarben«, wiederholte er und wandte seine Aufmerksamkeit wieder dem Schachbrett zu. »Das scheint mir aber nicht die passende Farbe für einen Salon zu sein.«

»In Downey House, wo ich in London lebe, gibt es ein pfirsichfarbenes Zimmer«, erwähnte sie beiläufig. »Mein Stiefvater, Lord Downey, mochte die Farbe sehr und hat das ganze Zimmer so streichen lassen. Die Decke, die Wände, die Täfelung, die Türen. Ja, sogar die Kaminumrandung war pfirsichfarben. Tante Cassandra hat von ihm verlangt, er sollte es ändern. Sie hat geschworen, sie würde keinen Raum betreten, der so unvorteilhaft für sie wäre.«

Der Prinz lächelte.

»Aber er weigerte sich«, fuhr Greer fort, als der Prinz einen Läufer zog. Anscheinend war er sehr zufrieden mit seinem Zug, denn er lehnte sich befriedigt zurück. »Er ist sehr stur«, fügte Greer hinzu. »Und, übrigens, *das* war nicht sehr klug.« Sie blickte auf seinen Zug und schnalzte mit der Zunge.

»Wie bitte?«

»Ihr macht mir den Weg zu Eurer Königin frei, und jetzt lasst Ihr mir keine andere Wahl, als sie zu nehmen.«

Er lächelte und sah auf einmal sehr charmant aus. »Warum sollte ich das tun?«

»Das weiß ich ehrlich gesagt nicht«, erwiderte sie und musterte ihn nachdenklich. »Anscheinend habt selbst Ihr etwas von einem Gentleman in Euch.«

Sein Lächeln wurde breiter, was eine unerwartete Wirkung hatte. Seine weißen, gleichmäßigen Zähne strahlten, und er wirkte richtiggehend charmant. Und auch auf eine etwas wilde Art attraktiv. »Wollt Ihr mich etwa beschuldigen, ich hätte Euch den Sieg geschenkt?«

»Nicht nur das, sondern auch noch sehr schlecht dazu«, erwiderte sie und zog mit ihrem Läufer. »Schach, Sir.«

Er blickte auf das Brett und schmunzelte. »Ach, du liebe Güte, Miss Fairchild. Ihr zeigt keine Gnade!«

»Natürlich nicht. Warum in Gottes Namen sollte ich das?«

Er grinste. Der Lakai, der sie bediente, trat auf einen Wink zum Prinzen und füllte sein Brandy-Glas erneut. Gedankenverloren wirbelte Rhodrick die goldbraune Flüssigkeit im Glas herum. »In manchen Quartieren ist es unklug, einen Mann nach seinen Motiven beim Spiel zu befragen, es sei denn, Ihr seid darauf vorbereitet, Euch zu verteidigen. Hat Eure Tante Euch das nicht beigebracht?«

Greer lachte nur. »Meine Tante hat mich ganz allgemein vor Gentlemen gewarnt. Bei Karten wie bei Debütantinnen könne man ihnen nicht trauen.«

Seine Augen glitzerten, als er knurrte: »Das hängt definitiv von der Debütantin ab.«

Auf einmal war es sehr warm im Zimmer. »Und vom Gentleman«, fügte sie leise hinzu.

Unter seinem Blick wurde ihr noch heißer. Er betrachtete sie offen. »Es klingt so, als wären Eure Tante und Euer Onkel glücklich gewesen.«

»Glücklich?« Sie schüttelte den Kopf. »Sie passten ganz gut zusammen, aber als glücklich würde ich sie nicht bezeichnen. Zu *wahrem* Glück in einer Ehe gehört noch viel mehr.«

Ihre Antwort schien ihn zu überraschen. »Und was?«

»Liebe«, sagte sie ohne zu zögern. »Verlangen und Leidenschaft. Respekt.« Sie musterte den Prinzen neugierig. Er war doch schon einmal verheiratet gewesen. »Wie denkt Ihr darüber?«

»Ich?« Ihre Frage schien ihn zu überraschen. »Ich ... ich weiß nicht.«

»Ihr wart doch verheiratet, Mylord – *irgendeine* Meinung müsst ihr doch haben.«

Sein Gesichtsausdruck veränderte sich sofort. Das Glitzern verschwand aus seinen Augen, und an seine Stelle trat eine gewisse Härte. »Das ist schon lange her, Miss Fairchild. Meine Frau ist sehr jung gestorben.«

Etwas in seinem Tonfall hielt Greer davon ab, weitere Fragen zu stellen. »Das tut mir leid«, sagte sie.

»Und Eure Tante und Euer Onkel?«, erinnerte er sie kühl.

»Nun ... ich bin sicher, dass meine Tante meinen Onkel Bingley, ihren ersten Ehemann, geliebt hat«, sagte sie. »In Bingley Hall führten wir ein fröhliches Leben, und Lord und Lady Bingley waren sehr glücklich.«

Der Prinz schwieg. Er hatte sich wieder hinter seine undurchdringliche Miene zurückgezogen.

»Aber dann starb Lord Bingley«, fuhr sie fort. »Und Tante Cassandra heiratete Lord Downey, und Ava, Phoebe und ich …«

Ach, du lieber Himmel, was war das denn? Sie brauchte nur die Namen zu erwähnen, und schon standen ihr die Tränen in den Augen! »Sie fehlen mir!«, brach es aus ihr hervor. »Wir sind seit unserer Kindheit unzertrennlich, und sie fehlen mir so *schrecklich.«* Ach, du liebe Güte, noch mehr Tränen, und jetzt wurde sie auch noch rot! »Ach, du liebe Güte, oh, bitte verzeiht mir!«, stammelte sie. »Für gewöhnlich bin ich nicht so rührselig.«

Er griff in seine Brusttasche und zog ein Taschentuch hervor, das er ihr reichte.

»Danke«, sagte sie dankbar. »Ich habe meins anscheinend verloren.« Sie putzte sich die Nase und betupfte ihre Augen. »Ich muss mich entschuldigen, weil ich auf einmal so schrecklich sentimental geworden bin, aber ich vermisse meine Cousinen wirklich sehr. Mir fehlen ihr Rat und ihre Gesellschaft …und Avas herrschsüchtige Art und Phoebes Modekreationen.« Erneut liefen ihr die Tränen über die Wangen. »O Gott!«, sagte sie und wischte sie weg.

Der Prinz schwieg. Wahrscheinlich hielt er sie für lächerlich, oder, schlimmer noch, für schwach. Und obwohl es sie eigentlich gar nicht interessierte, was er von ihr dachte, wollte sie doch nicht, dass er sie für *schwach* hielt. Unbehaglich blickte sie zu Boden. »Ihr findet all diese Tränen wahrscheinlich sehr anstrengend.«

»Nein«, erwiderte er leise, und sie hob zögernd den Kopf. »Nein, ganz im Gegenteil. Ich finde, Ihr seid das … *delikateste* Geschöpf, das ich je gesehen habe.«

Die Bemerkung brachte sie aus dem Gleichgewicht, und eine Vielzahl von Emotionen überschwemmte sie. Der Prinz bewegte sich nicht, und seine Miene blieb undurchdringlich – mit Ausnahme seiner Augen. Auf einmal stieg sexuelles Verlangen in Greer auf, und sie zuckte zusammen, so intensiv war es.

Er blickte sie auf einmal an, als habe er sie noch nie zuvor wirklich gesehen. »Und auch eine gute Schauspielerin«, fügte er hinzu. »Seid Ihr Bühnendarstellerin, Miss Fairchild?«

Sie gab einen wütenden Laut von sich. »Ihr seid der ungezogenste, unzivilisierteste Mann, dem zu begegnen ich je das Missvergnügen hatte. Hier!« Sie hielt ihm sein Taschentuch hin.

Er griff danach, aber statt es an sich zu nehmen, umschloss er ihre Finger mit seiner Hand und hielt sie fest.

Er sprang auf und zog sie mit sich. Sie standen so dicht voreinander, dass Greer den Kopf in den Nacken legen musste, um sein Gesicht zu sehen.

»*Lasst mich los!*«, zischte sie.

Er machte keine Anstalten.

»Ihr seid der schlimmste aller Schurken!«

»Wie viele kennt Ihr denn?«, fragte er. Seine tiefe Stimme liebkoste sie.

Greer atmete schneller. Angst und Sehnen stritten sich in ihr, und sie konnte sich nicht bewegen. »Wie könnt Ihr es wagen, so mit mir zu sprechen?«

»Was stört Euch daran? Findet Ihr die Frage beleidigend … oder nur zu persönlich?«

Keuchend versuchte sie, ihm ihre Hand zu entreißen, aber er hielt sie fest. Sein Blick senkte sich auf ihre Lippen, und er hob die freie Hand und berührte sie vorsichtig mit zwei Fingern.

Es war eine ganz einfache Geste, aber sie war ungeheuer sinnlich, und auf einmal begehrte Greer ihn wie noch niemanden zuvor. Wie hypnotisiert blickte sie ihn an, sog seine Fingerspitze in den Mund und liebkoste sie mit ihrer Zunge.

»Anscheinend zu persönlich«, knurrte er.

Sie biss ihn in den Finger.

Der Prinz lachte nur. Ganz leicht streifte er mit dem Mund ihre Schläfe. Eigentlich berührte er sie nicht direkt, aber er stand so dicht vor ihr, dass ihr heiß wurde. »Ihr wisst offensichtlich, dass man einen Mann am besten betört, indem man ihn provoziert«, murmelte er. Er schlang ihr den Arm um die Taille und zog sie an sich. Sein Körper war hart wie Stein.

»Fasst mich nicht an«, sagte sie.

»Das tue ich bereits«, erwiderte er. »Aber Ihr könnt mich aufhalten, Miss Fairchild, wenn ihr wollt. Nur ein Wort – *nein* –, und ich nehme meine Hände von Eurem Körper.«

Das Wort lag ihr schon auf der Zunge, aber sie war wie hypnotisiert von seinem glühenden Blick, von seinem Körper, den sie an ihrem fühlte, von der seidigen Liebkosung seiner Hände.

Sie brachte keinen Ton heraus.

»Ein einziges Wort«, sagte er, dicht an ihrem Mund. »Genau das Wort, das Ihr zu Percy nicht gesagt habt.«

Sie keuchte empört auf, als er sie noch fester an sich zog. »Eifersüchtig?«, zischte sie.

Er grinste plötzlich. »Ja, *ganz schrecklich*«, sagte er, dann senkte er seine Lippen auf ihren Mund, den sie bereitwillig für seine Zunge öffnete.

Alle Kraft verließ Greer. Etwas so Unwiderstehliches wie den leidenschaftlichen Kuss dieses Mannes hatte sie noch nie erlebt.

Sein Kuss war fordernd und zärtlich zugleich. Er hätte sie zermalmen können, berührte sie jedoch mit Vorsicht.

Aber er berührte sie. Seine Hand glitt über die Rundung ihrer Hüfte, über ihre Taille hinauf zu ihrer Brust. Er liebkoste die Haut ihres Busens, schob seine Finger in das Mieder und umfasste eine Brust mit der Hand. Ihre Haut prickelte vor Empfindungen, die sie noch nie verspürt hatte.

Seine Liebkosungen wurden drängender, sein Kuss tiefer, und Greer spürte förmlich, wie er mit sich kämpfte.

Eine Welle des Verlangens überflutete sie. Er hatte sie gegen die Rückenlehne eines Stuhles gedrängt und vergrub sein Gesicht an ihrem Hals, während er eins ihrer Beine hochhob und um seine Taille legte.

Greer ließ ihn gewähren und stützte sich an dem Stuhl ab, damit sie nicht zu Boden fiel, wenn ihr die Knie weich wurden – was bestimmt jeden Moment der Fall war.

Mit der anderen Hand raffte der Prinz ihre Röcke und drückte den härtesten Teil seines Körpers gegen ihren empfindlichsten Körperteil. Sein Kuss wurde immer leidenschaftlicher, während er sich an ihr rieb.

Greer empfand so ungeheure Lust, dass sie glaubte zerbersten zu müssen. Als jedoch seine Hand unter ihre Röcke glitt, und er seine Finger in ihre heiße, nasse Spalte schob, wurde ihr auf einmal klar, was sie da tat. Sie geriet in Panik. Alarmiert löste sie sich von ihm und rang schluchzend nach Luft.

Sie stieß ihn weg. »Oh, mein Gott«, keuchte sie.

Doch der Prinz ließ sie nicht so einfach gehen. Erneut nahm er sie in die Arme, legte ihr die Hand unter das Kinn und küsste sie leidenschaftlich. Als Greer den Kopf abwandte, fragte er rau: »Warum so scheu? Ihr habt doch meine Aufmerksamkeit genossen.«

Wieder drückte Greer ihn weg, aber er hörte nicht auf – dieses Mal schwächte er ihre Entschlusskraft mit einem sehr zärtlichen Kuss.

»*Nein*«, stöhnte sie und wand sich aus seinen Armen. »Ich kann nicht, nicht mit Euch.«

Er hielt inne. »Findet Ihr mich so widerwärtig?«, fragte er leise und umfasste ihre Brust. »Euer Körper sagt etwas anderes, Miss Fairchild. Eure Haut wird heiß unter meinen Berührungen, und ich spüre, wie Eure Brust schwillt … meine Berührungen erregen Euch.«

»Sie erregen nur meine Wut«, erwiderte sie leise.

Er ließ die Hand auf der Brust liegen und lächelte wissend. »Es gibt kaum etwas Befriedigenderes als die Wut einer Frau im Bett eines Mannes.«

Ihr schlug das Herz bis zum Hals, und jetzt stieß sie ihn wirklich fest weg. »Ihr seid *obszön*.«

»Und ein obszöner Mann im Bett einer Frau ist ebenso befriedigend.«

Sie wagte sich nicht vorzustellen, was er damit meinte. Keuchend rang sie nach Luft. Als er ihr wie beiläufig eine Haarsträhne hinter das Ohr schob, schlug sie seine Hand weg. »*Hört auf!*«, sagte sie rau.

»Aufhören?«, fragte er und streichelte mit dem Daumen ihre Unterlippe. »Aber es ist doch nicht mehr, als was Ihr Percy auch gegeben habt.«

Die Bemerkung verletzte sie – ob wegen seiner Kühnheit, oder weil er so nahe an der Wahrheit war, das wusste sie nicht genau.

Herr im Himmel, was war nur in den letzten Monaten mit ihr geschehen? Sie wusste ja kaum noch, wer sie war. In London hatte sie ihren Platz und ihre persönlichen Grenzen gekannt. Aber hier – sie konnte sich nicht daran erinnern, jemals in ihrem Leben so von ihren Emotionen überwältigt worden zu sein wie in den letzten zwei Wochen.

Sie hielt immer noch sein Taschentuch in der Hand. Jetzt warf sie es zerknüllt auf den Stuhl. Kühl sagte sie zu ihm: »Habt Ihr mich jetzt genug gedemütigt?«

Er ließ die Hände sinken und zuckte mit den Schultern. »Ich hatte nicht die Absicht, Euch zu demütigen.«

»*Lügner!*«, sagte sie mit bebender Stimme.

Er schüttelte den Kopf und wandte sich ab, damit sie sein Gesicht nicht sehen konnte. »Ich bin vieles, Miss Fairchild, aber ein Lügner bin ich nicht.«

»Ich weiß nicht, was Ihr seid«, erwiderte sie ärgerlich. Sie drehte sich um und ging aus dem Zimmer, wobei sie verzweifelt hoffte, er würde sie mit einem Wort oder einer Entschuldigung aufhalten; genauso verzweifelt hoffte sie allerdings, dass er es nicht tat, denn ihrer Reaktion war nicht zu trauen.

Langsam ging sie den Korridor entlang. Sie ballte die Fäuste, und die Tränen traten ihr in die Augen, als er sie nicht zurückhielt.

15

»Ich bin schon seit vierzig Jahren auf Llanmair, und ich gehe manchmal immer noch in die falsche Richtung. Hier entlang, bitte, Miss«, sagte Mrs Bowen, die Greer durch das Labyrinth der Korridore im Schloss zum Wintergarten geleitete.

Als sie am Studierzimmer des Prinzen vorbeikamen, sah Greer, dass die Tür offen stand und im Kamin kein Feuer brannte.

Eine Welle der Erleichterung überflutete sie. Sie hätte es jetzt nicht ertragen können, ihm entgegenzutreten. Der Kuss von gestern Abend wirkte noch viel zu heftig nach.

Sie gingen durch einen weiteren Korridor, und Mrs Bowen erklärte ihr, was sich hinter den Türen verbarg: das Wäschezimmer, das Geschirrzimmer und Lagerräume für getrocknete Lebensmittel und Vorräte.

Sie stiegen eine schmale Treppe hinauf, und Mrs Bowen schnaufte vor Anstrengung, als sie Greer erzählte, dass über diese Treppe einst die Engländer in Llanmair eingedrungen waren.

Greer hatte darüber in dem Buch gelesen, das sie sich vom Prinzen geliehen hatte. Im Jahr 1283 hatte Edward I. Llanmair eingenommen, als er den Aufstand in Wales niederschlagen wollte.

An den Wänden sah man immer noch die Spuren der Waffengefechte.

Oben an der Treppe legte Mrs Bowen die Hand auf ihren großen Busen. Sie holte tief Luft und zeigte nach rechts. »Hier entlang, Miss, auf der anderen Seite der Porträt-Galerie.«

»Danke … Mrs Bowen, habt Ihr noch einen Moment Zeit, um mir zu sagen, wer auf den Porträts dargestellt ist?« Mrs Bowen warf einen Blick auf die Uhr, die sie an ihrem Kleid befestigt hatte. »Ich werde Euch auch nicht lange aufhalten«, versicherte Greer ihr. Sie legte Mrs Bowen die Hand auf den Ellbogen und dirigierte sie in Richtung der Galerie. Vor dem Bild mit dem Mann in dem lächerlichen griechischen Gewand blieben sie stehen.

»Ah ja«, sagte Mrs Bowen und nickte. »Das ist der Großvater von Seiner Lordschaft. Er lebt schon seit über dreißig Jahren nicht mehr, aber ich habe gehört, dass er ein großer Liebhaber der griechischen Antike war.«

Und von sich selbst, dachte Greer.

»Er hat die Orangerie im griechischen Stil erbaut. Vielleicht habt Ihr sie ja schon gesehen.«

»Nein, leider noch nicht, aber ich werde sie mir anschauen. Er sieht dem Prinzen ähnlich, nicht wahr?«

»Oh, ja, das stimmt«, bestätigte Mrs Bowen und lächelte stolz. – »Und wer ist das?«, fragte Greer und zeigte auf Kinderporträts, die anscheinend aus dem sechzehnten Jahrhundert stammten.

Mrs Bowen betrachtete sie. »Das kann ich Euch leider nicht sagen.«

»Oh«, sagte Greer beiläufig und wies auf das kleine Mädchen in dem modernen Kleid neben dem Gemälde des weißen Hauses. »Wer ist das?«

Mrs Bowens Reaktion verblüffte Greer. Die Haushälterin presste die Lippen zusammen und blickte sich verstohlen im Flur um, als fürchtete sie, es könnte sie jemand hören. »Ich weiß nicht«, sagte sie dann.

»Das Porträt scheint erst kürzlich gemalt worden zu sein.«

Mrs Bowens Wangen färbten sich rot. »Vielleicht. Verzeiht, aber ich muss jetzt wieder an die Arbeit.«

»Ja, natürlich«, erwiderte Greer verwundert. Hastig fügte sie hinzu: »Nur noch eine Frage, Mrs Bowen, bitte. Kennt Ihr dieses Haus?« Sie zeigte auf das Gemälde des weißen Herrenhauses.

Widerstrebend wandte Mrs Bowen den Blick zum Bild. Ihr Gesichtsausdruck wurde weicher. »Das ist Kendrick, Miss. Es liegt keine sechs Meilen von hier. Aber es ist geschlossen.«

»Wisst ihr, ob dort jemals jemand mit Namen Vaughan residiert hat?«

»Vaughan?« Mrs Bowen dachte einen Moment lang nach und schüttelte dann den Kopf. »Nein, Miss. Die Besitzer hießen Bronwyn.«

Greer starrte sie an. Sie hatte nicht erwartet, dass Mrs Bowen den Mädchennamen ihrer Mutter nennen würde. »*Bronwyn?*«, wiederholte sie.

»Es ist schon viele Jahre her, aber sie hießen Bronwyn, jawohl. Ich war dort Kammerzofe, bevor Mr Bronwyn starb. Danach lebte sein Vetter eine Zeit lang dort, aber als auch er verstarb, stand es leer, glaube ich.«

Bronwyn! Das war doch nicht möglich – Greer war sich fast sicher, dass ihre Mutter aus Bredwardine stammte. »Seid Ihr sicher, Mrs Bowen?«, fragte sie. »Ich dachte immer, die Bronwyns kämen aus Bredwardine.«

»Bredwardine.« Mrs Bowen runzelte nachdenklich die Stirn. »Das glaube ich nicht. Und seht her, Miss, das sind sie, die Bronwyns«, sagte sie und zeigte auf das Bild, auf dem das Picknick dargestellt war. »Mr und Mrs Bronwyn«, erklärte sie und wies auf ein Paar, das auf einer Decke saß. »Und das ist Alis, ihre älteste Tochter, und ihre Schwester Fiona. Die arme Fiona starb am gleichen Fieber, das auch Mr Bronwyn dahinraffte.«

Greer keuchte leise auf und betrachtete das Mädchen, auf das Mrs Bowen gezeigt hatte. Es sah den Maler direkt an. Dieses Kind war ihre Mutter. *Ihre Mutter!* Jetzt konnte sie auch die Ähnlichkeit mit dem kleinen Handporträt ihrer Mutter erkennen. Und als Greer genauer hinschaute, fiel ihr noch etwas anderes auf – ihre Mutter trug das Amulett, das Greer jetzt um den Hals hatte. Ihre Hand fuhr an ihren Hals. »Oh, Gott!«

»Was ist los, Miss?«, fragte Mrs Bowen erschreckt.

»Das ist meine Mutter«, sagte Greer aufgeregt. »Sie ist es!«

»Eure Mutter?«, fragte Mrs Bowen skeptisch. – »Ja, sie ist es«, erwiderte Greer. »Ihr Mädchenname war Bronwyn, und nachdem sie geheiratet hatte, hieß sie Alis Vaughan. Seht nur, Mrs Bowen, sie hat die gleiche Kette wie ich.«

Mrs Bowen sah genauer hin. »Ja, das ist wahr! Aber das ist ein häufiges Symbol in Wales. Viele Mädchen und Frauen tragen es.«

»Sie ist es!«, beharrte Greer und berührte die Figur auf dem Gemälde. »Hat … habt Ihr sie gekannt?«, fragte sie mit klopfendem Herzen.

»Oh nein, nur vom Sehen. Sie war ja noch ein Kleinkind. Und dann sind ihr Vater und ihre Schwester an dem verfluchten Fieber gestorben.«

Mrs Bowen schüttelte den Kopf. »Mindestens ein Dutzend Dienstboten sind auch daran gestorben.«

»Und was passierte danach?«

»Mrs Bronwyn hat einen Engländer geheiratet und ist weggezogen. Wie ich schon erwähnte, hat Mr Bronwyns Vetter das Haus dann übernommen und etwa zehn Jahre darin gelebt. Aber danach stand Kendrick jahrelang leer, bis Mr Percy …« Ihre Miene verfinsterte sich wieder; unbehaglich blickte sie sich um und räusperte sich.

»Aber ich bin mir ganz sicher, dass ich schon einmal dort gewesen bin«, sagte Greer aufgeregt. »Ich kann mich an die Tür erinnern, und wie es drinnen aussieht …«

»Vielleicht als ganz kleines Kind?«, schlug Mrs Bowen vor. »Nur das wäre möglich, denn nach dem Tod von Mr Bronwyns Vetter stand es leer, abgesehen von der äußerst kurzen Zeitspanne, in der Mr Percy dort war, und das war einige Jahre später. Aber es ist geschlossen, seit …« Sie brach ab.

Greer hatte den Eindruck, dass sie eigentlich noch mehr sagen wollte. »Seit was?«, fragte sie.

Mrs Bowen blickte erneut auf ihre Uhr. »Seit es wieder leer stand.« Es sah so aus, als wollte sie tatsächlich gerne mehr sagen, hätte aber Angst, es auszusprechen. »Es tut mir leid, Miss

Fairchild, aber ich bin mir ziemlich sicher, dass es hier keine Bronwyns mehr gibt.«

»Kann man denn Kendrick besichtigen?«, fragte Greer rasch, als sich die Haushälterin zum Gehen wandte.

»*Was?*«, rief Mrs Bowen und riss die Augen auf. »Oh *nein,* Miss! Ihr wollt bestimmt nicht dorthin. Es ist doch nur noch eine leere Hülle.«

»Führt ein Weg dorthin? Kann man dahin laufen?«

»Nein!«, rief Mrs Bowen aus. »Schlagt Euch solche Gedanken aus dem Kopf, Miss! Die Wege sind zugewuchert, und der Ort ist so gut wie verlassen. Seine Lordschaft hat allen verboten, dorthin zu gehen. Es ist baufällig.«

Mrs Bowen wirkte wirklich erschreckt, und Greer ging durch den Kopf, dass sie vielleicht dem Prinzen von dem Gespräch erzählen würde. Also schwieg sie, denn ihr war es lieber, wenn er nichts von ihrem Vorhaben, dorthin zu gehen, erfuhr. Und sie hatte die Absicht, dorthin zu gehen – wenn es jemals aufhörte zu regnen.

Erneut wandte sie sich dem Bild ihrer Mutter zu, ihrem lächelnden Gesicht und ihren Augen, *Greers Augen.* »Ach, du liebe Güte, Mrs Bowen, ich habe nicht vor, *zu Fuß* dorthin zu laufen.« Sie lachte. »Ich war nur neugierig.«

»Nun«, erwiderte Mrs Bowen, »es ist auch nicht der passende Ort für eine junge Dame.«

»Ach nein?«, fragte Greer. »Was macht ihn denn so ungeeignet? Ist dort etwas passiert?«

Mrs Bowen schwieg, aber Greer blickte sie fragend an. Die Haushälterin schüttelte den Kopf. »Manche Dinge bleiben besser unausgesprochen, Miss Fairchild. Aber merkt Euch meine Worte.«

Sie trat näher und flüsterte: »Die Geister sind jeden Tag unter uns. Manche sind gut und manche sind böse. Und Ihr wollt doch sicher nicht die Bösen wecken.« Sie wandte sich ab. »Entschuldigt mich jetzt bitte … ich muss jetzt wirklich an die Arbeit.«

Überrascht von der Warnung nickte Greer. »Ich bitte um Verzeihung, dass ich Euch so lange aufgehalten habe.«

»Danke«, erwiderte Mrs Bowen und eilte davon.

Greer blieb noch einen Moment stehen und betrachtete ihre Mutter. Tante Cassandra hatte Kendrick nie erwähnt – aber es lagen auch zehn Jahre zwischen Greers Mutter und ihrer Halbschwester Cassandra, dem ersten Kind, das Alis Bronwyns Mutter mit dem neuen Mann bekommen hatte. Vielleicht hatte Tante Cassandra überhaupt nichts von Kendrick gewusst. Aber warum redete Mrs Bowen von bösen Geistern und davon, dass das Herrenhaus seit irgendeinem Vorfall geschlossen war? Greer glaubte nicht an böse Geister, aber sie war sich sicher, dass etwas dort geschehen sein musste.

Nachdenklich ging sie in den Wintergarten. Zu ihrer Überraschung war der Raum völlig renoviert worden. Eine erstaunliche Veränderung hatte stattgefunden – er war warm und einladend. Zwei Polstersessel und ein Sofa in gelb und grün gestreiftem Chintz standen um den Kamin, in dem ein Feuer prasselte.

Hinter dem Sofa stand ein wunderschöner Schreibtisch. Greer seufzte vor Entzücken, als sie mit den Fingern über die auf Hochglanz polierte Platte fuhr. Von dem Schreibtischstuhl mit der hohen Lehne konnte sie in den Garten schauen. Es hatte aufgehört zu regnen, und es war zwar noch ziemlich grau, aber das üppige Grün war durch die Fenster schon gut zu erkennen. Sie würde heute noch einen Spaziergang durch den Garten machen. Nach diesem trüben, nassen Wetter brauchte sie unbedingt frische Luft.

Aber zuerst … Auf dem Schreibtisch befanden sich ein Stapel erstklassiges Pergament, drei Tintenfässer aus Porzellan und Silber und einige Schreibfedern. Auch ein Löschblock und Wachs zum Versiegeln lagen bereit.

Ein Lächeln umspielte Greers Lippen, als sie den kleinen Messingwagen mit verschiedenen Karaffen bemerkte. »Es ist großartig!«, sagte sie laut. »Perfekt!«

Ob *er* das wohl getan hatte? Hatte er das Personal angewiesen, den Raum so einladend zu machen?

Nein, das war bestimmt Mrs Bowen gewesen. Nach gestern Abend würde der Prinz wahrscheinlich noch nicht einmal mehr mit ihr sprechen, geschweige denn dafür sorgen, dass sie sich hier so wohlfühlte. Sie würde sich bei Mrs Bowen für ihre Bemühungen bedanken, aber zuerst einmal wollte sie ihren Cousinen schreiben. Sie war jetzt schon länger als eine Woche auf Llanmair; es würde mindestens noch eine Woche dauern, bevor ihr erster Brief London erreichte, und das war noch optimistisch geschätzt.

Und es konnte ja auch sein, dass der Post etwas zustieß, und ihr Brief überhaupt nie in London ankam.

Im Stillen gelobte sie sich, ihren Cousinen jeden Tag zu schreiben, bis jemand sie holen kam. Sie ergriff Papier und Feder, tauchte die Feder in das Tintenfass und begann zu schreiben.

16

Einige Tage vergingen, bis der Regen so weit nachgelassen hatte, dass die Wege wieder trocken waren. Bei der ersten Gelegenheit ritt Rhodrick nach Rhayader.

Später am Nachmittag, auf dem Heimweg, trieb er sein Pferd aufs Äußerste an, um die absurd zärtlichen Gedanken zu vertreiben, die er in der letzten Zeit für Greer Fairchild hegte. Er träumte viel von ihr. Auch er selbst kam in seinen Träumen vor – nur hatte er keine Narbe, und Miss Fairchild begehrte ihn.

Keiner von ihnen hatte die intime Begegnung nach dem Schachspiel je wieder erwähnt, aber sie hatte ihn noch tagelang danach gemieden. Schließlich nahm sie jedoch die Mahlzeiten wieder mit ihm zusammen ein – auf seine Anordnung hin –, und er lauschte ihren Berichten über Spaziergänge im Park oder über die Saison in London.

Er erfuhr, dass eine Debütantin mindestens vier Seidenkleider brauchte, und er hörte alles über ihre Arbeit in der Ladys' Beneficent Society, die Miss Fairchild entgegen ihren Erwartungen lohnend gefunden hatte.

Wenn sie es leid war, über London zu sprechen, amüsierte sie sich, indem sie ihm vorwarf, er gäbe Cain und Abel nicht genug zu fressen, oder dass manche Stellen im Garten dringend bearbeitet werden müssten.

Rhodrick sagte nur selten etwas, und es bestand auch kein Anlass dazu. Miss Fairchild ließ keine Gesprächslücken entstehen, und so konnte er ihr hübsches Gesicht und ihre eleganten, ausdrucksstarken Hände bewundern, während sie munter plauderte.

Aber sobald das Essen vorüber war, verschwand Miss Fairchild, und er war wieder allein.

Rhodrick trieb sein Pferd zu einem schnellen Galopp an, ließ es über Zäune und Gräben springen und versuchte verzweifelt, das Verlangen, das sie in ihm geweckt hatte, zu vertreiben oder wenigstens zu unterdrücken.

Aber wenn er es schon nicht alleine bekämpfen konnte, so musste er sich mit Menschen umgeben. Deshalb lud er die Awbreys und ihre Gäste, Lord und Lady Pool, die aus Aberystwyth zu Besuch waren, zum Abendessen ein.

Ein Pferdeknecht kam im Schlosshof angerannt. Erschreckt blickte er auf das Pferd. Als Rhodrick abstieg, betrachtete der Junge mit aufgerissenen Augen seine schlammbespritzten Stiefel.

»Gib ihm die doppelte Portion Hafer, wenn du ihn trocken gerieben hast«, befahl Rhodrick auf Walisisch. Dann ging er hinein.

Er reichte Umhang und Mantel dem Butler und sagte: »Wir werden zum Abendessen sechs Personen sein. Bitte sagt Miss Fairchild, dass wir heute Abend Gäste haben.« Er pfiff nach seinen Hunden und verschwand in seinen Gemächern.

Mit Hilfe eines heißen Bades hatte der Schmerz in seinem Bein gegen Abend nachgelassen, und Rhodrick hatte sich ein wenig erholt. Als Ifan meldete, die Gäste seien eingetroffen, freute er sich auf einen unterhaltsamen Abend.

»Großartig«, sagte er und zupfte an seinen Manschetten. »Ihr habt unseren Hausgast auch gebeten, sich zu uns gesellen, nicht wahr?«

»Das habe ich, Mylord, aber bedauerlicherweise hat sie abgelehnt«, erwiderte Ifan und reichte Rhodrick die Krawatte, die er tragen wollte.

»*Abgelehnt?*«, echote Rhodrick und band sich die Krawatte um. Er war überraschend enttäuscht. Sie hatte doch ständig ihr Missfallen über den Mangel an Gesellschaft auf Llanmair geäußert, und eigentlich hätte er gedacht, dass sie bei der Aussicht auf andere Gäste außer sich vor Freude gewesen wäre. »Hat sie gesagt, warum?«

»Nein, Mylord.« – »Hat sie überhaupt etwas gesagt?« Rhodrick blickte Ifan fragend an.

Ifan wand sich ein wenig.

»Nun?«, drängte Rhodrick.

»Sie sagte, sie würde sich unter keinen Umständen zu Euch gesellen.« Unglücklich blickte er Rhodrick an. »Sie sagte es in sehr bestimmtem Tonfall, Mylord.«

»Ach ja?«, murmelte Rhodrick und schlang die Krawatte zu einem kunstvollen Knoten. »Vermutlich ist es Miss Fairchild nicht klar, dass sie nicht die Freiheit besitzt, *abzulehnen?*« Er schlug seinen Kragen hoch und betrachtete sich im Spiegel.

»Ich glaube nicht, Mylord«, erwiderte Ifan vorsichtig und verbeugte sich.

»Danke«, murmelte Rhodrick und ging aus dem Zimmer. Mit jedem Schritt wuchs seine Gereiztheit.

War es denn nicht genug, dass er ihre Anwesenheit in seinem Haus ertragen musste? War es nicht genug, dass er dieses Essen *ausdrücklich* arrangiert hatte, damit er ihr nahe sein konnte, ohne sie zu berühren? Da konnte sie ihm doch wenigstens den Gefallen tun und teilnehmen!

Er ging durch die Korridore, vorbei an Zimmermädchen, die sich an die Wände drückten, als er vorbeikam, vorbei an Lakaien, die sich bei seinem Anblick tief verbeugten, über eine Treppe und durch einen weiteren Korridor, bis er vor einer Zimmerflucht stand, die er seit dreizehn Jahren, seit in einer warmen Sommernacht erst seine Frau und dann sein Kind gestorben waren, nicht mehr betreten hatte.

Er klopfte an die Tür und öffnete sie dann einfach, was Miss Fairchild erschreckte. Mit einem überraschten Aufschrei sprang sie von ihrem Sessel vor dem Kamin auf.

In einer Hand hielt sie ein Buch. Die andere hatte sie auf ihr Herz gedrückt.

Sie war für den Abend gekleidet, stellte er fest. Ihre dichten schwarzen Haare hatte sie mit Perlen aufgesteckt; ihr Kleid – die Farbe konnte er nicht erkennen – war perfekt geschnitten.

Es umschloss eng ihre Figur und schien im Schein des Kaminfeuers zu schimmern. Er dachte an die Intimität jenes Abends im roten Salon und an alle Körperteile, die er jetzt gerne küssen wollte. Ihren Nacken. Ihre Kniekehle. Die glatte Haut auf ihrem Bauch. Ihr …

»Verzeihung, Sir!«, rief Miss Fairchild atemlos aus.

Er trat auf sie zu und fragte: »Gibt es einen Grund, warum Ihr abgelehnt habt, heute Abend mit mir zu essen?«

»Muss ich einen Grund angeben?«

»Miss Fairchild, wenn Ihr nicht gerade auf dem Totenbett liegt oder sonst wie beeinträchtigt seid, dann werdet Ihr mit mir und meinen Gästen zu Abend essen.«

Sie klappte das Buch zu, das sie in der Hand hielt. »Mir war nicht klar, dass mein Erscheinen beim Essen unumgänglich erforderlich ist.«

»Was habt Ihr denn dagegen einzuwenden, meine Gäste kennenzulernen?«

»Was ich dagegen einzuwenden habe? Ich habe das Gefühl, das ist Eure Vorstellung von einer walisischen Inquisition.«

»Ihr scheint ständig zu vergessen, dass Ihr angeblich aus Wales stammt. Wird Eure Verkleidung langsam ein wenig fadenscheinig?«

»Oh!«, rief sie wütend aus und warf das Buch auf den Sessel. »Genauso dünn wie Eure Verkleidung als freundlicher, gesetzestreuer Landedelmann.«

»Aus Eurem Mund klingt das beinahe wie ein Kompliment. Und jetzt kommt, Miss Fairchild. Die Gäste warten bereits.«

Sie verschränkte ihre Arme vor der Brust und funkelte ihn zornig an. »Ich komme nicht mit. Ich habe keine Lust, mich von Euren Freunden lächerlich machen und demütigen zu lassen.«

Plötzlich begriff er, warum sie so wütend war. Natürlich! Ihr Ruf – was noch davon übrig war – stand auf dem Spiel. Den Dienstboten auf Llanmair gegenüber war es egal, aber in der Gesellschaft spielte es eine Rolle.

»Ihr habt nichts zu befürchten«, erwiderte er mit sanfter Stimme. »Meine Gäste haben Euren Namen noch nie gehört. Es gibt keine Erwartungen oder Eindrücke, die Ihr nicht selbst bestimmen könnt.« Er streckte die Hand aus. »Kommt.«

Sie betrachtete seine Hand misstrauisch. »Nun gut«, sagte sie nach einer Weile zögernd. »Ich werde mich zu Euren *Gästen* gesellen. Vielleicht merken sie ja, dass Ihr den Verstand verloren habt, und retten mich vor Euch«, fügte sie hinzu. Dann drehte sie sich um und marschierte in ihr Ankleidezimmer.

Rhodrick verschränkte die Hände auf dem Rücken und wartete ungeduldig. Eine Minute verging, dann eine weitere. Was machte sie bloß da drin? »Vielleicht habe ich mich nicht klar ausgedrückt«, rief er. »Das Essen findet *heute* Abend statt.«

»Ha! Ihr drückt Euch nie unklar aus, Mylord«, gab sie zurück. Kurz darauf erschien sie, frisches Rouge auf Lippen und Wangen. Kurz blieb sie vor dem Spiegel stehen und spielte mit einer Locke im Nacken, bevor sie mit finsterem Blick an ihm vorbeirauschte.

Im Korridor ergriff Rhodrick sie am Ellbogen und zwang sie zu einem langsameren Schritt. »Es schickt sich nicht für junge Damen aus London zu rennen.«

»Was bewegt Euch tatsächlich, Mylord?«, fragte sie spitz. »Fürchtet Ihr, ich bin zuerst bei Euren Freunden angelangt und sie glauben mir mehr als Euch?«

»Ich fürchte eher, dass Ihr unabsichtlich jemanden verletzt, wenn Ihr so schnell vor mir her lauft.«

Sie warf den Kopf zurück. »Und wer sind Eure Gäste, wenn ich fragen darf?«

»Alte Freunde.«

»*Mmm*«, sagte sie und sah starr geradeaus. »Wie interessant. Ich war der festen Überzeugung, Ihr hättet keine Freunde. Aber ich habe zweifellos vergessen, wie wirkungsvoll ein abschließbares Turmzimmer sein kann, um jemanden zur Freundschaft zu überreden.«

Rhodrick lachte leise. »Man sollte eigentlich meinen, dass

Ihr heute Abend die Gelegenheit nutzt, um jemanden, der weniger misstrauisch ist als ich, mit Eurer traurigen Geschichte als Waise auszunehmen.«

Greer schnaubte. »Das ist keine *Geschichte,* Sir, das ist die Wahrheit, und endlich wird mir jemand wirklich zuhören.«

»Ich kann Euch voraussagen, dass meine Freunde Euch ganz reizend finden werden. Die Anwesenheit von Mr Percy hätte das Bild sicher getrübt.«

»*Oh!*«, rief sie aus und riss sich los. Mittlerweile waren sie auf dem Hauptflur vor dem Großen Salon angelangt. »Seid so freundlich und erlaubt mir, zumindest frei zu *erscheinen.*«

»Das werde ich Euch nicht nur erlauben, sondern ich werde auch deutlich machen, dass Ihr nicht auf Llanmair gefangen seid. Und sollte es Euch heute Abend durch Euren Charme gelingen, Euch eine Mitfahrgelegenheit nach London zu sichern, dann bitte ich Euch dringend, sie wahrzunehmen«, erwiderte er. Sie blieben vor den Flügeltüren zum Großen Salon stehen.

Ihre tiefblauen Augen funkelten vor Zorn. »Seid versichert, dass ich das tun werde.«

»*Hervorragend*«, zischte er. Dann öffnete er die Tür und trat einen Schritt zurück. »Nach Euch, Miss Fairchild.«

Sie wandte den Blick zum Salon und lächelte so strahlend, wie Rhodrick es noch nie erlebt hatte. Mit der Anmut einer Königin trat sie über die Schwelle, und sofort erstrahlte der gesamte Raum.

Er folgte ihr, wobei er feststellte, dass seine Freunde nicht nur überrascht aussahen, sondern absolut verblüfft wirkten.

Vielleicht hätte er Greer Fairchild vorher schon einmal erwähnen sollen. Er hatte sie nicht verschweigen wollen, aber er hatte einfach nicht gewusst, wie er ihre Anwesenheit erklären sollte.

Margaret fand als erste die Sprache wieder. Sie trat auf ihn zu und versank in einem tiefen Knicks, bevor sie sich aufrichtete und ihm einen Kuss auf die Wange drückte. »Rhodi«, sagte sie und musterte ihn prüfend. »Wie geht es dir heute Abend?«

»Es ist mir noch nie besser gegangen«, sagte er und legte Miss Fairchild die Hand auf den Arm. »Ich möchte dir gerne Miss Greer Fairchild vorstellen.«

Zu Greer sagte er: »Meine guten Freunde, Mr und Mrs Awbrey. Und Lord und Lady Pool.«

Margaret lächelte warm. »Es ist mir eine Freude, Eure Bekanntschaft machen zu dürfen«, sagte sie aufrichtig. »Ihr müsst mir meine Überraschung vergeben, aber Rhodi hat nichts von einem Hausgast erwähnt.« Sie warf dem Prinzen einen vorwurfsvollen Blick zu.

Rhodrick lächelte, aber Miss Fairchild lachte laut. »Oh, das überrascht mich nicht«, erwiderte sie fröhlich. »Es hat sich erst vor Kurzem entschieden, dass ich sein Gast bin. Ich hatte Probleme mit einer Kutsche, die meinen Aufenthalt hier erforderlich machten.«

»Ach ja?«, fragte Margaret.

»Ja. Der Teil, der die Räder miteinander verbindet, ist in der Mitte durchgebrochen«, erklärte sie und machte eine kreisförmige Bewegung mit der Hand. Fragend blickte sie Rhodrick an. »Wie heißt er noch mal?«

»Achse.«

»Ja, die *Achse*«, wiederholte sie. »Es dauert wesentlich länger, sie zu reparieren, als ich angenommen hatte. Natürlich bestand ich darauf, Quartier in Rhayader zu beziehen, aber Seine Lordschaft ist zu großzügig.« Sie schenkte Rhodrick ein strahlendes Lächeln. »Er hat darauf bestanden, dass ich sein Gast wider Willen bin.«

»*Ach*«, sagte Margaret und warf Rhodrick einen neugierigen Blick zu.

»Und woher kommt Ihr?«, fragte Lady Pool. Sie war schon älter, und man konnte sie nicht so leicht täuschen.

»Ich komme aus London.«

»*London!*«, rief Lady Pool aus. «Das ist aber ein weiter Weg, vor allem um diese Jahreszeit. Was bringt Euch denn hierher nach Llanmair?«

»Ach, ich möchte Euch nicht mit all den schrecklichen Details belästigen«, sagte Miss Fairchild charmant. »Es ist recht kompliziert.«

Lady Pool war jedoch nicht so leicht abzuschrecken. Sie hakte Miss Fairchild unter und nickte Margaret zu. »Ihr belästigt uns nicht. Setzt Euch zu uns, meine Liebe, und erzählt uns, was Euch nach Llanmair verschlagen hat.«

»Nun, Sir«, sagte Thomas, als sich die Damen auf ein Sofa niederließen, wobei sie Greer in die Mitte nahmen, »du steckst voller Überraschungen.«

Rhodrick grinste gequält, während er zusah, wie Miss Fairchild lächelnd den Champagner entgegennahm, den Ifan anbot.

»Ja, in der Tat«, stimmte Lord Pool zu. »Die meisten Männer würden sich rühmen, wenn sich ein solcher Schatz unter ihrem Dach befände.«

Rhodrick zuckte mit den Schultern und ergriff ebenfalls ein Glas Champagner von Ifans Tablett.

Thomas wechselte einen Blick mit Lord Pool und sagte vorsichtig: »Sie ist … äußerst reizvoll. Ein unverheirateter Mann könnte durchaus in Versuchung geraten.«

»Ein verheirateter auch«, murmelte Lord Pool.

Rhodrick spürte, wie ihm die Röte ins Gesicht stieg, aber er verbarg es, indem er einen Schluck Champagner trank. Als er das Glas sinken ließ, blickten ihn seine Freunde amüsiert und neugierig an.

»Und?«, fragte Thomas und schubste ihn leicht.

Gequält lächelnd sagte Rhodrick: »Eine so attraktive Frau wie Miss Fairchild möchte natürlich auch von einem gut aussehenden Mann umworben werden. Sie gerät bei jemandem wie mir nicht in Versuchung, und außerdem ist sie bald wieder weg.«

Lord Pool lachte, aber Thomas musterte ihn prüfend. Eine Zeit lang gelang es Rhodrick, das Gespräch auf harmlosere Themen zu bringen, aber als sie sich in das Speisezimmer begeben wollten, richteten sich vier Augenpaare erwartungsvoll auf Miss Fairchild.

Sie lächelte charmant und legte Rhodrick die Hand auf den Arm, als hätten sie es schon tausend Mal gemacht. Er lächelte über das zornige Funkeln in ihren Augen und legte seine Hand über ihre. »Mir ist aufgefallen, dass Ihr die Damen mit vergnüglichen Geschichten von London unterhalten habt«, bemerkte er, als er sie ins Speisezimmer führte.

»Und mir ist aufgefallen, dass Ihr zwei vollständige Sätze gesprochen habt«, flüsterte sie.

»Die gebrochene Achse habt Ihr Euch gut ausgedacht, das muss ich zugeben«, sagte er.

Miss Fairchild lächelte. »Das fand ich auch.«

»Ihr scheint geübt im Erfinden von Geschichten zu sein«, fuhr er fort, während Ifan die Flügeltüren zum formellen Speisezimmer öffnete.

»Ich bin geübt darin, höflich zu sein. Ich konnte ja nicht gut Euren Gästen erzählen, dass Ihr mich hier gefangen haltet. Sie wären schockiert geflohen, und dabei hat sich die Köchin solche Mühe gegeben, ein hervorragendes Mahl zu bereiten.«

Rhodrick musste lächeln, und sein Lächeln wurde noch breiter, als Greer beim Anblick des Raums entzückt keuchte. Rhodrick war immer schon beeindruckt gewesen von Ifans Fähigkeiten, den Tisch zu decken, und diese Tafel sah aus wie aus Schloss Windsor. Vier goldene Kandelaber standen mitten auf dem Tisch, und jedes Gedeck bestand aus goldgerändertem Porzellan, feinem Kristall und Silberbesteck. An jedem Platz stand eine kleine Kristallvase mit einer frisch geschnittenen walisischen Treibhausrose. Vier Lakaien, zwei auf jeder Seite des Tisches, warteten auf ihren Einsatz.

Rhodrick geleitete eine bemerkenswert stumme Miss Fairchild zu ihrem Platz und wartete, bis sich alle Gäste hingesetzt hatten. Dann nahm er seinen Platz am Kopfende des Tisches ein. Als er saß, begannen die Lakaien Wein auszuschenken, wobei sich Ifan persönlich um Rhodricks Glas kümmerte.

Beim ersten Gang drehte sich das Gespräch um die üblichen Themen: das Wetter, die letzten Neuigkeiten aus der Gemeinde, das Bestreben des Parlaments, eine neue Landwirtschaftssteuer zu erheben, was Lord Pool ganz besonders erboste.

Rhodrick beteiligte sich kaum an der Unterhaltung, weil er seinen Blick nicht von Miss Fairchild wenden konnte. So reizend und lebhaft, wie sie jetzt aussah, konnte man sie sich kaum in Owen Percys Armen vorstellen. Dieser Anblick überschattete seine Gedanken ständig – wegen ihrer Verbindung mit diesem Bastard konnte er sein Misstrauen ihr gegenüber nicht ablegen.

»Rhodi, du bist so still«, sagte Margaret und holte ihn wieder in die Realität zurück.

»Was?« Er zuckte zusammen.

»Lord Pool hat gerade eine Bemerkung darüber gemacht, dass das Parlament am liebsten noch eine Steuer auf Lady Pools Nerven erheben würde«, erklärte sie.

»Ah.« Lächelnd hob er sein Weinglas und prostete Lady Pool zu.

»Ich glaube, wenn es um die Nerven einer Dame geht, hat Seine Lordschaft keinen Humor«, warf Miss Fairchild ein. »*Das* kann ich bezeugen.«

Die Damen quittierten diese Bemerkung mit Gelächter, und die Herren lächelten nachsichtig.

»Rhodi, du solltest danach streben, mehr Humor zu haben.« Thomas lachte.

»Miss Fairchild vergleicht meinen Humor mit dem der jungen Dandys in London.« Er lächelte. »Und da bin ich ganz klar im Nachteil.«

»Vielleicht«, sagte sie und erwiderte sein Lächeln. »Aber Ihr habt in der Tat nicht oft gelächelt, Mylord, seitdem ich hier bin.«

»Doch, da bin ich mir aber sicher.«

»Ich kann mich nicht daran erinnern.«

»Ach nein? Ich habe Mittwochabend gelächelt.«

Alle lachten, einschließlich Greer, deren Augen den ganzen Tisch zum Strahlen brachten, wie Rhodrick feststellte.

»Wann seid Ihr eigentlich angekommen, Miss Fairchild?«, fragte Lady Pool. »Es kommt mir alles recht geheimnisvoll vor.«

»Nein, es ist überhaupt kein Geheimnis«, erwiderte Greer leichthin. »Ich bin vor etwa vierzehn Tagen hier angekommen.«

»Na, so etwas!«, rief Lord Pool aus. »Das ist aber eine lange Zeit, um sie in Gesellschaft eines nicht lächelnden Mannes zu verbringen.« Er warf Miss Fairchild einen Blick zu. »Eure Kutsche ist beschädigt worden, sagtet Ihr?«

»Ach.« Greer wedelte nachlässig mit dem Handgelenk. »Ein Stein oder ein Stock oder so. Ich muss gestehen, ich habe nicht alles verstanden, was der Kutscher mir erklärt hat.«

»Seid Ihr alleine gereist, Miss Fairchild?«, fragte Lady Pool.

»Nein, Madam. Ich habe London in Begleitung von Mrs Smithington verlassen.«

»Und wo versteckt Ihr Mrs Smithington, Mylord?«, fragte Lady Pool Rhodrick.

Er warf Greer einen Blick zu. Ihre Wangen färbten sich leicht, und sie sagte: »Ah … nun.« Sie räusperte sich. »Leider ist Mrs Smithington … *verstorben.*«

Alle Köpfe fuhren zu Miss Fairchild herum. Rhodrick fand es sehr unterhaltsam.

»Sie ist *verstorben?*«, echote Margaret ungläubig.

»Äh …« Hochrot im Gesicht blickte Miss Fairchild auf den Teller vor sich. »Es war äußerst tragisch«, sagte sie stirnrunzelnd. »Wir wollten meinen Onkel besuchen, und die Ärmste war völlig gesund, bis wir nach Bredwardine kamen …«

»Bredwardine?«, unterbrach sie Lady Pool. »Aber das ist doch fast schon in Wales. Wie ist der Name Eures Onkels, Miss Fairchild? Vielleicht kenne ich ihn.«

»Vaughan.«

»Vaughan!«, echote Lady Pool und trommelte einen Moment mit den Fingern auf dem Tischtuch. Dann wandte sie sich an ihren Mann. »Kennen wir einen Vaughan, Lord Pool?«

»Wir kennen massenhaft Vaughans«, brummte Lord Pool. »Vaughans gibt es selbst im kleinsten Nest …«

»Wenn er Euer Onkel ist«, wandte sich Lady Pool wieder an Greer, noch bevor ihr Gatte den Satz zu Ende gesprochen hatte, »stammt Ihr dann aus Wales?«

»Meine Eltern kamen aus Wales. Aber ich bin in England aufgewachsen.«

»Und warum hat Euer Onkel Euch nicht hierher begleitet?«, fragte Lady Pool skeptisch.

Miss Fairchild rutschte unruhig auf dem Stuhl hin und her. »Die Antwort auf diese Frage muss ich leider mit einer weiteren unglückseligen Geschichte verknüpfen.«

Sie schwieg; Rhodrick kam es so vor, als beugten sich alle seine Gäste gespannt vor.

»M-mein Onkel war, äh … nun es stellte sich heraus, dass auch mein Onkel … gestorben war.«

»Ein bemerkenswerter Zufall und eine Tragödie«, warf Rhodrick ein. Er genoss es, wie sie sich wand. »Zumal Miss Fairchild und ihr Onkel sich so nahestanden.«

Miss Fairchild warf ihm einen mörderischen Blick zu.

»Oh«, sagte Margaret und musterte Miss Fairchild.

»Ja.« Miss Fairchild nickte, als könnte sie es kaum ertragen, davon zu sprechen. »Ich war sehr traurig über den Verlust, und als sie von seinem Dahinscheiden erfuhr, verstarb auch Mrs Smithington. Als sie hörte, was geschehen war, legte sie sich hin und stand bedauerlicherweise nicht wieder auf.«

»Wie … *tragisch*«, sagte Margaret verwirrt.

»Ja, ja, das ist alles sehr traurig … aber, Miss Fairchild«, warf Lady Pool ein. »Wollt Ihr damit andeuten, dass Ihr den ganzen Weg von Bredwardine nach Llanmair *alleine* zurückgelegt habt?«

Miss Fairchild räusperte sich nervös und drehte ihr Weinglas zwischen den Fingern. »Nein … eigentlich nicht«, sagte sie. »Mr Owen Percy hat mich begleitet.«

Margaret keuchte. Thomas warf Rhodrick einen erstaunten

Blick zu. Lord Pool fiel die Gabel aus der Hand, und Lady Pool musterte Greer aus zusammengekniffenen Augen.

»Was ist?«, fragte Miss Fairchild unschuldig.

Rhodrick lehnte sich amüsiert zurück. Er war gespannt, wie sie sich dieses Mal aus der Affäre ziehen würde.

»Nun«, sagte Lady Pool. »Es geht mich ja sicherlich nichts an, Miss Fairchild, aber *das* ist unter Umständen schlimmer, als wenn Ihr alleine hierher gekommen wärt. Vielleicht ist so etwas in London üblich, aber …«

»Aber das geht uns nichts an, Lady Pool«, unterbrach Lord Pool.

Lady Pool presste die Lippen so fest zusammen, dass sie nicht mehr zu sehen waren. »Köstlich«, kommentierte Lord Pool das Essen.

»Aber … aber ich dachte, Mr Percy habe Llanmair verlassen«, sagte Margaret, mehr zu Rhodrick als zu Miss Fairchild.

»Das hat er auch«, erwiderte Rhodrick.

»Dann …«

»Wegen der defekten Kutsche konnte Miss Fairchild bisher noch nicht nach Hause zurückkehren«, fuhr er fort. »Bitte«, fügte er hinzu und ergriff seine Gabel, »ich wünsche Euch einen guten Appetit.«

Pflichtbewusst wandten seine Gäste ihre Aufmerksamkeit wieder dem Essen zu. Rhodrick warf Miss Fairchild einen Blick zu. Wenn ihre Augen echtes Feuer gesprüht hätten, wäre in diesem Moment der ganze Raum in Flammen aufgegangen.

17

Im Salon, in den sich die Damen zurückzogen, damit die Männer die amerikanischen Stumpen genießen konnten, die Lord Pool mitgebracht hatte, lächelte und plauderte Margaret, als sei nichts vorgefallen, aber es fiel ihr schwer, Haltung zu bewahren. Sie war sich äußerst unsicher, was Miss Fairchild anging.

Dabei hatte sie sich so für Rhodi gefreut, als sie die Bekanntschaft der jungen Dame gemacht hatte … bis die junge Frau dann Owen Percy erwähnt hatte.

Glücklicherweise stellte Lady Pool die brennende Frage für sie. »Wie kam es denn, Miss Fairchild, dass Ihr mit Mr Percy hierher gekommen seid? Wart Ihr schon früher mit ihm bekannt?«

»Oh«, erwiderte Miss Fairchild und betastete das Amulett, das sie um den Hals trug. »Wir sind Cousins.«

Lady Pool schien sich mit dieser Antwort zufriedenzugeben, aber Margaret war es nicht. Sie wusste, dass es nicht stimmte. »Cousins?«, fragte sie skeptisch.

»Zweiten Grades«, fügte Miss Fairchild hastig hinzu und zog irritiert die Augenbraue hoch.

»Bemerkenswert«, sagte Margaret und zwang sich zu einem Lächeln. »Mr Percy und *ich* sind nämlich Cousins zweiten Grades, und ich bin mir sicher, dass er nie eine weitere Cousine erwähnt hat. Und Rhodi und ich sind seit unserer Kindheit miteinander befreundet, und *er* hat ganz gewiss nie erwähnt …«

»Vielleicht auch dritten Grades«, sagte Miss Fairchild und räusperte sich nervös. »Ihr … Ihr scheint überrascht, dass wir uns kennen, aber Mr Percy ist lange schon aus Wales …«

»Nicht lange genug«, warf Lady Pool ein.

Erschreckt blickte Miss Fairchild sie an. »Er hat sich in England sicher als vollkommener Gentleman erwiesen, Miss Fairchild«, sagte Margaret höflich. »Er ist ein sehr guter Schauspieler. Aber hier ist er nicht willkommen.«

»Margaret«, sagte Lady Pool, »du sprichst von ihrem Cousin.«

»Ach«, erwiderte Margaret fröhlich und blickte Miss Fairchild an. »Wenn Miss Fairchild Mr Percy kennt, kann sie eigentlich nicht überrascht sein.«

Miss Fairchild errötete. »Wie lange kennt Ihr den Prinzen schon?«, erkundigte sie sich, um das Thema zu wechseln.

»Mein ganzes Leben lang«, sagte Margaret. »Unsere Väter haben zusammen in der Royal Navy gedient. Wir haben uns schon als Kleinkinder gekannt.«

»Dann habt Ihr sicher auch seine verstorbene Frau gekannt.«

»Natürlich«, erwiderte Margaret. »Sehr gut sogar.«

»Du warst ihm immer eine so gute Freundin, Margaret«, sagte Lady Pool. »Du warst so lieb zu ihm, als Eira gestorben ist.«

Margaret lächelte gequält. »Ich habe nur getan, was jeder Freund getan hätte.«

Lady Pool wandte sich an Greer und fuhr fort: »Die Frau des Prinzen starb im Kindbett, müsst Ihr wissen.« Seufzend schüttelte sie den Kopf. »Er hat sie angebetet. Ich glaube, es brach ihm das Herz.«

Margaret fügte hinzu: »Ich denke, aus diesem Grund hat er auch nie wieder geheiratet. Er hat andere Frauen einfach nie angeschaut.«

»Wie lange waren sie denn verheiratet?«, fragte Miss Fairchild.

»Drei Jahre – mehr nicht«, erwiderte Margaret traurig.

»Und er hat nie wieder eine Heirat in Betracht gezogen?«

»Oh nein«, erwiderte Margaret. Sie dachte an die Zeit, als Rhodrick sich in seiner Trauer völlig zurückgezogen hatte.

»Was ist denn mit Lady Freemont?«, fragte Lady Pool. »Sie ist verwitwet und lebt in diesem großen alten Haus in Llandrindod Wells.«

»Das würde für ihn nie infrage kommen«, antwortete Margaret. »Ich habe weiß Gott alles versucht, und seine Schwester Nell auch.«

»Oh, sie ist wirklich reizend und so hübsch«, warf Lady Pool bewundernd ein.

»Und sie hat genau wie ich alles versucht, um eine Frau für ihren Bruder zu finden, aber er will nicht.«

»Entschuldigt, Miss Fairchild«, sagte Lady Pool. »Wir haben gerade von Eurer *außergewöhnlichen* Reise von London nach Llanmair in Begleitung von Mr Percy geredet.«

»Ja?«, erwiderte Greer kläglich. »Ich glaube, dazu gab es nichts mehr zu sagen.«

»Wie lange wollt Ihr auf Llanmair bleiben?«, fragte Lady Pool.

Lächelnd faltete Miss Fairchild die Hände im Schoß. »Eigentlich … ich wollte nur so lange auf Llanmair bleiben, bis ich Gelegenheit hatte, Kendrick zu besuchen.«

Margaret wäre beinahe aufgesprungen. »*Kendrick!*«, rief sie aus.

»Ja.« Miss Fairchild nickte. »Es liegt hier ganz in der Nähe, und es ist ein prächtiges Anwesen. Ich würde es mir gerne anschauen.«

»Ach, du lieber Himmel«, sagte Margaret. »Nein, Kendrick war früher einmal prächtig, aber jetzt ist nur noch ein kläglicher Rest davon übrig. Es gibt überhaupt nichts zu sehen.«

»Seid Ihr sicher?«, fragte Greer. »Ich habe es von der Straße aus gesehen und …«

»Ich bin mir *völlig* sicher«, beharrte Margaret. »Es gibt dort nichts zu sehen.« Sie warf einen besorgten Blick auf die Tür. Wenn Rhodi hörte, dass sie von Kendrick sprachen … »Glaubt mir bitte. Auf Kendrick ist noch nie etwas Gutes passiert. Am besten lässt man das Haus leer stehen.«

Miss Fairchild wollte gerade widersprechen, als die Tür aufging und die Männer hereinkamen. Margaret fiel auf, dass Rhodrick sofort zu Miss Fairchild schaute, kaum dass er den Raum betreten hatte. Zwar unterhielt er sich mit Lord Pool, aber seine Augen gingen sofort zu Miss Fairchild.

Und er *lächelte*.

Bald darauf sagte Rhodrick: »Miss Fairchild, macht Ihr uns die Freude, uns etwas auf dem Pianoforte vorzuspielen?«

Miss Fairchild wurde blass. »Oh, Mylord, ich spiele sehr schlecht.«

»Verzeihung, aber da muss ich widersprechen. Ich habe Euch spielen gehört, und Ihr spielt sehr schön. Ihr müsst für uns spielen, bitte. Ich habe das Pianoforte in den Salon schaffen lassen, weil ich hoffte, Ihr spielt uns etwas vor.«

»Oh ja, bitte, Miss Fairchild«, sagte Lady Pool.

Die junge Frau erhob sich zögernd, trat ans Pianoforte und setzte sich.

Als sie zu spielen begann, blickte Margaret zu Rhodi. Er saß ganz still da und beobachtete Miss Fairchild aufmerksam. Er hatte recht, dachte Margaret, sie spielte sehr schön. Und er war hingerissen von ihr, das sah sie ihm deutlich an.

Greer jedoch spielte mechanisch, in Gedanken war sie meilenweit weg, in Kendrick. Sie dachte an nichts anderes, als dorthin zu kommen. Sie wollte unbedingt den Ort sehen, wo ihre Mutter geboren worden war, und sie fühlte sich wie an einem unsichtbaren Band dorthin gezogen. Je eindringlicher es ihr verboten wurde, desto stärker spürte sie, dass sie dorthin *musste*.

Morgen also, wenn es nicht regnete. Wenn nötig, würde sie sogar zu Fuß gehen, zumal die Straßen ja jetzt trocken waren. Aber das konnte sie ja noch sehen.

Schließlich verabschiedeten sich die Awbreys und die Pools und brachen auf. Greer begleitete sie in die Halle und wünschte ihnen eine gute Nacht, als sie ihre Umhänge umlegten. Als sie sich jedoch ebenfalls in ihre Räume begeben wollte, hielt der Prinz sie am Ellbogen zurück und murmelte: »Noch nicht.«

Seufzend folgte sie ihm in den Hof und winkte lächelnd der Kutsche nach. Erst als sie davongerumpelt war und die riesigen Tore wieder geschlossen wurden, ließ der Prinz ihren Arm los.

Sie gingen wieder hinein, und hinter ihnen verriegelten zwei Lakaien die mächtige Eingangstür. Greer blieb stehen – es war so dunkel in der Halle, dass sie den Weg zu ihren Gemächern ohne Kerze nie finden würde. Der Prinz hatte offensichtlich den gleichen Gedanken, denn er zündete drei Kerzen auf einem Kandelaber an, der auf einer Eingangskonsole stand, und reichte ihn Greer.

»Danke«, sagte sie. Als sie ihn entgegennahm, berührten sich ihre Finger, und ihr Körper reagierte sofort. Unwillkürlich blickte sie in seine dunklen Augen und auf die Narbe, die sich über seine Wange zog.

Er wandte sich leicht ab, sodass die Narbe im Schatten lag.

»Seid Ihr eigentlich zufrieden?«, fragte sie, um nicht daran denken zu müssen, wie er sie in den Armen gehalten und geküsst hatte. »Mein Ruf ist völlig ruiniert – daran gibt es nichts zu deuteln.« Ihr stieg jetzt noch die Schamesröte in die Wangen, wenn sie daran dachte, wie Mrs Awbrey und Lady Pool sie angesehen hatten, als sie verzweifelt versucht hatte, ein Verwandtschaftsverhältnis zu Percy zu konstruieren. Ava hatte recht – sie war eine schlechte Lügnerin.

»Ich wage mir kaum vorzustellen, was Eure Freunde von mir denken müssen – die Umstände meiner Reise haben ja selbst in meinen eigenen Ohren absurd geklungen«, sagte Greer bitter. »Ihr habt mich in ganz Wales lächerlich gemacht.«

»Das war nicht meine Absicht«, erwiderte er leise.

Nicht seine Absicht? »Warum habt Ihr mich dann gezwungen, am Essen teilzunehmen?«, rief sie. »Was habt Ihr Euch denn vorgestellt? Habt Ihr geglaubt, niemand würde sich fragen, wie eine unverheiratete Frau in Euer Haus kommt? Ich kenne Eure Meinung über mich, Sir, aber ich kann nicht verstehen, *warum* Ihr darauf bestanden habt …«

»Weil ich den Verstand verloren habe«, fuhr er sie an. »Weil ich nicht mehr weiß, ob Ihr mich anlügt, ob Ihr mich täuscht, ob Ihr mir viertausend Pfund aus der Tasche ziehen wollt oder ob Ihr einfach nur die naivste Frau seid, der ich jemals begegnet bin und die mein Mitleid verdient. *Deshalb.*«

Sie lachte verächtlich. »Ich will weder Euer Mitleid noch Eure viertausend Pfund. Wenn ich das, was mir rechtmäßig zusteht, nur bekomme, indem mein Ruf ruiniert wird, könnt Ihr das Geld behalten. Es spielt ja kaum eine Rolle, ob eine Frau sich ernähren kann oder ein Dach über dem Kopf hat – was zählt, ist doch nur ihre *Tugend.*« Ärgerlich wandte sie sich zum Gehen.

Aber der Prinz packte sie am Arm und zwang sie, stehen zu bleiben. »Ich habe Eure Tugend nicht ruiniert, Miss Fairchild«, sagte er kalt. »Das habt Ihr ganz alleine getan, in dem Augenblick, in dem Ihr Euch mit Owen Percy in eine Kutsche gesetzt habt.«

»Ja«, erwiderte sie und drängte die Tränen zurück, die ihr in die Augen traten. »Das war genau der Augenblick. Wenn ich nur eine Kristallkugel besessen hätte, um es zu erkennen.«

Er ließ die Hand sinken.

Greer wäre am liebsten vor ihm geflohen, aber gleichzeitig hielt sie etwas hier. Wütend sagte sie: »Es ist leicht für Euch, mich zu verurteilen. Ihr habt noch nie in einem solchen Sumpf gesteckt, ohne zu wissen, wie Ihr wieder herauskommen sollt. In Eurem Leben war alles perfekt, nicht wahr?«

»Was wollt Ihr damit sagen?«

»Eure Ehe, Mylord! Eine wunderbare Ehe mit einer ach so schönen Frau! In dieser Hinsicht habt Ihr keinen Fehler begangen.«

Der Gesichtsausdruck des Prinzen verfinsterte sich, offensichtlich hatte sie einen Nerv getroffen.

»Ja, Miss Fairchild, ich hatte eine Frau. Ich dachte, diese Tatsache wäre Euch hinlänglich bekannt.«

Er war wütend und seltsam unruhig. Normalerweise hätte Greer jetzt aufgehört und sich bei ihm entschuldigt, weil sie so in ihn drang. Aber hier schien keine der alten Regeln mehr zu gelten, und sie sagte: »Ja, das ist auch so. Aber ich habe nicht gewusst, dass Ihr sie so *geliebt* habt.«

Er sah sie an, als hätte sie ihn geschlagen. Plötzlich trat er einen Schritt zurück. »Und was habt Ihr erwartet? Kennt man in London diese Möglichkeit nicht?«

»Doch«, erwiderte sie. Aber sie wusste nicht, was sie davon halten sollte – sie hatte noch nie einen Mann geliebt. Viel schlimmer war jedoch, dass es sie so störte, dass *er* schon einmal geliebt hatte. Sie begriff nicht, warum es ihr überhaupt etwas ausmachte, und doch war es so. »Ich fand es nur faszinierend. Das erwartet man nicht gerade über seinen Gefängniswärter zu hören.«

»Ihr seid nicht meine *Gefangene*«, sagte er hitzig.

»Ehrlich gesagt, habe ich Euch nicht für einen Mann gehalten, der jemanden liebt. Noch nicht einmal seine arme Ehefrau.«

Er wirbelte herum und packte sie am Arm. Mit rauer Stimme sagte er: »Ihr seid jung, Greer Fairchild, so jung, dass Ihr noch nicht verstehen könnt, was ich geliebt und verloren habe. Glaubt Ihr, ich sei frei vom Verlangen, das alle Sterblichen empfinden?« Er blickte auf ihren Scheitel. »Glaubt Ihr, ich würde mich nicht danach sehnen, mit einer Frau zusammen zu sein? Ich würde keine Erregung kennen? Keine Verführung? Die Leidenschaft, die ein Mann und eine Frau in den intimsten Momenten teilen?«

»Ich … ich …« Greer rang nach Worten. Sein Blick glitt über ihr Gesicht. »Was wollt Ihr denn wissen? Ob meine Frau es ertragen konnte, dass wir in unserem Bett die Ehe vollzogen haben? Ob ich meine Hand auf ihre nackten Brüste gelegt habe? Oder meinen Kopf zwischen ihre Schenkel? *Was noch?*«

Er war so zornig und kraftvoll, dass es Greer verwirrte, unerklärlicherweise aber zugleich auch *erregte*. Sie stieß ihn von sich weg und flüsterte: »Fehlt sie Euch?«

Sein Blick durchbohrte sie. Er beugte sich vor. »Warum diese

Neugier, Greer? Was ist mit *Euch?* Habt *Ihr* jemals wirklich geliebt? Habt Ihr schon einmal Leidenschaft und Verlangen verspürt?«

Sein fester Griff, sein Blick, der sie durchbohrte, und die Erwähnung von Leidenschaft und Verführung ließen sie rot werden. Ihr drehte sich der Kopf.

Der Kandelaber war ihr auf einmal zu schwer; anscheinend hatte Rhodrick es gemerkt, denn er nahm ihn ihr aus der Hand und stellte ihn auf die Konsole neben ihnen. Dann trat er dichter an sie heran und ergriff sie auch am anderen Arm. »Sagt mir, Greer«, flüsterte er erregt, »habt Ihr schon jemals geliebt?«

Sie schwieg. Ihr Blick fiel auf seinen Mund. Gott helfe ihr, sie wollte ihn noch einmal schmecken.

»War es denn nicht *Liebe,* was Ihr mit Mr Percy auf meinem Sofa erfahren habt?«

»Nein.« Bei keinem Mann, und schon gar nicht bei Percy, hatte sie so empfunden wie jetzt.

Der Prinz beugte sich so weit vor, dass sein Mund nur um Haaresbreite von ihrer Wange entfernt war. Sie spürte seinen Atem auf ihrer Haut, und sein brennender Blick versengte sie. »Das liegt daran, dass er es nicht versteht, eine Frau wie Euch zu verführen.«

Greer wollte protestieren, aber sie bekam keinen Ton heraus. Er beugte sich vor und küsste sie auf den Mund. Es war kein zärtlicher Kuss, und seine Zunge drang voller Verlangen und Leidenschaft in ihren Mund.

Sie wimmerte leise, als er ihren Körper an seinen presste. Er verschränkte seine Finger mit ihren, dann glitt seine Hand zu ihrer Taille, und er zog sie fest an sich.

Greer spürte, wie in ihren Lenden ein Feuer entfacht wurde, und sie empfand auf einmal Gefühle, die sie nicht kannte. Ihr war heiß in ihrem Samtkleid, und sie verspürte das Verlangen, sich ihr Mieder aufzureißen, um Luft zu bekommen. Sie tat nichts, um den Prinzen aufzuhalten, sondern drängte sich noch fester an ihn.

Er liebkoste die Haut an ihrem Dekolleté mit den Fingerknöcheln und ließ seine Finger in den Spalt gleiten, damit er eine Brust aus dem Ausschnitt befreien konnte.

Er nahm die Spitze ihrer Brust zwischen Daumen und Zeigefinger, rollte sie hin und her, und Greer warf keuchend den Kopf zurück. »Was ...«

Er ließ sie den Satz nicht zu Ende sprechen, sondern hob sie hoch und trug sie zu einem kleinen Alkoven. Dort setzte er sie ab, beugte sich über sie und umschloss ihren Nippel mit den Lippen. Greers Rücken wurde an die kalten Steine gepresst. In dem großen Spiegel, der in der Halle hing, konnte sie ihn sehen, seine großen Hände auf ihrem Körper, den Kopf über ihre Brust gebeugt. Der Anblick erregte sie, und lüsternes Verlangen stieg in ihr auf.

Greer atmete schneller. Sie schloss die Augen und merkte kaum, dass sie seinen Kopf mit beiden Händen näher zu sich heranzog. Seine Bartstoppeln, die rau über ihre zarte Haut glitten, erregten sie noch mehr.

Ihr Kopf sank an die Wand, und sie schloss die Augen, als ein unstillbares Verlangen in ihr aufstieg. Feuchte Hitze sammelte sich zwischen ihren Beinen, und Greer drückte sich immer fester an ihn. Sie hob ein Bein und stützte sich an der Wand ab, sodass ihr Knie an seiner Taille lag.

Rhodricks Hand glitt über ihren Knöchel, und er schob den Saum ihres Kleides hinauf. Wieder dachte sie, sie müsste eigentlich protestieren, ihm Einhalt gebieten, bevor es zu spät war, aber wieder brachte sie keinen Ton heraus. Seine Hand glitt über ihr Knie, und während sein Mund erneut ihren suchte, streichelten seine Finger über die Haut ihres Oberschenkels.

Er vergrub sein Gesicht an ihrem Hals, küsste sie auf Nacken und Ohr, und Greer erschauerte, als seine Finger immer höher glitten, bis er schließlich einen Finger in ihre heiße Spalte schob.

»*Oh*«, flüsterte sie und schloss die Augen. *Das dürfte eigent-*

lich nicht sein. Aber es geschah doch, und es war ein außergewöhnliches Gefühl. Sie drehte den Kopf zur Seite und konzentrierte sich ganz auf die sinnliche Lust, die sich plötzlich in ihr ausbreitete. Als er tiefer in ihre Falten eindrang, grub sie die Nägel in seine Schulter und stöhnte vor Ekstase. »*O Gott*«, hauchte sie.

Immer schneller bewegte sich der Finger. Er tauchte tief in ihre Nässe und berührte sie an Stellen, die Schauer der Lust bei ihr auslösten.

Ihre Tugend war jetzt nicht mehr zu retten. Sie stürzte kopfüber in ein Meer der Lust und konnte – und wollte – ihn nicht mehr aufhalten. Sie bog sich seiner Hand entgegen.

Seine Finger tanzten über ihre harte Knospe und drangen erneut in sie ein. Mit den Lippen liebkoste er ihre Wangen, ihren Mund, ihre Augen, und sie glitten so leicht über ihre Haut, dass sie erschauerte. Als er wieder ihre Brustwarze in den Mund nahm, klopfte Greer das Herz bis zum Hals. Es kam ihr vor, als stürzte sie unaufhaltsam einem Abgrund entgegen.

Er hob den Kopf und knabberte leicht an ihrem Ohrläppchen. »Lass es kommen«, flüsterte er rau.

Und dann schlugen auf einmal die Wellen der Lust über Greer zusammen. Keuchend öffnete sie die Augen, und im Spiegel in der Halle sah sie seinen dunklen Rücken, seinen Kopf an ihrer Wange, seine Hand zwischen ihren Beinen.

Das Bild erregte sie, und mit einem Schluchzen der Lust ließ sie ihren Kopf gegen die Wand sinken und schloss wieder die Augen. Alles Leben verließ ihren Körper, und einen Moment lang war sie schlaff wie eine Puppe.

Die Bewegungen seiner Finger wurden langsamer, der Druck ließ nach, und schließlich nahm er seine Hand weg und half ihr wieder auf die Füße. Sie fühlte sich schwach, und es dauerte einen Moment, bevor sie wieder stehen konnte. Ihr Atem ging stoßweise, und es war der Prinz, der ihre Röcke herunterzog und glatt strich.

Als der Nebel der Lust langsam nachließ, wurde Greer auf

einmal klar, was sie getan hatte. Tausend Fragen gingen ihr durch den Kopf, und sie machte sich verlegen daran, ihre Brust wieder ins Mieder zu stecken.

Sie schob eine Haarsträhne, die sich aus ihrer Aufsteckfrisur gelöst hatte, hinters Ohr. Rhodrick beobachtete sie, auch sein Atem ging ein wenig keuchend. Aber in seinen Augen sah sie etwas, das sie überraschte.

Sie hatte Triumph erwartet, Kälte und Härte, stattdessen war sein Blick warm und voller … Hoffnung?

Auf jeden Fall wirkte der Prinz auf einmal verletzlicher, als sie es je für möglich gehalten hätte.

Aus einem Impuls heraus hob Greer die Hand und fuhr mit dem Finger über die Narbe an seiner Wange. Er zuckte zusammen, als hätte sie ihn gestochen, und zog ihre Hand weg.

Greer sagte nichts. Immer noch ganz im Bann der Lust, die er ihr bereitet hatte, trat sie zur Konsole und ergriff den Leuchter, der ein unheimliches Licht verbreitete.

Sie fand keine Worte für die zahllosen Emotionen, die sie erfüllten. *Was hatte sie nur getan? Welcher Wahnsinn war über sie gekommen?* War es möglich, dass sie tatsächlich Achtung oder sogar Zuneigung für diesen Mann empfand?

»*Greer*«, flüsterte er.

Seine Stimme holte sie wieder in die Realität zurück. Schuldbewusst senkte sie den Blick. »Ich verstehe nicht, was eben geschehen ist«, sagte sie. »Ich weiß noch nicht einmal, was mit *mir* geschehen ist.«

»Ich auch nicht«, sagte er leise.

Greer blickte ihn an. »Ich bin entschlossen, Euch zu hassen … aber ich kann es nicht.«

Er legte ihr die Hand an die Wange und sagte: »Ihr seid wunderschön.«

Sein Tonfall war zärtlich, fast andächtig, und er verwirrte Greer. »Ich … ich kann nicht klar denken«, erwiderte sie. »Ich weiß nicht, was ich tue.« Und hastig eilte sie davon, um nicht in seinen grünen Augen zu ertrinken.

Sie spürte, dass er ihr nachschaute, als sie vor der Lust davonlief, die von all ihren Sinnen Besitz ergriffen hatte.

Ganz gleich, wie verletzlich er wirkte, wie männlich oder wie prinzlich, eines stand fest: Sie hatte gerade einem Mann, der sie hier festhielt, etwas erlaubt, das sie noch nie einem Mann erlaubt hatte.

Was war nur mit ihr los? Wann hatte ihr Verstand sie verlassen?

Wo waren bloß Ava und Phoebe, wenn sie sie am dringendsten brauchte?

18

In London legte Phoebe gerade ein Stück Seidenstoff um die Kleiderpuppe, die Ava ihr zum Geburtstag geschenkt hatte. Lucille Pennebacker, Lord Downeys unverheiratete Schwester, trat ins Zimmer und schwenkte einen gefalteten, versiegelten Brief. »Es sieht so aus, als wäre deine Cousine doch nicht tot«, verkündete sie.

»Von Greer?«, rief Phoebe glücklich aus. Sie hatten jetzt seit mehr als einem Monat nichts mehr von Greer gehört. »Sie schreibt *bestimmt,* dass sie nach Hause kommt«, sagte sie fröhlich. Sie nahm den Brief entgegen und erbrach das Siegel.

Aber ihr Lächeln wich rasch einem entsetzten Gesichtsausdruck. »Ach, du lieber Himmel!«, rief sie aus. In ihrer Hast, sofort an Ava zu schreiben, die sich gerade auf dem Land aufhielt, stach sie sich mit der Schere in den Finger, stolperte über den Seidenballen und riss die Kleiderpuppe um.

Das war genau der Grund, warum sie Ava gebeten hatte, nicht nach Broderick Abbey zu fahren, dachte Phoebe wütend, als sie nach Feder und Tinte suchte.

Wenn etwas passierte, konnte es *Wochen* dauern, bis sie wieder nach London kam. Aber hörte Ava jemals auf ihre klugen Ratschläge? Nein!

In Wales hatte Rhodrick kaum ein Auge zugemacht, aber als ihn schließlich in den Morgenstunden doch der Schlaf übermannte, träumte er davon, mit Greer zusammen zu sein.

Im Traum hatte er keine Narbe, und sie lächelte ihn liebevoll an. Aber irgendwie verwandelte sie sich auf einmal in Alis Bronwyn, die Frau, die ihn in seinen Träumen verfolgte – die Frau, für die er Greer in ihrer ersten Nacht auf Llanmair gehalten hatte. Jetzt träumte er, Greer wollte ihn nach Kendrick locken, aber er weigerte sich, da er wusste, wohin sie ihn führen würde.

Sie beharrte jedoch darauf, und im Traum erschreckte es ihn.

Als die Uhr sechs schlug, erwachte Rhodrick, schweißgebadet. Erschöpft setzte er sich auf und rieb sein Knie. Er hatte geglaubt, Alis Bronwyn wäre aus seinem Leben verschwunden – seit ein oder zwei Jahren hatte er nicht mehr von ihr geträumt. Aber plötzlich war sie wieder aufgetaucht und mit ihr auch seine alten Ängste, wahnsinnig zu werden.

Er zog sich an, und um halb sieben war er an den Stallungen. Der diensthabende Pferdeknecht schlief tief und fest, und so sattelte Rhodrick sein Pferd selbst und ritt aus, als die Sonne gerade aufging.

»Sprecht Ihr Englisch, Sir?«, fragte einige Stunden später Greer einen Stallburschen.

»Jawohl«, erwiderte der Mann, aber es klang nicht gerade überzeugend.

Greer nahm Zuflucht zu ihren Händen und untermalte ihre Bitte mit Gesten.

»Ich hätte gerne«, sagte sie und zeigte auf sich, »ein Pferd.« Sie tat so, als würde sie reiten. »Gesattelt«, fügte sie hinzu und deutete einen Sattel an.

Es funktionierte; der Stallbursche sagte etwas auf Walisisch und verschwand im Stall. Eine Viertelstunde später kam er wieder heraus. Am Zügel führte er eine hübsche Stute mit Damensattel.

»Oh!«, rief Greer glücklich aus und lächelte den Mann an. »Danke!«

Er nickte, warf der Stute die Zügel über den Hals und hielt die Hände zu einer Räuberleiter zusammen, damit Greer aufsteigen konnte. Sie ergriff den Sattelknauf und ließ sich hochstemmen. Kurz darauf trabte sie aus dem hinteren Tor.

Es war ein seltsames, aber zugleich befreiendes Gefühl, sich allein außerhalb der Schlossmauern zu bewegen, nachdem sie wegen des schlechten Wetters und der verschlammten Wege so lange eingesperrt gewesen war. Nun musste sie nur noch Kendrick finden. An dem Tag, als der Prinz sie vor dem umstürzenden Baum gerettet hatte, hatte sie es vom Hügel hinter dem Schloss gesehen.

Also, überlegte sie, wenn sie den Hügel hinaufreiten würde, müsste sie es eigentlich sehen.

Es dauerte eine ganze Stunde, ehe Greer auf ihrer Stute den Hügel erklommen hatte, weil Greer den Weg nicht fand und das Pferd sich mühsam durch das Unterholz kämpfen musste. Bussarde und Falken kreisten über ihnen.

Ohne Zweifel warteten sie auf ihren Tod, damit sie sich an Pferd und Reiterin gütlich tun konnten. Aber Greer musste die Raubvögel enttäuschen – schließlich gelang es ihr nämlich, den schmalen Pfad, der am Abhang entlang führte, zu finden.

Nur das Haus konnte sie nirgends entdecken. Es *musste* doch da sein, sie hatte es doch deutlich gesehen. Hatte sie sich etwa verirrt?

Es dauerte noch eine weitere Viertelstunde, bis Greer merkte, dass sie auch Llanmair nicht sehen konnte und sich wohl auf der falschen Seite des Hügels befand.

Seufzend beugte sie sich vor und klopfte der Stute auf den Hals. »Du hast wahrscheinlich schon Angst, deinen Hafersack nie mehr wiederzusehen, Molly« – sie hatte das Tier Molly getauft, damit sie es ansprechen konnte – »aber bei meiner Ehre, den Weg nach Hause kenne ich. Es dauert nur alles ein bisschen länger«, sagte sie und lenkte das Pferd in die richtige Richtung.

Auf der anderen Seite des Hügels sah sie bereits von Weitem Llanmair aufragen, groß, kühn und imposant. Links davon lag Kendrick, von Llanmair durch einen dichten Wald getrennt, und von der Stelle, an der Greer mit ihrer Stute stand, höchstens eine Meile entfernt. Lächelnd lenkte Greer Molly den Hügel hinab.

Wieder mussten sie sich durch Unterholz und an Felsen vorbei kämpfen, aber schließlich waren sie unten angekommen. Dort war sogar eine Straße – vielmehr die Überreste dessen, was einmal eine Straße gewesen war. Greer musste mit den Händen die überhängenden Äste wild wuchernder Bäume zurückschieben und verlor einmal sogar ihre Haube. Aber schließlich wurde der Weg breiter, und sie stieß auf die Steinmauer, die Kendrick umgab.

Die Mauer war größtenteils intakt – sie bröckelte nur an einer Stelle, aber das konnte man leicht reparieren.

Dieser Gedanke erstaunte Greer.

Bis zu diesem Moment hatte sie nur das Haus anschauen wollen, das sie jahrelang in ihren Träumen gesehen hatte, um zu verstehen, wo sie herkam.

Aber plötzlich kam ihr in den Sinn, dass sie mit viertausend Pfund Kendrick mieten und wieder herrichten lassen könnte. »Es *mieten?*«, sagte sie laut. »Wozu denn? Was meinst du, Molly, bin ich wirklich so dumm zu glauben, dass ich alleine auf Kendrick leben könnte, eine alte Jungfer von zweifelhaftem Ruf?«

Unwillkürlich musste sie lachen. Aber die Idee hatte sich in ihrem Kopf festgesetzt.

Als sie das Tor erreichte, stand sie einem neuen Problem gegenüber. Das Tor war verschlossen. »Wie ärgerlich«, murmelte sie und sprang vom Pferd. In ihrem Reitdress, die Gerte in der Hand, marschierte sie zum Tor und drückte dagegen, so fest sie konnte.

Das Tor bewegte sich nicht.

»Nein«, sagte Greer und drückte noch einmal. »Oh *nein!* Ich bin doch nicht den ganzen Weg hierher gekommen, um dann …«

Plötzlich gab das Tor nach und öffnete sich quietschend, wenn auch nur einen Spalt. Dahinter stand das Gras so hoch, dass es nicht weit genug aufging, als dass Molly hindurch gepasst hätte, aber für Greer reichte es.

Greer ergriff die Zügel des Pferdes und führte es zu einer kleinen Baumgruppe. Dort band sie die Stute so an einen Baum, dass sie in aller Ruhe grasen konnte.

Als das vollbracht war, drehte Greer sich um und blickte auf das offene Tor. Ihr Herz schlug schneller. Aber bei aller Vorfreude dachte sie auch an die Dinge, die sie darüber gehört hatte. *Dort ist noch nie etwas Gutes passiert …*

»Lächerlich«, murmelte sie. »Das Haus ist ja völlig verlassen.« Zumindest hoffte sie das.

Sie holte tief Luft, um ihre Nerven zu beruhigen, und schlüpfte dann mutig durch das Tor. Der Spalt war so eng, dass sie sich das Kleid zerriss, und das Unkraut auf der anderen Seite reichte ihr bis zur Taille.

Das Haus sah verfallen aus und hatte nur noch entfernt Ähnlichkeit mit dem Haus in ihren Träumen. Die Steinmauern, die früher einmal aus weißem Kalkstein bestanden hatten, waren nun grau. Zwei große Fenster waren zerbrochen, und die Haustür stand weit offen. Es fehlte nur ihre Mutter, die in ihren Träumen auf der Schwelle stand, aber im Haus verschwand, bevor Greer sie erreichen konnte.

All die Jahre über hatte sie das Haus für eine Ausgeburt ihrer Fantasie gehalten, aber es war schockierend real. Ein paar Minuten lang blieb sie stehen und versuchte zu begreifen, wie sie davon hatte träumen können. War sie schon einmal hier gewesen?

Vielleicht hatte Mrs Bowen recht – vielleicht hatte ihre Mutter sie als Kleinkind mit hierher genommen.

Ihre Füße setzten sich wie von selbst in Gang, und sie ging auf die offene Tür zu. Beim Gehen registrierte sie den Verfall – die bröckelnden Schornsteine, zerbrochenes Glas, angeschlagene Steine, Löcher im Dach. Und es entging ihr auch nicht, dass das Haus ihres Onkels in Bredwardine, ein anderes Haus, das etwas mit ihrer Mutter zu tun hatte, genau wie Kendrick leer stand. Fast war es, als ob ihr Erbe – oder was sie dafür gehalten hatte – außer in ihrer Einbildung nie existiert hätte.

Als sie oben auf der Eingangstreppe angekommen war, umklammerte sie ihre Reitgerte so fest, dass ihr die Hand wehtat. Ängstlich spähte sie in die Eingangshalle. Was mochte sie wohl erwarten? Sie sah jedoch nichts Ungewöhnliches. Nur ein paar Blätter bedeckten die Fliesen. Zögernd trat Greer ein.

Auf der Schwelle blieb sie stehen und blickte sich um. Dem Marmorfußboden und der abblätternden Seidentapete nach zu urteilen, war es früher einmal ein prächtiges Haus gewesen. Es war immer noch gut zu erkennen, dass die hohe Decke als blauer Himmel mit weißen Schäfchenwolken gemalt war, auch wenn die Farben mittlerweile verblasst waren. Ein riesiger Kristalllüster hing über ihrem Kopf, und die Kristalltropfen klimperten leise im Luftzug.

Er könnte sauber gemacht werden. Ja, wenn man den Leuchter reinigen würde, würde er wieder in seiner früheren Pracht erstrahlen. Genau wie Decken und Wände.

Mit klopfendem Herzen ging Greer weiter, in das erste Zimmer, das außer abblätternder Seidentapete und mottenzerfressenen Vorhängen ebenfalls nichts enthielt. Sie ging durch Zimmer mit hohen Marmorkaminen, mit Fenstern, aus denen man auf einen kleinen See sah, und Kandelabern, die im Laufe der Jahre blind geworden waren. Sie war sich jedoch sicher, dass alles wieder wie neu aussehen könnte, wenn man es nur reparierte und reinigte. Die Bücherregale in der Bibliothek waren leer. Im Speisezimmer konnte man Essen für mindestens zwei Dutzend Personen geben. Küche und Vorratskammern waren ebenfalls entsprechend groß.

Oben im ersten Stock reihte sich ein Zimmer an das nächste, und die einzigen Zeichen dafür, dass früher einmal jemand hier gelebt hatte, waren die hellen Rechtecke an den vergilbten Wänden, wo Bilder gehangen hatten. Die Aussicht auf Berge, See und Wälder, die man aus diesen Räumen hatte, war bemerkenswert.

Sie stieß auf die Kinderzimmer und versuchte, sich ihre Mutter als Kind hier vorzustellen. Auch die Räume der Eltern fand sie und ein Wohnzimmer mit geblümten Vorhängen und Wänden in warmen Farben.

Im zweiten Stock entdeckte sie ein Zimmer, dessen Tür verschlossen war. Greer versuchte vergeblich, sie zu öffnen. Wenn sie das nächste Mal hierher kam, würde sie etwas mitbringen, um das Schloss aufzubrechen, nahm sie sich vor. Ja, ganz gewiss, es würde ein nächstes Mal geben – sie würde so oft hierher kommen, bis sie jeden Quadratmeter des Hauses kannte, in dem ihre Mutter gelebt hatte. Sie würde es mit ihren eigenen Händen sauber machen und ihm Leben und Vergangenheit zurückgeben.

Als sie sich das Haus angeschaut hatte, trat sie auf die Terrasse hinaus. Im Garten wuchsen wilde Rosenbüsche, und Rasen und Wege waren von Unkraut überwuchert. Es wurde langsam spät. Die Sonne ging bereits unter, jeden Tag ein wenig früher, deshalb ging Greer erst gar nicht in den Garten hinein, sondern auf der Terrasse ums Haus herum, um sich mit Molly auf den Heimweg zu machen.

In diesem Augenblick entdeckte sie ein kleines Cottage an einem anderen Tor. Aus dem Kamin stieg eine dünne Rauchsäule auf.

Kendrick war also gar nicht völlig verlassen – es gab zumindest etwas Leben hier.

Entschlossen ging Greer auf das Cottage zu. Sie musste über einen kleinen Zaun steigen – wenn es ein Tor gab, so war es unter dem Unkraut vergraben – und blieb auf der anderen Seite stehen, um ihr Kleid loszumachen, das im Zaun hängen geblieben war. Plötzlich hörte sie einen Zweig knacken. Bevor sie sich umdrehen konnte, spürte sie etwas Hartes, Kaltes, Rundes mitten auf dem Rücken.

Ein Gewehr.

Gott im Himmel, sie würde ermordet werden!

Eine Männerstimme sagte etwas auf Walisisch. Es klang hart und grob. Als sie nicht sofort antwortete, drückte er das Gewehr fester auf ihren Rücken.

»Bitte, Sir, ich spreche nicht Walisisch!«, rief sie ängstlich aus.

Der Druck der Gewehrmündung ließ ein wenig nach. »Warum habt Ihr das nicht gleich gesagt?«, murrte der Mann. »Kommt, dreht Euch um. Los, dreht Euch um!«

Langsam drehte Greer sich um und packte ihre Reitgerte fester. Der Mann schien etwa so alt zu sein wie sie. Er sah zwar recht gut aus, aber sein Gesicht war wettergegerbt. Seine blonden Haare waren ein wenig verfilzt, sein Bart war zwei oder drei Tage alt, und seine grünen Augen erinnerten sie an den Prinzen.

Das Wichtigste war jedoch, dass der Mann gar kein Gewehr in der Hand hielt, sondern einen Eisenstock, mit dem man einen Kessel übers Feuer hängen konnte.

»Wer seid Ihr?«, fragte er und musterte sie gierig.

»Greer Fairchild«, sagte sie und schob sich eine Haarsträhne aus dem Gesicht. »Und wer seid Ihr?«

Er grinste. »Ah, Ihr seid nicht bang, was? Ich bin Madoc Jones.« Er verbeugte sich schwungvoll. »Erfreut, Eure Bekanntschaft zu machen, Miss Fairchild – Ihr seid doch eine Miss, oder?« Sein Blick glitt über ihre Hand. »Ja, sehr erfreut – aber Ihr dürft hier nicht sein«, fügte er streng hinzu.

»Warum nicht?«

Madoc Jones riss überrascht die Augen auf. »Weil Ihr es nicht dürft«, sagte er. »Das Anwesen ist auf Anordnung des Prinzen geschlossen worden.«

»Warum sollte er das tun?«

»Warum sollte ein Prinz überhaupt etwas tun?«, fragte er rhetorisch. Er schwenkte seinen Eisenstab in Richtung des Hauses. »Ich weiß nicht, woher Ihr kommt, aber Ihr müsst jetzt gehen. Na los. Lebt wohl. Guten Tag.«

»Seid Ihr der Wächter?«

Er lachte. »Ich bin eher der Insasse. Ich lebe einfach dort«, sagte er fröhlich und zeigte auf das Cottage. »Und im Austausch gegen meinen Hals habe ich ein wachsames Auge auf das Anwesen. Keiner kommt herein, und das gilt auch für Euch.«

»Auf Anordnung des Prinzen?«, fragte Greer.

»Mmm«, erwiderte der Mann.

»Aber meine Mutter ist hier geboren«, sagte Greer. Sie verschränkte die Hände vor der Brust. »Sie starb, als ich noch sehr klein war, und ich habe sie gar nicht richtig gekannt. Dieses Haus ist alles, was sie mir hinterlassen hat.«

»Ah, mir kommen die Tränen«, erwiderte Mr Jones und ergriff sie fest am Ellbogen. »Aber ich schlage vor, Ihr besprecht das mit dem Prinzen.«

»Mr Jones!«, schrie Greer, als er sie zum Tor neben seinem Cottage führte. »Ich bin doch den weiten Weg hierher gekommen – Ihr könnt mir doch wenigstens erlauben, mich hier umzusehen!«

»So wie es sich anhört, auch noch den weiten Weg von England!«, erwiderte er.

»Ja! Aus London!«

Er blieb stehen. »*So* weit?«

»Darf ich mich also umschauen?«, fragte sie hoffnungsvoll.

»*Nein*«, erwiderte er. »Das kann ich nicht erlauben. Ihr müsst mit dem Prinzen sprechen.«

»Der *Prinz*«, sagte sie ärgerlich. »Hält er Euch etwa auch hier gefangen?«

»Gefangen?« Mr Jones lachte. »Ganz im Gegenteil, Miss – ich lebe gerne alleine auf diesem verlassenen Stückchen Land.«

»Neckt mich nicht!«, erwiderte sie verärgert. »Ihr habt ja keine Vorstellung, was ich erlitten habe.«

»Ja, ich bin mir sicher, das kann ich mir nicht vorstellen«, erwiderte er freundlich. »Aber Ihr müsst es woanders erleiden«, fügte er hinzu und öffnete das Tor.

»Nun gut«, gab Greer nach. »Aber lasst mich zumindest an dem anderen Tor hinausgehen, wo mein Pferd wartet.«

»Das *andere* Tor?« Er blickte blinzelnd über Greers Kopf hinweg in die Richtung, dann stieß er einen leisen Pfiff aus.

»Ich kann mich nicht entsinnen, wann es jemals geöffnet worden wäre.«

Er warf Greer einen Blick zu und lächelte.

»Ihr seid hartnäckig, was?«, fragte er fröhlich, tat aber, um was sie ihn gebeten hatte.

»Ich bin wirklich beeindruckt. So ein zartes Ding wie Ihr, und Ihr öffnet solch ein Tor!«

Sie war weder zart noch besonders stark. Aber sie war entschlossen.

Und obwohl Mr Jones sie zwang zu gehen, plante sie bereits, wie sie ohne sein Wissen wiederkommen konnte.

19

Die schwächer werdende Sonne warf lange Schatten auf den Weg, sodass er nur schwer zu erkennen war. Greer war sich nicht sicher, ob sie den richtigen Pfad genommen hatte, aber als sie an einen Bach kam, stöhnte sie vor Verzweiflung auf. Sie hatte auf dem Weg nach Kendrick keinen Bach überquert, das konnte also nur bedeuten, dass sie sich verirrt hatte.

Sie zügelte Molly und sprang ab. Während Molly trank, blickte Greer sich um. Um sie herum waren nur hohe Bäume. Nichts deutete auf einen Weg hin.

Sie war erschöpft, sie hatte Hunger, und sie hatte schlechte Laune, denn je mehr sie über Kendrick nachdachte, desto weniger konnte sie sich erklären, warum der Prinz das Anwesen so hatte verfallen lassen. Schließlich ergriff sie Molly wieder am Zügel und machte einen Schritt in den Bach.

Aber sie rutschte aus. Eiskaltes Wasser drang in ihre Stiefel, und der Saum ihres Reitkleides wurde klatschnass.

»Oh, *verdammt!*«, rief sie und zog Molly mit aller Kraft weiter.

Ihre hübschen Lederstiefel, die sie auf der Bond Street in London erworben hatte, quietschten bei jedem Schritt.

Mühsam suchten sie sich ihren Weg zwischen Felsen und über steile Abhänge. Greer strauchelte, und bei dem Versuch, sich an einem Baum festzuhalten, zerriss sie ihren Handschuh und schrammte sich die Handfläche auf.

Molly, die neben ihr her trottete, schnaubte auf einmal und spitzte die Ohren. Greer blieb stehen – jemand kam näher. An jedem anderen Tag hätte sie Angst bekommen, aber jetzt war sie so erschöpft und hungrig, dass sie die Hände in die Hüften stemmte und rief: »Wer ist da?« Sie fiel fast in Ohnmacht vor

Erleichterung, als zwei große Wolfshunde auf sie zugesprungen kamen.

Und dann tauchte auch der Prinz auf. Er hatte irgendwo gearbeitet – seine Stiefel und seine Lederhose waren schlammbespritzt. Greer war noch nie so froh gewesen, ihn zu sehen, wie jetzt. Sie musste sich richtiggehend zurückhalten, sonst wäre sie mit ausgebreiteten Armen auf ihn zugelaufen.

Er zügelte sein Pferd und blickte auf sie herunter, wobei er an seine Kappe tippte, als ob sie sich im Hyde Park begegnet wären. »Miss Fairchild.«

»Mylord«, erwiderte sie und knickste kurz.

»Ich möchte gerne wissen, warum es in ganz Wales keine Wegweiser gibt!«

Er verzog die Mundwinkel zu einem Lächeln. »Die Wälder um Llanmair sind riesig, und unsere Vorfahren haben es vorgezogen, keine Wegweiser aufzustellen, damit sie ihre heiligen Schreine und Schätze besser vor den Wikingern und später vor den Engländern verbergen konnten«, antwortete er und schwang sich anmutig vom Pferd. »Aber ich kann Euch versichern, es gibt doch zahlreiche Wegweiser in Wales.«

»Sind wir sehr weit von Llanmair entfernt?«, fragte sie kläglich.

Er schüttelte den Kopf und musterte sie. Bis jetzt hatte sie keinen Gedanken an ihr Aussehen verschwendet, aber auf einmal merkte sie, dass sich ihre Haare gelöst hatten. Das wunderschöne Reitkleid, das Phoebe ihr genäht hatte, war furchtbar schmutzig, vielleicht sogar ruiniert. Und der Stoff war zumindest an zwei Stellen gerissen.

»Etwa eine Meile«, antwortete er.

»Gott sei Dank!«, sagte Greer aus vollem Herzen und breitete die Arme aus. Aber sofort ließ sie sie mit einem Schmerzenslaut wieder sinken. Sie hatte die Wunde in der Handfläche ganz vergessen.

Der Prinz blickte auf ihre Hand und trat so rasch auf sie zu, dass Greer instinktiv zurückwich. Sie stieß gegen Molly, die sich energisch beschwerte, indem sie Greer mit dem Kopf schubste.

»Lass das, Molly«, sagte sie.

Rhodrick zog eine Augenbraue hoch. »Molly?«, fragte er und griff nach ihrer Hand.

»Irgendwie musste ich sie ja nennen«, murmelte sie. Der Prinz betrachtete die Verletzung. Die ganze Hand war mit getrocknetem Blut beschmiert. »Es ist nicht so schlimm, wie es aussieht …«

Er warf ihr einen Blick zu, der ihr klarmachte, dass er nicht dieser Meinung war, und untersuchte die Wunde. »Hmm«, sagte er und zog ein Taschentuch aus seiner Jackentasche. »Darf ich fragen«, sagte er, während er vorsichtig das Blut abtupfte, »ob Ihr vorhattet, Llanmair zu verlassen?«

Greer blickte ihn an, aber seine Miene war undurchdringlich. Kendrick erwähnte sie besser nicht, deshalb zuckte sie nur mit den Schultern. »Nein«, erwiderte sie. »Ich wollte nur ein bisschen an die frische Luft.«

»Dafür seid Ihr aber weit geritten«, sagte er. »Ich dachte, dass vielleicht gestern Abend …«

Sie wurde rot. »*Nein*«, erwiderte sie leise und zog scharf die Luft ein, als er den Schnitt berührte. Forschend blickte sie ihm in die Augen. Sie waren so zärtlich, dass es ihr einen Moment lang die Sprache verschlug. Es sah so aus, als ob er sich Sorgen machte. Offensichtlich wollte er nicht, dass sie Llanmair verließ.

Und auf einmal merkte sie, dass auch sie ihm jetzt nicht mehr so leicht den Rücken kehren könnte wie noch vor einer Woche.

»Greer?«, fragte er mit seiner tiefen Stimme. »Tue ich Euch weh?«

Gott möge ihr helfen, aber ihr wurde ganz schwach, wenn er ihren Namen sagte.

Zum Glück knurrte jetzt ihr Magen, weil sie solchen Hunger hatte.

Er lächelte, dieses warme, charmante Lächeln, das sie immer wieder aufs Neue überraschte, weil es so gar nicht zu seinem finsteren Gesichtsausdruck zu passen schien.

Aber jetzt lächelte er sie amüsiert an und band das Taschentuch um ihre Hand.

Er ergriff Mollys Zügel. »Ich glaube, hier sind zwei hungrige Geschöpfe«, sagte er augenzwinkernd. »Soll ich Euch zurück nach Llanmair bringen?«

»*Ja, bitte*«, erwiderte sie dankbar.

Einen Moment lang streichelte er Mollys Nase, dann legte er Greer die Hand an den Ellbogen und führte sie zum Sattel. Er legte ihr die Hände um die Taille, um sie hochzuheben, zögerte aber, und einen Moment lang hatte sie das Gefühl, er wollte sie küssen.

Und in diesem Augenblick wünschte sie es sich auch sehnsüchtig.

Aber dann presste er die Lippen zusammen und hob sie in den Sattel. Dabei sah er sie unverwandt an. Anschließend schwang er sich auf sein Pferd, und mit einem letzten Blick auf sie ritt er los, in Richtung Llanmair.

Molly war nicht dumm. In aller Eile folgte sie ihm.

Als sie in Llanmair ankamen, war Rhodrick stolz auf seine Dienstboten. Keiner starrte sie an oder gab sonst wie zu erkennen, dass an Greers Erscheinung etwas nicht stimmte. Und auch Greer tat so, als sei alles in Ordnung. Trotzig hob sie das Kinn und ging ins Schloss, ohne sich um den Zustand ihrer Stiefel oder ihrer Haare zu kümmern.

In der Halle blieb sie stehen. »Danke«, sagte sie. »Ich bin mir zwar sicher, dass ich letztendlich den Weg auch allein gefunden hätte, aber es hätte möglicherweise eine ganze Woche dauern können.«

Er lächelte.

Sie erwiderte sein Lächeln. Und dann drehte sie sich um und ging die Treppe hinauf.

Rhodrick bat Mrs Bowen, ein heißes Bad für Miss Fairchild richten zu lassen, und für ihre Hand ein paar Heilkräuter von Mrs Jernigan heraufzuschicken. Er hatte Angst, dass sie womöglich nicht mehr Klavier spielen konnte, und wollte kein Risiko eingehen.

Danach zog er sich mit seinen Hunden in sein Studierzimmer zurück, um bis zum Abendessen zu arbeiten. Aber bei jedem Geräusch, jedem Knacken, hob er den Kopf und erwartete halb, sie zu sehen.

Wo war sie heute gewesen? Hatte sie weglaufen wollen und sich verirrt? Oder war sie tatsächlich nur ausgeritten, um Luft zu schnappen?

Dass sie in den Wald geritten war, kam ihm allerdings seltsam vor, und es blieb ein leiser Zweifel.

War es möglich, dass sie sich mit Percy getroffen hatte?

Nein, das war lächerlich. Percy war meilenweit entfernt von Llanmair. Oder nicht? Vielleicht hatten sie etwas vereinbart, bevor er gegangen war, schließlich hatte er ja alleine mit Greer gesprochen. Möglicherweise hatte er ja Rhodrick nur in dem Glauben gelassen, sich mit dem Geld zufriedenzugeben, und in Wirklichkeit hatte er mit Greer einen neuen Plan ausgeheckt.

Wenn das der Fall war, dann funktionierte er hervorragend, denn er hatte all sein Misstrauen ihr gegenüber verloren. Und er konnte nicht mehr leugnen, dass er in der Tat sich sehr von ihr angezogen fühlte.

Allerdings hegte er keine Illusionen darüber, sie jemals zu besitzen.

Zum einen konnte sie sehr wohl eine Betrügerin sein, und wenn sie das nicht war, dann war sie zumindest eine der strahlendsten Debütantinnen Londons. Sie redete so glücklich von der Gesellschaft und den Bällen, die sie besuchte, dass sie sicher großen Erfolg in der *haute ton* hatte. Und hier, in dieser entlegenen Ecke von Wales, würde sie nie überleben können.

Eine Frau wie Greer sollte in London sein. Sie war witzig,

wunderschön und lebhaft. Er konnte sie sich hier beim besten Willen nicht vorstellen.

Außerdem war er mindestens zehn Jahre zu alt für sie und zudem noch ziemlich hässlich. Zudem war er auch nicht besonders liebenswürdig. Nein, er passte nicht zu einer Frau, die an die hellen Lichter und schmachtenden Dandys von London gewöhnt war.

Er hasste sich selbst, weil er so schwach war – o Gott, die Frau wusste noch nicht einmal, wie groß die Macht ihrer Verführung war. Sie brauchte nur zu lächeln, und er unterlag ihrem Charme und nahm sich unverzeihliche Freiheiten bei ihr heraus. Dieser Mangel an Widerstandskraft erboste ihn umso mehr, weil er zwecklos war. Sie würde ihn nie mögen, geschweige denn *lieben*.

Und doch empfand er Angst vor ihrer drohenden Abreise und vor der Leere, die er dann sicher empfinden würde. Greer Fairchild brachte Frische in seine Tage, und wenn sie weg war, würde sein Schloss wieder alt, verstaubt und tot sein.

Er versuchte zu arbeiten, aber er konnte nicht, und schließlich gab er auf und zog sich in seine Gemächer zurück, um sich fürs Abendessen umzuziehen.

Eine Stunde später machte er sich auf den Weg zum Speisezimmer, durch die Porträt-Galerie und am Wintergarten vorbei.

Er hatte nicht erwartet, sie vor dem Essen zu sehen, aber da saß sie, an ihrem Schreibtisch, den Kopf über das Schreibpapier gebeugt, und schrieb einen Brief.

Er blieb stehen, unschlüssig, ob er sie stören sollte, als sie zufällig aufblickte. »Mylord!«, sagte sie und zuckte zusammen. Rasch stand sie auf.

Rhodrick blickte auf den Brief, den sie hastig hinter einen Stapel Bücher geschoben hatte. Greer lächelte verlegen. »Ich habe gerade an meine Cousinen geschrieben. Ich schreibe Ihnen jeden Tag.«

Das erinnerte ihn daran, dass ihre Cousinen mittlerweile ihren ersten Brief haben müssten. Er konnte den Gedanken kaum ertragen, dass ihre Identität bestätigt werden und sie aus seinem Leben wieder verschwinden würde. »Wie geht es Eurer Hand?«, fragte er.

Greer hielt die verbundene Hand hoch und lächelte. »Es ist eigentlich alles in Ordnung, aber Mrs Bowen hat darauf bestanden, dass sie sie richtig reinigt und verbindet. Sie hat sogar von Mrs Jernigan eine Salbe zubereiten lassen.«

»Die Wunde wird schnell heilen«, versicherte er ihr. »Und dafür bin ich Mrs Jernigan dankbar. Euer Klavierspiel darf der Welt nicht zu lange vorenthalten werden.«

»Da verpasst die Welt aber nicht viel«, erwiderte sie lächelnd und kam um den Tisch herum auf ihn zu. Sie trug ein helles Kleid, das in starkem Kontrast zu ihren schwarzen Haaren und blauen Augen stand. Was es auch für eine Farbe sein mochte, sie sah aus wie eine Prinzessin. Allerdings musste er bei ihrem Anblick auch daran denken, wie sie gestern Abend in der Eingangshalle ausgesehen hatte.

Er verschränkte die Hände fest hinter dem Rücken. »Ihr scheint Euch von Eurem Ausflug erholt zu haben.«

»Ja«, erwiderte sie. »Es ist erstaunlich, was ein heißes Bad so alles bewirkt.«

Jetzt stand ihm auf einmal auch noch das Bild von Greer nackt in der Wanne vor Augen. Er blickte verlegen auf den Teppich.

»Wenn Ihr das nächste Mal ausreitet, nehmt Ihr vielleicht besser für Molly und Euch etwas zu essen mit.«

Sie schnaubte, aber ihre Augen funkelten. »Das würde Molly bestimmt gefallen. Aber ich muss wirklich darauf bestehen, Mylord, dass Ihr als Herrscher über dieses Gebiet ein paar Wege anlegen lassen müsst.«

»Ein Weg ins Nirgendwo lohnt die Kosten nicht.«

»Aber woher wollt Ihr denn wissen, ob ein Weg ins Nirgendwo führt, wenn Ihr nicht wenigstens einmal ausprobiert, wohin er führt?«

Ihre Logik brachte ihn zum Lächeln. »War das heute Euer Ziel? Das Nirgendwo?«

Lächelnd verschränkte sie die Arme vor der Brust. »Ich wollte nur an die frische Luft, wie ich schon sagte.«

»In der Nähe von Llanmair gibt es auch frische Luft, vor allem im Garten. Oder, wenn Euch das lieber ist, auf der Straße nach Rhayader. Aber der Wald kommt mir ein bisschen dicht zum Luftschnappen vor.«

Sie lachte. »Ihr vertraut mir immer noch nicht.«

»Nein«, erwiderte er liebenswürdig und reichte ihr seinen Arm. »Sollen wir essen gehen?«

»Ja, bitte«, erwiderte sie. »Ich bin am Verhungern.«

»Und Euer Brief?«, fragte er.

Sie warf einen Blick auf den Schreibtisch. »Ich beende ihn später.«

Sie hatte wirklich großen Hunger. Rhodrick sah vergnügt zu, wie sie alles aufaß, was ihr serviert wurde. Am Ende der Mahlzeit hatte sie ihre damenhafte Haltung aufgegeben und lehnte entspannt in ihrem Stuhl. Sie lächelte zufrieden. »So gut habe ich lange nicht mehr gegessen«, erklärte sie. »Wie hieß das erste Gericht noch einmal?«

»*Caws pobi.* Welsh Rarebit. Das war mit geriebenem Käse überbackener Toast.«

»Es war einfach köstlich. Vielen Dank.«

Er nickte, während die Lakaien das Geschirr abräumten, und Ifan ihnen Dessertwein nachschenkte.

Greer setzte sich gerade hin und trank einen Schluck Wein, dann warf sie ihm einen Blick zu.

»Darf ich Euch um etwas bitten, Mylord? Ich möchte gerne einige kleine Veränderungen an meinem Wohnzimmer vornehmen.«

Er blickte sie überrascht an. Er war lange genug verheiratet gewesen, um zu wissen, dass eine Frau, die sich Gedanken um die Einrichtung machte, nicht vorhatte zu fliehen. »Warum?«, fragte er misstrauisch.

»Weil es ziemlich … trist ist«, erwiderte sie in entschuldigendem Tonfall. »Viel zu viel Grau und Braun. Ich dachte, ein wenig Farbe könnte nicht schaden. Mrs Bowen hat mir gesagt, dass im Lager ein paar Stoffballen liegen, und da ich ja für einige Zeit hier sein werde …«

Sie blickte ihn an.

»Das heißt, bis der Brief ankommt. Aber bei dem Wetter kann es bestimmt noch einen Monat dauern.«

Ihr plötzlicher Wandel machte ihn in höchstem Maße misstrauisch.

Zuerst war sie den ganzen Tag über weg gewesen, dann hatte sie einen Brief geschrieben, und jetzt wollte sie sich auf einmal hier niederlassen.

»Mrs Bowen meinte, Ihr wüsstet gar nichts von dem Stoff«, fuhr sie unsicher fort. »Sie sagte, Ihr geht nur selten dort hinunter.«

Er blickte auf das Glas Portwein, das Ifan ihm gerade servierte.

»Vielleicht sollten wir es uns einmal anschauen.«

»Ja, wunderbar!«, rief sie entzückt aus. »Ich dachte, man könnte das grüne Zimmer mit ein bisschen Farbe und ein paar bequemen Möbeln in einen brauchbaren Salon verwandeln. Durch die Westlage ist es so *warm* darin.«

Er hatte keine Ahnung, wo das grüne Zimmer sein sollte, und blickte sie verständnislos an.

»Das *grüne* Zimmer«, wiederholte sie.

»So grün wie Eure …« Errötend schlug sie die Augen nieder. »… wie Eure Weste.«

»Das grüne Zimmer also«, sagte er unsicher.

Überrascht blickte sie auf. »Ja, du lieber Himmel, Ihr seid der Schlossherr und wisst nicht einmal, was Euch alles gehört! Vielleicht sollte ich Euch das Zimmer vorher auch einmal zeigen?«

»In Ordnung«, sagte er friedfertig. »Ich schaue mir gern alles an.«

»Großartig«, erwiderte sie erfreut. »Sollen wir uns nach Eurem Port dort treffen?«

Er nickte.

»Wenn Ihr mich dann entschuldigen wollt.« Lächelnd stand sie auf und ging aus dem Zimmer.

Er wartete, bis sich die Tür hinter ihr geschlossen hatte und wandte sich dann an Ifan: »Welches ist denn das grüne Zimmer?«, fragte er.

»Das kleine Zimmer gegenüber dem Wohnzimmer der Herrin, Mylord.«

»Danke«, sagte Rhodrick und trank einen Schluck Port.

20

Eine Viertelstunde später stand Rhodrick mit dem Rücken zur Mahagonitür des grünen Zimmers und runzelte konzentriert die Stirn.

Er hätte es nie für möglich gehalten, dass er einmal über Einrichtungsfragen eines bestimmten Zimmers diskutieren würde, aber hier stand er und betrachtete eine Polsterbank, eine Konsole und eine Lampe.

Ehrlich gesagt konnte er sich nicht vorstellen, welche Möbelstücke hier noch fehlten, aber Greer trat mitten ins Zimmer und sagte: »Hier brauchen wir noch zwei kleine Sofas.« Sie zeigte mit den Händen, wo sie stehen müssten. »Gegenüber, damit man sich gut unterhalten kann.«

»Natürlich«, pflichtete er ihr bei, als wäre das für ihn selbstverständlich.

»Und ich möchte hinzufügen, Mylord, dass die Farbe entsetzlich ist. Ich hoffe, Ihr nehmt es mir nicht übel, aber es ist ein scheußliches Grün, viel zu dunkel für einen Salon. Findet Ihr nicht auch?«

»Ich …«

»Und, wirklich, der Kamin sollte erneuert werden. Niemand blickt gerne auf *Wasserspeier,* wenn er sich über den neuesten Klatsch unterhält«, erklärte sie und zeigte auf die Figuren, die in die Marmorumrandung des Kamins geschnitzt waren.

»Es sind wohl eigentlich Falken«, sagte er und trat neben Greer. »Ich muss gestehen, dass ich davon keine Ahnung habe, Miss Fairchild. Was wollen sich die Leute nicht angucken, wenn sie sich über den neuesten Klatsch unterhalten?«

Sie warf ihm einen Blick von der Seite zu. »Macht Euch nicht über mich lustig, ich meine es absolut ernst.«

»Ich auch. Kann man nicht einfach in die andere Richtung schauen?«

»Ach, du lieber Himmel.« Greer lachte. »Ihr seid aber wirklich nicht sehr geübt in Konversation, was?«

»Es hängt von der Gesellschaft ab.«

Sie verschränkte die Arme und musterte ihn. »Ich frage mich … wenn sich zwei Menschen misstrauen, über was unterhalten sie sich wohl?«

Er blickte in ihre funkelnden blauen Augen. Über Liebe, dachte er. *Über Verlangen. Und wie weh es tut, fern von dir zu sein.*

»Ich könnte mir vorstellen, dass ich hier auf meinem Sofa sitze«, sagte sie und wies auf eine Stelle in der Nähe des Kamins, »während Ihr hier auf *Eurem* Sofa sitzt«, sie zeigte auf ein weiteres imaginäres Sofa, »und ich würde Euch höflich nach Eurem Leben fragen. Dabei würde ich aber nicht darauf vertrauen, dass Ihr völlig aufrichtig seid, sondern besonders geschickt versuchen, Euch nützliche Informationen zu entlocken.«

»Blickt Ihr dabei auf die Falken oder in die andere Richtung?«, fragte er.

Sie lächelte bezaubernd. »Dabei blicke ich natürlich auf *Euch*.«

Rhodrick wusste, dass er sich auf gefährlichem Terrain befand. »Sollen wir es versuchen?«

»Ja!«, erwiderte sie bereitwillig. »Ich fange an. Mein lieber Lord Radnor, Ihr lebt in diesem riesigen Schloss ganz allein! Habt Ihr noch Familie?«

»Das ist alles, was Ihr wissen wollt? Ich habe eine viel persönlichere Frage erwartet, zum Beispiel, wie groß mein Vermögen ist, oder wo ich den Schlüssel zu meinem Safe aufbewahre.«

»Das wäre doch unhöflich«, erwiderte sie kokett lächelnd. »Nach Eurem Vermögen kann ich erst viel später fragen. Jetzt antwortet schon, Mylord – ich weiß aus sicherer Quelle, dass Ihr eine Familie habt, zumindest eine Schwester, oder nicht?«

»Ja, in der Tat«, erwiderte er lächelnd. »Meine Eltern, wie Ihr zweifellos auch bereits herausgefunden habt, sind verstorben. Meine Schwester, Lady Wilbarger, lebt in Cardiff.«

Sie nickte und blickte ihn erwartungsvoll an. »Und?«

»Und was?«

»Seht Ihr Eure Schwester oft?«

»Nicht oft. Zweimal im Jahr vielleicht.« Nell liebte ihr Leben in Cardiff und fand es auf Llanmair langweilig.

»Habt Ihr Vettern und Cousinen? Tanten und Onkel?«

»Eine Tante. Zwei Cousins. Und den Sohn meines Cousins, der Euch natürlich wohl bekannt ist.«

»Ist das *alles?* Sonst niemand?«

Er lachte. »Ich bin mir ziemlich sicher, dass ich alle aufgezählt habe.«

»Kinder?«, fragte sie und beobachtete ihn aufmerksam.

»Nein«, erwiderte er, und wie immer, wenn er an den toten Säugling dachte, krampfte sich ihm der Magen zusammen. »Jetzt bin ich an der Reihe. Wo wart Ihr heute?«

Ihr Lächeln wurde strahlender. »Zum *dritten* Mal, ich brauchte frische Luft. Ich habe versucht, den Pfad auf dem Hügel wiederzufinden, auf dem ich mit Euch entlanggeritten bin, aber es ist mir nicht gelungen.«

Er glaubte ihr nicht. Unbewusst spielte Greer mit ihrem Amulett.

Nein, er glaubte ihr nicht. Er konnte sich nicht vorstellen, dass sie einen ganzen Tag durch den Wald geritten war. Irgendwann hätte sie an einem Cottage oder sogar an Kendrick vorbeikommen müssen, und warum sollte sie das nicht erwähnen? Hartnäckig hielt sich der Verdacht, dass ihre lange Abwesenheit heute etwas mit Owen Percy zu tun hatte.

»Ich bin an der Reihe«, sagte sie. »Mrs Bowen hat mir gesagt, Mr und Mrs Jernigan brauchen keine Pacht zu bezahlen.«

Er musste Mrs Bowen sagen, sie sollte in Zukunft ihre Zunge hüten.

»Mrs Jernigan ist eine geachtete Heilerin. Sie und Mr Jernigan haben durch eine unbedachte Investition ihr Heim verloren«, erwiderte er.

»Ja, aber Ihr habt Ihnen kostenlos ein Cottage auf Eurem Land zur Verfügung gestellt.«

»Ja, und?«, fragte er verlegen. Das war doch seine Privatangelegenheit. »Sie sind schon alt, und was sie brauchen, schlägt sich in den Büchern von Llanmair kaum nieder. Ich kann mir nicht vorstellen, warum jemand das besonders erwähnenswert finden sollte.«

Greer lächelte. »Ich habe es erwähnenswert und außergewöhnlich freundlich gefunden. Ihr habt Eure Neigung, nett zu sein, bisher nur vor mir versteckt.«

»Das denke ich nicht«, erwiderte er. Sie setzten sich beide auf das Sofa im Zimmer.

»Ich glaube, ich bin wieder an der Reihe«, erklärte er. »Warum seid Ihr nicht verheiratet?«

Greer gab einen überraschten Laut von sich.

»Ich bin direkt, Miss Fairchild. Eine so anziehende junge Frau wie Ihr, die sich in der Gesellschaft bewegt, müsste doch wenigstens ein oder zwei Anträge bekommen haben.«

Sie lachte plötzlich. »Ja, ich hatte zwei Anträge, wenn Ihr es wissen wollt, aber für eine Ehe haben meine Gefühle den Herren gegenüber nicht gereicht. Warum fragt Ihr?«

»Weil ich es merkwürdig finde, dass eine schöne junge Frau, die mit einem mächtigen Marquis verwandt ist, den ganzen weiten Weg hierher nur wegen viertausend Pfund gekommen ist.«

»Das ist ja nicht gerade eine kleine Summe«, erwiderte sie.

»Aber für eine unverheiratete Debütantin, die sich in der Elite-Gesellschaft Englands bewegt, ist die Summe im Verhältnis zu den Mühen zu klein. Wenn ihr heiraten würdet, würdet Ihr über wesentlich mehr als viertausend Pfund verfügen, nehme ich an.«

Lächelnd erwiderte sie: »Wollt Ihr etwa vorschlagen, ich soll um des Geldes willen heiraten, Mylord?«

Rhodrick schmunzelte. »Ach, kommt, Miss Fairchild. So werden doch heute die meisten Ehen arrangiert.«

»War es der Grund, aus dem Eure Ehe arrangiert wurde?«

»Verzeiht«, erwiderte er leichthin. »Aber *ich* bin an der Reihe.«

Stöhnend verdrehte sie die Augen. »Ist es denn so unfassbar, wenn eine Frau das verlangt, was ihr rechtmäßig zusteht? Sollte sie nicht lieber danach streben, ihr Leben führen zu können, ohne von Verwandten abhängig zu sein, die sie kaum kennt?«

»So ist es eben in der feinen Gesellschaft.«

»Was wisst ihr denn schon davon?«

»Mindestens so viel wie Ihr, das kann ich Euch versichern«, erwiderte er. »Als Ihr noch im kurzen Röckchen über die Wiesen gelaufen seid und Schmetterlinge gefangen habt, habe ich an jeder Parlamentssitzung teilgenommen in der Hoffnung, etwas Gutes für Wales bewirken zu können. Vier Saisons habe ich dort verbracht, und in zweien habe ich mitgeholfen, meine Schwester in die Gesellschaft einzuführen. Ich glaube, ich weiß ziemlich genau, was eine Frau sich wünscht.«

Greer schnaubte. »Und ich finde, Ihr habt überhaupt keine Ahnung von Frauen.«

Das brachte Rhodrick zum Lachen. Als Greer ihn erstaunt anblickte, sagte er: »Ich bitte um Entschuldigung, aber ich wäre nie so kühn, das zu behaupten.«

»Nun. Wenn ihr tatsächlich wüsstet, was im Kopf einer Frau vorgeht, Sir, dann würdet ihr verstehen, dass sie gerne für sich selbst sorgen möchte. Es ist schändlich, dass Frauen nicht erben oder eigenen Grundbesitz haben können, wenn er nicht durch schicksalhafte Wendung und die entsprechenden Todesfälle in der Familie an sie gefallen ist.«

Er merkte, dass es ihr ernst war. »Wenn Ihr mir von Eurem Problem erzählt, kann ich Euch vielleicht helfen.«

»Ich rede nur ganz allgemein von den Frauen, die seit *Jahrhunderten* von Männern unterdrückt werden«, sagte sie dramatisch. »Frauen werden behandelt wie diese Blumen«, sie zeigte auf den Stoff des Sofas. »Wie winzige, zarte Blumen, die in kleinen Vasen gehalten werden statt in der freien Natur, wo sie lernen könnten, den Naturgewalten zu trotzen.«

Rhodrick blickte auf den Stoff. Er konnte überhaupt keine Blumen erkennen.

»Seht Ihr, wie zart sie sind?«

Er blinzelte. Als er aufblickte, schaute Greer ihn an.

»Ihr *seht* sie gar nicht, oder? Ihr seht die kleinen weißen Blumen auf diesem beigefarbenen Untergrund nicht.«

Hilflos blickte er in ihre klaren blauen Augen, die ihn misstrauisch musterten. »Ihr könnt die Farben nicht unterscheiden«, sagte sie. »Natürlich nicht, denn warum sollte jemand einen Salon als rot bezeichnen, wenn er offensichtlich pfirsichfarben ist?«

Sie war ihm auf die Schliche gekommen. »Na gut«, gab er zu und fuhr sich mit der Hand durch die Haare. »Ich habe ein ... Problem. Es fällt mir schwer, bestimmte Farbtöne auseinanderzuhalten.«

»Welche Farbtöne?«, fragte sie neugierig.

»Rot und Grün vor allem. Sie nehmen immer den Ton der Farbe an, in deren Nähe sie sich befinden. Und ich sehe eigentlich alle Farben nur blass, deshalb sind sie manchmal schwer zu unterscheiden.«

»Welche Farben könnt Ihr sehen?«

Er blickte zu Greer, sah ihre schimmernden blauen Augen, ihre tintenschwarzen Haare, die leichte Röte ihrer Haut. »Blau«, sagte er leise und spürte, wie sich das Feuer in ihm entzündete. »Ich kann Blau erkennen.«

Ihre Lippen öffneten sich.

»Und Schwarz«, sagte er und berührte die Haare an ihrer Schläfe. Er ließ den Blick auf ihre weichen, vollen Lippen sinken. »Eure Lippen leuchten dunkel vor Eurer milchweißen Haut«, murmelte er und fuhr mit dem Daumen über ihre Unterlippen. »Aber ich glaube, bis Ihr kamt, habe ich niemals wirklich Farben gesehen. Und jetzt ... jetzt kann ich jede Farbe des Regenbogens in Euch sehen, und ich frage mich, warum es nicht schon alle anderen Männer gesehen haben.«

Greer holte tief Luft. Ihr Blick glitt über sein Gesicht, von der Narbe zu seinen Lippen, seinem Kinn und dem bläulichen Schatten des Bartes, den er anscheinend nie zähmen konnte. Und dann wieder zu seinen Augen, diesen leidvollen Augen, die außer Greer kaum Farbe in der Welt wahrnahmen.

Aber Greer hatte er vom ersten Augenblick an gesehen, als sie so trotzig mitten auf der Straße gestanden hatte. Er hatte keine Hoffnung, dass sein Verlangen in gleicher Tiefe erwidert würde, aber er konnte nichts dagegen tun und wollte es auch nicht mehr unterdrücken.

Als sie ihn mit der verbundenen Hand am Handgelenk ergriff, dachte er, sie wollte seine Hand wegziehen, aber das tat sie nicht.

Sie packte sein Handgelenk so fest, als ob sie Angst hätte, er könnte verschwinden, und dann presste sie ihre Handfläche an seine Wange.

Er legte den Arm um sie und zog sie an sich, drückte seine Lippen auf ihre Haare und atmete tief den Rosenduft ihres Parfüms ein. »Verzeiht mir«, sagte er heiser. »Ich kann nicht länger so tun, als ob ich Euch nicht begehrte.«

Er spürte ihren warmen Atem auf seiner Haut, als sie ihr Gesicht in seinen Nacken drückte. Mit Lippen und Zungenspitze berührte sie ihn, und ein Schauer durchrann ihn. Er umfasste mit beiden Händen ihr Gesicht und blickte ihr in die Augen.

»Ich auch nicht«, sagte sie leise.

Das kleine Versprechen in ihrer Stimme ließ Hoffnung in ihm keimen. Er konnte sich nicht entsinnen, jemals so starkes Verlangen verspürt zu haben. Noch nie hatte er eine Frau so verzweifelt begehrt. »Greer«, sagte er rau, »ich kann nicht lügen – ich will Euch.« Er küsste sie. »Ich werde nicht schlau aus Euch, ich weiß nicht, ob ich Euch glauben kann, aber Ihr habt mich verzaubert, und ich muss Euch einfach berühren, wenn ich in Eurer Nähe bin. Ich möchte Euch lieben.«

Greer gab ihm die Antwort, indem sie die Arme um ihn schlang und ihn küsste.

Mit einem leisen Laut zog er sie über sich, als er nach hinten auf das Sofa sank. »Haltet mich auf«, sagte er heiser. »Sagt nein, sonst liebe ich Euch, ich …«

Sie verschloss ihm den Mund mit einem weiteren Kuss.

Rhodrick erwiderte ihn leidenschaftlich. Seine Hände glitten über ihren Körper, ihren Hals, ihre Schulter und ihren schwellenden Busen über dem Mieder ihres Kleides. Er streichelte ihren Rücken, ihre Hüfte, ihre Beine. Ihr Körper war göttlich, weich und an den richtigen Stellen gerundet.

Rhodrick wälzte sich herum, sodass sie unter ihm lag.

»Was habt Ihr nur mit mir gemacht, Sir?«, sagte Greer seufzend, als er ihre Kehle und ihren Busen küsste. »Wie habt Ihr mich dazu überredet, alle Schicklichkeit fahren zu lassen?« Sie schloss die Augen, und ihre Hände glitten unter seiner Jacke über seinen Brustkorb und seinen Rücken.

Er empfand solche Leidenschaft, dass die Schicklichkeit ihm gleichgültig war – er wollte sie nur noch lieben. »Es war nie meine Absicht«, erwiderte er, und jede Berührung ließ ihn ein wenig mehr die Beherrschung verlieren. »Aber es ist der stärkste Hunger meines Körpers.«

Das Verlangen, sie zu fühlen, sie zu berühren, sie zu schmecken, und, o Gott, in ihr zu sein, weckte neues Leben in ihm. Wahres *Leben*. Sie versanken in einem leidenschaftlichen Kuss.

»Ich fürchte, ich habe den Verstand verloren«, sagte sie atemlos.

»Ich auch«, versicherte er ihr und küsste sie so hungrig, dass tief im Innern die Angst in ihm aufstieg, er würde ihr Angst machen – aber Greer hielt ihn nicht auf. Stöhnend drückte sie sich an seine schmerzende Erektion, als er sich über ihre Brüste beugte.

Seine Hände glitten auf ihren Rücken, und er mühte sich mit den Knöpfen ihres Kleides ab. Endlich hatte er alle aufgeknöpft und konnte ihre Brüste von dem Stoff, der sie umhüllte, befreien. Er nahm die Nippel in den Mund und saugte daran, verschlang sie.

Sie fuhr ihm mit den Fingern durch die Haare und bog sich ihm seufzend entgegen.

Rhodrick konnte nicht sagen, wann ihre gegenseitige Verachtung in Verlangen umgeschlagen war, ein Verlangen, so stark, wie er es noch nie empfunden hatte. Der Gentleman in ihm – der *Prinz* in ihm – forderte, er solle sofort damit aufhören, um nicht die Tugend dieser jungen Frau aufs Spiel zu setzen.

Aber der Mann in ihm wusste, er würde erst aufhören, wenn sie es von ihm verlangte, und selbst dann würde er weiter versuchen, sie vom Gegenteil zu überzeugen.

Im Moment schien sie selbst nicht aufhören zu wollen, ihren Seufzern nach zu urteilen. Abrupt richtete er sich auf und schaute ihr in die Augen. Sie waren so tief wie ein Brunnen und funkelten verführerisch.

»Was ist los?«, fragte sie unschuldig.

Er stand auf, trat zur Tür und schloss sie ab.

Als er wieder ans Sofa trat, hatte Greer sich auf die Ellbogen gestützt und beobachtete ihn. Ihre Haare hatten sich gelöst, und ihr Kleid war so heruntergezogen, dass ihre Brüste entblößt waren.

Er zögerte nicht. Er zog sie hoch, begann sie schweigend zu streicheln. Er rang noch nach den richtigen Worten, als Greer, die tapfere Greer, zögernd die Hände zu ihren Schultern hob und begann, das Kleid herunterzuziehen. »Das sollten wir wahrscheinlich ausziehen, nicht wahr?«

Er schluckte. »Erlaubt es mir«, sagte er und streckte die Hände aus. »Ihr seid wunderschön«, sagte er, während er das Kleid herunterzog. »Zu bezaubernd, um es mit Worten zu beschreiben«, fügte er hinzu. Dann hockte er sich hin und drückte seine Lippen auf ihren Bauch.

Greer keuchte; sie legte ihm die Hände auf den Kopf, während er mit den Lippen tiefer glitt, über ihre Unterhose bis zu ihrem Schritt. Sie schwankte, als er ihr langsam die Hose über die Hüften zog.

»*O Gott*«, hauchte sie. Er bewunderte ihren nackten Körper, verschlang sie mit Blicken, ihr gerötetes Gesicht, ihre schwellenden Brüste, ihren weichen, flachen Bauch und das schwarze Gekräusel zwischen ihren Beinen. Er schmolz dahin, und voller Staunen schüttelte er den Kopf, dass diese schöne Frau ihn anscheinend genauso begehrte wie er sie.

»Ihr seid wunderschön«, hauchte er. »Ihr seid so schön.« Er erhob sich, entledigte sich seiner Jacke, und während er seine Weste aufknöpfte, löste sie den Knoten seiner Krawatte. Greer zog ihm das Hemd aus der Hose, und auch ihre Augen blickten staunend, als sie ihre Hände über seinen flachen Bauch gleiten ließ. Da er fürchtete, sie würde ihn abstoßend finden, öffnete er rasch den Gürtel seiner Hose, zog sie in die Arme und vergrub das Gesicht an ihrem Hals. Dann zog er sie wieder mit sich auf das Sofa.

»Beweg dich nicht. Lass dich von mir lieben«, sagte er und küsste sie andächtig. Er zog sie auf seinen Schoß – sie war so leicht wie eine Feder –, und die Wärme ihres Körpers drang tief in seine Haut und erfüllte ihn.

Sie drehten sich, sodass Greer jetzt unter ihm lag, und er ließ seine Hände über ihren Körper gleiten, bis zu ihrer geheimsten Stelle. »Oh«, keuchte sie.

Sein Mund folgte seiner Hand, und Greer stöhnte auf. Als seine Zunge zwischen die Falten ihres Geschlechts drang, schrie sie mit erstickter Stimme auf, und ihr ganzer Körper zuckte. Rhodrick umfasste ihre Hüften und tauchte mit der Zunge tief in sie ein. Als er seine Lippen um ihre winzige Knospe schloss, schluchzte Greer vor Lust.

Ihr Körper verkrampfte sich, und sie schrie auf. Sie packte seine Haare und bäumte sich wild auf, um der Lust zu entkommen, aber er ließ sie nicht mehr aus. Immer weiter saugte er an ihrer Knospe, bis sie schluchzend die Beine zusammenpresste. »Ich bitte Euch«, sagte sie atemlos. »Hört auf.«

Er erhob sich und streifte die Hose herunter. Seine Erektion war gewaltig. Er küsste sie leidenschaftlich, besitzergreifend, drückte ihr die Beine auseinander und drückte die Spitze seines Gliedes gegen ihre nasse Öffnung. Er musste sich zusammenreißen, um sie nicht wie ein Tier zu nehmen.

Sie hatte die Augen geschlossen und atmete stoßweise. »So etwas habe ich noch nie gefühlt«, stöhnte sie.

»Ich auch nicht«, gab er zu und drang langsam in sie ein.

Greer stöhnte; er küsste und streichelte sie und ließ ihrem Körper Zeit, sich an ihn zu gewöhnen. Dann stieß er auf ihr Jungfernhäutchen, und selbst in diesem Rausch der Lust war er dankbar dafür.

Er ließ seine Stirn auf ihre sinken. »Ich begehre dich so sehr, Greer … aber bist du auch sicher, dass du mich willst?«

Sie öffnete die Augen. Irgendwie kam ihm das Blau noch blauer vor, und er hatte das Gefühl, in einen tiefen Teich zu blicken.

Lächelnd umschloss sie sein Gesicht mit den Händen. »Ja«, sagte sie leise.

Er seufzte vor Lust und küsste sie, als er durch die Barriere stieß und tief in sie eindrang.

Sie wimmerte nur einmal kurz auf, aber dann öffnete sie sich ihm. Ihre Hände glitten über seinen Rücken, und sie schloss die Augen, als seine Stöße schneller wurden. Ihr Kopf rollte zur Seite, die Haare fielen ihr übers Gesicht. Aber ihr Körper bewegte sich im gleichen Rhythmus wie seiner, und ihre Hüften bogen sich ihm bei jedem Stoß entgegen. Ihr Atem kam stoßweise.

Als die Lust in ihm explodierte, warf er den Kopf zurück, und ein tiefes Grollen drang aus seinem Mund, als er sich heiß in sie ergoss. Erschauernd sank er auf ihr zusammen und vergrub sein Gesicht an ihrem Hals. Sein Herz schlug so heftig, dass sie es spüren konnte. Sie drückte die Hand darauf.

»Das Herz meines Prinzen«, flüsterte sie.

Die zärtliche Geste überwältigte ihn. Er schloss sie in die

Arme und versuchte, den Moment in sein Gedächtnis einzubrennen, um diesen Abend nie wieder zu vergessen.

Eng umschlungen schliefen sie ein, bis sich Rhodrick schließlich in den frühen Morgenstunden aus Greers Umarmung löste und sich leise ankleidete. Er legte eine kleine Decke über sie, und Greer stöhnte leise im Schlaf und drehte sich auf die andere Seite. Rhodrick hockte sich neben sie und strich ihr die schwarzen Haare aus dem Gesicht. Zärtlich streichelte er ihr über die Wange und beugte sich vor, um sie zu küssen.

Sie schlug die Augen auf und blickte ihn verschlafen lächelnd an.

»Schlaf weiter«, sagte er, und sie machte sofort die Augen wieder zu.

Rhodrick erhob sich, räumte ein wenig auf, schürte das Feuer und legte Holz nach. Dann verließ er leise das Zimmer. Als er durch das kalte, dunkle Schloss ging, fragte er sich, ob er wohl gerade den größten Fehler seines Lebens begangen oder eine Tür geöffnet hatte.

21

Greer erwachte in den frühen Morgenstunden, alleine auf dem Sofa, auf dem der Prinz mit ihr gelegen hatte. Sie lag unter einer Decke. Als ihre Augen sich an das schwache Licht gewöhnt hatten, stützte sie sich auf einen Ellbogen und blickte sich im Zimmer um. Ihre Kleider lagen ordentlich gefaltet auf einem Stuhl, das Feuer im Kamin war geschürt worden.

Aber sie war alleine.

Greer sank wieder zurück, legte sich den Arm über die Augen und rief sich den gestrigen Abend ins Gedächtnis.

Sie hatte sich noch nie in ihrem Leben so lebendig gefühlt! Den Akt selbst hatte sie eher ein wenig unbehaglich gefunden, aber es gehörte so viel anderes dazu!

Er hatte sie so andächtig angefasst, als ob sie besonders kostbar und zerbrechlich wäre, und seine zärtlichen, tief empfundenen Worte hatten sie tief berührt.

Seine Blicke ließen sie noch in der Erinnerung nachträglich erschauern.

Greer lächelte zufrieden, als sie daran dachte. Aber dann fiel ihr ein, dass sie sich von Neugier und Erregung … und *Gefühlen* hatte leiten lassen.

Gefühle. Sie überschwemmten sie auch jetzt wieder, bis sie nur noch daran denken konnte, wie gerne sie jetzt in seinen Armen liegen und von ihm geliebt werden würde. Geliebt im ursprünglichsten Sinn des Wortes.

Liebe? Das Wort erstaunte sie. Empfand sie tatsächlich Liebe? Langsam setzte Greer sich auf. War das, was sie für ihn empfand, tatsächlich das mysteriöse Gefühl, das sie noch nie kennengelernt hatte? Wenn andere Frauen von Liebe zu diesem oder jenem Mann redeten, verspürten sie dann *dieses* Gefühl?

Aber es kam ihr viel tiefer vor als das, was Debütantinnen zum Kichern brachte.

Ob wohl Ava dieses Gefühl auch für den Marquis of Middleton empfunden hatte? War es möglich, dass Greer sich in einen Mann verlieben konnte, der viel älter war als sie und in fast völliger Abgeschiedenheit in Wales lebte? In einen Mann, zu dem sie so viele unbeantwortete Fragen hatte?

Greer stand auf, wickelte die Decke um ihren nackten Körper und ergriff ihre Kleider und Schuhe. Rasch blickte sie sich um, ob sie auch nichts vergessen hatte, dann zog sie sich in die Sicherheit ihres Schlafzimmers zurück.

Als sie den Raum jedoch betrat, musste sie unwillkürlich daran denken, dass er einer Frau gehört hatte, die er einmal geliebt hatte, und das ernüchterte sie mit einem Schlag. Ob der Prinz Eira wohl noch immer liebte, dachte sie, während sie sich ein Nachthemd über den Kopf zog. Konnte ein Mann in seinem Leben zwei Frauen lieben?

»*Hör auf!*«, schalt sie sich, als sie ins Bett ging. »Du hast kein Recht, so zu denken!« – Es stimmte, sie befasste sich mit Dingen, von denen sie gar keine Ahnung hatte. Solange sich der Prinz ihr nicht förmlich erklärt hatte, konnte es ebenso gut sein, dass er das tat, was viele Männer in London taten – sie holten sich aus fleischlicher Lust eine junge Frau ins Bett. Warum sollte er in dieser Hinsicht anders sein? Schließlich lebte sie ohne Anstandsdame unter seinem Dach, und sie hatte nicht nur zugelassen, was er mit ihr gemacht hatte, sondern auch noch bereitwillig mitgespielt.

Ihre Welt stand völlig auf dem Kopf.

Im Bett schloss sie die Augen. Sie wollte das Bild der ruinierten Debütantin nicht mehr sehen, die sich im Laufe weniger Wochen von zwei Männern hatte küssen lassen und schließlich sogar das Undenkbare getan hatte.

Ehrlich, wo waren Ava und Phoebe, wenn man sie brauchte?

Schließlich schlief Greer ein. Und in diesen Stunden vor Morgengrauen träumte sie von ihrer Mutter. Sie stand an der

Eingangstür von Kendrick und winkte Greer hinein. Als Greer die Stufen herauflief, ging ihre Mutter ins Haus, und Greer hielt inne, weil sie auf einmal Angst hatte, was sie drinnen erwartete. Als sie schließlich die dunkle Schwelle überschritt, sah sie jedoch nicht ihre Mutter, sondern den Prinzen. Er stand mitten in der Halle, sein schwarzer Umhang bauschte sich um die Knöchel, und seine Miene war düster erotisch.

Greer erwachte schweißgebadet.

Liebste Ava und Phoebe,

ich hoffe, dieser Brief trifft Euch bei guter Gesundheit an. Ich fühle mich sehr wohl. Seit einigen Tagen ist das Wetter wirklich schön, nicht so trübe wie vorher. Heute bedeckt ein Hauch von Schnee die Landschaft, und der Wald sieht aus wie frisch gepudert.

Kürzlich haben wir mit Freunden des Prinzen diniert – Mr & Mrs Awbrey und Lord & Lady Pool, die in früheren Jahren häufig in London war und behauptet, Lady Purnam zu kennen. Sie ist sich nicht ganz sicher, aber als ich ihr Lady Purnam beschrieben habe, glaubte sie doch, sie zu kennen. Ich kann mir gar nicht vorstellen, dass man Lady Purnam jemals vergessen kann, wenn man sie einmal kennengelernt hat.

Das erinnert mich an jemanden, den wir früher gekannt haben, Miss Bethany Randall. Erinnert Ihr Euch an die Ärmste, die in diesen schrecklichen Skandal um den Heiratsschwindler verwickelt war? Findet Ihr, sie ist sorglos mit ihrer Tugend umgegangen, weil sie geglaubt hat, ihn zu lieben? Was mag wohl aus Miss Randall geworden sein?

Ich höre Stimmen im Korridor, deshalb schließe ich jetzt. Übermittelt bitte Lord Middleton meine herzlichsten Grüße, ebenso Lucille und Lord Downey. Ich hoffe sehr, *bald von euch zu hören.*

Alles Liebe, G.

* * *

Sie hatte den Brief gerade versiegelt, als Mrs Bowen mit zwei Lakaien den Wintergarten betrat. Die Lakaien trugen zwei große Hortensienarrangements aus dem Treibhaus, die sie auf Mrs Bowens Anweisung hin zu beiden Seiten des Schreibtischs abstellten. Greer blickte Mrs Bowen überrascht an, Mrs Bowen wich jedoch ihrem Blick aus.

»Was ist das denn?«, fragte Greer.

»Seine Lordschaft dachte, da es schneit, hättet Ihr vielleicht gerne Blumen aus dem Treibhaus. Er hat sie für Euch ausgesucht.«

Greer war außer sich vor Freude. »Oh, sie sind wunderschön!«, rief sie aus und betrachtete die riesigen Vasen mit den Hortensien.

»Ich glaube, Seine Lordschaft ist seit mindestens zwei Jahren nicht mehr im Treibhaus gewesen«, sagte Mrs Bowen.

»Oh, wie nett von ihm«, murmelte Greer lächelnd. Die Lakaien gingen hinaus. Am liebsten hätte sie Mrs Bowen mit Fragen bestürmt – was hatte er gesagt? Wie hatte er ausgesehen, als er darum gebeten hatte, die Blumen zu ihr zu bringen? Hatte er gelächelt? Aber sie besann sich rasch eines Besseren, schließlich wusste sie, wie schnell sich unter den Dienstboten Klatsch verbreitete.

»Ich hoffe, Eure Hand heilt gut?«, fragte Mrs Bowen und blickte auf Greers Hand, die nicht mehr verbunden war.

»Ja, recht gut«, erwiderte Greer und hielt ihr die Handfläche zur Inspektion hin. »Es war ja nur ein ganz flacher Schnitt. Ich habe ihn heute kaum gemerkt. Ich habe sogar«, fügte sie hinzu und hob das versiegelte Pergament an, »diesen Brief geschrieben, ohne daran zu denken. Lasst Ihr ihn aufgeben?«

»Ja, selbstverständlich.«

Greer reichte ihr den Brief. Dabei fragte sie: »Wenn Ihr erlaubt, Mrs Bowen … meint Ihr, Ihr könnt mir noch etwas über Alis Bronwyn erzählen?«

»Über Miss Alis?«, sagte Mrs Bowen. «Ich kann Euch nicht mehr sagen, als ich Euch schon gesagt habe, Miss …«

»Vielleicht über ihre Kindheit?«, drang Greer ins sie. »Was für ein Kind war sie? Erinnert Ihr Euch vielleicht an etwas Außergewöhnliches? Meine Tante war viel jünger als meine Mutter und wusste nur sehr wenig über ihre Kindheit.«

»Nun«, sagte Mrs Bowen nachdenklich, »sie war ein hübsches Mädchen. Lange schwarze Haare und blaue Augen, wie Ihr, Miss. Und sie war sehr höflich.« Sie runzelte die Stirn. »Ich kann mich erinnern, dass sie einmal verschwunden war.«

»Verschwunden?«

»Mmm.« Mrs Bowen nickte. »Sie ist irgendwie ihrem Kindermädchen entwischt.« Lächelnd schüttelte sie den Kopf. »Überall haben sie nach dem Kind gesucht. Der Vater des Prinzen und seine Leute wurden gerufen, damit sie den Fluss absuchten.«

»Den Fluss?«

»Ja.« Mrs Bowen nickte vehement. »Sie war ja noch ein winziges Ding, und sie waren sich fast sicher, dass sie direkt zum Wasser gelaufen und ertrunken war.«

»Ach du liebe Güte! Aber sie ist ja offensichtlich nicht ertrunken.«

»Nein, natürlich nicht. Wenn mich meine Erinnerung nicht trügt, ist sie ein paar Kaninchen in den Wald nachgelaufen und hat sich dort verirrt. Stunden später ist sie von ganz alleine wieder aufgetaucht. Sie war völlig schmutzig, und als man sie fragte, wie sie den Weg nach Hause gefunden hätte, sagte sie, ein alter Mann in einem roten Umhang habe ihr geholfen.«

»Ein alter Mann in einem roten Umhang?«, wiederholte Greer. »Wer mag das wohl gewesen sein?«

»Ein Geist, Miss Fairchild.« Mrs Bowen sagte das ganz sachlich. »In der Diele hing ein Porträt ihres Großvaters in seiner Regimentsuniform. Sie sagte, er sei es gewesen, aber der alte Mann war lange vor Miss Alis' Geburt gestorben. Sein Geist hat sie nach Hause geführt.«

»Ein Wunder«, murmelte Greer.

»Ja, in der Tat. Aber sonst kann ich mich an nichts erinnern«, erwiderte Mrs Bowen lächelnd. »Vielleicht fragt Ihr Seine Lordschaft …«

»Ja«, sagte Greer. Ob sie jetzt wohl über Kendrick mit ihm sprechen konnte? Sie lächelte Mrs Bowen an. »Es sieht so aus, als habe es aufgehört zu schneien.«

Mrs Bowen blickte zu den Fenstern und nickte. »Ja, in der Tat. Ich lasse den Brief sofort aufgeben. Seine Lordschaft reitet morgen nach Rhayader, und dann nimmt er immer die Post mit.«

»Danke«, sagte Greer.

Als sie wieder alleine im Wintergarten war, ergriff sie ein Buch über walisische Geschichte und begann zu lesen. Das Feuer war heruntergebrannt, und es wurde kühl im Zimmer, deshalb schlüpfte Greer, die auf dem Sofa lag, unter eine Decke, während sie darüber las, wie die Waliser zum Methodismus übertraten.

Sie musste wohl eingeschlafen sein, denn sie wurde von dem Knall wach, mit dem der dicke Band, der ihr vom Schoß gerutscht war, zu Boden fiel. Blinzelnd setzte Greer sich auf. Sie bemerkte, dass der Prinz in der Tür stand, die Hände auf dem Rücken verschränkt, und sie beobachtete. Lächelnd blickte sie zu ihm auf.

Er erwiderte ihr Lächeln. »Ich wollte Euch nicht stören.«

»Ich glaube, nur der Methodismus war schuld«, sagte Greer verlegen und hob ihr Buch auf. »Ich habe gerade über Methodismus und die walisische Bibel gelesen.« Als ihr klar wurde, wie abschätzig das klang, fügte sie hastig hinzu: »Nicht, dass ich das Thema ermüdend fände, nein, keineswegs. Es ist sehr anregend.«

»Ja, natürlich«, erwiderte er. Sein Lächeln vertiefte sich. »Ich wusste gar nicht, dass Ihr so eifrig Geschichte studiert.«

»Doch, die Geschichte von Wales ist sehr interessant.«

»Ach ja?«

Greer nickte. »Es kommt mir so vor, als ob sie irgendwie zu mir gehört.«

Er blickte ihr in die Augen, und sie sah, wie er schluckte. Greer wies auf die wunderschönen Hortensien. »Danke für die Blumen, Mylord. Sie sind wundervoll.«

»Ich dachte, dass sie Euch beim Schreiben vielleicht ein wenig aufheitern. Ich habe zwar keine Ahnung, welche Farbe sie haben …«

»Rosa.«

»Ah.« Er trat näher und blickte sich um. »Es ist ziemlich kalt hier.«

»Ach, das macht mir nichts«, erwiderte sie und erhob sich vom Sofa. »Ich finde es belebend.«

Er nickte. »Wenn Ihr an die Kälte gewöhnt seid, dann möchte ich Euch gerne etwas zeigen.« Er blickte zum Fenster. »Es ist draußen. Zwar in der Nähe, aber draußen.«

Bereitwillig nickte sie. »Ich hole nur rasch meinen Umhang.«

Als Greer an ihm vorbeiging und ihn lächelnd ansah, entdeckte sie in seinen Augen das gleiche Strahlen, das sie selbst empfand.

22

Sie trafen sich in der Halle, wo er mit seinen Hunden auf sie wartete. Er trug den gleichen schwarzen Umhang, den er in ihrem Traum getragen hatte, und einen breitkrempigen Hut. Eine Taschenuhr glitzerte an seiner Weste, und er trug eine dunkelblaue Krawatte, die zu seiner goldbestickten Weste passte.

Er sah, fand sie, königlich aus, attraktiv und ungewöhnlich männlich. Lächelnd nahm er ihr den Umhang aus der Hand und half ihr hinein. Ein Schauer überlief sie, als seine Hand ihre Schulter berührte, und mit bebenden Fingern schloss sie die Schnalle.

Er reichte ihr einen dicken Wollschal. »Für Euren Hals«, sagte er. »Ich möchte nicht, dass Ihr Euch erkältet.«

»Danke.« Lächelnd wickelte sie sich den dicken Wollschal, der nach Rasierwasser roch, um den Hals. Dann gab er ihr noch eine pelzbesetzte Haube und einen Muff aus Fuchspelz für die Hände.

Staunend betrachtete sie die extravaganten Accessoires. »Sie gehören meiner Schwester«, sagte er und ging zur Tür, die ein Lakai öffnete. »Es macht ihr bestimmt nichts aus, wenn Ihr sie benutzt.« Seine Gestalt füllte den gesamten Türrahmen aus, als er in den Hof blickte, in dem sein gesattelter Rappe stand. »Ah«, murmelte er, »da ist er ja.« Er drehte sich um und streckte Greer die Hand entgegen.

Es war eine einfache Geste, nichts Besonderes, aber Greer kam es so vor, als habe sie ihr ganzes Leben lang darauf gewartet, dass der richtige Mann ihr seine Hand bot. Ihre Hand schlüpfte in seine, und sie ließ sich von ihm in den Hof führen. Cain und Abel trotteten neben ihnen her.

Im Hof, unter dem eisgrauen Himmel, stand jedoch nur ein Pferd – das große, schwarze Ross, auf dem der Prinz immer ritt. Fragend blickte sie sich um. »Wo ist denn Molly?«

»Der Weg, den wir reiten, ist nicht sehr weit, aber sehr steil. Ihr reitet mit mir«, sagte er. »Wenn es Euch nichts ausmacht.«

Der Gedanke, mit diesem Mann auf diesem riesigen Pferd zu sitzen, hätte eigentlich schon ausgereicht, um eine arme Debütantin mit ruiniertem Ruf in Ohnmacht fallen zu lassen, aber dieses Stadium hatte Greer schon lange hinter sich gelassen, und sie nickte glücklich. Sie trat mit ihm zu dem Pferd. »Hat er einen Namen?«, fragte sie.

»*Cadfael*«, erwiderte der Prinz. »Das bedeutet auf Walisisch ›Kampfprinz‹. Soll ich Euch hinaufheben?«

Sie drehte sich zum Prinzen um.

Zwei Menschen, die eine so außergewöhnliche Intimität geteilt hatten, dachte sie, sollten sich zumindest mit dem Vornamen anreden. »Wie lautet *Euer* Name?«, fragte sie. »Euer voller Name?«

Er legte die Hände um ihre Taille und hob sie hoch. »Rhodrick. Rhodrick William Glendower.«

Rhodrick. Sie lächelte, als er sich hinter ihr aufs Pferd schwang. Mit der linken Hand fasste er die Zügel, und mit der rechten zog er sie an sich, damit sie festen Halt hatte. »Bereit?«

Er konnte nicht sehen, dass Greer lächelte, als sie erwartungsvoll nickte.

Sie ritten über einen schmalen Waldweg, den Rhodrick seit Monaten nicht mehr betreten hatte. Er war beinahe zugewachsen, aber doch noch zu passieren. Cadfael mühte sich einen steilen Hang hinauf und suchte sich dann vorsichtig seinen Weg an einem Abgrund entlang. Der Wind war eisig, und Rhodrick wickelte seinen Umhang fest um Greer, die sich vertrauensvoll an ihn schmiegte.

Er konnte kaum etwas von ihr sehen, musste jedoch unwillkürlich daran denken, wie sie gestern Abend ausgesehen hatte.

Ihre Haare tintenschwarz gegen die cremeweiße Haut, ihre Lippen dunkel und feucht und ihre Augen blaue Meere in einer fast grauen Welt.

Während Greer weiter über Methodisten plauderte, aus Gründen, die ihm entgangen waren, seufzte Rhodrick erleichtert auf. Den ganzen Morgen über hatte er sich vor dem mitleidigen Ausdruck in ihren Augen gefürchtet. Er begriff immer noch nicht, wie gestern Abend alles passiert war, aber auf einmal hatte er sie in den Armen gehalten, sie geküsst und gestreichelt …

Es war wie ein Wunder. Er hätte sich nie träumen lassen, dass er einmal eine so schöne und geistvolle Frau wie Greer Fairchild in den Armen halten würde. Und ihr Lächeln heute Morgen war strahlend gewesen. Sie fand ihn nicht abstoßend, wie er befürchtet hatte.

Wie war es nur möglich, dass sie jetzt hier bei ihm war, und mit ihm durch die tief verschneite Landschaft ritt? Wie war es nur möglich, dass sie in seiner Gegenwart glücklich zu sein schien?

Sie war ihm nie schöner erschienen als gerade jetzt – noch nicht einmal an dem Tag, als er sie zum ersten Mal gesehen hatte, als sie so trotzig auf der Straße gestanden und sich sicherlich gefragt hatte, ob er wohl so primitiv war, wie sie zweifellos gehört hatte.

Dort, wo der Baum teilweise um einen Felsen herum gewachsen war, lenkte Rhodrick das Pferd in den Wald hinein.

»Was wollten sie wohl damit machen, was meint Ihr?«, fragte Greer und durchbrach seine Gedanken.

»Wie bitte?«

»Mit den walisischen Bibeln«, sagte sie. »Was wollten sie wohl damit machen?«

»Wer?«, fragte er verwirrt.

Lachend wandte Greer leicht den Kopf und blickte ihn mit strahlenden Augen an. »Ihr habt mir überhaupt nicht zugehört, Sir! Ich habe Euch gerade erklärt, ich hätte gelesen, dass Bibeln aus den Kirchen verschwunden sind, als sie ins Walisische übersetzt worden waren. Aus was für einem Grund passierte das wohl, was meint Ihr?«

»Das ist recht einfach«, erwiderte er. »Niemand traute den Engländern, und die Waliser hatten Angst, etwas zu verlieren, das sehr wertvoll für sie war. Wir haben eine walisische Bibel auf Llanmair. Mein Vorfahre hat sie aus der Kirche mitgenommen und in einem Safe verschlossen.«

Greer lachte fröhlich. »Ihr seid wohl auch noch stolz über die Diebe in Eurer Familie!«

»Ich glaube, Ihr habt zu lange bei den Engländern gelebt«, erwiderte er und lächelte sie an. »Ihr vertraut ihnen viel zu sehr.«

Wieder lachte sie. Sie lehnte sich an ihn, als wären sie schon lange ein Liebespaar. »Und Ihr seid so empfindlich wie ein Mann aus einem anderen Jahrhundert.«

»Da gibt es doch wohl einen Unterschied. Meine Empfindlichkeit rührt von zahlreichen Zusammenstößen mit Engländern her. Man kann ihnen einfach nicht trauen.«

»Vielleicht … *Oh!*«, rief sie aus, als sie auf eine Lichtung kamen. Aufgeregt betrachtete sie die Ruinen der uralten Wikinger-Siedlung. »Du lieber Himmel … das ist ja *außergewöhnlich*.«

Rhodrick zügelte Cadfael, stieg ab und half Greer herunter. Ihr Umhang schleifte durch den Schnee, als sie zu dem ersten seltsam platzierten Stein eilte. »Wie habt Ihr das gefunden?«, rief sie aus und fuhr mit der behandschuhten Hand über den Stein. »Was ist das?«

»Das ist eine heilige Stätte für die nordischen Druiden. Oder ein Wikinger-Friedhof. Die Gelehrten, die hier gewesen sind, sind sich nicht ganz sicher.«

Greer hockte sich hin, um die Zeichen an einem Stein zu betrachten, dann richtete sie sich wieder auf. Die Hunde folgten ihr, als sie langsam um die Steine herum ging, die spiralförmig um den größten, anders geformten Stein in der Mitte angeordnet waren. Ihre Wangen waren rosig von der Kälte, und ihre Augen funkelten vor Vergnügen. »Es ist *wundervoll,* Rhodrick.«

Der Klang seines Namens – der so selten benutzt wurde und den er so selten hörte – erfüllte ihn mit einer Freude, als ob er Musik hörte. »Es gibt noch mehr davon.«

»Wo?«, fragte sie eifrig.

Er war sich zwar nicht ganz sicher, ob das, was er vorhatte, klug war, aber er ergriff sie am Ellbogen und führte sie aus dem Kreis in den Wald hinein. Durch dichtes Unterholz gelangten sie auf eine weitere Lichtung, auf der ein kleines Steinhaus mit Strohdach und ein Pferdetrog im Schatten der Bäume standen.

»Was ist das denn?«, rief Greer entzückt aus.

»Ich habe es vor Jahren für die Gelehrten bauen lassen, die hierher kamen, um die Ruinen zu studieren«, sagte er. »Als sie weg waren, wurde es nicht mehr benutzt, aber eines Tages habe ich während eines Sturms Zuflucht dort gesucht und fand es sehr still und, nun ja …« Er öffnete die Tür.

Greer trat neugierig über die Schwelle.

Einen Moment lang geriet Rhodrick in Panik. Er hatte noch nie jemanden hierher mitgenommen. Er hatte alles alleine gemacht, und nur Hunde und Pferd hatten ihm zugeschaut. Es war sein eigener kleiner Zufluchtsort, und wenn sie nun darüber lachen würde, wenn sie es albern fände, ein so gewöhnliches Haus als Refugium zu sehen …

Er folgte ihr nach drinnen. Cain und Abel hatten sich bereits auf ihre Decken gelegt. Greer stand mitten im Zimmer und blickte sich um. Sie betrachtete die Gemälde, die überall im Raum verteilt waren. Bilder, die er gemalt und noch nie einer Menschenseele gezeigt hatte.

Es gab einen einzelnen Sessel, den er hierher geschleppt hatte, einen Tisch, den er selbst aus dem Holz gezimmert hatte, das er hier geschlagen und zersägt hatte. Es gab einen zerschlissenen Teppich. Einen angelaufenen Kandelaber. Leinwände.

Greer drehte sich langsam im Kreis und nahm jedes Detail

auf. Dann trat sie zu der Leinwand, die er auf der Staffelei stehen gelassen hatte. Er hatte das Abendlicht über den Bergen einfangen wollen, aber er war nicht zufrieden damit gewesen. Jetzt betrachtete Greer das Bild mit großen Augen und berührte mit den Fingerspitzen vorsichtig die Berge, die er gemalt hatte.

Plötzlich wünschte er sich, er hätte sie nicht hierher gebracht. Er kam sich vor wie ein Narr, wie ein kleiner Junge, der seine Schätze herzeigt. Warum hatte er geglaubt, bei ihr sicher zu sein, ihr seine privatesten Seiten zeigen zu können?

Gerade wollte er ihr sagen, dass sie wieder gehen mussten, als sie sich plötzlich umdrehte und ihn verwundert anschaute. »Habt … habt *Ihr* diese Bilder gemalt?«

Er nickte.

»Sie sind *wunderschön* … so wunderschön! Aber warum versteckt Ihr sie hier? Auf Llanmair hättet Ihr doch viel mehr Platz für Eure Kunst.«

Er blickte sich um und versuchte, sein kleines Cottage mit ihren Augen zu sehen. »Manchmal«, sagte er und räusperte sich, »manchmal möchte ich frei von den Verpflichtungen meines Titels sein. Manchmal möchte ich einfach malen können, ohne dass Dienstboten dabei sind oder jemand zu Besuch kommt. Und …« Er blickte zu Boden und holte tief Luft. »Und ich weiß nicht, ob … *Farbe* darin ist. Beziehungsweise die richtige Farbe.«

Wieder blickte sie sich um, aber als sie sich ihm zuwandte, lächelte sie ihn strahlend an. »Es sind Farben darin. *Leuchtende* Farben, Rhodrick. Die Berge sind gelb, der Himmel ist blau, und die Bäume sind rot. Aber sie sind *wunderschön*.«

In diesem Augenblick wusste Rhodrick, dass er sie anbetete, dass er sie schon immer angebetet hatte. Ohne nachzudenken, zog er sie in seine Arme – es kam ihm plötzlich so natürlich, so richtig und perfekt vor, als habe er sein ganzes Leben lang auf diesen Augenblick hin gelebt.

Er legte ihr die Hand unters Kinn und hob ihr Gesicht an,

um es zu betrachten – die Augen natürlich, die einzige wirkliche Farbe in seinem Leben, die gerade Nase, die sich an der Spitze ein wenig nach oben bog, die leichten Sommersprossen auf ihrer Nase und den Wangen.

»Was seht Ihr?«, fragte sie lächelnd.

»Ich sehe Farbe«, erwiderte er und küsste sie auf die Wange. Dann auf ein Auge, auf das andere und auf die Nasenspitze.

Lächelnd hob Greer die Hand und legte sie ihm an die Wange. Er drehte den Kopf und küsste ihre Handfläche. In ihren Augen standen tiefe Gefühle, und das Herz wurde ihm leicht.

Er zog sie in die Arme und küsste sie. Seine Finger fuhren durch ihre Haare, und sein Kuss wurde leidenschaftlicher, als er ihren Umhang öffnete und zu Boden sinken ließ.

Greer schmiegte sich an ihn und erwiderte seinen Kuss.

Irgendwie gelang es ihm, aus seinem Reitmantel zu schlüpfen, und sie sanken beide darauf. Er streichelte ihren Körper und kämpfte mit den Knöpfen an ihrer Reitjacke. Greer schob die Hände unter seine Jacke und spürte die festen Muskeln an seinem Nacken und seinen Schultern.

Es gelang Rhodrick, eine Brust zu befreien, und gierig saugte er daran. Sie bog sich ihm entgegen.

Mit Lippen und Händen liebkoste er sie, und sie empfing seine Zärtlichkeiten mit reiner Freude. Kurz hielt er inne, um Jacke und Weste auszuziehen, während sie die Perlenknöpfe seines Hemdes aufnestelte.

Dann legte er seine Hand auf ihren Knöchel und schob ihn langsam unter dem Rock ihr Bein hinauf. »Ich glaube, dich hat der Himmel geschickt«, flüsterte er, überrascht darüber, dass er seine Gefühle laut aussprach.

Greer lächelte verführerisch und hob die Hüften, damit er sie von ihren Röcken befreien konnte. Als sie schließlich entblößt vor ihm lag, beugte er sich über sie, um sie auf den Bauch zu küssen.

Greer seufzte vor Lust. Ja, der Himmel hatte sie tatsächlich hierhergeschickt – wie sonst war es zu erklären, dass sie hier war und die brennenden Berührungen dieses Mannes genoss. Seine Härte, die sich unter dem Stoff seiner Hose abzeichnete, drückte sich gegen ihr Bein. Seine weichen Lippen auf ihrem Bauch und die Zunge, die um ihren Nabel wirbelte, ließen sie vor Lust erschauern. Sie keuchte, fuhr ihm mit beiden Händen durch die dichten Haare und lächelte, als er ihr Bein hob und den Oberschenkel mit Küssen bedeckte.

Seine Lippen zogen eine warme, nasse Spur über ihr Bein, und sie hatte das Gefühl, in Flammen zu stehen, als sein Atem heiß oben über ihre Schenkel strich.

Die Lust überwältigte sie, als er mit der Zunge am Rand ihres Geschlechts entlangleckte. Sie atmete stoßweise und machte die Beine breit, damit er besseren Zugang hatte. Er hob ihre Beine, legte sie über seine Schultern und senkte dann den Kopf über ihre heiße Spalte.

Greer wand sich unter ihm und drückte sich der Liebkosung seiner Zunge entgegen. Seine Hände hielten ihre Hinterbacken fest gepackt, damit seine Zunge noch tiefer in ihren intimsten Stellen eindringen konnte. Der Druck, der sich in ihr aufbaute, war unerträglich, und sie wusste kaum noch, wie ihr geschah.

Er ließ sie nicht los. Immer schneller wurde der Schlag seiner Zunge, und als endlich die Erlösung sie wie eine sinnliche Welle überschwemmte, stieß sie ein langes, tiefes Stöhnen aus.

Rhodrick erhob sich und stieg aus seiner Hose. Sein Blick war leidenschaftlich und besitzergreifend.

Greer drückte ihm die Hände auf die Brust. Sein Herz hämmerte unter ihrer Handfläche. Sein hartes Glied streifte ihr Bein. »Du machst mich wahnsinnig vor Verlangen«, sagte er rau.

Greers Herz machte einen Satz; sie umfasste sein Gesicht mit den Händen. »*Rhodrick …*«

Stöhnend beugte er sich über sie, um sie zu küssen. Seine Lippen schmeckten nach ihr. Er griff nach ihrer Hand und führte sie an die samtige Härte seines Schafts. Er bewegte sie auf und ab, bis Greer ihn mit den Fingern umschloss und es von alleine machte. Rhodrick stöhnte kehlig auf und küsste sie. Dann zog er ihre Hand weg, nahm sie in die Arme und drehte sich mit ihr, sodass sie oben lag.

Überrascht keuchte sie auf, als er ihre Hüften packte und sie rittlings auf sich setzte. Er bewegte sich unter ihr und rieb seine Erektion an ihr. Es war so erotisch. Ihre Haare hatten sich gelöst, fielen wie ein Vorhang über ihr Gesicht und glitten über seine Brust. »Ich kann dir nicht widerstehen«, sagte Greer wollüstig.

Noch nie hatte sie die Macht des weiblichen Geschlechts besser verstanden als in diesem Augenblick. Seine Augen waren von einem wilden Verlangen erfüllt, das Greer lenkte, mit ihrem Lächeln, ihrer Hand, einem leisen Seufzer. Es war ungeheuer machtvoll und ungeheuer verführerisch. Sie lächelte, weil sie wusste, wie sehr er sie begehrte, als er sie hochhob und dann seinen Schaft in sie eindringen ließ.

Es war hoffnungslos – Greer verlor sich in der Schönheit des Augenblicks, schrie auf, als sie ihn tief in sich aufnahm. Er brachte ihr bei, wie sie sich bewegen musste, schob vorsichtig ihre Haare beiseite, damit er ihr Gesicht sehen konnte, während sie ihn ritt. Er kam ihren Bewegungen entgegen, und schließlich packte er ihre Hüften und bestimmte das Tempo. Dann setzte er sich abrupt auf, nahm sie in die Arme und drehte sich erneut mit ihr um, sodass sie wieder auf dem Rücken lag.

Greer fühlte sich so schön und weiblich wie noch nie in ihrem Leben. Als seine Stöße immer drängender wurden, spannte sie ihren Körper an, um auch ihm zur Erlösung zu verhelfen. Sie beobachtete sein Gesicht, während er mit der Hand nach unten griff und sie rieb, um ihr wieder zu einem Höhepunkt zu verhelfen. Als der Orgasmus Greer überschwemmte, schrie er mit einem letzten, kraftvollen Stoß ihren Namen und ergoss sich in ihrem Leib. Dann sank er über ihr zusammen.

Er schob ihr die Haare aus dem Gesicht, und schweigend

schauten sie einander an. Greer konnte sich nicht entsinnen, sich jemals so lebendig gefühlt zu haben.

Lächelnd küsste Rhodrick sie, dann legte er ihr die Hand auf die Brust. »Dir ist kalt, oder?«, fragte er. »Deine Haut ist ganz kalt, du musst ja frieren.«

»Nein, ich friere nicht«, erwiderte sie lachend. »Mir ist sogar ziemlich warm.«

Lächelnd küsste er sie auf die Schulter und löste sich langsam von ihr. »Wir sollten zurückreiten, bevor es dunkel wird.« Er deckte sie mit seinem Reitmantel zu, stand auf und zog sich an, völlig ohne Scham und scheinbar ohne zu merken, wie sie seinen männlichen Körper bewunderte. Greer hatte sich im Schutz seines Mantels bereits die Unterwäsche wieder angezogen.

Er half ihr, ihren Rock zuzuknöpfen, drehte sie um und knöpfte auch ihr Hemdchen und das Mieder ihres Reitkleides zu, als würde er so etwas jeden Tag machen. Als er fertig war, sah er sie an. Sie hatte das Gefühl, er wollte etwas sagen, fand jedoch nicht die richtigen Worte. »Greer«, sagte er nur, und sein Blick glitt über ihr Gesicht.

Instinktiv wusste sie, dass er von ihrer Sünde sprechen wollte, und sie konnte nicht ertragen, was er dazu sagen würde, ganz gleich, was es war.

Sie hatte sich zwar von ihrem gesunden Menschenverstand verabschiedet, war sich jedoch noch nicht sicher, was sie eigentlich tun wollte.

Zärtlich streichelte er ihre Arme. Sein Blick fiel auf ihr Mieder.

»Mrs Bowen hat gesagt, Ihr reitet morgen nach Rhayader«, warf sie ein, bevor er etwas sagen konnte.

Er hob den Kopf und musterte sie. »Ja. Würdet Ihr mich gerne begleiten?«

»Ich?«, rief sie lachend aus. »Nein, Mylord. Ich muss noch ein ganzes Jahrhundert walisischer Geschichte lesen.«

Er hob ihren Umhang auf und legte ihn ihr um die Schultern. »Das ist viel Geschichte. Vielleicht kann ich Euch die Mühe ersparen und Euch erzählen, was passiert ist.«

»Nein, Sir, das lasse ich nicht zu«, erwiderte sie und setzte sich die Pelzhaube auf. »Wie soll ich Euch sonst beeindrucken?«, fügte sie augenzwinkernd hinzu.

Lächelnd legte er ihr den Arm um die Schultern und sagte leise: »Ihr habt mich bereits über die Maßen beeindruckt.« Und dann führte er sie aus dem Cottage. Seine Hand lag besitzergreifend unten an ihrem Rücken, und die beiden Hunde folgten ihnen.

23

Margaret Awbrey merkte in dem Moment, in dem Rhodrick ihren Salon betrat, dass er anders war. Es lag an seinem Schritt, dachte sie – er wirkte irgendwie leichter. Hinzu kam noch, dass ihr lieber alter Freund lächelte. *Er lächelte.* Von einem Ohr zum anderen.

Er verbeugte sich und küsste ihr die Hand, dann begrüßte er Thomas mit großer Wärme.

Thomas musterte ihn eingehend, als wolle er feststellen, wo auf einmal das Strahlen herkam.

»Rhodi!«, rief Margaret aus, ergriff seine Hand und zog ihn neben sich aufs Sofa. »Was führt dich nach Rhayader?«

Er zuckte mit den Schultern, aber seine Augen leuchteten. »Dasselbe wie immer – Geschäfte. Es ist so ein prächtiger Tag, Meg, ich konnte ihn nicht verstreichen lassen, ohne meine liebsten Freunde zu besuchen.«

»Rhodi, wirklich!« Margaret lachte. »Was ist in dich gefahren?«

Lachend schüttelte er den Kopf. »Nur die natürliche Belebung, die mit dem Wechsel der Jahreszeiten einhergeht.«

»Aha! Mir ist nie aufgefallen, dass du besonders belebt gewesen wärst, wenn der Winter nahte.«

Höflich lachend stand er auf und trat an eines der Fenster, die auf den Wye hinausgingen. Die Hände auf dem Rücken verschränkt, blickte er auf den Fluss. »Das Wetter war in der letzten Zeit so mild, dass ich mir überlegt habe, ein kleines Fest auf Llanmair zu geben. Eine Soiree. Was haltet ihr davon?«

Thomas verschluckte sich fast an seinem Tee, und Margaret stand so unter Schock, dass sie sich fast auf das Kleid getreten wäre, als sie hastig aufsprang. Als seine Freunde beide schwiegen, drehte Rhodi sich um und warf ihnen einen unsicheren Blick zu. »Haltet ihr es für unklug?«

»Nein … *nein*«, erwiderte Margaret sofort und trat auf ihn zu. Ihr Mann klappte den Mund zu. »Ich finde, das ist eine wundervolle Idee«, sagte sie hastig. »Wir … wir sind nur überrascht. Nach all diesen Jahren, und du hast noch nie …«

»Ja, das stimmt, Meg. Nachdem ich all diese Jahre so zurückgezogen gelebt habe, sollte ich endlich mal wieder Weihnachten feiern. Das kommt schließlich schneller, als man denkt.«

»Ja, das ist wundervoll«, sagte Margaret und beobachtete ihn. Halb erwartete sie, er würde gleich grinsen und sagen, es sei alles nur ein Scherz gewesen, er wolle lediglich sie beide und die Pools einladen und alles wäre wie sonst.

»Hilfst du mir dabei?«, fragte er ernst. »Ich muss zugeben, dass ich mich mit solchen Dingen, wie zum Beispiel Blumen und Tischkarten und so, nicht so gut auskenne.«

»Ja, natürlich, Rhodi. Ich werde dir in jeder nur erdenklichen Weise helfen.«

»Großartig«, sagte er. Margaret fand, er sah aus, als schwebte er in den Wolken. »Nichts zu Großes, Meg. Keine Sorge. Ich dachte vielleicht an zweihundert Gäste?«

Zweihundert! Sie würde ganz Powys einladen müssen, um auf diese Zahl zu kommen! Aber sie erwiderte nur lächelnd: »Wenn du willst.«

Er grinste. »Ich habe gewusst, dass ich mich auf dich verlassen kann, Meg. Danke.«

Er küsste erneut ihre Hand und wandte sich lächelnd zum Gehen. »Rhodi, Lieber, wohin gehst du?«, rief Margaret ihm nach.

»Ich muss dringend nach Llanmair zurück. Ich habe noch einiges zu erledigen«, erwiderte er. Er verabschiedete sich noch einmal und lief mit langen, entschlossenen Schritten hinaus.

Einige Augenblicke saß Margaret bewegungslos da. Dann trat sie zu ihrem Mann und sank auf den Stuhl neben ihm. »Was war das denn?«, fragte sie besorgt.

Lachend umfasste Thomas ihr Gesicht. »Weißt du das nicht, Liebste?«

»Was?«

»Dein lieber Freund ist verliebt.«

Blinzelnd wich Margaret zurück. »*Verliebt?*«, rief sie und brach in Lachen aus. Sie stand auf. »Das ist doch absurd, Thomas. In wen denn?«, rief sie aus.

»Na, in wen wohl?«, fragte Thomas lächelnd. »In Miss Fairchild.«

Natürlich hatte sie es geahnt, aber Margaret keuchte doch auf und sank aufs Sofa. Das konnte doch nicht sein. Er konnte sich doch unmöglich in diese junge, geheimnisvolle und *wollüstige* – das war sie doch, oder? – Frau aus London verliebt haben.

Aber Thomas lächelte nur über ihre Verwirrung, und als sie darüber nachdachte, stand ihr auch alles klar vor Augen.

Sie sollte glücklich sein! Sie wollte sich für ihn freuen, denn niemand verdiente das Glück mehr als Rhodi.

Er hatte so viel durchgemacht. Aber als sie jetzt wieder aufs Sofa sank, empfand sie kein Glück – dunkle Vorahnungen stiegen in ihr auf.

Irgendetwas sagte ihr, dass das kein glückliches Ende nehmen würde.

Als Rhodrick an jenem Morgen weggeritten war, hatte Greer ihm nachgeblickt, bis sie seinen schwarzen Umhang nicht mehr sehen konnte, dann war sie in die Lagerräume geeilt und hatte einen Korb mit Putzlumpen, Schmierseife und Öl für die Holzböden gefüllt. Auch etwas zu essen für sich und Molly packte sie ein.

Greer schleppte einen Korb in die Halle und schob den anderen mit dem Fuß vor sich her, bis ein entsetzter Ifan sie bemerkte, und einen Lakaien damit beauftragte, die beiden Körbe auf dem Pferd, das gesattelt im Hof stand, zu befestigen.

Als Ifan zurückkehrte, zog sich Greer gerade die Handschuhe über. »Soll ich Seiner Lordschaft sagen, wohin Ihr geritten seid, Miss?«, fragte der Butler.

Greer setzte sich lächelnd ihre Haube auf. »Nein, danke.«

Ifan nickte. »Und was soll ich Seiner Lordschaft sagen, wenn er nach Euch fragt?«

»*Hmm*«, erwiderte Greer und tat so, als würde sie nachdenken. »Wenn ich Ihr wäre, Sir, würde ich vermutlich sagen, ich weiß es nicht.« Lächelnd trat sie an den Stuhl, auf dem ihr Umhang lag, und legte ihn sich um die Schultern. Als sie die Schnalle geschlossen hatte, wandte sie sich erneut zu Ifan. »Guten Tag, Sir«, sagte sie und rauschte aus der Halle.

Zum Glück war der Schnee von gestern so weit geschmolzen, dass Greer den Weg erkennen konnte. Und dieses Mal wusste sie auch ganz genau, in welche Richtung sie reiten musste. Anscheinend wusste auch Molly das, denn es dauerte keine Stunde, und sie hatten Kendrick erreicht. Dieses Mal versuchte Greer jedoch nicht, das Anwesen durch das hintere Tor zu betreten, sondern sie marschierte direkt zu dem Tor neben Madoc Jones' Cottage und klopfte energisch. Als niemand antwortete, drückte sie das Tor auf und trat ein.

Das strohgedeckte Cottage an der Steinmauer war kleiner, als sie es in Erinnerung hatte – es bestand höchstens aus einem einzigen Raum.

An einer Seite befanden sich ein gut gepflegter Gemüsegarten und daneben ein Auslauf mit einem Hahn und drei Hühnern.

Greer betrat den Garten des Cottages durch das kleine hölzerne Tor und klopfte laut an die Eingangstür. Drinnen hörte sie einen Mann stöhnen.

Sie klopfte noch einmal.

Als immer noch niemand antwortete, rief sie durch das Fenster: »Mr Jones!«

Drinnen murmelte jemand etwas auf Walisisch.

»Mr Jones, bitte, hier ist Miss Fairchild!«

»*Zum Teufel!*«, fluchte Mr Jones, und den Geräuschen nach zu urteilen rappelte er sich anscheinend auf. Kurz darauf ging die kleine Tür auf, und Mr Jones, der sehr nach Whiskey roch, stand blinzelnd im Rahmen.

Er hakte die Daumen in den Bund seiner Lederhose und blickte sie finster an. »Miss Fairchild«, knurrte er. »Wir haben uns mit *Sicherheit* darauf geeinigt, dass Ihr ohne die Erlaubnis Seiner Lordschaft nicht hier sein dürft.«

»Ich bitte um Verzeihung, Sir, aber darauf haben wir uns keineswegs geeinigt. Ich bin zurückgekommen, und ich lasse mich nicht abweisen. Helft Ihr mir also bitte?« Sie wies auf das Tor. »Ich habe einige Dinge mitgebracht, um das Haus zu säubern.«

»Was für ein Haus?«

»Kendrick natürlich.«

Mr Jones blinzelte, dann brach er in schallendes Gelächter aus. »Warum sollte eine Dame von Stand ein altes Haus sauber machen wollen?«

»Weil es schmutzig ist«, erwiderte sie spröde. »Helft Ihr mir nun?«

»Ich kann nicht, Miss Fairchild. Ihr *wisst,* dass ich es nicht kann.«

»Doch, Ihr könnt!«, erwiderte Greer lächelnd. »Wem schadet es denn, wenn man ein leer stehendes Haus putzt? Seine Lordschaft braucht es nie zu erfahren.«

»Warum wollt Ihr den alten Kasten überhaupt sauber machen?«, fragte er neugierig.

Weil es etwas mit ihr und ihrem Leben zu tun hatte. Weil es das einzig Greifbare aus ihrer Vergangenheit war. »Um die Befriedigung zu haben, ein schönes Haus wieder in alter Pracht erstrahlen zu sehen. Kommt jetzt bitte.«

Er kniff die Augen zusammen, und einen Moment lang sah es so aus, als wollte er sich abwenden.

Aber dann ließ er plötzlich den Arm sinken und schloss stöhnend die Augen. »Bei allen Heiligen, Ihr kostet mich noch den Kopf!«, murrte er.

Aber er schloss die Tür des Cottages hinter sich und folgte ihr zum Tor.

Mr Jones tat sogar noch mehr, als ihr die Putzsachen ins Haus zu tragen. Er füllte auch einen Holzeimer mit Wasser und ging mit ihr durchs Haus. Es war so groß, dass sie sich kaum entscheiden konnte, wo sie anfangen sollte. Schließlich beschloss sie, den Raum zu putzen, der früher einmal bestimmt das Musikzimmer gewesen war. Vor ihrem geistigen Auge konnte sie förmlich sehen, wo das Pianoforte vor den raumhohen französischen Türen zu einem schrecklich verwilderten Garten gestanden hatte.

Sie sah auch vor sich, wie ihre Mutter darauf gespielt hatte, und sie fragte sich, ob *sie* das als Kleinkind sogar wirklich gesehen hatte. »Hier«, sagte sie, »war das Musikzimmer, glaube ich.«

»Ich finde, hier sieht ein Zimmer aus wie das andere«, erwiderte Mr Jones.

»Nein«, sagte Greer. »Ich weiß es einfach.« Sie legte ihren Umhang und ihre Haube ab, schlüpfte aus ihrem Reitjackett und krempelte die Ärmel auf. Madoc Jones lehnte an der Wand und beobachtete sie.

Greer runzelte die Stirn. Ihr wäre es lieber gewesen, wenn er wieder ginge, aber er machte keine Anstalten, und als sie begann, die Kaminumrandung zu säubern, stützte er sich mit den Ellbogen auf das Fensterbrett.

»Ich hätte nie gedacht, dass ich eines Tages einmal sehen würde, wie eine Frau von Stand sich die Hände bei ehrlicher Arbeit schmutzig macht«, sagte er.

Das lag daran, weil Frauen von Stand selten ein ganzes Haus ihr Eigen nennen konnten. Und im Licht der letzten zwei Tage – zwei unglaublich fesselnde Tage! – hatte sie schon einen Plan entwickelt, wie sie ihre Rückkehr nach London weiter aufschieben konnte. Was sollte sie da auch? Ihren Ruf hatte sie durch ihre eigene Schuld ruiniert, und ihre Hoffnungen, eine gute Partie zu machen, konnte sie vergessen.

Aber vielleicht konnte sie Rhodrick dazu überreden, ihr Kendrick zu überlassen, damit sie hier – nur eine Stunde zu Pferd von ihm entfernt – leben konnte.

Da ja der Winter bevorstand und sie viertausend Pfund zu erwarten hatte, konnte sie es renovieren und in Rhodricks Nähe bleiben.

Allein schon der Gedanke brachte sie zum Lächeln. Lächerlich, dachte sie, dass sie sich anfangs vor ihm gefürchtet hatte. Jetzt hatte sie keine Angst mehr vor ihm, jetzt sehnte sie sich nach ihm.

Ihre Fantasie schlug Purzelbäume, während sie putzte. Vielleicht würde sie ihn ja auch heiraten. *Die Prinzessin von Powys*. Das klang wirklich sehr hübsch. Im Sommer würden sie auf Kendrick leben, da es einladender war als Llanmair. Und sie würden bestimmt Kinder haben. Kinder mit seinen schönen grünen Augen und dichten schwarzen Haaren.

Vielleicht würde sie aber auch allein in diesem prächtigen Haus leben, wie ein Mann, und der Prinz wäre ihr Liebhaber. Dabei fiel ihr ein verbotener Roman ein, den sie und Phoebe einmal Tante Cassandra entwendet hatten. Sie hatten sich nachts daraus vorgelesen, mit weit aufgerissenen Augen und kichernd bei den anzüglichen Stellen. Die Heldin, Mary Anderson, hatte sich nach dem Tod ihres Mannes ganz allein in der Gesellschaft behauptet.

Greer würde es genauso machen. Sie würde die Mary Anderson von Wales sein und für sich selbst sorgen. Oder aber sie würde elegant als Prinzessin erstrahlen und in ganz Wales für ihre glanzvollen Feste und Bälle berühmt sein.

»Ich weiß gar nicht, warum Ihr so lächelt«, erklärte Mr Jones gähnend und betrachtete seine schmutzigen Fingernägel. »Das Haus ist unbewohnbar.«

»Nein, Mr Jones, da irrt Ihr Euch«, erwiderte Greer fröhlich. »Es muss nur repariert und ein wenig sauber gemacht werden, und dann ist das Haus so gut wie neu.«

Mr Jones schnaubte verächtlich.

»Was ist das wohl für ein Zimmer genau über uns?«, fragte sie ihn.

»Was für ein Zimmer?«

»Das verschlossene Zimmer.«

»Ah. Dort wurde Miss Yates gefangen gehalten, Miss.«

Greer hörte auf zu putzen und blickte ihn an. »Gefangen gehalten? Was meint Ihr damit?«

»Wisst Ihr denn nicht, warum Kendrick unbewohnt und geschlossen ist?«, fragte Mr Jones.

Er grinste entzückt, als sie ihn nur fragend anschaute.

»Aha, das hat Euch also niemand erzählt? Ich würde behaupten, wenn Ihr erst einmal von Miss Yates wisst, dann seid Ihr nicht mehr so versessen darauf, dieses alte Gemäuer herzurichten.«

Greer zog sich der Magen zusammen. »Wer ist Miss Yates?«, fragte sie.

»Die unglückselige Geliebte des Prinzen oder seines Cousins, je nachdem, wer die Geschichte erzählt. Sie war in diesem Zimmer so lange eingesperrt, dass sie wahnsinnig geworden ist.« Er schüttelte den Kopf. »Ein trauriges Ende hat sie genommen.«

»W-was ist denn passiert?«

»Sie entkam, stürzte in einen Abgrund – oder sprang – und brach sich den Hals. Manche sagen, der Cousin des Prinzen hatte Schuld. Manche sagen auch, der Prinz. Ich persönlich fand es ja immer seltsam, dass der Prinz sie auf Anhieb gefunden hat. Sie lag auf dem Grund einer Schlucht, weit von hier, und er hat sie ganz alleine gefunden.« Er beugte sich vor und fügte leise hinzu: »Manche meinen ja, er hat sie nur gefunden, weil er sie dorthin gelegt hat.«

»Das ist doch lächerlich«, sagte Greer und versuchte, sich vorzustellen, dass der Mann, mit dem sie geschlafen hatte, etwas damit zu tun hatte. Der Mann, der ihr erst vor wenigen Wochen das Leben gerettet hatte. Er hätte sie auch einfach dort liegen lassen können, und niemand hätte sie je gefunden. »Eure Fantasie geht mit Euch durch, Mr Jones.«

»Vielleicht, Miss Fairchild«, sagte er. »Aber Ihr müsst zugeben, dass es seltsam ist.«

Ja, das stimmte, vor allem, weil Percy ihr genau dieselbe Geschichte erzählt hatte. Mit Nachdruck schrubbte Greer weiter.

Mr Jones reckte sich. »Sie lebt immer noch hier.«

»Wer?«

»Miss Yates.« Er lächelte, als Greer in ihrer Arbeit innehielt und ihn anschaute. »Ich sehe sie oft. Sie steht in der Eingangstür, als ob sie nach jemandem Ausschau hält.«

Greer lief ein kalter Schauer über den Rücken.

»Ich glaube, die Dame findet keine Ruhe, bis nicht ihr Liebhaber zu ihr kommt.«

Gereizt runzelte Greer die Stirn. »Hattet Ihr vor dieser Erscheinung auch Whiskey getrunken, Mr Jones?«, fragte sie skeptisch.

Mr Jones lachte leise. »Vielleicht, Miss. Aber wenn ich Euch alleine in diesem Zimmer lasse, könnt Ihr nicht wissen, ob es der Whiskey oder ein Geist war, oder?«

Er zwinkerte ihr zu und wandte sich zum Gehen.

»Ich überlasse Euch jetzt Eurem Hausputz. Ich habe selbst genug zu tun.«

Greer schob sich eine Haarsträhne aus der Stirn und lauschte seinen Schritten, die sich entfernten. Als sie ihn nicht mehr hören konnte, blickte sie sich im Zimmer um. *Geist*. Das war doch lächerlich. Sie würde einen Weg finden, um die geschlossene Tür zu öffnen. Und es gab ganz sicher eine logische Erklärung dafür, warum der Prinz die arme Miss Yates gefunden hatte.

»Es muss eine geben«, murmelte Greer. Und doch schlichen sich leise Zweifel in ihre Gedanken. Und als auf einmal die Bodendielen im Zimmer über ihr knarrten, als ob jemand darüberlaufen würde, beschloss sie, dass sie für heute genug geputzt hatte. Rasch packte sie ihre Sachen zusammen und verließ das Haus.

Als sie bei Mr Jones' Cottage ankam, war sie außer Atem.

Er hackte Holz. Als er sie sah, hielt er inne, stützte sich auf seine Axt und blickte ihr grinsend entgegen.

»Habt Ihr schon alles sauber gemacht?«, fragte er.

»Nur ein Zimmer«, erwiderte sie.

»Schade. Es wäre schön gewesen, alles wieder sauber zu sehen.«

»Ich bin noch nicht fertig, Mr Jones. Wenn es das Wetter erlaubt, komme ich morgen wieder.« Sie nickte ihm kurz zu und ging weiter. Am Tor drehte sie sich um. Er stand immer noch auf seine Axt gestützt da und blickte ihr nach.

»Mr Jones, wenn Ihr glaubt, der Prinz habe etwas mit dem Tod der armen Frau zu tun, warum steht Ihr dann in seinen Diensten?«

»Ich habe nicht behauptet, dass ich das glaube«, erwiderte er freundlich. »Aber selbst wenn, hätte ich keine andere Wahl. Ich trage eine Schuld ab.«

Sie blickte ihn verwirrt an. Schmunzelnd fuhr er fort: »Ich bin ein Trinker, Miss Fairchild. Der Dämon der Trunksucht, wie es so schön heißt, hat mich fest im Griff. Der Prinz hat mir ein Dach über dem Kopf gegeben, als die meisten mich am liebsten gehängt hätten. Ohne ihn wüsste ich nicht, wo ich hin sollte.« Lächelnd hob er erneut die Axt. »Hört auf meinen Rat, Miss. Haltet Euch vom Alkohol fern.« Er spaltete das nächste Holzscheit.

Greer wandte sich ab. Als sie durch das Tor ging, hörte sie, dass er sich wieder an die Arbeit gemacht hatte. Auf einmal war sie völlig durcheinander.

Als Mr Morris, der Butler im Downey-Haus, Phoebe den neuesten Brief von Greer brachte, öffnete diese ihn erst gar nicht, sondern schlüpfte in ihren Umhang und fuhr mit allen Briefen, die sie in der Zwischenzeit von Greer bekommen hatte, zu Middleton House. Ava hatte sie benachrichtigt, dass sie endlich wieder in der Stadt waren.

Im Morgenzimmer von Middleton House las Ava alle Briefe,

dann lehnte sie sich mit einem schweren Seufzer zurück. »Was in Gottes Namen hat sie bloß angestellt?«

»Ich habe nicht die leiseste Ahnung, Ava, aber wir *müssen* dringend zu ihr«, drängte Phoebe. »Middleton mietet uns sicher eine Kutsche, oder?«

»Natürlich«, sagte Ava. »Aber es regnet dieses Jahr so schrecklich, und bald wird es schneien. Es könnte einige Zeit dauern, bis wir da sind.«

»Ja, aber wir müssen sofort dorthin, Ava«, rief Phoebe angstvoll. »Sie steht am Rande des Verderbens!«

Ava blickte ihre jüngere Schwester an und lächelte schwach. »Du musst dich wappnen, Liebste, denn ich fürchte, dass Greer bereits in der Suppe schwimmt, die sie sich eingebrockt hat.«

24

Rhodrick hatte sich seit Jahren, seit Jahrzehnten, nicht mehr so beschwingt gefühlt, und er konnte es nicht erwarten, Greer wieder in den Armen zu halten.

Er erledigte seine Geschäfte so hastig, als ob ein Feuer auf Llanmair wütete, und bevor er endlich nach Hause fuhr, stattete er noch einen Besuch dem Juwelier ab, den er zu Eiras Lebzeiten häufiger in Anspruch genommen hatte.

Der Händler freute sich, ihn zu sehen, weil ihm bei seinem Anblick zweifellos schon die Goldstücke vor Augen standen. Als er jedoch merkte, dass Rhodrick nach einem Geschenk für eine Frau suchte, begann er, ihm neugierig Fragen zu stellen. Rhodrick war klar, dass sich der Klatsch wie ein Lauffeuer ausbreiten würde.

»Darf ich nach dem Zweck des Geschenks fragen, Mylord?«, erkundigte er sich. »Ist es für einen Geburtstag? Oder für einen Jahrestag?«

Rhodrick würdigte ihn kaum eines Blickes.

Er betrachtete die verwirrende Vielfalt von Edelsteinen, die vor ihm auf dem Tisch ausgebreitet waren. Für ihn schienen sie alle die gleiche Farbe zu haben. »Ein Geschenk«, wiederholte er.

»Wenn Ihr mir vielleicht das Alter der Dame sagen würdet …«

»Dieser hier«, sagte Rhodrick und zeigte auf einen Ring mit einem strahlend blauen Stein, der die gleiche Farbe hatte wie Greers Augen. »Was ist das?«

»Ein Wassersaphir, Mylord«, erwiderte der Juwelier und reichte ihm den Ring zur Begutachtung.

Der Stein war so groß wie der Nagel seines Zeigefingers und

von kleinen Diamanten umgeben. »Ich nehme ihn«, sagte er zu dem Händler. »Packt ihn mir bitte ein.«

Der Juwelier legte den Ring in ein kleines Kästchen. Er warf Rhodrick einen fragenden Blick zu. »Der Anlass für ein solches Geschenk ist sicher ein wichtiges Ereignis, Mylord.«

»Mmm«, erwiderte Rhodrick.

»Der Ring wird bestimmt ein Familienerbstück«, fuhr der Mann fort und reichte Rhodrick das verpackte Kästchen. »Wie soll ich die Rechnung ausstellen?«

Rhodrick blickte ihm in die Augen. »Ein Saphirring«, schlug er vor. »Und belastet mein Konto.«

So schnell er konnte, ritt er nach Llanmair zurück, tief über den Hals seines Pferdes gebeugt, das Kästchen mit dem Ring sicher in der Tasche verwahrt.

Als er in den Hof gedonnert kam, eilten sofort zwei Stallknechte herbei, um ihm das Pferd abzunehmen. Er saß ab, warf den Jungen die Zügel zu und trat in die Eingangshalle, wo Ifan schon auf ihn wartete.

Rhodrick reichte Ifan seinen Hut. »Schickt Miss Fairchild zu mir ins Studierzimmer.«

Ifan senkte den Blick. »Miss Fairchild ist nicht da«, sagte er.

Rhodrick blieb stehen. »Was? Wo ist sie denn?«

»Sie ist heute früh kurz nach Euch auf der Stute ausgeritten.«

Die Euphorie, die Rhodrick den ganzen Tag über erfüllt hatte, sank in sich zusammen wie ein Ballon, aus dem man die Luft gelassen hatte. Geistesabwesend fuhr er sich mit der Hand durch die Haare. Seine Gedanken überschlugen sich. »Hat sie gesagt, wo sie hinreiten wollte?«

»Nein, Mylord, sie wollte es nicht sagen.«

Wollte es nicht? Erneut schlichen sich Zweifel in seine Gedanken. Er konzentrierte sich darauf, seine Handschuhe auszuziehen. »Wenn sie wiederkommt, soll sie sofort zu mir ins Studierzimmer kommen«, erklärte er mürrisch. »Ich sehe die Bücher durch.«

»Ja, Mylord.«

Er nahm sich den Reitumhang von den Schultern und reichte ihn Ifan. Mit einer Hand betastete er die Tasche seines Jacketts, in der das kleine Kästchen steckte.

Ifan verbeugte sich und verließ die Halle.

Rhodrick schüttelte den Kopf, um die unliebsamen Gedanken zu vertreiben, die ihm plötzlich in den Sinn kamen. Er brauchte sich keine Sorgen zu machen, sagte er sich. Er hatte zweimal bei dieser Frau gelegen, und er war doch kein grüner Junge im Umgang mit weiblichen Ränken. Er wusste aus Erfahrung, dass Greer ihr Beisammensein ebenso genossen hatte wie er.

Aber als Rhodrick den Kopf hob, fiel sein Blick auf sein Spiegelbild, und erneut schnürten ihm Zweifel die Kehle zu.

Greers Wangen waren rosig von der Kälte, als sie sein Studierzimmer betrat.

»Miss Fairchild«, knurrte Rhodrick, der hinter seinem Schreibtisch saß. »Willkommen daheim.«

»Danke«, erwiderte sie und hockte sich hin, um Cain und Abel zu begrüßen. »Es war so ein schöner Tag, ich habe es drinnen nicht ausgehalten.« Sie warf ihm einen prüfenden Blick zu. »Ich hoffe, es macht Euch nichts aus.«

»Natürlich nicht. Ich hoffe, Ihr habt Euch nicht wieder verirrt?«

»Nein, keineswegs«, erwiderte sie. »Ich glaube, mittlerweile kenne ich mich um Llanmair herum ganz gut aus.«

Das konnte er sich beim besten Willen nicht vorstellen, da sein Besitz riesengroß war. »Ich dachte, Ihr müsstet ein Jahrhundert walisischer Geschichte nachlesen«, sagte er und blickte auf die Papiere, die vor ihm lagen.

»Ich habe gestern Abend noch lange gelesen.« Sie trat an den Kamin und legte die Hände auf die Umrandung. Sie warf ihm einen seltsamen Blick zu. »Es hat mich überrascht, wie faszinierend das Kapitel über den Kanalbau in Wales war.«

Ihm war klar, dass sie Kanalbau nicht im Mindesten interessierte. »Habt Ihr zufällig bei Eurem Ritt einen der Kanäle gesehen, auf denen Kohle nach Powys gebracht wird?«, fragte er beiläufig.

»Nein«, erwiderte sie. »Gibt es überhaupt Kanäle in Powys?«

So viel dazu, wie gut sie sich auf Llanmair schon auskannte. Rhodrick stand abrupt auf und trat ans Fenster. »Wohin seid Ihr denn geritten, wenn Ihr die Kanäle nicht gesehen habt?«

»Hier und dort.« Sie trat neben ihn ans Fenster, die Hände auf dem Rücken verschränkt.

»Seid Ihr jemandem begegnet?«

Sie warf ihm einen finsteren Blick zu. »Ihr traut mir immer noch nicht.«

Er presste die Lippen zusammen. »Nein, nicht ganz«, gab er zu.

»Wen sollte ich denn gesehen haben?«

»Vermutlich eine Menge Leute. Percy vielleicht?«

»Mr Percy?«, rief sie aus und lachte bitter. »Ich mag ja einmal eine Närrin gewesen sein, aber das passiert mir nicht noch einmal.«

Er freute sich außerordentlich, das zu hören, aber es nahm ihm nicht seine Angst.

Sie seufzte. »Ich habe niemanden gesehen, den ich kenne – wie sollte ich auch? Hier sind ja meilenweit nur Wald und Felder, ohne eine einzige Menschenseele.«

Rhodrick wandte sich zu ihr. »Vielleicht seid Ihr ja jemandem begegnet, den Ihr *nicht* kennt, denn ich kann nicht verstehen, warum Ihr mir nicht erzählen wollt, auf welchem Teil meines Besitzes Ihr Euch aufgehalten habt.«

Sie öffnete den Mund, um ihm zu antworten, machte ihn aber wieder zu, weil sie nicht wusste, was sie sagen sollte. Entschlossen hob sie das Kinn.

»Ihr könnt Euer Verhör einstellen, Mylord, weil ich Euch sowieso nicht antworten werde. Zufällig plane ich nämlich eine Überraschung.«

»Was für eine Überraschung denn?«, fragte er misstrauisch.

»Wenn ich es Euch sagen würde, wäre es ja keine Überraschung mehr, oder?«, erwiderte sie und lächelte trotzig.

Rhodrick umfasste ihr Gesicht mit beiden Händen und betrachtete sie forschend. Ihre Lider zuckten, aber sie lächelte ihn strahlend an.

War er ein Narr? Lebte er schon so lange hier allein und zurückgezogen auf Llanmair, dass er nicht mehr wusste, wie er seine Gefühle schützen sollte? Wenn er in diese blauen Augen blickte, konnte er einfach nicht glauben, dass sie ihm wehtun wollte.

Andererseits konnte er sich aber auch nicht so recht vorstellen, wie sie ihn *überraschen* wollte. Aber sie hatte ihn ja schon durch ihre unerwartete Ankunft auf Llanmair überrascht.

Er war ein blöder, liebeskranker Narr, und es war ihm egal. Er wollte sie nur endlich küssen und ihren warmen Körper in den Armen halten. Als er sich zu ihr herunterbeugte und seine Lippen auf ihren süßen Mund legte, da wusste er, dass ihn alle Vernunft verlassen hatte.

»Ich habe auch eine Überraschung für Euch«, sagte er.

»Ich *liebe* Überraschungen!«, sagte sie fröhlich.

Schmunzelnd trat er an seinen Schreibtisch und ergriff die Bankanweisung, die er ausgestellt hatte. Er reichte sie ihr. »Euer Erbe.«

»*Was?*« Ungläubig glitt ihr Blick zu dem Stück Papier. »Rhodrick!«, rief sie aus und schlang ihm die Arme um den Hals. Sie küsste ihn stürmisch. »Aber was ist mit dem Brief?«, erkundigte sie sich atemlos.

»Ich brauche ihn nicht«, erwiderte er und meinte es ernst. »Ihr könnt mit dem Geld machen, was Ihr wollt.«

»Ach du liebe Güte.« Greer nahm die Bankanweisung entgegen und betrachtete sie. »Ich komme mir so vor, als hätte ich etwas Wichtiges geleistet.«

Lachend küsste er sie wieder. Und er fragte sie jetzt auch nicht mehr, wo sie gewesen war, schließlich wollte er nicht riskieren, sie nicht mehr küssen zu können. Er vergaß alles um sich herum und schickte sogar die Hunde aus dem Zimmer, um Greer ganz für sich allein zu haben.

Selbst der dumpfe Schmerz in seinem Knie, der auf einen Wetterumschwung hindeutete, blieb unbemerkt. Nur Greer zählte.

An jenem Abend unterhielt sie ihn beim Essen auf das Großartigste mit ihrem frisch erworbenen Wissen über Wales. Und er erzählte ihr von seinem Vorhaben, zu Weihnachten eine Soiree zu geben.

Greers Lächeln erlosch. »Eine Soiree?«, fragte sie skeptisch.

Er nickte. »Würde Euch das nicht gefallen?«

»Aber … aber was werden Eure Gäste denken?«, fragte sie leise.

»Dass Ihr mein Gast seid. Nur … es gibt eine Veränderung in unserer Bekanntschaft.«

»Ihr meint, wenn ich nach London zurückkehre«, sagte sie und runzelte nachdenklich die Stirn.

Als ob er sie gehen lassen könnte. Er zog das Kästchen aus der Tasche und stellte es auf den Tisch. »Ich habe nicht die Absicht, das zu erlauben«, sagte er leise. Mit einem Blick schickte er seine Lakaien aus dem Zimmer.

Als sich die Tür hinter den beiden Männern geschlossen hatte, blickte Greer Rhodrick an. »Was ist das?«, fragte sie misstrauisch.

»Warum öffnet Ihr es nicht?«

Sie ergriff das Kästchen und packte es langsam aus. Als sie es öffnete, riss sie überrascht die Augen auf. »Ach, du meine Güte«, flüsterte sie und nahm den Ring heraus. »Er ist … er ist *wunderschön.*«

»Ich hatte gehofft, dass er Euch gefallen würde.«

»*Gefallen?*«, rief sie aus und blickte ihn an. »Es ist der schönste Ring, den ich je gesehen habe. Aber Rhodrick … ich kann so ein extravagantes Geschenk nicht annehmen …«

Er lachte über ihre Naivität. »Ich glaube, du verstehst meine Absichten nicht, Liebling. Aber das ist ganz allein meine Schuld, weil ich bisher noch nichts gesagt habe. Ich möchte dich heiraten, Greer. Auf der Stelle.«

Greer wich zurück. »*Was?*«

Ein Schreck durchzuckte Rhodrick. »Was ist?«, fragte er mit mühsam beherrschter Ruhe.

»Warum sprecht Ihr auf einmal von Ehe?«, fragte sie alarmiert.

»Greer! Hast du wirklich geglaubt, ich würde dich in mein Bett holen und dich dann im Stich lassen?«

»Nein«, erwiderte sie kopfschüttelnd. »Ja! Ich meine … ich meine, weil ich ja so wenig respektabel auf Llanmair angekommen bin, und ohne Anstandsdame hier gelebt habe …«

»Das spielt keine Rolle«, wiegelte er ab.

»Doch, es spielt eine *große* Rolle«, erwiderte Greer und stand auf.

»Ich kümmere mich schon seit Langem nicht mehr darum, was die Leute sagen oder denken …«

»Aber *ich*«, gab sie zurück und begann, auf und ab zu gehen. »Und dann ist da auch noch London. Ich gehöre nach London, nicht in ein einsames Schloss mitten in der Wildnis«, schrie sie. »Meine Familie – mein ganzes *Leben* ist in London!«

»Hier hättet Ihr auch ein schönes Leben«, brummte Rhodrick.

»Ja, natürlich, aber …« Sie stöhnte und schlug sich die Hände vors Gesicht. »Ganz ehrlich, ich hatte eine Ehe bis jetzt überhaupt nicht in *Betracht* gezogen!«

Sie hielt ihn tatsächlich für fähig, ihr die Tugend zu rauben, ohne über ihre Zukunft nachzudenken. Das machte ihn mindestens genauso wütend wie die Tatsache, dass sie genauso wenig darüber nachgedacht hatte, als sie sich ihm hingegeben hatte. Er stand auf und trat zu ihr. »Nach dem, was wir miteinander geteilt haben«, sagte er und legte ihr die Hände auf die Arme, »gibt es gar keine andere Möglichkeit. Haltet Ihr mich für so niederträchtig, dass ich Euch kompromittieren würde, ohne die Konsequenzen zu tragen?«

Sie wich vor ihm zurück, und als sie ihn auch nicht anschaute, wurde Rhodrick klar, dass er ein Narr war. Er hatte sich in diese Frau verliebt, obwohl er doch hätte wissen müssen, dass sie sich nie auf ewig an einen Mann wie ihn binden würde. Warum sollte sie auch? Sie war jung, wunderschön und strahlend …

»Versucht mich doch zu verstehen«, sagte sie bekümmert. »Euer Antrag rührt mich, aber ich bin … er trifft mich völlig unvorbereitet.« Nervös blickte sie sich um. »Ich habe nicht gedacht …« Sie brach ab und blickte ihn traurig an. »Ich danke Euch für Eure Sorge um meine Tugend, aber ich bin nicht darauf vorbereitet, eine so große Entscheidung zu treffen.«

»Entschuldigung«, sagte er gepresst, »was hattet Ihr denn im Sinn?«

»Ich … es ist ziemlich kompliziert.«

Kompliziert? *Herr im Himmel.* Er rang um Fassung. »Bitte, Greer, sagt mir die Wahrheit. Gibt es einen anderen Mann, dem Ihr Zuneigung schenkt?«

Sie warf ihm einen finsteren Blick zu. »Vermutlich meint Ihr Mr Percy?«

Er zuckte mit den Schultern.

»Es scheint Euch zwar schwerzufallen, mir zu glauben, aber ich kann Euch nur noch einmal versichern, es gibt keinen Gentleman, der in London auf mich wartet, und ich habe nie besondere Zuneigung für Mr Percy verspürt.«

Ihre Empörung hatte keine Wirkung auf ihn. »Warum lehnt Ihr denn dann eine Verbindung mit mir ab? Ist mein Vermögen nicht groß genug? Mein Titel nicht erhaben genug? Mein Gesicht nicht schön genug?«

»Ihr beleidigt mich«, erwiderte sie mit gefährlich leiser Stimme. »Ich weiß nicht, wie ich es Euch begreiflich machen kann, aber ich habe in diesen Wochen auf Llanmair wie in einem Traum gelebt, Prinzessin gespielt und so getan, als befände ich mich in einem Märchen. Aber es ist nicht *real.* Mein Leben ist in London, meine Cousinen sind in London. Euer Leben ist hier, und ich glaube einfach nicht, dass wir uns begegnen sollten.«

Sie hatte ihn erschlagen. Er kam sich vor, als läge er mit blutenden Wunden auf dem Schlachtfeld. Der Schmerz raubte ihm den Atem. Rhodrick konnte nicht sagen, was er erwartet hatte, aber ganz bestimmt nicht das. Er blickte auf den Ring, der auf dem Tisch lag, die prachtvolle Geste seiner Achtung für eine Frau, die seine Liebe nicht erwidern konnte.

»Aber wir sind uns doch begegnet«, erwiderte er leise. Sein Herz schrie, dass das alles nicht sein könne. Es war ihm egal, auf welche Weise sie sich kennengelernt hatten, er hatte sich Hals über Kopf in sie verliebt, und jetzt blutete sein Herz.

Unbehagliches Schweigen erfüllte das Zimmer. »Es war ein langer Tag«, sagte er schließlich, steckte das Kästchen mit dem Ring wieder in die Tasche und verbeugte sich. »Gute Nacht«, sagte er leise.

Sie blickte ihn erschreckt an und machte zwei Schritte auf ihn zu, um ihm die Hand auf den Arm zu legen.

Es kostete Rhodrick unmenschliche Kraft, bei dieser Geste nicht zusammenzuzucken. »Rhodrick, bitte, versucht doch zu verstehen.« Sie blickte ihn aus ihren leuchtend blauen Augen, die er so liebte, an. Er versuchte, in ihnen zu lesen, versuchte zu verstehen, was in ihrem Kopf vor sich ging, aber plötzlich wurde ihm klar, dass er Miss Fairchild gar nicht kannte. »Ich verstehe durchaus.« Er schüttelte ihre Hand ab und verließ das Zimmer.

25

Als Rhodrick sich mit seinen Hunden in sein Studierzimmer zurückzog, begab sich Greer ebenfalls in ihre Gemächer. Widersprüchliche Gedanken wirbelten ihr durch den Kopf, und zahlreiche Emotionen überfluteten sie.

Sein Heiratsantrag hatte sie geschockt und geängstigt. Sie hatte keine Zeit gehabt, sich darauf einzustellen, und als sie den Ring gesehen und seine Absichten erkannt hatte, hatte sie ihre Gedanken und Gefühle nicht in den Griff bekommen.

Jetzt, in der Stille ihrer Suite, versuchte sie, das nachzuholen.

Nervös ging sie auf und ab, wobei ihre Finger unwillkürlich an ihrem Amulett rieben. Sie war *natürlich* bewegt und auch erleichtert, dass er sie heiraten wollte – und auch die Vorstellung, Prinzessin zu sein, missfiel ihr nicht völlig –, aber in *London*. Nicht in Wales. Sie wollte in der Nähe ihrer Cousinen sein, damit ihre Kinder zusammen aufwachsen konnten, in einer anregenden, aufregenden Gesellschaft. Hier war es viel zu einsam.

Andererseits hatte sie sich doch auch mit dem Gedanken angefreundet, sich allein auf Kendrick niederzulassen, und jetzt, wo sie die Mittel dazu hatte, konnte sie eigentlich ein Leben führen, von dem die meisten Frauen nur träumen konnten. Es war ein reizvoller Gedanke, sein Schicksal selbst in die Hand nehmen zu können. Sie wusste, was für ein Geschenk das war, zumal ihr Stiefonkel, Lord Downey, ihr und ihren Cousinen den Boden unter den Füßen weggezogen hatte, indem er ihnen nach dem Tod von Tante Cassandra erklärt hatte, dass ihnen ihr Erbe nicht zustünde und er sie so schnell wie möglich verheiraten würde.

An jenem Nachmittag war Greer nur allzu deutlich bewusst

geworden, wie abhängig man als Frau von der Achtung der Männer war. Ohne eigenes Geld war sie auf Freundlichkeiten angewiesen, die ihr zuteil wurden.

Und wenn sie ihr Leben so leben wollte, wie es ihr gefiel, so konnte sie sich nicht so ohne Weiteres einem Mann hingeben, den sie kaum kannte. Und sie musste zugeben, dass das, was Mr Jones ihr erzählt hatte, sie nachdenklich gemacht hatte.

Und doch sehnte sie sich von ganzem Herzen nach ihm. Er musste ja glauben, sie liebte ihn nicht. Sie hatte gemerkt, wie überrascht und fassungslos er von ihrer Reaktion gewesen war.

Natürlich liebte sie ihn, unabhängig von den Gedanken, die sie sich über ihre Zukunft machte.

Sie blickte zu der Uhr auf dem Kaminsims. Es war halb ein Uhr nachts – die Dienstboten waren schon längst zu Bett gegangen, und sie konnte jetzt bestimmt in sein Studierzimmer gelangen, ohne dass sie jemand bemerkte. Sie musste noch einmal mit ihm reden und ihm ihre Gedanken darlegen.

Sie warf sich einen Morgenmantel über ihr Nachthemd und schlüpfte dann in die Pantoffeln, die Mrs Bowen ihr gegeben hatte. Die Haare hingen ihr offen über den Rücken.

Da sie schon lange genug im Schloss war, fand sie ihren Weg auch im Dunkeln. Mit den Fingern tastete sie sich an der Wand entlang, und ab und zu fiel Mondlicht durch eines der Fenster.

Leider war der Prinz nicht in seinem Arbeitszimmer. Die Tür stand offen, und der Kamin war fast kalt. Greer überlegte, ob sie zu seinem Schlafzimmer gehen sollte. Es war erschreckend, wie weit es mit ihrer Tugend gekommen war. Praktisch von dem Moment an, seit sie mit Mrs Smithington die Kutsche bestiegen hatte, war sie von einer unsichtbaren Klippe gesprungen und hatte alles zurückgelassen, was sie über Anstand und Moral gelernt hatte. Aber dies hier … das war nun wirklich das Allerschlimmste. Sie überlegte sich, ob sie sich in das Zimmer eines Mannes schleichen sollte, um ihn zu verführen.

Andererseits machte das jetzt auch keinen Unterschied mehr, sagte sie sich.

Also ging sie weiter, tastete sich langsam durch Korridore, die sie nicht so gut kannte, aber es gelang ihr ohne Probleme, seine Gemächer zu erreichen. Als sie jedoch vor seiner Tür stand, zögerte sie.

»Ein bisschen spät für Gewissensbisse«, flüsterte sie sich zu. Langsam und vorsichtig öffnete sie die Tür und betrat ein Zimmer, das zum Glück von der Glut eines heruntergebrannten Feuers nur schwach beleuchtet war.

Die Einrichtung war ziemlich karg, was sie nicht überraschte: ein Ledersessel mit Hocker, ein Tisch und sonst so gut wie nichts.

Greer huschte lautlos über den dicken Teppich, warf jedoch im Vorbeigehen einen Blick auf die Bücher, die auf dem Tisch neben dem Sessel lagen – französische und walisische Titel.

Eine Tür führte zu einem weiteren Zimmer, in dem es so dunkel war, dass sie sich nur an der Wand entlang tasten konnte. Sie war ganz leise, nur einmal, als sie sich den Zeh an der Tür auf der anderen Seite des Zimmers stieß, entschlüpfte ihr ein kleiner Schmerzenslaut. Aber rasch nahm sie sich zusammen und umfasste den Türknopf. Sie hielt die Luft an, als sie die Tür vorsichtig einen Spalt weit öffnete.

Das Feuer im Kamin brannte noch. Sein Bett konnte Greer von der Tür aus nicht sehen, aber sie konnte den Prinzen atmen hören. Entschlossen trat sie ins Zimmer – und wurde im gleichen Moment an die Wand gedrückt und von seinen Händen wie in einem Schraubstock festgehalten.

Er roch nach Whiskey, und dass er getrunken hatte, sah sie auch daran, wie er blinzelte, um zu erkennen, wen er da gefangen hatte. Sein Hemd stand am Kragen offen, und auch die Manschetten hatte er gelöst. Seine dicken langen Haare waren zerzaust, als wäre er sich ständig mit den Händen hindurchgefahren. Sein Kinn war stoppelig, und er hatte Schatten unter den Augen.

Als er schließlich merkte, dass sie es war, ließ er sie langsam los und drehte sich um, sodass er ihr den Rücken zuwandte.

Schließlich wandte er sich ihr wieder zu, wobei er versuchte, sein Hemd in die Hose zu stopfen.

Greer musste an die Nacht denken, als er sie zum ersten Mal geküsst hatte. Damals hatte er auch so wild und gefährlich ausgesehen. Jetzt sah er genauso aus, und es erregte sie über die Maßen.

Mit einem erstickten Schrei warf sie sich ihm in die Arme und klammerte sich an ihn, um seine Stärke und die tröstliche Wärme seines Körpers zu spüren.

Rhodrick umschlang sie und drückte sie erneut mit dem Rücken an die Wand, während er sie leidenschaftlich küsste. Sie schmeckte den Whiskey in seinem Atem, spürte, wie heftig sein Herz schlug. Auf einmal fühlte sie sich zerbrechlich in seinen Armen, als ob sie in tausend Stücke zerspringen könnte, vor lauter Schuldgefühl und Freude.

Sein Mund glitt zu ihren Haaren, und er atmete stoßweise. »›*Rwy'n dy garu di. Liebe mich, Greer*‹«, flüsterte er rau.

Das verzweifelte Verlangen in seiner Stimme brach ihr fast das Herz. Er brauchte sie nicht darum zu bitten – sie tat es ja bereits, liebte ihn stark und tief, und trotzdem war es nicht genug, würde nie genug sein. Sie vergrub ihr Gesicht an seinem Kragen, atmete seinen Duft ein. Er packte ihren Morgenmantel und riss ihn grob auseinander.

»Liebe mich«, sagte er noch einmal. Schluchzend warf sie den Kopf zurück, als er sich zu ihr beugte und seinen Mund auf dem dünnen Stoff ihres Nachthemds um ihre Brustwarze schloss. Sie packte seine Schultern, als er ihr das Nachthemd hinaufschob und geschmeidig an ihr heruntterglitt, um mit dem Mund ihr Geschlecht zu berühren. Er stieß seine Zunge in ihre seidigen Falten, ließ sie um ihre harte Knospe kreisen und saugte und leckte und knabberte, bis sie glaubte, vergehen zu müssen. Sie bog sich ihm entgegen und hielt sich nur aufrecht, weil sie sich mit den Händen auf seinem Kopf abstützte.

Als sie es beinahe nicht mehr aushielt, hob er sie hoch, drehte sie um und drückte sie über die Rückenlehne des Sessels am Kamin. Mit einer Hand zog er sich die Hose herunter. Als er sich befreit hatte – sie spürte seinen heißen, harten Schaft durch ihr Nachtgewand –, küsste er sie auf Augen, Stirn und Mund.

Seine Hände glitten über ihren Körper, und dann schob er ihr Nachthemd hoch und drang mit den Fingern in ihr nasses, heißes Geschlecht ein. Sie bekam kaum Luft. Gierig rieb sie ihren Körper an ihm.

Er knetete ihre Brust, seine Finger drückten ihren Nippel, und er überschüttete ihren Hals mit Küssen. Unwillkürlich machte sie die Beine breit, und mit einem raschen Stoß drang er von hinten in sie ein. Als er sich langsam in ihr zu bewegen begann, bog sich Greer ihm instinktiv entgegen und genoss schamlos das flammende Gefühl, das sich in ihrem Körper ausbreitete.

Ihr Fieber wurde zur Glut, und immer wilder stieß er zu. Tief tauchte er in sie ein, und sie spürte ihn mit jeder Faser, tauchte ein in der Lust, die er ihr schenkte.

Sie brannte lichterloh, und als er sie weiter nach vorne drückte, überfiel sie ein unvorstellbares Verlangen. Sie wollte ihn nur noch tief und hart in sich spüren.

Sie stützte sich am Sessel ab und bog sich jedem seiner Stöße entgegen. Er drückte seine Lippen in ihre Haare und auf ihren Nacken, und seine Finger tanzten wie Magie auf ihrer Haut.

»So wollte ich dich, *zum Teufel*«, flüsterte er rau. »So wollte ich dich nehmen, so solltest du mich spüren.«

Greer keuchte vor Lust; ihr ganzer Körper sehnte sich nach der Erlösung, die er ihr schenken konnte.

»Sag mir, dass du es auch willst«, sagte er atemlos. »Sag mir, dass du *mich* willst.«

»Ich will es«, flüsterte sie heiser. »Ich will *dich,* Rhodrick.«

Er knurrte leise, und dann entlud er sich plötzlich in ihr. Beide schrien sie auf, als er noch einmal mit dunklem Stöhnen heftig in sie hineinstieß. Sie zitterten am ganzen Körper.

Er ließ die Stirn auf ihre Schulter sinken, schlang ihr den

Arm um die Taille und zog sie an sich. Beide rangen nach Atem. Nach einer Weile löste er sich von ihr, nahm sie in die Arme und trug sie zu seinem Bett.

Er legte sich neben sie und umfing sie so fest, als fürchtete er, sie könne ihn verlassen, während er schlief.

Greer schloss die Augen und durchlebte verträumt noch einmal jeden einzelnen Moment. Die Wärme seines Körpers hielt die dunkle Realität für heute Nacht zurück.

Sie war noch nicht ganz eingeschlafen, als sie seine Hand an ihrer Schläfe spürte. »Ich liebe dich«, sagte er leise, mit rauer Stimme. »Ich habe dich immer geliebt.«

Sie öffnete die Augen und starrte in die Dunkelheit, als die Bedeutung dieser Worte ihre Schläfrigkeit durchdrang.

Erst viel später, als seine tiefen Atemzüge davon kündeten, dass er eingeschlafen war, wandte sie sich zu ihm. *»Ich liebe dich auch«*, wisperte sie.

26

Rhodrick weckte Greer vor dem Morgengrauen und brachte sie zurück in ihr Zimmer. Greer, die wunderschön aussah, wollte nicht gehen, aber Rhodrick bestand darauf – er wollte nicht, dass die Dienstboten noch mehr über sie klatschten.

Nachdem sie in ihrem Zimmer verschwunden war, in einem seiner Flanellmorgenmäntel, die Haare offen über den Rücken, lehnte er sich einen Moment lang an die Wand.

Sie hatten sich so tief geliebt, dass Rhodrick das Gefühl hatte, ein Reif um sein Herz sei zersprungen, und er hätte eine unsichtbare Barriere durchbrochen.

Greer hatte keine Ahnung, wie viel Macht sie über ihn besaß. Schon in früheren Jahren hatte es gereicht, den Körper einer Frau anzublicken, den Duft ihres Haares einzuatmen oder ein geflüstertes Wort der Ermutigung zu vernehmen, um ihn zu berühren. Aber bei Eira hatte er immer zu viel Angst gehabt, ihr wehzutun oder sie zu erschrecken, und deshalb hatte er sich nie gehen lassen. Erst jetzt bei Greer verstand er, wie explosiv die Liebe mit der Frau sein konnte, die er wirklich liebte. Es steckte eine Macht dahinter, die von Kopf bis Fuß von ihm Besitz ergriffen hatte, von seinem Herzen so gut wie von seinem Körper.

Er ging wieder in sein Zimmer und legte sich ins Bett. Die Bettwäsche roch noch nach ihr und nach ihrem Liebesakt, und als er die Augen schloss und einschlummerte, verblasste Greers Bild allmählich, und er war wieder in Kendrick.

Das Haus war verfallen; der Putz war voller Risse, und die Dachziegel bröckelten. Wieder stand die Frau, die ihn verfolgte, an der Tür und winkte ihn herbei. Rhodrick versuchte, sich abzuwenden und zu gehen, aber als Nächstes war er wieder im Wald und suchte eine tote Frau, wie vor Jahren schon. Als er jedoch dieses Mal ans Ende des Weges gelangte, war es Greer, die er leblos fand.

Abrupt fuhr er aus dem Schlaf auf. Er schwitzte, und es dauerte einen Moment, bis sich sein keuchender Atem beruhigte. Warum quälten ihn nach all dieser Zeit immer noch die alten Gespenster? Er fürchtete ernsthaft, den Verstand zu verlieren.

Lulu weckte Greer am nächsten Morgen viel zu früh mit einer Tasse heißer Schokolade. Neugierig blickte sie auf Greers Haare, machte sich aber dann daran, das Feuer im Kamin zu schüren.

Greer setzte sich auf. Ihr Körper schmerzte ein wenig, und sie warf Lulu einen verstohlenen Blick zu. Ob sie wohl wie alle Dienstboten auch vermutete, dass Greer nun die Geliebte ihres Herrn war?

Wenn das der Fall war, so gab sie es nicht zu erkennen.

»Soll ich Euch beim Anziehen helfen?«, fragte sie fröhlich, als Greer ihre Schokolade trank.

»Ich, äh … ich weiß noch nicht, was ich heute tun will«, erwiderte Greer unsicher.

»Ich kann Euch nur raten, zieht Euch warm an, Miss. Die Köchin spürt Schnee in ihren Knochen, und sie hat sich noch nie geirrt.«

»Oh«, sagte Greer. »Nun, es liegt mir fern, ihre Knochen zu ignorieren. Dann ziehe ich das dunkelgraue Wollkleid an, Lulu.«

»Werdet Ihr mit seiner Lordschaft frühstücken?«, fragte Lulu.

Greer, die gerade einen Schluck Schokolade trinken wollte, hielt inne. »Hat … hat er um meine Gesellschaft gebeten?«

Bildete sie sich das ein oder warf Lulu ihr einen wissenden Blick zu. »Nein, Miss, nicht dass ich wüsste.«

Sie wussten es. Das gesamte Personal wusste, dass sich die Beziehung zwischen ihr und dem Prinzen in den letzten Tagen geändert hatte. Sie musste sich dringend entscheiden. Sie rang noch mit sich, als es an der Tür klopfte. Lulu machte auf und kam kurz darauf mit einer Nachricht wieder.

»Das war Demetrius, der Lakai, Miss«, sagte sie. »Er hat Euch eine Nachricht vom Prinzen gebracht, der sich mit Euch und Mrs Awbrey heute zum Mittagessen treffen will.«

Oh nein, musste das sein! Sie hatte keine Zeit zum Mittagessen. Wenn man den Knochen der Köchin trauen konnte, dann brauchte sie den Tag unbedingt für Kendrick. Wenn es schneite, konnte sie nicht mehr ohne Weiteres dorthin reiten. Mühsam rang sie sich ein Lächeln ab. »Natürlich«, erwiderte sie.

Als Margaret Awbrey Rhodrick aus dem Haus kommen sah, wusste sie ebenfalls, dass es schneien würde – er humpelte stärker als sonst und hatte Mühe, es zu verbergen.

»Meg, was für eine schöne Überraschung«, sagte er, als er ihr aus der Kutsche half. »Ich habe mich sehr gefreut, als ich heute Morgen deine Nachricht erhielt. Ich hatte gar nicht erwartet, dich so bald wiederzusehen.«

»Ja, ich weiß«, erwiderte sie, »aber nach deinem gestrigen Besuch bin ich ein wenig in Panik geraten wegen deiner Soiree«, erwiderte sie und hakte sich bei ihm unter. »Ist dir klar, dass wir sofort mit der Planung anfangen müssen, wenn sie gelingen soll?«

»Nein, ich muss gestehen, das war mir nicht klar«, erwiderte er lächelnd.

»Na, was für ein Glück, dass du mich hast«, sagte sie augenzwinkernd. »Gesellt sich Miss Fairchild zu uns?«

»Ich glaube schon«, erwiderte Rhodrick und legte seine Hand auf Margarets Hand.

Er führte sie in den Großen Salon, und als sie eintraten, stellte Margaret erfreut fest, dass Miss Fairchild sie bereits erwartete. Sie trug ein graues Wollkleid, schlicht, aber ausgezeichnet gearbeitet, und sah auf eine unauffällige Weise hübsch aus. Miss Fairchild war nicht auffallend schön, dachte Margaret, aber bei näherer Bekanntschaft war ihre Anmut nicht zu übersehen. Sie konnte sich Miss Fairchild durchaus als Herrin des Hauses vorstellen.

Miss Fairchild lächelte und knickste – ebenso wie Margaret, die Rhodi verstohlen einen Blick zuwarf.

Thomas hatte natürlich recht. Für einen Außenstehenden wirkte Rhodi so befehlsgewohnt und prinzlich wie eh und je, aber *sie,* seine beste Freundin, entdeckte eine andere Ausstrahlung bei ihm. Er erinnerte sie an eine Katze, die auf ihre Beute lauert und jeden Moment zuschlagen will. Er ließ Miss Fairchild nicht aus den Augen.

Noch verräterischer jedoch war seine Hand, die er unablässig öffnete und schloss, als sehne er sich danach, sie zu berühren.

Sie begannen, über die Soiree zu sprechen. Miss Fairchild berichtete von einer Weihnachtssoiree, die sie in London besucht hatte, und Margaret lauschte interessiert. Als die beiden Frauen in ein angeregtes Gespräch vertieft waren, zog Rhodrick sich mit der Bemerkung zurück, er habe noch wichtige Korrespondenz zu erledigen, die keinen Aufschub duldete. Dabei blickte er Miss Fairchild an, und die beiden wechselten einen so intimen Blick miteinander, dass Margaret weggucken musste.

Als sich die Tür hinter Rhodi geschlossen hatte, lächelte Margaret Miss Fairchild verlegen an.

»Verzeiht mir, dass ich heute hier so unerwartet auftauche, Miss Fairchild«, sagte sie, »aber zwischen Rhodi und mir ist es nie förmlich zugegangen.«

»Ich freue mich, Euch zu sehen, Mrs Awbrey«, erwiderte Greer.

»Unser Rhodi ist so lieb«, fuhr Margaret fort und beobachtete die junge Frau scharf. »Er hat so ein gutes Herz.«

Sie sah, dass Miss Fairchild errötete. »Er war wirklich sehr nett«, erwiderte sie. »Ich fürchte, ich wäre umgekehrt nicht so freundlich gewesen.«

»Ach, du liebe Güte«, erwiderte Margaret lachend. »Es hat auch schon Zeiten gegeben, da war Rhodi keineswegs so lieb … aber er hat in den letzten Jahren viel erlitten, und das hat ihn sanft gemacht.«

Miss Fairchild blickte sie aufmerksam an. »Was hat der Prinz denn erlitten … wenn ich fragen darf?«

»Nun«, erwiderte Margaret, »am schlimmsten war wohl der plötzliche Tod seiner Frau Eira und ihrer neugeborenen Tochter. Und ein weniger starker Mann wäre nach diesem schrecklichen Reitunfall gelähmt geblieben. Euch ist doch sicherlich sein Humpeln aufgefallen?«

»Ja«, erwiderte Miss Fairchild.

Margaret nickte. »Und dann natürlich sein Aussehen. Die unfreundlichen Bemerkungen anderer haben ihn hart gemacht. Manches war sicher gar nicht böse gemeint, aber ich habe immer schon gesagt, wenn die Leute den Mann unter der Haut kennen würden, würden sie ihn anders sehen«, fügte sie mit einem bitteren Unterton hinzu.

»Sein *Aussehen?*«, fragte Miss Fairchild.

Überrascht blickte Margaret die junge Frau an. Miss Fairchild schien aufrichtig überrascht zu sein über Margarets Worte.

»Er sieht nicht so besonders gut aus«, sagte Margaret. »Seine Schwester ist sehr hübsch, und als sie Kinder waren, hat sie alle Aufmerksamkeit auf sich gezogen. Rhodi war immer schon groß und unbeholfen, und er wurde gnadenlos geneckt. Sie haben ihn immer Goliath genannt.« Miss Fairchild blickte sie verständnislos an, und Margaret runzelte leicht die Stirn. »Ihr habt doch bestimmt die Narbe bemerkt?«, fragte sie, und deutete auf ihrer Wange die bewusste Stelle an.

»Ja, natürlich«, erwiderte Miss Fairchild verwirrt. »Aber das ist doch nur eine Narbe. Ihr mögt ja recht haben, nach Londoner Maßstäben sieht er vielleicht nicht gut aus, aber er ist auch nicht unscheinbar oder gar hässlich. Und er hat die faszinierendsten grünen Augen, die ich je bei einem Mann gesehen habe.«

Margaret war so verblüfft, dass es ihr die Sprache verschlug. »Ich finde, er ist auf eine raue Art attraktiv«, fuhr Miss Fairchild fort. Nachdenklich runzelte sie die Stirn. »Es gibt ein Wort dafür«, murmelte sie. »Ah, ja. *Männlich*«, fügte sie lächelnd hinzu. »Genau. Er sieht männlich aus.«

Margaret wurde es warm ums Herz. Es war ja kein Wunder, dass Rhodi diese Frau liebte. Warum wurde sie nur das Gefühl nicht los, dass ein Verhängnis drohte?

Trotzdem lächelte sie. »So großzügig wie Ihr waren die anderen nicht, Miss Fairchild. In den letzten fünf Jahren haben ihn sowohl sein Aussehen als auch böses Gerede im Ort zu einem Einsiedler gemacht.«

»Böses Gerede?«

Margaret kämpfte mit sich, ob sie ihr von Percy erzählen sollte, entschied sich dann jedoch dagegen. Die Geschichte war zu niederträchtig, und es war Rhodis Angelegenheit, sie ihr zu erzählen. Lächelnd schüttelte sie den Kopf. »Zu gegebener Zeit wird Euch der Prinz sicher selbst davon erzählen.«

Aber Miss Fairchild beugte sich vor und blickte Margaret aus ihren blauen Augen eindringlich an. »Hat es etwas mit Kendrick zu tun, Miss Awbrey?«

Margaret keuchte erstaunt auf. »Woher wisst Ihr das?«

»Ich weiß es gar nicht, ich habe es nur vermutet«, erwiderte Miss Fairchild rasch.

»Ich bitte Euch, erwähnt es ihm gegenüber nicht«, sagte Margaret hastig. »Niemand von uns erwähnt es«, fügte sie hinzu. Bei der Erinnerung allein fröstelte sie.

Rhodi hatte seine Schuldgefühle über den Tod des Mädchens nie ganz überwunden. Als sie endlich die Leiche gefunden hatten, war sie schon von Tieren angefressen gewesen. Und Rhodi, der ein ehrenhafter Mann war, glaubte natürlich, er hätte es irgendwie verhindern können, wenn er nur das Böse in Owens Charakter früher entdeckt hätte.

Aber dann hätten alle in Powys genau so viel Schuld auf sich geladen wie er, denn alle kannten Owen Percy und wussten, wie er war. Zwar konnte niemand je beweisen, was mit Morwena Yates geschehen war – ob sie aus Wahnsinn in den Tod gesprungen oder einem Verbrechen zum Opfer gefallen war –, aber seither waren die Gerüchte nie wieder zum Schweigen gekommen.

Miss Fairchild blickte sie aufmerksam an. »Ich verstehe nicht.«

»Miss Fairchild, wenn ich aufrichtig sein darf«, sagte Margaret vorsichtig, »es ist kein Thema, über das man jemals in der Gesellschaft sprechen könnte.«

Miss Fairchild gab nicht zu erkennen, ob diese Antwort sie zufriedenstellte, aber sie bedrängte Margaret auch nicht mehr mit Fragen. Margaret fiel nur auf, dass sie stiller wurde, als das Thema wieder auf die Soiree kam. Sie nickte und redete höflich, wenn es angebracht war, aber sie schien nicht besonders engagiert, als ob sie mit den Gedanken ganz woanders wäre.

Und erneut hatte Margaret das Gefühl, dass ein Verhängnis über ihnen schwebte.

27

Das Mittagessen kam Greer unendlich lang vor – sie konnte es kaum ertragen, dazusitzen und höflich zuzuhören, als Mrs Awbrey mit Rhodrick über die Soiree sprach.

Sie versuchte zwar zuzuhören, aber in Gedanken war sie auf Kendrick. Sie bekam die Geheimnisse, die sich darum rankten, nicht aus dem Kopf.

Die Neugier plagte sie gewaltig, und sie wollte unbedingt wissen, was dort passiert war. Es musste etwas sein, an das Rhodrick auf keinen Fall erinnert werden wollte. Sie dachte daran, was Mr Jones und Percy ihr erzählt hatten, all die schrecklichen Dinge, auf die auch Mrs Awbreys Bemerkungen anscheinend hindeuteten.

Zweifel stiegen in ihr auf, und sie konnte nicht begreifen, wieso sie sich trotz ihrer anfänglichen Befürchtungen ihm gegenüber so sehr in ihn verliebt hatte. Aber sie konnte sich doch auch unmöglich so sehr irren. Konnte ein Mann, der sie so leidenschaftlich liebte, einer anderen Frau das Leben genommen haben?

Leidenschaft. Ihr fiel plötzlich eine Bemerkung ein, die Tante Cassandra einmal über den Earl von Plymouth gemacht hatte, der seine Frau in aller Öffentlichkeit geschlagen hatte. Viele hatte diese Tat überrascht, denn der Earl war ein leidenschaftlicher Mann, und alle wussten, wie sehr er seine Frau liebte.

Tante Cassandra jedoch war nicht überrascht gewesen. »Ein leidenschaftlicher Mann ist in seinem Zorn ebenso leidenschaftlich wie im Bett. Ich weiß nicht, warum alle so erstaunt sind.«

Vielleicht hatte die Leidenschaft des Prinzen sie ja geblendet, denn was wusste sie schon wirklich von ihm? Seine Ausstrahlung hatte ihr Angst gemacht, aber sie hatte auch etwas anderes in ihr geweckt, etwas Rohes, Primitives, und nach den ersten Begegnungen hatte er sie in seinen Bann gezogen.

Und jetzt war sie mit ihm intimer geworden als jemals mit einem Mann zuvor. Und dabei kannte sie ihn doch kaum.

Sie musste heute unbedingt nach Kendrick. Sie war sich zwar nicht sicher, wie dort ihre Fragen beantwortet werden konnten, aber sie hatte beinahe das Gefühl, etwas zöge sie dorthin. Sie musste dieses Haus einfach *fühlen,* aber zuerst einmal war sie gezwungen, dieses nicht enden wollende Mittagessen zu überstehen. Rhodrick sprach nur das Nötigste. Während Mrs Awbrey redete, ruhte sein Blick unverwandt auf Greer.

Als Mrs Awbrey sich endlich verabschiedete, zogen Rhodrick und Greer sich wortlos in den Salon zurück. Er schickte den Lakaien weg und schloss die Tür. Dann wandte er sich zu ihr und ließ seine Blicke hungrig über ihren Körper schweifen.

Aber bevor er etwas sagen, bevor er sie in die Arme nehmen konnte, sprudelte Greer hervor: »Ich habe ein Geheimnis.«

Sein Gesichtsausdruck änderte sich. Lächelnd zog er eine Augenbraue hoch. »Ich bin fasziniert. Was für ein Geheimnis?«

Greer streckte ernst die Hand aus und sagte: »Kommt Ihr mit mir?«

Er blickte auf ihre Hand und schaute ihr dann wieder in die Augen. Auch er lächelte nicht mehr – er hatte begriffen, dass sich etwas geändert hatte. »Ihr wollt mir vermutlich sagen, dass Ihr mich bald verlasst. Oder Ihr wollt mir mitteilen, wohin ihr geht, wenn Ihr dieses Haus verlasst. Was auch immer Ihr mir sagen wollt, die Angst, die in Euren Augen steht, macht mir deutlich, dass Ihr glaubt, es wird mir nicht gefallen.«

Greer lächelte wässerig. »Wenn Ihr mit mir kommt, zeige ich Euch …«

»Wohin mitkommt?«

Einen Moment lang fürchtete sie, den Mut zu verlieren, aber so schnell konnte sie nicht aufgeben. »Ich war auf Kendrick«, sagte sie.

Sofort änderte sich sein Verhalten. Er wirkte so, als wolle er jeden Moment explodieren. »Und wie seid Ihr nach Kendrick gekommen?«, fragte er mit eisiger Stimme.

»Auf dem Pferderücken«, erwiderte sie unsicher. »Ich … ich habe es ja an dem Tag, als ich Llanmair verlassen wollte, gesehen, und ich wusste, wo es war.«

Ärgerlich wandte er sich ab und stieß so heftig gegen einen Stuhl, dass er polternd umfiel. Er stemmte die Hände in die Hüften und murmelte etwas auf Walisisch. Finster blickte er aus dem Fenster, und seine Schultern hoben und senkten sich bei jedem Atemzug. Als er sich soweit beruhigt hatte, dass er wieder sprechen konnte, drehte er sich zu ihr um.

Seine Augen sprühten Feuer. »Bitte, sagt mir, dass ich Euch missverstanden habe, Greer, denn eine andere Antwort kann ich nicht ertragen.«

Greer spürte, wie ihre Entschlossenheit nachließ. »Ihr habt selbst gesagt, ich könnte überall hin, wo ich wollte, oder?«

»Überallhin, nur nicht nach Kendrick«, fuhr er sie an. »*Das* habe ich ausdrücklich verboten. Es ist jedem hier in der Grafschaft verboten«, donnerte er. »Das Tor ist *verschlossen,* Madam! Und es gibt nur eine Möglichkeit, wie Ihr durch ein verschlossenes Tor gekommen seid!«

»Ihr dürft Mr Jones keinen Vorwurf machen«, erwiderte Greer hastig.

»*Jones?*«, brüllte er.

Instinktiv trat sie hinter den Stuhl, den er umgeworfen hatte, und stellte ihn wieder auf, sodass er zwischen ihnen stand. »Warum seid Ihr so wütend? Es ist doch ein leeres Haus!«, sagte sie mit bebender Stimme. »Ich möchte Euch etwas zeigen, Rhodrick …«

»Es gibt nichts, was Ihr mir zeigen könntet, um mich umzustimmen …«

»*Bitte*«, unterbrach sie ihn. »Ich gebe Euch mein Wort, dass ich einen legitimen Grund habe, um Kendrick zu sehen.«

Er kniff misstrauisch die Augen zusammen. »Ein *legitimer*

Grund?«, sagte er scharf. »Na gut. Zeigt mir Euren legitimen Grund.«

»Es ist nicht so, wie Ihr denkt«, fügte sie hinzu und wies zur Tür.

Er ließ ihr den Vortritt, und Greer lief hinaus, den Hauptkorridor entlang. Rhodrick war sofort neben ihr, wobei er gar nicht erst den Versuch machte, sein Humpeln zu verbergen. Über die Dienstbotentreppe ging sie mit ihm durch einen schmalen Flur, der schließlich in einen breiteren mündete und zur Porträt-Galerie führte.

»Hier«, sagte sie und stieß die Eichentüren zur Galerie auf. Sie trat sofort zu dem Gemälde mit dem Picknick und wandte sich zu ihm um.

Rhodrick blieb mit verschränkten Armen in der Tür stehen. Seine Miene war finster.

Greer zeigte auf das Bild. »Meine Mutter ist dort geboren. Hier, das ist sie. Ihr könnt deutlich die Ähnlichkeit zu dem Handporträt erkennen, das ich von ihr besitze«, fuhr sie fort. Sie zog es aus der Tasche und reichte es ihm.

Rhodrick trat auf sie zu und nahm das kleine Porträt entgegen.

»Und Mrs Bowen hat mir bestätigt, dass dies tatsächlich Alis Bronwyn Vaughan ist«, fügte Greer hinzu.

Dass er so blass werden würde, hätte sie nicht erwartet. Er starrte sie an, schüttelte dann jedoch den Kopf. »Ich habe mich sicher wie ein Narr benommen, Greer, aber Ihr macht einen großen Fehler, wenn Ihr mich für so dumm haltet, auf Euren Betrug hereinzufallen.«

»Das ist kein Betrug. Es … es mag ja zu fantastisch sein, um es zu glauben, aber da ist sie doch!«, schrie Greer und zeigte auf das Gemälde.

Rhodrick trat angespannt auf das Bild zu.

»Seht Ihr«, sagte Greer verzweifelt. »Und könnt Ihr Euch noch daran erinnern?« Sie hielt ihm das kleine Amulett entgegen, das sie um den Hals trug. Er blickte auf ihre Kette, dann wieder auf das Bild. »Ihr habt mir doch gesagt, es sei walisisch, und jetzt finde ich es hier wieder.« Sie wies mit einer wilden Geste auf das Bild. »Meine Mutter trägt es!«

»Das ist ein ganz gewöhnliches Amulett«, sagte Rhodrick. »Viele Frauen haben es.«

»Meine Mutter hat es mir hinterlassen. Tante Cassandra hat es mir zu meinem sechzehnten Geburtstag gegeben.«

Rhodrick senkte den Blick, schloss die Augen und lehnte sich gegen die Wand, als hätte er plötzlich Schmerzen. Er murmelte etwas auf Walisisch, dann blickte er Greer gequält an. Wechselnde Emotionen huschten über sein Gesicht, und einen Moment lang sah es so aus, als fürchtete er sich vor ihr.

»Wer *seid* Ihr?«, fragte er schließlich. »Was für ein verdammtes Spiel spielt Ihr?«

»Ich sollte wohl besser fragen, wer *Ihr* seid«, gab sie zurück. Ihre Stimme zitterte vor Wut und Bedauern. »Warum wollt Ihr alle von Kendrick fernhalten? Was für ein Geheimnis verbergt Ihr dort?«

»Das versteht Ihr nicht«, erwiderte er kalt.

»Doch! Ich weiß, was dort passiert ist, was Ihr zu verbergen sucht!«

»Wovon sprecht Ihr?«, brüllte er sie an. Seine Miene verfinsterte sich wieder. »Ist das wieder eine von Percys Lügen?« Er ergriff sie am Arm, und Greer schrie auf vor Angst, aber er zog sie an sich, bevor sie sich wehren konnte. »Könnt Ihr die Wahrheit verstehen, wenn Ihr sie hört? Wenn das so ist, dann sollt Ihr Kendrick so sehen, wie ich es gesehen habe. Aber seid gewarnt, Madam – wenn Ihr die Wahrheit wissen wollt, dann erfahrt Ihr sie auch ganz.«

Greer hatte das Gefühl, sie müsste ersticken – sie konnte nicht atmen, geschweige denn sprechen. Sie war wie gelähmt vor Angst.

Aber er packte sie fest am Arm und zog sie aus der Galerie. Für einen Mann, der so schlimm humpelte wie er, ging er überraschend schnell.

In der Halle befahl er, dass die Pferde gesattelt werden sollten, schickte ein verängstigtes Zimmermädchen, Greers Umhang zu holen, und ignorierte Ifan, als er alarmiert fragte, ob er von Nutzen sein könnte.

Es schien eine Ewigkeit zu dauern, bis die Pferde gebracht wurden, und der Prinz blieb hart und unbeugsam. Sein Atem ging stoßweise, und er presste die Lippen zu einem dünnen Strich zusammen. Als die Pferde endlich im Hof standen, zog er Greer mit sich und hob sie in den Sattel, ohne auf den Stallburschen zu achten, der einen Trittblock vor Molly gestellt hatte.

Ebenso schnell saß er auf seinem Pferd und bellte mit rauer Stimme einen Befehl auf Walisisch. Der verschreckte Stallbursche reichte ihm die Zügel ihrer Stute.

Ohne ein Wort und ohne Greer auch nur eines Blickes zu würdigen, trieb er sein Pferd an. Molly wieherte, aber gehorsam fiel sie hinter Cadfael in Galopp.

Greer bemühte sich, im Sattel zu bleiben, weil Rhodrick wie ein Wilder durch den Wald preschte, ohne sich um ihre Sicherheit zu kümmern. In seinem Verlangen, nach Kendrick zu kommen, war er gnadenlos.

In Kendrick schwang er sich vom Pferd und hob auch sie von Molly herunter. Dann zerrte er sie mit sich zum Tor, das er mit einer solchen Kraft aufstieß, dass es gegen die Steinmauer schlug.

Entschlossen marschierte er auf Mr Jones' Cottage zu.

»Rhodrick, tut ihm nichts!«, schrie Greer und rannte ihm nach.

Aber Rhodrick hörte nicht auf sie – er hörte nur das Dröhnen in seinem eigenen Kopf, und er sah immer wieder die Ereignisse dieser schrecklichen Woche damals vor sich, Erinnerungen, die er seit Langem begraben hatte, damit sie nie wieder auferstanden. *Alis Bronwyn.* Wie hatte ihm die Ähnlichkeit nur entgehen können? Er hatte Alis Bronwyn nur zweimal gesehen, nachdem sie herangewachsen war, als sie nach Kendrick gekommen war, um ihren Onkel zu besuchen. Wie ihre Tochter war sie zu einer dunkelhaarigen Schönheit geworden, und Rhodrick hatte zwar gewusst, dass sie geheiratet hatte, hatte sich aber bis zu diesem Moment nicht daran erinnern können, dass sie einen Vaughan geheiratet hatte.

Am liebsten hätte er Jones umgebracht. Er hatte ihn vor dem Strick bewahrt, hatte ihm Unterkunft und eine einfache Arbeit gegeben. Rhodrick hatte etwas Gutes in ihm gesehen, etwas das nur in seiner Trunksucht unterging.

War dies der Dank dafür, dass er ihn gerettet hatte? Hätte er die Frau nicht davon abhalten können, dieses verfluchte Haus zu betreten?

Jones schlief fest, natürlich. Er lag auf einer schmutzigen Matratze, neben ihm ein umgekippter Krug. Im Raum stank es nach billigem Whiskey. Rhodrick trat so lange gegen die Füße des Mannes, bis der Mann erwachte, dann packte er ihn bei seinem dreckigen Kragen und zerrte ihn hoch. »Ich habe dir doch gesagt, diesen Ort darf niemand betreten«, sagte er auf Walisisch zu ihm.

Jones riss die Augen auf. »Das habe ich auch befolgt, Mylord! Bei meinem Leben, das habe ich befolgt!«

»Dann lügt Miss Fairchild also?« An der Furcht in Jones' Blick sah er, dass der Mann log, und Rhodrick schleifte ihn aus dem Cottage und warf ihn in seinem Hühnerauslauf zu Boden. Jones fiel auf die Knie und flehte auf Walisisch: »Hört mich an, Mylord!«

»Es gibt nichts zu hören!«, brüllte Rhodrick. »Das Einzige, worum ich dich gebeten habe, ist, das Haus verschlossen zu halten. Ist es denn zu viel verlangt, dass sie in Frieden ruhen soll?«

Jones rappelte sich auf und blickte Greer an. »Ich bitte Euch, Miss«, schrie er flehend auf Englisch. »Sagt seiner Lordschaft, dass Ihr mir keine Wahl gelassen habt!«

»Nein, das stimmt!«, rief Greer voller Panik. Die Angst in ihren Augen bohrte sich Rhodrick ins Herz. »Er hat mir gesagt, dass ich nicht nach Kendrick hineindürfte, aber ich habe nicht auf ihn gehört. Der arme Mann hätte mich höchstens mit körperlicher Gewalt daran hindern können.«

»*Warum?*« Rhodrick stöhnte frustriert auf, während Mr Jones rasch ein paar Schritte zurücktrat und die beiden aus sicherer Entfernung misstrauisch beobachtete. »Warum wollt Ihr das unbedingt, Greer? Es ist Zeit für die Wahrheit. Ist dies ein weiterer Plan von Percy? Will er dieses Haus erneut besudeln?«

Jetzt wurde Greer wütend. »Du lieber Himmel, es hat überhaupt nichts mit Mr Percy zu tun!«, schrie sie. »Das habe ich Euch doch gesagt! Das hier«, sie zeigte mit einer wilden Geste auf das Haus, »ist das Haus, in dem meine Mutter geboren ist. Wo sie *gelebt* hat! Ich habe nichts von ihr, nur ein paar Kleinigkeiten, bis auf dieses Haus!«

Wenn aber nun doch Percy das Ganze eingefädelt hatte, so sollte sie jetzt einmal das ganze Ausmaß von Percys Verderbtheit kennenlernen. Rhodrick trat auf sie zu und packte sie am Arm. »Ich werde Euch das Haus zeigen, das Euch so lieb ist«, sagte er und packte sie am Arm. »Und ich werde Euch erzählen, wie Mr Percy es für alle Zeit ruiniert hat. Ihr solltet Euch wappnen, Madam, denn die Geschichte wird Euch nicht gefallen.«

»Mir scheint, *Ihr* seid es, dem die Geschichte nicht gefällt, Sir«, erwiderte sie ärgerlich und versuchte, sich aus seiner Umklammerung zu winden. »Ihr könnt es nicht ertragen, dass jemand die Wahrheit erfährt. Ihr könnt nicht ertragen, dass *ich* die Wahrheit kenne!«

»Ihr seid naiv«, erwiderte er hitzig. »Ihr wisst *nichts* von der Wahrheit.«

»Ihr wisst nicht, wie Ihr sie ertragen sollt«, sagte sie atemlos. Sie hatten mittlerweile die Eingangstreppe erreicht.

»*Schweigt*«, sagte er grob und schob sie die Stufen hinauf. »Glaubt Ihr wirklich, Owen Percy hätte Euch die Wahrheit erzählt? Wie könnt Ihr glauben, dass er kein Lügner, kein verkommener Charakter ist, nach dem, was er Euch angetan hat?«

Greer zuckte bei seinen heftigen Worten zusammen. Er zerrte sie ins Haus, insgeheim dankbar dafür, dass keine Gespenster, keine Alis Bronwyn sie an der Tür erwarteten. Energisch marschierte er mit ihr in die oberste Etage zu dem Zimmer, das seit acht Jahren verschlossen war.

»Nun, was für eine unglaubliche Geschichte hat Percy Euch denn eigentlich erzählt?«, fragte er, während er die widerstrebende Greer hinter sich her zerrte. Als sie nicht sofort antwortete, blieb er stehen und drehte sich zu ihr um. »*Was hat er Euch erzählt?«*, brüllte er.

Greer riss sich los. »Dass Ihr die Tochter eines Anwalts aus Rhayader kompromittiert habt«, erwiderte sie kühl und rieb sich den Arm. »Und als Ihr mit ihr fertig wart, habt Ihr sie weggeworfen wie ein Stück Müll.«

»Er ist wirklich ein meisterhafter Geschichtenerfinder«, schnaubte Rhodrick. »Was sonst noch?«

»Dass das arme Mädchen verschwand, kurz nachdem Ihr sie nicht mehr wolltet.«

»Der verdammte Bastard«, murmelte Rhodrick. Sie blieben vor der verschlossenen Zimmertür stehen. Eine schwärzere Seele als Percys gab es nicht. Er war schon als kleiner Junge unangenehm gewesen. »Und weiter?«, fragte er mit rauer Stimme.

»Er sagte …« Ihre Stimme brach. »Er sagte, sie sei nie wieder lebend gesehen worden.«

»Und welche Rolle spiele ich seiner Meinung nach bei ihrem Verschwinden?«

»Als man sie nirgendwo fand«, fuhr sie mit zitternder Stimme fort, »sagte er, hättet nur Ihr gewusst, wo sie war. Auf dem riesengroßen Besitz wusstet nur Ihr es.«

Er drehte sich zu Greer um, zu der Frau, die er verzweifelt liebte. Innerlich zuckte er bei ihrem Blick zusammen. Er verachtete sie dafür. Wie hatte sie sich ihm hingeben und zugleich so etwas von ihm denken können?

»Ist das alles?«, fragte er ruhig.

Sie schluckte. »Er sagte, in ganz Powys glaubte man, Ihr hättet sie umgebracht, und er vermutete, dass Ihr sie nur deshalb finden konntet, weil Ihr sie dahin gebracht hattet.«

Rhodrick lachte leise. »Ach ja?«, sagte er kühl. Er holte einen Schlüsselbund aus der Tasche, steckte den Schlüssel in das Schloss und drehte ihn um.

Die Tür ging nicht leicht auf. Das Holz war aufgequollen, und Rhodrick musste die Tür mit der Schulter aufdrücken. Der stickige Geruch im Zimmer bereitete ihm Übelkeit.

Aber er zwang sich hineinzugehen. Auf dem Bord tastete er nach dem Kerzenleuchter, von dem er wusste, dass er da stand, nahm die Zunderschachtel und entzündete die Kerzen.

Greer blieb auf der Schwelle stehen. Sie sah blass aus.

»Kommt herein und schaut Euch um«, sagte er ärgerlich. »Ihr wolltet es doch.«

Zögernd machte sie einen Schritt in den Raum hinein.

Das Zimmer war offensichtlich seit Jahren unberührt geblieben, so wie Miss Yates es in der Nacht, als sie entkommen war, verlassen hatte. In der Ecke war ein Tisch umgefallen, und das Öl der Lampe war ausgelaufen und hatte einen großen Fleck hinterlassen. Ein Kleidungsstück auf dem Bett war an mehreren Stellen zerrissen, als ob jemand einen Dolch benutzt hätte. Ein Teeservice lag in Scherben auf dem Fußboden an der Wand. Die Seidentapete wies Teeflecken auf, und die Scherben sahen so aus, als seien sie unter dem Stiefel eines Mannes zertreten worden.

Als Greer weiter in den Raum vordrang, schlug sie die Hand vor den Mund.

»Ihr habt mir Percys Version der Ereignisse berichtet«, sagte Rhodrick. »Jetzt werde ich Euch meine Geschichte erzählen. Percy kompromittierte Miss Morwena Yates, Greer, nicht ich. Er verführte eine naive, unschuldige, junge Frau, so ähnlich wie Ihr, nahm ihr die Tugend, als er einmal nicht im Bett einer verheirateten Frau in Powys war, und täuschte eine Liebe für Miss Yates vor, die es in seinem schwarzen Herzen gar nicht gab.«

Greer ergriff einen Stickrahmen, in dem noch der Stoff steckte, vergilbt vom Alter.

»Als Miss Yates entdeckte, dass sie sein Kind trug, verließ er sie, statt sich ehrenwert zu verhalten – das war noch nie Percys Sache gewesen –, und sie blieb auf sich allein gestellt zurück. Wie Ihr Euch vorstellen könnt, konnte Ihre Familie die Schande, die sie über sie gebracht hatte, kaum ertragen.«

Greer blickte zum Bett.

»Ich übernahm die Verantwortung, die Percy nicht empfand, und ließ die junge Frau an einen sicheren Ort bringen, wo sie ihr Kind zur Welt bringen konnte. Sie gebar Percy eine Tochter – aber sie nahm nicht die Stelle als Gouvernante an, die ich Ihr in Cornwall besorgt hatte. In ihrem Kummer hatte sie sich eingeredet, dass sie Percy unendlich lieben würde. Ohne mein Wissen kehrte sie nach Rhayader zurück, in der Hoffnung, erneut seine Zuneigung und seine Unterstützung gewinnen zu können.«

Greer wandte sich leicht ab, damit er ihr Gesicht nicht sehen konnte; aber er sah an ihren Schultern, dass sie tief Luft holte.

»In der Zwischenzeit hatte ich Percy Kendrick überlassen, in der vergeblichen Hoffnung, er würde sich hier niederlassen und sein skandalöses Benehmen endlich aufgeben. Miss Yates kam nach Kendrick, aber er wollte sie natürlich nicht sehen. Und vor allem wollte er das schreckliche Unrecht, das er ihr angetan hatte, keinesfalls wiedergutmachen. Aber in ihrer Verzweiflung kam Miss Yates noch ein weiteres Mal nach Kendrick. Unglücklicherweise hatte mein elender Neffe an jenem Abend einige einflussreiche Männer aus Powys zu Gast, von denen er sich Kredite für irgendein lächerliches Abenteuer erhoffte.«

Rhodrick blickte Greer an. »Miss Yates brachte ihn in Verlegenheit – Percy war immer besorgter um sich als um jemand anderen, und wahrscheinlich fürchtete er, dass seine potenziellen Geldgeber an der jämmerlichen Verfassung der jungen Frau Anstoß nehmen könnten. Also ging er mit ihr hier in dieses

Zimmer, wo sie stritten. Als er merkte, dass sie nicht gehen wollte, schloss er sie hier ein, damit sie ihn nicht noch einmal in Verlegenheit bringen konnte. Und hier, in diesem wenig benutzten Flügel hielt er sie fast vierzehn Tage fest.«

»Und warum kam Mr Percy nicht vor Gericht, als es entdeckt wurde?«, fragte Greer.

Rhodrick lächelte kalt. »Weil man Miss Yates nirgendwo finden konnte.«

Er hielt den Kerzenleuchter hoch und trat auf sie zu. »Tage nach ihrem Verschwinden dachte ihr Vater, dass sie aus Scham geflohen sei. Percy bestätigte das. Er sagte, sie sei nach Kendrick gekommen, und sie hätten gestritten. Er gab sogar zu, sie eingesperrt zu haben, bis seine Gäste gegangen waren. Aber er schwor, dann habe er ihr geraten, zu ihrer Mutter zu gehen und dort Trost zu suchen. Er behauptete, er habe sie nach jenem Abend nie mehr gesehen. Aber in Wahrheit hat er sie hier gefangen gehalten und überlegt, was er mit ihr tun solle.« Rhodrick wies auf das Zimmer. »Der Himmel weiß, wie lange er sie noch hier behalten hat, nachdem sie wahnsinnig geworden ist. Seht Euch ihre Kleidung an, zu Fetzen zerschnitten. Seht Euch die umgeworfenen Möbel an, das zerbrochene Geschirr. Seht Ihr die Kratzer hier?«, fragte er sie und zeigte auf unleserliche Wörter, die unter der Fensterbank in die Wand geritzt waren. »Sie hat sie mit ihren Fingernägeln gemacht.«

»Aber … was passierte dann?«, fragte Greer atemlos.

»Eines Tages überwältigte sie die Matrone, die Percy eingestellt hatte, um sie zu versorgen, warf sie zu Boden und floh, wahnsinnig vor Verzweiflung, hinaus in die Wildnis.«

»Ach du liebe Güte«, flüsterte Greer.

Rhodrick blickte sich um. »Ich habe diesen Raum genauso gelassen, wie er vorgefunden wurde, in der fruchtlosen Hoffnung, dass eines Tages die Gerechtigkeit siegen wird.« Er drehte sich wieder zu Greer um.

Der Abscheu in ihrem Blick war Traurigkeit gewichen. »Woher wisst ihr, was passiert ist? Hat Percy es Euch erzählt?«

Die Farbe wich ihm aus dem Gesicht, als er sich an den Morgen erinnerte, an dem er Percy mit seinen Verdächtigungen konfrontiert hatte. »Nein, eigentlich nicht. Percy geriet in Panik, als er sie nicht finden konnte, nehme ich an. Er behauptete, die wahnsinnige Miss Yates sei nach Kendrick zurückgekommen und dann in den Wald geflohen. Alle Männer in Powys suchten nach Miss Yates. Wir begannen bei Sonnenaufgang und suchten bis in die Abenddämmerung, aber erst am fünften Tag fand ich sie. In der Zwischenzeit hatte Percy der Matrone den Lohn nicht gezahlt, der ihr zustand, und sie kam zu mir, um mir alles zu gestehen. Sie beschuldigte Percy, Miss Yates eingesperrt zu haben.«

»Aber … warum ist denn Miss Yates nicht zu ihrer Familie gelaufen, als sie entkommen war?«

Rhodrick seufzte. »Niemand wird je wissen, was tatsächlich passierte. Als man Miss Yates fand, war ihr Körper schon von Tieren zerrissen. Wir wissen allerdings, dass sie sich den Hals gebrochen hat. Sie hat sich wahrscheinlich im Wald verirrt. Dann hat sie die Schlucht nicht gesehen und ist zu Tode gestürzt.«

Greer gab einen mitleidigen Laut von sich und wandte sich ab. Sie hielt sich am Türrahmen fest. »Ich verstehe das nicht! Wenn das alles stimmt, warum hat man dann Mr Percy nicht vor Gericht gestellt?«

Rhodrick zuckte mit den Schultern und blickte auf den Stickrahmen. »Weil das Wort eines Gentleman gegen das Wort einer alten Vettel stand, die gerne mal einen Schluck zu viel trank.«

»Wie habt Ihr sie gefunden?«, fragte Greer. »Er hat mir erzählt, Ihr hättet sie gefunden. Er sagte, auf diesem riesigen Gelände hättet Ihr allein sie gefunden. Wie ist das möglich?«

Rhodrick überlegte, ob er es ihr erzählen sollte. Im Augenblick war ihm egal, ob sie ihn für geisteskrank hielt. Aber er hatte noch nie einer Menschenseele davon erzählt, und er fand auch jetzt nicht die richtigen Worte. »Glück«, sagte er.

»*Glück?* Ihr wollt mir weismachen, dass es Glück war, wenn Ihr sie im Wald gefunden habt?«

Seine Finger umschlossen den Kerzenleuchter fester. »Was für eine Erklärung soll es denn sonst geben? Aber vielleicht glaubt Ihr ja immer noch Percy.«

»Ich finde es außergewöhnlich«, gab sie erregt zurück, »dass Ihr mir immer noch misstraut. Ich frage mich doch nur laut, wie Ihr in so einem riesigen Gebiet die Leiche einer Frau gefunden habt. Hat ein Vögelchen es Euch verraten? Schweigt Ihr, um jemanden zu schützen? Findet ihr es nicht bemerkenswert, dass gerade Ihr das arme Geschöpf gefunden habt?«

»Ich habe Euch ehrlich geantwortet. Was wollt Ihr denn sonst noch hören?«

Sie wandte sich zur Tür. »Ich kann es nicht ertragen, mich hier aufzuhalten … und schon gar nicht mit Euch.«

»Das Gefühl ist absolut gegenseitig«, erwiderte er. Er blies die Kerze aus, und im Raum und in seinem Herzen wurde es wieder dunkel.

Sie redeten kaum miteinander, als sie zurück zu den Pferden gingen. Rhodrick wollte sie auf die Stute heben, aber als er ihre Taille umfasste, stieß sie ihn weg. »Ich kann es schon alleine«, sagte sie und hangelte sich hinauf.

Das altvertraute Gefühl der Wertlosigkeit überkam ihn, und er wandte sich ab, stieg auf Cadfael und galoppierte davon. Er blickte sich nicht um, um zu sehen, ob sie hinter ihm herkam. Es war ihm egal.

Sein Knie schmerzte heftig, als sie nach Llanmair ritten, und er bemerkte, dass die Luft kühler und feuchter wurde. Es würde einen Sturm geben, und er wünschte, er säße schon in der Stille seines Studierzimmers, um sein Knie massieren zu können.

Allein.

Als sie in Llanmair ankamen, fielen bereits die ersten Schneeflocken. Greer schien es kaum zu merken; sie marschierte an ihm vorbei ins Haus hinein. Drinnen nahm sie die

Kapuze von ihrem Umhang ab und mühte sich, den Verschluss zu öffnen. Als Rhodrick zu ihr trat, um ihr zu helfen, sah er einen Mann, der in der Ecke stand und immer noch seinen Umhang anhatte.

Greer musste ihn zur gleichen Zeit gesehen haben, denn sie gab einen überraschten Laut von sich. »Mylord Harrison!«, rief sie aus.

»Miss Fairchild«, sagte der Mann und verbeugte sich tief. »Ich habe Euch einen Brief vom Marquis of Middleton mitgebracht.«

»*Ava!*«, schrie Greer sichtlich erleichtert und nahm den Brief entgegen.

Der Mann blickte Rhodrick mit kalten, grauen Augen an. »Geoffrey Godwin, Viscount Harrison, zu Euren Diensten, Mylord. Ich komme im Auftrag des Marquis of Middleton, um seine Schwägerin sicher nach Hause zu bringen. *Sofort.*«

28

Liebste Greer,

wir machen uns schreckliche *Sorgen und hoffen, dass es dir gut geht, wenn dich dieser Brief erreicht! Deine Lage erscheint uns entsetzlich, und du musst wirklich auf der Stelle nach Hause kommen, Liebling! Beigelegt ist ein Brief des Marquis of Middleton, in dem er deine wahre Identität bestätigt, und natürlich ist Lord Harrison mit den notwendigen Mitteln ausgestattet, um dich so schnell wie möglich zurück zu uns nach Hause zu bringen!*

»Darüber brauchst du dir keine Sorgen zu machen, Phoebe«, murmelte Greer. »Bei Tagesanbruch werde ich aufbrechen.«

Du kannst mir glauben, dass ich keine Befriedigung empfinde, weil ich absolut recht hatte – ich wusste von Anfang an, dass diese Reise keine gute Idee war. Du hast Glück gehabt, dass du noch nicht umgekommen bist. Ava steht neben mir und bittet mich, dich zu erinnern, dass du gesagt hast, du wärest nur einen, *höchstens aber zwei Monate unterwegs. Und jetzt sind es bereits* neun! *Wir haben schon geglaubt, wir hätten dich für immer verloren!*

»Ach, wenn ich doch nur auf sie gehört hätte!«, weinte Greer.

Ich muss dir leider mitteilen, dass dein Mr Percy hier nicht aufgetaucht ist. Ava meinte, es läge sicher an dem ungewöhnlich verregneten Herbst, dass er eine solche Verspätung hat, aber ich glaube eher, dass er zumindest so schnell wie die Post hätte hier sein können. Ava und ich haben uns fast darüber gestritten, aber es ist jetzt eigentlich auch egal, da wir ja jetzt endlich wissen, dass du lebst. Dem Himmel sei Dank!

Und jetzt musst du auch nach Hause kommen, Greer, damit alles wieder beim Alten ist. Bis auf das Vermögen unserer Mutter natürlich, da Lord Downey laut Mr Laramie, dem Anwalt, das Recht hat, und keine Anstalten macht, uns auch nur ein bisschen davon abzugeben. Aber der Marquis ist sehr großzügig, vor allem mir gegenüber, denn er versteht, wie schwer es für mich war, all die Jahre mit Ava zusammenzuleben. Er hat uns beiden ausreichende Mittel zur Verfügung gestellt, damit wir eine anständige Partie machen können, also komm bitte nach Hause. Lord Harrison wird dich begleiten.

Ich muss jetzt Schluss machen. Ava geht es nicht gut, und sie braucht mich, obwohl sie sehr eigensinnig ist und es nicht zugeben will. Sie erträgt ihre delikate Situation überhaupt nicht delikat, und wenn sie nur die leisesten Kopfschmerzen hat, jammert sie schon.

»Ihre delikate Situation?« Greer sank auf das Sofa.

Wir haben dir doch erzählt, dass sie ein Kind erwartet, oder?

»Nein, Phoebe, das habt Ihr nicht. Wann denn?«

Wir warten sehnsüchtig auf deine Rückkehr! Mit all unserer Liebe, P. F.

»Oh, Phoebe!«, rief Greer und schloss die Augen. »Hättest du mir nicht wenigstens schreiben können, wie lange sie schon schwanger ist?«

Sie las den Brief noch einmal, dann den Brief, den der Marquis mitgeschickt hatte. Er redete den Earl of Radnor an, als wären sie alte Bekannte, bürgte für Greer und ihre Identität und informierte ihn, sie würde bei der ersten Gelegenheit in Lord Harrisons Begleitung abreisen.

Sie verließ Llanmair. Sie hatte ihr Erbe und würde diesen grässlichen Ort ein für allemal vergessen.

Und sie fand ihn doch grässlich, oder? Es gab nicht eine einzige moderne Einrichtung, nicht wie in London. Und dieser Frieden und diese Einsamkeit konnten einen wirklich wahnsinnig machen. Keine Gesellschaft, und man musste meilenweit fahren, um mit jemandem Tee zu trinken.

Der Gedanke, Kendrick zu verlassen, fiel ihr natürlich schwer – aber nach den schrecklichen Ereignissen, die dort stattgefunden hatten, wusste sie auch nicht so recht, wie sie dortbleiben sollte.

Als sie an Rhodricks Bericht dachte, lief es ihr kalt den Rücken herunter, und wieder stellte sich ihr die Frage: Wie hatte er Miss Yates gefunden?

Aber wie auch immer, die Geschichte war wirklich grausig, und sie würde immer wie ein Schatten auf Kendrick liegen. Wenn sie an Stelle des Prinzen wäre, würde sie versuchen, die Erinnerung an die Tragödie auszulöschen. Sie hätte den Raum gereinigt und in hellen, fröhlichen Farben angestrichen. Sie hätte dieses große, prächtige Haus wieder zum Leben erweckt.

Aber sie war nicht der Prinz. Sie kam ja noch nicht einmal richtig aus Wales. Als sie Harrison wiedergesehen hatte – elegant gekleidet und mit untadeligem Benehmen –, war ihr wieder alles eingefallen, was London zu bieten hatte. Dorthin gehörte sie.

Hier hatte sie sich etwas vorgemacht, aber jetzt, wo Harrison da war, sah sie deutlich, dass sie nicht hierher gehörte. Ava und Phoebe warteten auf sie, und sie freute sich sehr darauf, sie endlich wiederzusehen.

Es war abgemacht. Sie musste gehen. Sie musste ihr Erbe nehmen und diesen Ort mit all seinen Geheimnissen verlassen. Auch Kendrick musste sie verlassen. *Und sie musste ihn verlassen.*

Greer sank auf das Sofa.

Sie hatte wirklich keine andere Wahl.

Aber es war so schrecklich! Und sie bekam furchtbare Kopfschmerzen davon!

In jener Nacht träumte sie von ihrer Mutter, die wie immer in der Tür von Kendrick stand und Greer hereinwinkte. Greer trat ein und versuchte, ihre Mutter zu erreichen, bevor sie verschwand, versuchte, ihre Hand zu ergreifen, bevor sie sich in Nichts auflöste, aber wie immer gelang es ihr nicht.

Stattdessen lag sie auf einmal in Rhodricks Armen, und sie befanden sich im Ballsaal in Kendrick, der mit Kristallleuchtern und Kerzen aus Bienenwachs und dicken Teppichen in neuem Glanz erstrahlte. Greer trug ein wunderschönes Ballkleid aus hellblauer Seide, und ein Orchester spielte einen Walzer.

Sie tanzte mit Rhodrick, und sie drehten sich sicher und leichtfüßig auf dem glänzenden Parkett, schwebten dahin unter den glitzernden Kristallen.

Er hielt sie fest in den Armen und blickte sie liebevoll an. Sie empfand keine Angst vor ihm. Sie *liebte* ihn.

Als Lulu am nächsten Morgen das Zimmer betrat, war Greer bereits angezogen. Sie trug ein dunkles, braunschwarzes Reisekleid, denn sobald die Kutsche aus Rhayader eingetroffen war, wollte sie aufbrechen. Lulu blickte sie überrascht an, machte sich jedoch sofort an die Arbeit, als Greer ihr auftrug, ihre Truhe zu packen. Sie richtete ihr lediglich aus, dass Lord Harrison sie im roten Salon erwartete.

»Sag ihm bitte, dass ich gleich komme. Ich muss nur erst mit dem Prinzen sprechen.«

Sie traf den Prinzen in seinem Studierzimmer an. Ein Feuer brannte im Kamin, und er hatte den Kopf über Dokumente gesenkt. Er blickte kaum auf, als sie eintrat. Cain und Abel hingegen begrüßten sie freudig wie immer. »Ja?«, fragte er unwirsch, als sei sie ein Dienstbote.

»Ich habe einen Brief vom Marquis«, sagte Greer und trat zum Schreibtisch. »Er sollte alle Eure Fragen beantworten.«

»Ich habe keine Fragen«, erwiderte er kühl. Greer kniff die Augen zusammen. »Er ist an Euch gerichtet.«

Seufzend nahm er ihn entgegen. Greer fiel auf, wie elend er aussah. Neben ihm stand ein kleines Glas Whiskey, obwohl es noch früh am Morgen war. Offensichtlich hatte er starke Schmerzen im Knie.

Rasch öffnete er den Brief und überflog ihn. Sein Mienenspiel blieb ausdruckslos. Als er fertig war, faltete er den Bogen wieder zusammen und reichte ihn ihr.

»Nun, dann ist ja alles geklärt. Ihr seid tatsächlich Miss Greer Fairchild aus Mayfair.« Er blickte auf seinen Schreibtisch. »Herzlichen Glückwunsch. Ich werde Euch bei der ersten Gelegenheit aus Llanmair abreisen lassen.«

»Ich glaube, es ist am besten so«, sagte Greer leise.

»Dann sind wir uns ja einig«, erwiderte er. »Unglücklicherweise spielt das Wetter nicht mit.«

»Das Wetter«, wiederholte sie, wobei sie verzweifelt versuchte, auch nur eine Spur von Bedauern oder Traurigkeit bei ihm zu entdecken.

»Heute oder morgen werdet Ihr wohl noch nicht fahren können«, erklärte er und wandte seine Aufmerksamkeit wieder seiner Arbeit zu. »Ihr werdet es schon noch ein wenig länger auf Llanmair aushalten müssen.«

Greer eilte zum Fenster, zog die schweren Vorhänge beiseite und stützte sich mit den Händen auf das Fensterbrett aus Stein, um hinauszublicken. Llanmair war eine Insel in einem Meer aus Schnee.

Und es schneite immer weiter.

»Aber … aber ich kann nicht warten! Ich will jetzt fahren!«, rief sie. »Es muss doch eine Möglichkeit geben!«

»Ihr könnt ja zu Fuß gehen, wenn Ihr wollt. Aber ich werde keinen Mann und kein Tier wegen Euch in Gefahr bringen.«

Jetzt, wo ihr Entschluss feststand, war der Gedanke, noch hier bleiben zu müssen, quälend. Sie sah ihm seinen Schmerz an, und ihr selbst ging es auch nicht gut dabei. »Ich halte eine

Verzögerung nicht aus«, sagte sie verzweifelt. »Das ertrage ich nicht!«

Er trat hinter sie und umschlang sie mit den Armen. »Glaubt Ihr, nur Euch geht es so?«, hauchte er ihr ins Ohr. »Glaubt Ihr etwa, für mich wäre es leicht? Im einen Augenblick wollt Ihr in meinen Armen liegen, und im nächsten könnt Ihr es nicht ertragen, mich anzusehen.«

»Das ist nicht *wahr* …«

Abrupt drehte er sie um und zwang sie, ihn anzusehen. »Findet Ihr mich so schrecklich?«, wollte er wissen. »Als ich Euch geliebt habe, habt Ihr mich nicht so abstoßend gefunden.« Er drückte seine Lippen in ihre Haare. »Ihr habt meine Berührung *genossen*.«

Hitze stieg in ihr auf, und sie stieß ihn mit beiden Händen weg. »Rhodrick, *hört auf!*«

Aber er küsste ihren Nacken, und heiß durchzuckte sie die Lust. »Seid Ihr wirklich so oberflächlich, Greer?«, murmelte er ihr ins Ohr. Sein Atem strich heiß über ihre Haut. »Könnt Ihr bei einem Mann liegen, ohne Euch im Geringsten für sein Herz zu interessieren?«

Greer drehte den Kopf weg und drängte blinzelnd die Tränen zurück, die ihr in die Augen stiegen. »Ach, um Himmels willen, Rhodrick, es macht mir mehr aus, als Ihr ahnt!«, rief sie zornig. »Aber ich kann Euch nicht glücklich machen und Ihr mich auch nicht. Ich gehöre nicht hierher, ich will hier nicht sein! Und so ist es am besten.«

Zuerst sagte er nichts. Greer öffnete die Augen und sah, dass sein Gesichtsausdruck hart geworden war. Er senkte den Blick auf ihren Mund, und erneut stieg wütende Sehnsucht in ihr auf.

»Nein«, knurrte er. »Ihr gehört nicht hierher, aber ich will Euch auch nicht hier haben. Deshalb werde ich Euch auch so schnell wie möglich wegschicken.«

Er hatte genau das ausgesprochen, was sie hören wollte, aber seine Worte brachten ihr nur Schmerz, keine Erleichterung, und es tat so weh, dass sie die Hände vors Gesicht schlug und weinte. Sie konnte nicht sprechen, so heftig war ihr Schluchzen.

Er zog sie an sich und hielt sie fest. »Vertraut Euren Instinkten«, sagte er und küsste sie so zärtlich, dass ihr die Knie weich wurden.

Sie war hilflos vor Verlangen und empfand eine fast übernatürliche Liebe für ihn.

Aber dann ließ er sie plötzlich los und taumelte zurück. In seinem Blick lag tiefer Kummer.

»Bitte geht jetzt, unsere kurze Bekanntschaft muss ein Ende haben.«

Aufschluchzend raffte sie die Röcke und verließ sein Studierzimmer, ohne sich noch einmal umzusehen. Erst als sie im Flur um die Ecke gebogen war, begann sie zu rennen, damit sie in der Stille ihrer Gemächer ihren Tränen freien Lauf lassen konnte.

29

Am Nachmittag hörte es auf zu schneien, aber ein eisiger Sturm heulte ums Haus und brachte das alte Gemäuer zum Ächzen. Greer blieb in ihren Räumen und kam erst zum Abendessen herunter. Sie sah blass und erschöpft aus. Lord Harrison gesellte sich ebenfalls zu ihnen und machte während des Essens höfliche Konversation, wobei er Rhodrick misstrauisch beobachtete.

Rhodrick war dankbar, als das endlose Mahl vorüber war, denn er konnte es nicht ertragen, Greers Gesicht zu sehen.

Er fühlte sich seltsam richtungslos, so als ob er durch einen Schneesturm irrte, ohne zu wissen, wo oben oder unten war. Er wusste nicht, wann sich alles verändert hatte, und wenn er die Macht gehabt hätte, so hätte er mit eigenen Händen die Wolken auseinandergerissen, damit der Sturm vorbei war und sie jetzt, auf der Stelle, abreisen konnte und er sie nicht mehr zu sehen brauchte.

Wenn sie endlich weg war, würde er wieder zu seinem einfachen Leben zurückfinden und nicht mehr an sie denken.

Aber sein Verstand machte leider nicht mit. Er wurde von Träumen gequält, von Bildern ihres Körpers, ihres Lächelns, ihrer blauen Augen. Und wenn er sie küssen wollte, hielt er nur die Erinnerung in den Armen.

Wie konnte ein kluger Mann sich nur so nach Liebe sehnen? Und warum hatte *sie,* sein Geist, Greer hierhergebracht?

Es gab nur eine einzige mögliche Erklärung dafür – so wie Alis Bronwyn ihm den Weg zu Miss Yates gezeigt hatte, so hatte sie auch Greer hierhergebracht. Wie sollte es sonst zu erklären sein, dass eine Tote, die ihn in seinen Träumen verfolgte, Greers Mutter war? Als er das Handporträt gesehen hatte, hatte er augenblicklich gewusst, wie Greer ihren Weg nach Llanmair gefunden hatte. Und zu wissen, dass Alis schon wieder über das Grab hinaus gewirkt hatte, reichte aus, um ihn erneut an die Schwelle des Wahnsinns zu treiben.

Er schlief auf dem Sofa in seinem Studierzimmer, weil ihn die Schmerzen in seinem Knie so sehr plagten. Als der Morgen dämmerte, wanderte er mit seinen Hunden durch die leeren, eiskalten Korridore des Schlosses. Aber dann ging die Sonne auf, und der Schnee begann zu schmelzen.

Auf seinen ruhelosen Streifzügen gelangte er am Nachmittag in die Bibliothek, wo er Harrison antraf, der am Kamin saß und las. Er erhob sich, als Rhodrick eintrat, und verbeugte sich. »Radnor«, sagte er.

»Guten Tag, Mylord.« Rhodrick trat zur Anrichte und schenkte sich einen Whiskey ein. »Ich hoffe, es ist alles zu Eurer Zufriedenheit?«, fragte er und wies stumm fragend auf die Karaffe mit dem Whiskey.

Harrison nickte. »Ja, danke. Es tut mir leid, dass wir Eure Gastfreundschaft noch ein wenig länger in Anspruch nehmen müssen.«

Rhodrick zuckte mit den Schultern und schenkte einen weiteren Whiskey ein.

»Es macht keine Mühe«, erwiderte er und reichte Harrison das Glas. »Hier. Das vertreibt die Kälte.«

Harrison nahm dankend an und trank einen Schluck.

»Ich hatte angenommen, Miss Fairchild wäre bei Euch«, bemerkte Rhodrick und setzte sich Harrison gegenüber.

»Sie ist in ihren Gemächern«, erwiderte Harrison. Er trank noch einen Schluck und hob prüfend das Glas, um die Farbe des Whiskeys zu betrachten. »Sie kommt mir sehr unschlüssig vor, Mylord.«

Rhodrick hob den Kopf. »Hat sie etwas gesagt?«, fragte er und verachtete sich gleichzeitig dafür, dass er so eifrig klang.

Harrison blickte Rhodrick an. »Sie hat sogar eine ganze Menge gesagt. Miss Fairchild hat ausführlich über ihren Aufenthalt hier erzählt. Sie scheint eine starke Zuneigung für Llanmair und seine Bewohner zu empfinden.«

Rhodrick musste unwillkürlich lächeln – niemand wusste besser als er, wie viel diese Frau reden konnte.

»Sie hat mir auch von ihrem Erbe berichtet«, fuhr Harrison fort. »Das war sehr freundlich von Euch.«

»Freundlich?« Rhodrick schüttelte lächelnd den Kopf. »Es steht ihr ja rechtmäßig zu. Ehrlich gesagt hatte ich gehofft, dass sie umso schneller weg ist, je eher sie es hat.«

Die Bemerkung schien Harrison zu erstaunen. »Verzeihung, aber ich glaube nicht, dass sie Euch zur Last fallen wollte.«

»Oh«, erwiderte Rhodrick mit einer nachlässigen Geste. »Ich glaube, Ihr missversteht mich. Ich meinte nur, dass dies hier kein Ort für eine junge Frau wie Miss Fairchild ist. Es ist Zeit, dass sie zu ihrer Familie und in ihre vertraute Umgebung zurückkehrt.«

»Ja«, sagte Harrison und trank den letzten Schluck Whiskey. »Ich werde dafür sorgen, dass sie sicher nach Hause zurückkehrt.« Lächelnd stellte er das Glas ab. »Danke für den Whiskey. Wenn Ihr mich jetzt entschuldigen wollt, ich möchte sie aufsuchen.«

»Selbstverständlich«, erwiderte Rhodrick. Während Harrisons Schritte sich entfernten, blickte er grübelnd ins Feuer.

Vor dem Abendessen fragte Lulu Greer, ob sie mit Lord Harrison essen wollte, da Seine Lordschaft sich zurückgezogen hatte.

»Zurückgezogen?«, fragte Greer. »So früh schon?«

»Sein Bein, Miss. Ich glaube, es bereitet ihm heute große Schmerzen.«

»Oh«, erwiderte Greer voller Mitgefühl.

Sie und Harrison aßen alleine, nebeneinander am Kamin, damit es wärmer war.

»Ihr habt heute Abend nicht viel Appetit«, bemerkte Harrison.

Greer lächelte kläglich. »Es ist vermutlich zu kalt.«

Lord Harrison nickte und aß einen weiteren Bissen Rindfleischeintopf. »Ich bekomme bei dieser Kälte immer einen Mordshunger«, erklärte er. »Das hat die Natur so vorgesehen, damit wir uns Fett für die langen Wintermonate aneignen.«

»Ah«, erwiderte Greer und spießte ein Stück Kartoffel auf ihre Gabel. Aber sie bekam nichts herunter – vor Nervosität krampfte sich ihr der Magen zusammen. »Verzeiht, Lord Harrison, aber würdet Ihr es mir sehr übel nehmen, wenn ich mich zurückziehen würde? Ich habe das Gefühl, ich bekomme Kopfschmerzen.«

»Schon wieder?«, fragte er.

»Die Kälte«, erwiderte sie schwach.

»Natürlich«, sagte er und stand höflich auf, um ihr den Stuhl zurechtzurücken. Aber als Greer sich zum Gehen wandte, hielt er sie zurück. »Miss Fairchild?«

»Ja?«

»Glaubt Ihr, Eure Kopfschmerzen werden besser, wenn Ihr erst einmal wieder in London seid, oder glaubt Ihr, sie werden schlimmer?«

Greer spürte, wie sie rot wurde. »Ich … ich weiß es ehrlich gesagt nicht«, erwiderte sie.

»Vielleicht solltet Ihr überlegen, welcher Ort für Eure Gesundheit bekömmlicher ist«, sagte er. Lächelnd setzte er sich wieder und widmete sich seinem Mahl.

Greer verließ das Speisezimmer. Mit jedem Schritt fühlte sie sich schwächer. Harrisons Frage war berechtigt gewesen, dachte sie, denn sie konnte den Gedanken kaum ertragen, dass sie den Prinzen nie wieder sehen würde. Wenn sie das Schloss verließe, würde es für immer sein.

So viele Gedanken gingen ihr durch den Kopf, so viele widersprüchliche Emotionen und Fragen. Was war denn wichtig im Leben?

Und vor allen anderen Dingen beschäftigte sie eine quälende Frage: Woher hatte der Prinz gewusst, wo er Miss Yates' Leiche finden würde?

30

Am nächsten Morgen schickte Harrison seinen Kutscher nach Rhayader, damit dieser den Zustand der Straßen begutachtete. Kurz nach Mittag kehrte der Mann zurück und erklärte, die Wege seien schlammig, aber befahrbar.

»Ich sollte jetzt langsam mit ihr nach London zurückkehren«, sagte Harrison, der Rhodrick in seinem Studierzimmer aufgesucht hatte. »Es sei denn, Ihr haltet es noch für zu gefährlich zu reisen«, erklärte er und blickte Rhodrick betont an.

»Nein«, erwiderte Rhodrick, mied jedoch seinen Blick. »Wenn Euer Kutscher sagt, dass die Wege passierbar sind, dann solltet ihr wirklich fahren.«

Harrison nickte knapp. »Wir fahren noch heute«, sagte er und ging hinaus.

Rhodrick schluckte schwer an seiner bitteren Enttäuschung und humpelte zum Klingelzug. Als Ifan kam, sagte er zu ihm. »Bereitet alles Notwendige vor. Miss Fairchild reist heute nach London ab.«

Als Ifan wieder gegangen war, trat Rhodrick ans Fenster. Gedankenverloren streichelte er Cains mächtigen Kopf und starrte auf den klaren blauen Himmel. Es war an der Zeit, sagte er sich, seine Träume zu begraben und sein altes Leben wiederaufzunehmen. Es war Zeit zu vergessen.

Greer saß in der Bibliothek und las, als Lord Harrison hereinkam und verkündete: »Die Kutsche ist bereit, Miss Fairchild. Wir können heute nach London aufbrechen.«

»*Heute?*«, rief Greer erschreckt aus.

»Ja, heute«, erwiderte Harrison. »Habt Ihr gepackt?«

Greer schüttelte den Kopf. Sie hatte zwar gewusst, dass dieser Augenblick kommen würde, aber sie hatte gedacht, es würde noch ein wenig dauern. »Seid Ihr sicher, dass die Kutsche fahren kann?«

Harrisons Lächeln war beinahe traurig. »Ja.«

»Vielleicht sollten wir besseres Wetter abwarten«, schlug sie vor.

»Greer«, erwiderte Harrison ruhig, »Eure Familie wartet auf Euch. Ich brauche Euch wohl nicht zu sagen, dass es aus einer Vielzahl von Gründen unklug ist, länger als unbedingt nötig hierzubleiben.«

Damit meinte er natürlich ihren guten Ruf.

»Und außerdem«, fuhr er fort, »möchte Eure Familie Euch endlich wieder bei sich haben.«

Oh, verdammt, sie spürte, wie ihr Tränen in die Augen traten. »Ja, Ihr habt natürlich recht, Mylord«, sagte sie. »Ich muss zu meinen Cousinen zurückkehren.«

Oh, wie entsetzlich öde das klang. Jetzt, wo Ava verheiratet war, würde es bei Phoebe sicher auch nicht mehr lange dauern, und Greer – nun, selbst wenn ihr Ruf nicht hinüber gewesen wäre, hätte sie keine wirklichen Aussichten.

Sie würde ihnen beiden nur eine Last sein.

Sie blickte Harrison an. »Nun gut«, sagte sie und erhob sich. »Ich habe noch viel zu tun.«

Nervös betastete sie die Kette, die sie immer trug. Der Prinz hatte zwar behauptet, es sei ein walisisches Amulett, aber bis jetzt hatte sie noch keine magischen Kräfte feststellen können.

Zwei Stunden später war Greer reisefertig. Ihre Truhe war aus ihren Räumen herausgetragen worden, und sie brauchte sich nur noch in die Kutsche zu setzen. Mrs Bowen und Lulu warteten auf sie in der kleinen Diele, und als Lulu ihr in den Umhang half, erschien auch Rhodrick und lehnte sich mit verschränkten Armen an die Holztür.

Greer zog sich die Kapuze des Umhangs tief in die Stirn, damit sie sein Gesicht nicht sehen musste, und verabschiedete sich von Lulu und Mrs Bowen.

»Meine Adresse in London liegt auf dem Schminktisch«, sagte sie zu Lulu. »Wirst du mir schreiben?«

»Natürlich, Miss«, erwiderte Lulu.

Greer drückte ihr lächelnd die Hand und wandte sich dann an Mrs Bowen. »Danke … für alles«, sagte sie und kämpfte mit den Tränen. »Ihr wart sehr freundlich zu mir.«

»Ihr werdet uns fehlen, Miss Fairchild«, erwiderte Mrs Bowen herzlich.

Greer nickte und zwang sich dazu, sich dem Prinzen zuzuwenden.

Sie hatte keine Ahnung, was sie tun oder sagen sollte – es kam ihr absurd vor, vor ihm zu knicksen, wenn man bedachte, was sie miteinander geteilt hatten, aber sie tat es, ohne nachzudenken. Seine Miene ließ keine Gefühlsregung erkennen, und fast kam es ihr grausam vor, dass sie als Einzige den Abschiedsschmerz so tief empfand.

Rhodrick griff in seine Brusttasche und reichte ihr eine Pergamentrolle, die mit einem Band zusammengehalten wurde. »Ich habe mir die Freiheit erlaubt, Eurem Schwager zu schreiben, um für Euer Betragen und Mrs Bowens wachsames Auge während Eures Aufenthalts auf Llanmair zu bürgen.«

Diese freundliche Geste erstaunte sie. Sein Brief würde zum Schutz ihrer Reputation sehr nützlich sein. »Ich … danke«, sagte sie.

Er nickte kurz, dann presste er die Lippen zusammen und blickte sie an. »Nun gut«, sagte er ruhig. »Ich wünsche Euch Gottes Segen für Eure Heimreise.«

»Miss Fairchild«, sagte Lord Harrison von der Tür her.

Der Prinz drehte sich um und ging mit humpelndem Schritt davon.

»Wartet!«, rief Greer und eilte ihm nach. Sie löste den Verschluss ihrer Halskette. »Ich möchte Euch das geben«, sagte sie und hielt ihm das Amulett hin. »Es … es gehört hierher.«

Er blickte auf das Amulett, dann sah er sie an.

»*Bitte*«, flüsterte sie. Sie ergriff seine Hand und schob das

Amulett hinein. Seine Finger schlossen sich fest darum, und er steckte es in die Tasche.

»Danke«, sagte Greer.

Rhodrick nickte und ging weiter. Sie blickte ihm nach und wandte sich dann unsicher zu Mrs Bowen und Lulu.

»Die Köchin hat Euch Brot und Käse in einen Korb gepackt, Miss«, sagte Mrs Bowen.

»Wie nett von ihr«, erwiderte Greer geistesabwesend. »Sagt Ihr meinen herzlichen Dank.«

»Ich habe auch das Buch von Wales, das Ihr gelesen habt, noch mit hineingelegt«, fügte Lulu hinzu. »Seine Lordschaft hat es mir erlaubt.«

»Oh«, sagte Greer überwältigt. Sie konnte die ganze Zeit nur daran denken, dass Rhodrick jetzt für immer aus ihrem Leben verschwunden war. »Danke. Das ist … *wirklich,* das ist zu freundlich.«

Sie zwang sich zu einem Lächeln, rückte ihre Kapuze zurecht und blickte zur Tür, die Ifan geöffnet hatte. Kalte Winterluft drang in die Eingangshalle, und aus den Nüstern der Kutschpferde stieg der Atem in weißen Wolken auf.

»Ich warte auf Euch an der Kutsche«, sagte Harrison, der endlich losfahren wollte.

Mrs Bowen verschränkte die Arme, damit es ihr warm wurde, und Lulu fröstelte sichtlich.

»Nun«, sagte Greer zögernd, »dann muss ich wohl jetzt gehen. Ich werde Euch sehr vermissen.«

»Wir Euch auch, Miss Fairchild«, erwiderte Mrs Bowen, die mittlerweile ebenso wie Lulu vor Kälte zitterte.

»Dann gehe ich jetzt mal«, erklärte Greer. Ifan blickte sie erwartungsvoll an, aber Greer konnte sich immer noch nicht entschließen.

»Miss?«, sagte Ifan.

»Ja«, erwiderte sie und ging steifbeinig zur Tür hinaus. Ifan zog sie rasch hinter ihr zu und geleitete sie zur Kutsche, wo Harrison sie schon erwartete.

Zögernd ließ sie sich von ihm in das Gefährt helfen, und Harrison stieg ebenfalls ein und setzte sich ihr gegenüber.

»Gott befohlen, Miss Fairchild«, sagte Ifan und schloss die Tür der Kutsche. Er rief dem Kutscher zu, er könne losfahren, und wandte sich selbst wieder zum Schloss.

»Nur Mut«, sagte Harrison freundlich.

Die Kutsche fuhr an, und die grauen Mauern des Schlosses mit den Vogelnestern und den Narben und Scharten vergangener Schlachten zogen vorüber. Die großen Tore schwangen auf, und die Kutsche fuhr hindurch.

Greer drehte sich um und sah, wie zwei Turmfalken sich aus einem Riss lösten und in den blauen Himmel stiegen.

In diesem Moment wurde ihr klar, dass sie nicht gehen konnte. Sie musste erst noch erfahren, wie er Miss Yates gefunden hatte. Plötzlich *musste sie das einfach wissen*.

Sie klopfte an die Decke. »Anhalten!«, schrie sie. *»Anhalten!«*

»Was macht Ihr da?«, rief Harrison.

»Ich habe etwas vergessen«, sagte sie atemlos, als die Kutsche abrupt zum Stehen kam. Greer sprang hastig heraus. So schnell sie konnte, lief sie durch Schlamm und Matsch. Ihre Kapuze rutschte, und sie raffte Umhang und Röcke, um schnell auf den Hof zu gelangen, bevor die Tore zufielen und Llanmair für immer verloren war.

Rhodrick stand am Fenster. Als die Kutsche davon rollte, presste er die Lippen zusammen und drückte die Hände an die kalten Fensterscheiben. »Es ist besser so«, murmelte er. »Es ist das Beste.«

Er wollte sich gerade abwenden – er konnte es nicht ertragen, die Kutsche wegfahren zu sehen –, als er auf einmal bemerkte, dass sie anhielt.

Die Tür ging auf, und Greer purzelte heraus, wobei sie im letzten Moment einen Sturz verhinderte. Sie raffte ihren Umhang und rannte los. Harrison sprang ebenfalls aus der Kutsche und stürzte hinter ihr her. Aber Greer lief so schnell, als wäre sie auf der Flucht, und schon bald war sie nicht mehr zu sehen, je näher sie dem Schloss kam.

Verwirrt drehte Rhodrick sich um und blickte zum Kamin. Sein Herz raste.

Ein paar Minuten später hob einer der Hunde den Kopf, und er hörte Schritte auf dem Flur. Und dann stand sie keuchend vor Anstrengung mit geröteten Wangen in seiner Tür. Sie stützte sich am Türrahmen ab und blickte ihn aus großen Augen an.

Verlegen fuhr er sich durch die Haare. »Habt Ihr etwas vergessen?«

»Wie habt Ihr sie gefunden?«, fragte sie außer Atem. «Bitte! Ich muss die Antwort wissen, Rhodrick.«

Sein Herz sank, und er wandte sich abrupt ab. »Es hat keinen Zweck, ständig alten Geschichten …«

»Doch«, unterbrach sie ihn und trat näher. »Ich habe mich in *allem* geirrt, und das ist die einzige Frage, die noch übrig geblieben ist.«

Das erregte seine Aufmerksamkeit. Er sah sie fragend an. »Ihr habt Euch geirrt?«

»Ganz furchtbar«, erwiderte sie und breitete die Arme aus, um ihm das Ausmaß ihres Irrtums anzudeuten.

Sein Herz setzte für einen Schlag aus, und eine wilde, lächerliche Hoffnung stieg in ihm auf.

»Ich hielt das Haus …« Seufzend presste sie sich die Finger an die Schläfen. »Mir geht einfach die Frage nicht aus dem Kopf, wie Ihr sie gefunden habt.«

Sie blickte ihn aus ihren blauen Augen flehend an und trat noch einen Schritt näher. »Ich bitte Euch – sagt mir, wie Ihr sie gefunden habt! Sagt mir, wie Ihr Miss Yates gefunden habt, damit ich in dem Wissen nach London fahren kann, richtig gehandelt zu haben, wenn ich mir selbst das größte Glück meines Lebens versage!«

»Ich kann nicht, Greer«, sagte er leise. Sein Herz raste. »Ich kann nicht.«

»Warum denn nicht?«, rief sie. »Was kann denn schon passieren?«

Am liebsten hätte er sie in die Arme genommen und ihr alles gestanden. »Weil ich den Ausdruck in Euren Augen nicht ertragen könnte, wenn Ihr mich für wahnsinnig haltet.«

»Wieso soll ich Euch für wahnsinnig halten?«, fragte sie ernst. »Ich kann doch nichts anderes mehr denken, als dass ich Euch liebe.«

Das brachte ihn völlig aus der Fassung. Und plötzlich wusste Rhodrick, dass er ihr die Wahrheit sagen musste, wenn er sie behalten wollte. Und er hatte nichts mehr zu verlieren. Er nahm all seinen Mut zusammen und sagte: »Eure Mutter hat es mir gezeigt.«

Greer wurde blass. Sie brachte keinen Ton hervor und sank schwer auf den Sessel am Kamin. Mühsam stieß sie hervor: »Meine Mutter ist seit fast vierzehn Jahren tot.«

»Ja.« Er nickte. »Dessen bin ich mir bewusst.« Wieder fuhr er sich mit beiden Händen durch die Haare. »Ich kannte sie ja noch nicht einmal. Als ich noch ein Junge war, wohnte sie schon nicht mehr auf Kendrick.«

Greer fasste sich unwillkürlich an den Hals, an die Stelle, wo das Amulett gehangen hatte. »Soll das ein Scherz sein?«, fragte sie mit schwacher Stimme.

»Nein«, erwiderte Rhodrick und schüttelte den Kopf. »Ich wünschte, es wäre so. Hört … hört mir zu, Greer. Hört einfach zu, ja?«

Stumm blickte sie ihn an.

»In Powys gibt es viele Leute, die an walisische Legenden und an Magie glauben, aber ich habe nie dazugehört. Ich dachte eigentlich immer, dass Geisterglaube etwas für die Ungebildeten wäre.«

Greer blinzelte, schaute ihn aber unverwandt an.

Er blickte hilflos auf seine Hände. »Wie ich Euch schon sagte, liebte Morwena Yates Percy. Sie glaubte ihm seine Lügen und hielt unerschütterlich an der Hoffnung fest, dass er sie zu einer ehrbaren Frau machen würde. Das weiß ich, weil sie es mir selbst gesagt hat. Natürlich versuchte ich, sie umzustimmen, aber weder ich noch ihre Eltern konnten sie davon abbringen, und es kam, wie es kommen musste. Ihr wisst ja, dass ich sie nach Cornwall schickte, damit sie dort ihr Kind bekommen und eine Stelle als Gouvernante antreten konnte. Aber sie kehrte zurück, weil sie seine Zuneigung gewinnen wollte, und erschien an jenem Abend überraschend auf Kendrick.« Er blickte Greer an und fügte bitter hinzu: »Es war so dumm von mir, ihm Kendrick zu überlassen.«

Greer schluckte.

»Wie soll ich es Euch erzählen?«, sagte er mehr zu sich selbst. »Wie kann ich berichten, was passierte? Ihr werdet mich für wahnsinnig halten, Greer, aber als Miss Yates verschwand, wusste ich, dass sie nicht mehr am Leben war, weil ich es *geträumt* hatte.«

Greer zog scharf die Luft ein, und er hatte das Gefühl, ein Messer würde in seinem Herzen umgedreht. »Wappnet Euch, denn ich muss Euch auch berichten, dass … Alis Bronwyn, die ich als Junge flüchtig kannte und der ich als erwachsener Mann nur ein oder zwei Mal begegnet bin, im Traum zu mir kam. Sie stand in der Tür von Kendrick und winkte mich zu sich.«

Greer gab einen verzweifelten Laut von sich und schlug die Hand vor den Mund.

Er würde sie mit der Wahrheit verlieren, dachte Rhodrick, und wandte sich ab, weil er den Ausdruck auf ihrem Gesicht nicht mehr ertragen konnte. »Als ich in meinem Traum der … der *Erscheinung* folgte, sah ich das Zimmer, wo Miss Yates gefangen gehalten worden war. Ich *sah* sie dort, sah, wie sie wahnsinnig wurde.«

Er wagte nicht, Greer anzusehen, wollte nicht wissen, wie sie auf diesen bizarren Traum reagierte. Aber jetzt hatte er schon zu viel preisgegeben, um aufzuhören, deshalb fuhr er fort: »Natürlich hielt ich es nur für einen Traum.« Erneut durchlebte er das Entsetzen von damals.

»Eine Woche später wurden meine Befürchtungen jedoch bestätigt, als Mr und Mrs Yates bei mir vorsprachen und berichteten, dass ihre Tochter verschwunden sei. Ich stellte Percy zur Rede, aber er stritt alles ab. Als ich jedoch das Zimmer betrat, fand ich es genauso vor, wie Ihr es gesehen habt. Und Mrs Evans, die Miss Yates versorgt hatte, gestand, dass Miss Yates geflohen sei.

Ich organisierte natürlich sofort Suchmannschaften und ritt selbst den ganzen Tag durch die Wälder, um nach ihr Ausschau zu halten. Aber ich fand nichts. Wie Ihr schon gesagt habt, der Besitz ist riesig.«

Er hielt inne. Es fiel ihm schwer, die Geschichte laut auszusprechen. »Als … als ich schon die Hoffnung aufgegeben hatte, sie zu finden«, sagte er zögernd, »träumte ich erneut. Eure Mutter kam wieder zu mir und stand an der Eingangstür von Kendrick. Dieses Mal flüsterte sie mir zu, wo ich nach Miss Yates suchen sollte. ›An der alten Kanalbrücke‹, sagte sie.«

Er warf Greer einen Blick aus den Augenwinkeln zu. Sie starrte ihn ausdruckslos an.

»Früh am nächsten Morgen ritt ich dorthin und suchte die Umgebung an der alten Brücke ab. Als ich nichts fand, glaubte ich natürlich, ich sei dabei, den Verstand zu verlieren. Aber in jener Nacht kam sie wieder zu mir und drängte mich erneut, an der alten Kanalbrücke zu suchen.« Er lachte verächtlich. »Man sollte doch meinen, dass ich mit all der übernatürlichen Hilfe Miss Yates gefunden hätte. Aber ich hatte auch beim zweiten Mal keinen Erfolg. In der dritten Nacht zeigte mir Eure Mutter dann den genauen Ort. Sie nahm mich im Traum dorthin mit. Ich konnte Miss Yates ganz deutlich sehen, wie sie unten in der Schlucht lag.«

Er schwieg.

Er hatte sie genauso dort liegen sehen, wie er sie später vorgefunden hatte. »Am nächsten Morgen ritt ich wieder los, und dann fand ich sie schließlich. Sie war in die Schlucht gestürzt – oder vielleicht auch gesprungen –, wer kann das bei ihrem

Geisteszustand schon wissen? Auf jeden Fall hatte sie sich den Hals gebrochen.«

Angstvoll blickte er Greer an. Tränen schimmerten in ihren Augen, aber sie schwieg. »Ich hätte sie nie gefunden«, sagte er leise. »Niemand hätte sie finden können, so versteckt, wie sie dalag. Den Behörden erzählte ich, dass meine Hunde sie aufgespürt hätten, und niemand stellte das infrage. Wahrscheinlich glaubten die meisten Leute, ich sei auf meiner Suche mit den Hunden sozusagen über sie gestolpert.«

Greer sagte nichts. Er wartete geduldig auf ein Wort von ihr, aber sie schlug nur die Hände vors Gesicht und schluchzte.

Rhodrick fühlte sich schrecklich. Zweifellos beklagte sie, dass sie sich einem Wahnsinnigen hingegeben hatte, der zudem noch hässlich war. Er drehte sich zum Fenster und starrte hinaus.

»Danach schloss ich Kendrick natürlich«, sagte er. »Ich hielt es für besser, weil dort so ein grauenhaftes Verbrechen geschehen war. Und von Eurer Mutter habe ich nicht mehr geträumt, bis Ihr in Begleitung von Mr Percy vor meiner Tür standet.«

Er warf ihr einen Blick aus den Augenwinkeln zu und spürte, wie Kummer und Sehnsucht in ihm aufstiegen. »Ich muss zugeben, dass ich an jenem Abend viel getrunken hatte, um die Schmerzen in meinem Bein zu betäuben, aber als ich das Amulett um Euren Hals sah und Eure … Eure schönen blauen Augen«, stieß er hervor, »die einzige Farbe, die ich in meiner grauen Welt wahrnehme, hielt ich Euch irrtümlich für sie. Die Verbindung zwischen Euch und Eurer Mutter wurde mir dann erst klar, als ich das Handporträt sah. Ich wusste, dass sie geheiratet hatte, aber den Namen Vaughan hatte ich ganz vergessen. Er kommt in dieser Gegend häufig vor. Seit Ihr hier seid, habe ich noch drei Mal von ihr geträumt, und immer stand sie in der Tür von Kendrick und winkte mich hinein.«

Greer schluchzte leise.

»Bitte, hört auf«, sagte er. Er holte tief Luft und trat zu ihr. Aus seiner Tasche zog er das Taschentuch, das er bei sich trug, seit sie es verloren hatte. Er kniete sich vor sie hin und berührte sie am Bein. Greer nahm die Hände vom Gesicht und sah zu, wie er ihr Amulett und den Ring, den er ihr schenken wollte, herausnahm und ihr das Taschentuch reichte.

Als sie es entgegennahm, flossen ihre Tränen noch heftiger.

»Bitte hört auf«, bat er sie leise. »Ich kann Eure Tränen nicht ertragen, denn ich liebe Euch, Greer. Ich habe Euch von Anbeginn an geliebt, lange bevor ich Euch begegnet bin. Und jetzt habe ich alle Hoffnung verspielt mit meinem wirren Geschwätz. Kommt.« Zärtlich tätschelte er ihr das Knie. »Ihr habt jetzt Eure Antwort, und Lord Harrison wartet auf Euch. Belastet Euch nicht mehr.«

Greer jedoch stand nicht auf, um vor ihm davonzulaufen; aufschluchzend warf sie sich ihm mit einer solchen Wucht in die Arme, dass er beinahe umgefallen wäre. Sie fiel ebenfalls auf die Knie und verbarg ihr Gesicht an seiner Schulter. Rhodrick versuchte, sie zum Aufstehen zu bewegen, aber sie klammerte sich verzweifelt an ihn. Er hielt ganz still und traute sich nicht, sie zu berühren.

»Könnt Ihr mir jemals verzeihen?«, schluchzte sie. »Bitte, verzeiht mir, Rhodrick! Ich liebe Euch, ich habe Euch auch schon immer geliebt! Und wenn ich daran denke, dass sie mich die ganze Zeit über zu *Euch* geführt hat, nach Hause, wo ich hingehöre!«

Er packte sie bei den Schultern und zwang sie, ihn anzusehen. »Was sagt Ihr da?«

Greer wischte sich mit dem Handrücken die Tränen ab. »Ihr seid nicht wahnsinnig! Ich weiß, dass Ihr mir die Wahrheit erzählt, weil ich ebenfalls von ihr geträumt habe. Immer stand sie im Eingang zu Kendrick und winkte mich hinein! Aber bei den letzten Malen habt *Ihr* dort auf mich gewartet!«

Abrupt packte sie Rhodrick an den Armen. »Versteht Ihr denn nicht?«, fuhr sie fort. »Ich hatte jahrelang immer wieder nur diesen einen Traum von meiner Mutter. Schon als kleines Mädchen habe ich sie im Traum an der Tür eines großen, weißen Hauses stehen sehen – ich wusste ja nicht einmal, dass es dieses Haus tatsächlich gab, bis ich Kendrick zum ersten Mal sah. Rhodrick, ich habe von Kendrick geträumt, bevor ich überhaupt daran dachte, nach Wales zu kommen. Sie hat mich zu Euch gebracht«, sagte sie aufgeregt und umfasste sein Gesicht mit den Händen. Dann schmiegte sie sich weinend an ihn.

Das Herz schlug ihm bis zum Hals. »Aber wie …«

»Ich weiß nicht!«, weinte Greer. »Und es ist mir auch gleichgültig! Ich weiß nur, dass sie mich zu dir geführt hat. Sie hat auf mich aufgepasst, als ich nicht mehr wusste, was aus mir werden soll, und sie hat mich zu dir geführt.«

Rhodrick ergriff ihre Hände und drückte sie auf seinen Brustkorb. »Spürst du es? Ich bin jetzt achtunddreißig Jahre alt, und so heftig hat es noch nie geschlagen. Ich habe erst angefangen zu leben, als du nach Llanmair gekommen bist, Greer. Du darfst mich nie mehr verlassen.« Er küsste sie auf die Stirn, die Nase, die Lippen. »Versprich mir, dass du mich nie verlässt.«

»Das kann ich dir ohne Weiteres versprechen«, sagte sie. »Ich liebe dich, Rhodi. Ich liebe dich über alles.«

Und zum ersten Mal in seinem Leben war Rhodrick wirklich glücklich.

Vierzig Minuten später führte Ifan Lord Harrison zu der Gemäldegalerie, wo der Prinz und Miss Fairchild standen. Die Haare des Prinzen waren zerzaust, seine Krawatte hing schief, und er lächelte einfältig.

»Miss Fairchild«, sagte Harrison streng, »die Kutsche wartet. Kommt Ihr nun mit?«

»Kutsche?«, wiederholte der Prinz. »Ach ja, natürlich. Ihr habt es sicher eilig, wieder nach Hause zurückzukehren, Mylord, aber ich hoffe doch, dass Ihr wenigstens noch so lange bleibt, bis wir die Sondergenehmigung erhalten haben und der Pfarrer uns vereinen kann.« Er warf Ifan einen Blick zu. »Bitte, Ifan, lasst ihn kommen. Er soll die Sondergenehmigung gleich mitbringen. Nein, nein, ich kümmere mich selbst darum.«

Miss Fairchild, die neben ihm stand, kicherte, und der Prinz lächelte Harrison an. »Ihr bleibt doch, Harrison, oder?«

Ifan, der schon seit fast dreißig Jahren auf Llanmair in Diensten stand, hatte seinen Herrn noch nie so fröhlich lächeln sehen. Er blinzelte verwirrt, als er sich verbeugte und ging. Und er hätte schwören können, er hörte den Prinzen lachen.

In der Eingangshalle warteten Mrs Bowen und Lulu auf Miss Fairchild.

»Nun?«, fragte Mrs Bowen.

»Lasst ihre Truhe wieder hereinbringen«, sagte Ifan und verdrehte die Augen, als die beiden Frauen vor Freude kreischten.

31

Phoebe lag auf den Knien und steckte das Kleid ab, das sie für ihre Schwester nähte. Seit Ava ein Kind erwartete, passte ihr kaum noch etwas. Phoebe hatte Stecknadeln zwischen den Lippen und hätte sie beinahe verschluckt, als Lucille ins Zimmer platzte und einen Brief schwenkte. »Lord Harrison ist zurückgekehrt!«, schrie sie.

Phoebe spuckte rasch die Nadeln aus und hockte sich hin. »Ich schwöre dir, Lucy, eines Tages trifft mich noch der Schlag, wenn du mich immer so erschreckst. Ist Greer mit ihm gekommen?«

»Woher soll ich das wissen?«, erwiderte Lucy. »Deine Schwester Ava hat einen Boten geschickt, um uns zu informieren, dass Harrison heute bei Middleton vorspricht.«

»Oh!«, rief Phoebe, »das kann nur bedeuten, dass sie auch nach Hause gekommen ist.«

Als sie jedoch später am Tag atemlos und lächelnd bei ihrer Schwester ankam, traf sie nur Ava an, die unruhig im Salon auf und ab ging, eine Hand auf ihrem wachsenden Bauch, die andere in den Rücken gestützt.

»Ist sie gekommen?«, fragte Phoebe.

»Ich weiß es nicht«, erwiderte Ava gereizt. »Ich kann gar nicht verstehen, warum Harrison sich nicht äußern will. Ich habe Middleton zu ihm geschickt, damit er der Sache auf den Grund geht. Ich habe zu Middleton gesagt …«

In diesem Moment ging die Tür auf, und Middleton trat ein. »Was hast du mir gesagt, Liebling?«, fragte er. »Oder die passendere Frage wäre vielleicht: Was hast du mir nicht gesagt?« Er schmunzelte über seinen eigenen Witz.

»Jared!«, schrie Ava. »Wo ist sie? Ist sie mitgekommen?«

Er reichte ihr einen Brief. »Oh nein! Nicht schon wieder ein Brief!«, rief Ava aus. Phoebe riss ihn ihrem Schwager aus der Hand und erbrach das Siegel.

»Und? Ist er von Greer?«

»Ja«, erwiderte Phoebe und faltete den Bogen auf. *»Liebste Phoebe und Ava«*, las sie laut vor, *»ich habe außergewöhnliche Neuigkeiten. Ich habe mich in dem Prinzen geirrt, und jetzt werden wir heiraten!«*

»Ach du liebe Güte!«, schrie Phoebe und sank vor Schreck auf ein Sofa.

»*Was?*«, kreischte Ava und sank neben Phoebe. »Was steht denn da sonst noch? Gib mal her!«, befahl sie. Sie wollte nach dem Brief greifen, aber Phoebe schlug ihr die Hand weg. Der Marquis trat ans Fenster und hörte zu, als sie weiter vorlas.

»Wenn Ihr diesen Brief erhaltet, bin ich bereits verheiratet. Seid bitte nicht böse, der Prinz und ich hielten es für das Beste, da es unschicklich gewesen wäre, noch länger hierzubleiben, ohne verheiratet zu sein. Lord Harrison war ebenfalls dieser Meinung, und es war wirklich nicht genug Zeit, um Euch alle nach Wales einzuladen. Ihr habt bestimmt viele Fragen, und ich werde sie alle beantworten, wenn wir im Frühjahr nach London kommen. Ich könnte es nicht ertragen, fern zu sein, wenn Ava ihr Kind bekommt.

Ach, meine Lieben, ich kann es kaum erwarten, ihn Euch vorzustellen, denn er ist wirklich ein außergewöhnlicher Mann …«

»Spricht sie von demselben Mann, den sie sonst immer als Ungeheuer und Bestie bezeichnet hat?«, fragte Ava.

»Anscheinend«, erwiderte Phoebe stirnrunzelnd und las weiter. *»Er ist freundlich, klug, weltgewandt und steht meinen Ansichten zum Parlament sehr tolerant gegenüber. Ich hoffe, ihr werdet meinen Gatten genauso lieb gewinnen wie ich. Bitte, dankt dem Marquis für seinen großzügigen Brief und Lord Harrison dafür, dass er mich nach Hause bringen wollte. Jetzt wird beides nicht mehr gebraucht. Lord Harrison ist ein wenig* *verstimmt, weil Schneefall seine Abreise verhindert, und er behauptet, er sei hier gestrandet. Ich muss jetzt schließen, weil wir eine Weihnachtssoiree geben. In Liebe, G.«*

»Ach, du lieber Gott!«, rief Ava aus und entriss Phoebe den Brief. »Und ich hatte so gehofft, sie heute Abend bei unserem kleinen Fest unseren Gästen vorstellen zu können. Jetzt wird es schrecklich langweilig werden.«

»Ach, das glaube ich eigentlich nicht«, warf Middleton ein. »Mit dir sind Festlichkeiten nie langweilig, Liebling.«

Ava blickte Phoebe an und verdrehte die Augen, dann sank sie auf den Sessel zurück und legte ihre Hand auf den Bauch. Phoebe tat es ihr nach. Trübsinnig starrte sie auf den Teppich und fragte sich, ob sie Greer wohl noch einmal wiedersehen würde.

In einem eleganten Hotel in London richtete an genau diesem Nachmittag Greer Rhodricks Krawatte. »Eine Festlichkeit«, sagte er und man hörte ihm den Abscheu an. »Alle sitzen nur herum und wünschen sich sehnlichst, sie wären woanders, was?«

»Da könnt Ihr nur für Euch sprechen, Radnor«, brummte Lord Harrison. »Manche von uns haben in Wales viel zu lange die Gesellschaft schöner Frauen entbehren müssen.«

Rhodrick grinste nur.

»Ich weiß nicht, ob es so klug ist, Ava und Phoebe zu überraschen«, meinte Greer unsicher. »Sie können ziemlich böse werden.«

»Sie werden entzückt sein«, versicherte Harrison ihr. »Ich kann mir niemanden vorstellen, dem man mit so einer Überraschung mehr Freude machen könnte. Aber wenn Ihr mich jetzt entschuldigen wollt, ich glaube, meine Aufgabe hier ist erfüllt. Wir sehen uns heute Abend.«

Sie verabschiedeten sich, und Rhodrick brachte ihn hinaus und dankte ihm noch einmal für seine Hilfe. Als er ins Ankleidezimmer zurückkam, saß Greer an ihrem Schminktisch. Sie legte gerade funkelnde Ohrringe an, und wieder einmal dachte er, dass er bestimmt der glücklichste Mann auf der Welt war. Die schöne Frau, die hier saß, war seine *Ehefrau*. Beinahe erschien es ihm wie ein Traum.

Übrigens hatte keiner von ihnen seit der Hochzeit mehr von Alis Bronwyn geträumt, anscheinend ließ sie sie in Ruhe, seitdem sie miteinander glücklich waren. Aber Rhodrick hatte von etwas anderem geträumt, und jetzt trat er hinter Greer und legte ihr die Hand auf die Schulter.

Sie lächelte ihn an.

»Ich möchte gern mit dir noch einen kleinen Umweg durch die Stadt machen, bevor wir zu deinen Cousinen gehen«, sagte er.

»Einen Umweg?« Greer drehte sich zu ihm um, ergriff seine Hand und drückte einen Kuss darauf. »Du hast doch keine Angst vor ihnen?«

»Angst vor zwei jungen Frauen, die deinen Erzählungen nach genauso sind wie du?« Er küsste sie auf den Scheitel. »Doch, ich zittere bei der Aussicht.«

Lachend stand Greer auf, schlang die Arme um ihn und küsste ihn.

»Dann täte ein kleiner Umweg deinen Nerven bestimmt gut«, sagte sie. »Aber du brauchst dich nicht vor ihnen zu fürchten. Ich lasse nicht zu, dass sie dir etwas tun.«

Eine Stunde später wies Rhodrick seinen Kutscher an, zur Audley Street in der Nähe des Hyde Park zu fahren.

»Audley Street«, wiederholte Greer und zog überrascht die Augenbrauen hoch. »Man könnte Euch ja glatt für einen englischen Herzog halten, Mylord.«

Lächelnd ergriff er ihre Hand. In der Audley Street ließ er den Kutscher anhalten. »Lass uns zu Fuß gehen, ja?«

»Zu Fuß gehen?«, sagte Greer und blickte aus dem Fenster. »Aber wir werden bei Ava erwartet.«

»Wir kommen schon noch früh genug zu deinen Cousinen«, erwiderte er und öffnete die Tür. »Lass uns laufen.«

Greer seufzte, ließ sich aber von ihm aus der Kutsche helfen. An dem ersten großen Stadthaus gingen sie vorbei, aber beim zweiten blieb Rhodrick stehen und blickte über die Treppe zu den Doppeltüren hinauf. Greer folgte neugierig seinem Blick. »Wer wohnt hier?«

Er lächelte geheimnisvoll und zog sie die Treppe hinauf.

»Rhodrick!«, sagte sie und zog an seiner Hand. »Für unangemeldete Besuche ist es schon zu spät.«

»Es ist nie zu spät«, erwiderte er und klopfte an die Tür.

»Siehst du. Es ist niemand zu Hause«, meinte Greer und wandte sich zum Gehen.

»Nicht so hastig, Madam«, sagte er und zog einen Schlüssel aus der Tasche. Greer riss die Augen auf, als er die Tür aufschloss und für sie öffnete.

Sie spähte an ihm vorbei hinein und sah, dass das Haus innen leer war. »Ich verstehe nicht.«

»Manchmal frage ich mich, was du wohl so im Kopf hast«, sagte er liebevoll und schubste sie über die Schwelle. In der Eingangshalle wirbelte sie herum. »Wem gehört es?«, fragte sie noch einmal.

»Dir.«

Es dauerte einen Moment, bis sie es begriffen hatte. Aber dann löste sie sich langsam von ihm und blickte in einen leeren Salon. »Was hast du gesagt?«

»Sag mir, was du davon hältst, Lady Radnor. Angenommen wir verbringen Winter und Frühling in London, damit du während der Saison tanzen und die Leute mit deiner Konversation bezaubern kannst, und kehren dann für den Sommer und den Herbst nach Llanmair zurück?«

Unwillkürlich fuhr sie sich mit den Händen an den Hals. »Meinst du das ernst, Rhodi?«

Er lächelte seine schöne junge Frau an.

»Ja, natürlich meine ich es ernst. Du weißt doch, dass ich alles täte, um dich glücklich zu machen, sogar diese endlose Saison in London verbringen.«

Mit einem Aufschrei des Glücks stürzte sie sich in seine Arme und überschüttete ihn mit Küssen. »Aber mir wird es überhaupt nicht gefallen«, sagte er. »Ich finde es bestimmt albern und überflüssig. Harrison hat mir schon vorgeschlagen, ich soll ihn in den Club begleiten …«

»Ich liebe dich«, sagte sie atemlos und küsste ihn auf den Mund.

»Ich liebe *dich*«, sagte er aus tiefstem Herzen. »Und es ist leider nur zu wahr, dass ich alles für dich tun würde.«

»Alles?«, fragte sie leise und legte ihm eine Hand in den Schritt.

Rhodrick zog eine Augenbraue hoch. »Was habt Ihr vor, Mrs Glendower?«, fragte er.

»Ich möchte mich richtig bedanken«, erwiderte sie. Spitzbübisch lächelnd kniete sie sich vor ihn hin, um ihm zu zeigen, wie sehr sie ihn liebte.

Eine halbe Stunde später saß Ava lustlos auf dem Sofa in ihrem eleganten großen Salon und langweilte sich.

»Du siehst verstimmt aus, Liebste«, bemerkte Middleton.

Ava warf Phoebe einen Blick zu. »Meine gute Laune ist auf immer dahin, ebenso wie die Hoffnung, Greer jemals wiederzusehen.«

»Ich glaube auch, sie hat uns verlassen«, fügte Phoebe hinzu, deren gute Laune auch dahin war.

»*Gütiger Himmel*«, murmelte Middleton. »Entschuldigt mich, meine Damen, aber ich glaube, ich höre jemanden an der Tür.« »Schick sie nach Hause, Jared. Ich kann heute niemanden ertragen«, sagte Ava dramatisch. Als ihr Ehemann trotzdem hinausging, sagte sie zu Phoebe: »Ich wollte, dass er die Veranstaltung heute Abend absagen lässt, aber er wollte nichts davon wissen. Er kann manchmal so garstig sein.«

»Man sollte doch meinen, sie käme wenigstens zum Heiraten nach London«, sagte Phoebe. Avas Bemerkungen über ihren Mann, den Ava, wie sie wusste, anbetete, ignorierte sie völlig. Aber es verletzte sie zutiefst, dass sie Greers Brautkleid nicht hatte nähen dürfen. »Warum mussten sie denn gerade in Wales heiraten?«

»Hast du meinen Brief nicht gelesen?«, fragte Greer. »Ich habe doch erklärt, warum ich in Wales heiraten musste.«

Kreischend vor Überraschung sprangen Ava und Phoebe auf und rannten zur Tür, wo Greer breit grinsend stand. Sie umarmten einander und schnatterten und lachten alle gleichzeitig.

Auf der Schwelle stand der Marquis von Middleton neben dem Prinzen von Powys, dem Earl of Radnor. »Ich glaube, ich habe Euch noch gar nicht offiziell in der Familie willkommen geheißen«, sagte Middleton.

»Danke«, antwortete Radnor.

»Ich sollte Euch wohl warnen, dass dieses Benehmen häufiger vorkommt.«

»Ach ja?«

»Oh ja«, erwiderte Middleton, verschränkte die Hände auf dem Rücken und nickte weise. »Und manchmal sind sie auch ärgerlich aufeinander. Dann ist es noch viel lauter.«

»Das scheint unmöglich«, murmelte Radnor.

Erschreckt wichen beide Männer zurück, als Ava auf einmal mit zusammengekniffenen Augen in ihre Richtung blickte. »Wie ein Ungeheuer sieht er aber eigentlich nicht aus!«, erklärte sie und trat auf ihn zu.

»Rüstet Euch für das, was jetzt kommt«, murmelte Middleton, als Ava sich vor Rhodrick aufbaute. Sie war ebenso schön wie ihre Cousine, aber blond. Hinter ihr stand Phoebe, die außergewöhnlich hübsch war, wie Rhodrick fand. Und dahinter seine Greer, dunkel, wo die beiden anderen Frauen blond waren, schön und strahlend vor Glück. Sie zwinkerte ihm zu, als Ava ihn musterte.

»Ihr seid ein böser Mann«, sagte Phoebe. »Sag es ihm, Ava.«

»Ja, das seid Ihr«, bestätigte Ava.

»Wie bitte?«

»Wirklich, Sir, hättet Ihr nicht in London heiraten können? Wie konntet Ihr nur ohne uns heiraten?«, wollte Ava wissen.

»Antworte ihr nicht, Rhodrick, sie regt sich nur noch mehr auf«, warnte Greer ihn fröhlich.

»Oh, verdammt«, sagte Ava, schlang ihm die Arme um den Hals und küsste ihn auf die Wange. »Es ist so wundervoll, Euch kennenzulernen, Mylord. Jeder, der Greer länger als eine Stunde ertragen kann, ohne vor Zorn völlig außer sich zu geraten, ist in diesem Haus und dieser Familie willkommen«, sagte sie mit warmem Lächeln.

»Danke.«

»Ich bin Phoebe, Mylord.« Phoebe knickste höflich, und dann küsste auch sie ihn auf die Wange.

»Danke, dass Ihr unsere Greer heil nach Hause gebracht habt. Ich meine, nach London, da sie ja jetzt bestimmt in Wales leben wird.«

»Es war mir ein Vergnügen«, erwiderte er und lächelte Greer an.

»Kommt herein, Sir. Ihr müsst uns alles über Wales erzählen«, sagte Ava und hakte sich bei ihm unter.

Wie so oft stand Phoebe ein wenig abseits und beobachtete, wie Ava und Greer sich zum Prinzen setzten. Es war deutlich zu sehen, dass Greer ihn ebenso sehr liebte wie Ava den Marquis. Und sie war jetzt Prinzessin!

Ach, es war eigentlich genau so, wie Phoebe befürchtet hatte. Sie war als Einzige von den dreien noch unverheiratet, und da sie keine Verehrer hatte, die um ihre Hand angehalten hatten, würde sie bestimmt eine alte Jungfer werden, auf die die Kinder in der Nachbarschaft mit Steinen werfen würden.

Aber zumindest würde sie eine sehr elegant gekleidete alte Jungfer sein, dachte sie, um sich zu trösten, und blickte bewundernd auf die Stickerei, die ihr grünes Kleid zierte. Sie war wirklich äußerst begabt, auch wenn man sich nicht selbst loben durfte.

»Phoebe! Hör auf, dich zu bewundern, und komm her«, rief

Ava. »Er erzählt uns gerade, was für schreckliche Dinge Greer in Wales angestellt hat.«

»So schlimm war ich nun auch wieder nicht!«, protestierte Greer gespielt empört, aber sie ergriff Avas Hand und drückte sie liebevoll.

Der Prinz lächelte Phoebe so herzlich zu, dass sie sich sofort zu ihm hingezogen fühlte. Oh ja, sie verstand gut, warum Greer ihn geheiratet hatte, und sie empfand tiefes Glück für ihre Cousine.

»Phoebe!«, drängte Ava.

»Wirklich, Ava, musst du uns eigentlich ständig herumkommandieren?«, maulte Phoebe, aber sie trat bereits auf ihre Familie zu.

Weltbild Buchverlag
–Originalausgaben–
Deutsche Erstausgabe 2008

Projektleitung: Gerald Fiebig
Übersetzung: Margarethe van Pée
Redaktion: Michael Köberle
Umschlag: Zeichenpool, München
Umschlagabbildung: © Spiak, Sharon via Agentur Schlück GmbH
Satz: avak Publikationsdesign, München
Gesetzt aus der Adobe Garamond 11,5/12,5 pt
Druck und Bindung: GGP Media GmbH, Pößneck

Gedruckt auf chlorfrei gebleichtem Papier

Printed in the EU

ISBN 978-3-86800-046-7